늘 건강하세요!

중증외상센터

GOLDEN
HOUR

골든 아워

한산이가
지음

중증외상센터

GOLDEN
HOUR

골든 아워 Ⅶ

몬스터

차례

심장이 다시 뛸 때까지

강혁의 말을 들은 한스는 어리둥절해졌다. 염소 네 마리라니. 이 근처에서 가장 중요한 거점에서, 아마도 엉클의 심복이라 생각되는 사람의 입에서 나온 말이 정말 맞는 건가 싶었다.

"염소 네 마리."

"아……. 암호가요? 죄송합니다. 제가 아는 계통과 좀 다른……. 다른 암호 같습니다."

현장에 있는 조직들은, 특히 이런 폭력과 연관된 조직들은 대개 암호를 쓰기 마련이었다. 그래서 한스는 당연히 이게 암호라고 생각했다. 강혁은 일부러 불쾌하다는 빛을 내비쳤다.

"염소 네 마리."

"네?"

"나는 염소 네 마리가 필요해."

"어……."

"못 하겠으면 다른 사람을 찾지."

강혁이 너무 세게 나오자, 한스는 또다시 머리를 굴리기 시작했다.

'상식적으로 염소 네 마리가……. 거점에 필요할 이유는 없어.'

아니, 더 생각해보니 고작 염소 네 마리를 못 구한다는 게 말이 안 되었다. 이건 한스 입장에서는 전화 한 통이면 해결될 문제였으니까. 물론 그걸 싣고 이 안에 옮기는 건 직접 하긴 해야겠지만.

'그래, 이건……. 이건 시험이다.'

한스는 약간 제정신이 아닌 상황이었다. 강혁이 그런 식으로 끌고 왔기 때문인데. 아무튼, 그 때문에 이상한 결론에 도달했다.

'그래……. CIA 같은 곳에서는 충성 시험 같은 걸 하잖아.'

게다가 한스가 지금껏 읽어온 소설들과 영화들이 한데 뒤섞여 그의 결론을 뒷받침해주고 있었다. 강혁의 굳은 얼굴 또한 한몫하고 있었고.

'아, 얘가 안 한다고 하면 나가린데, 이거.'

강혁이 속으로 이런 생각을 하는 사이, 한스는 고개를 끄덕였다.

"하겠습니다. 네. 염소 네 마리. 구해 오겠습니다."

"좋아. 언제까지 되지?"

보통 일을 시킬 땐 기한을 정해주는 법 아닌가. 하지만 시험할 땐 그렇지 않을 수도 있었다. 한스는 이 질문의 속뜻을 '네 능력껏 최대한 빠른 속도를 보여봐라' 정도로 알아먹었다.

"내일입니다."

"흠."

내일이라. 예상보다 너무 빨랐다. 강혁은 '생각했던 것보다도 더 유능한데' 하며 놀란 얼굴을 했다. 그러나 한스는 강혁의 놀란 얼굴을 불만족스럽다는 뜻으로 해석했다.

"아니, 오늘 밤입니다!"

"오늘?"

"네!"

오늘이라니. 여기가 한국처럼 시장이 활성화된 곳도 아닌데.

'하긴, 나는 그저 기부받는 거지.'

"좋아. 오늘."

"네. 반드시 성공하겠습니다."

"그래, 그럼 서둘러야 할 거 같은데?"

"지금 즉시 가겠습니다!"

한스는 끌고 왔던 트럭을 타고 부리나케 한구 병원을 빠져나갔다. 강혁은 옥상으로 올라가 한스의 트럭이 멀어지는 걸 지켜봤다. 가위 든 강혁을 피해 3층 거실 쪽으로 도망가 있던 한유림도 어느새 옥상에 올라와 있었는데, 궁금한 것이 아주 많아 보였다. 한유림의 뒤쪽으로는 당연하게도 제인과 카심 그리고 요다가 있었다. 댄은 자전거 타러 내려가 있었고.

"거……. 뭐야? 이거?"

한유림이 보기에 조금 전 한스가 가지고 온 물건들은 예사로운 것들이 아니었다. 만약 대한민국이었더라면 그나마 구하기 수월했겠지만, 그것도 그나마 그렇다는 얘기지 절대적으로 쉬운 일은 아닐 터였다. 일단 의료기기는 세계 어느 나라에서건 일반인이 구매하는 게 어렵지 않던가. 현 파키스탄 서북부 상황을 고려해보면 거의 불가능하다고 할 수 있었다. 이런 걸 턱턱 내준다고?

'미군은 호구가 아니거든.'

한유림의 머리로는 이해가 전혀 가지 않았다.

"뭐긴 뭐예요. 기부받은 거지, 뭐. 좋은 사람이에요, 스미스. 아까 말했잖아요."

"그게 말이 안 되는 말이니까, 그렇지."

아깐 워낙에 경황이 없어서, 게다가 가위로 찌를 거 같아서 도망 나온 참이지 않은가. 하지만 거실에 모여서 얘기를 나눠보니 이건 정말 보통 일이 아니었다.

'제인은 백 교수가 사실 CIA 아니냐는 말까지 했지.'

처음엔 이거야말로 진정한 헛소리란 생각이 들었지만. 지금까지 강혁이 보여주었던 일을 돌이켜보니, 꼭 그렇지만도 않다는 생각도 들었다.

'이 새끼……. 이거 진짜 CIA 아냐?'

간혹 보여주는 그 광폭한 모습 하며, 높은 사람이건 돈 많은 사람이건 간에 관계없이 싸가지없이 구는 것도 그렇고……. 의사라기엔 너무하다 싶을 정도로 신체 능력이 우수하지 않던가. 심지어 헬기도 몰 줄 알고.

'아니지……. CIA가 왜 대한민국 중증외상센터를 살리겠어……'

물론 결론은 역시나 '말이 안 된다'이긴 했지만, 묻고 싶은 게 많은 건 변하지 않는 사실이었다.

"왜 미군에서 이렇게까지 도와주냐고."

"뭐……. 한구 지역이 중요한 거죠."

"중요한 지역이 될 거라는 건 알아. 하지만 이 정도야?"

미국이 국경없는의사회라는 NGO 단체를 적극적으로 도와주면서까지 쟁취해야 할 지역일까? 한유림은 회의적이었다. 미국은 세상 사람들이 생각하는 것보다도 더 큰 힘을 가지고 있었다. 사실 이제 에너지 자립을 넘어 에너지 수출국이 된 미국은 고립무역을 주장해도 될 지경이었다. 그 말은 곧 세상일에 더는 돈과 시간을 쏟지 않아도 된다는 뜻이기도 했다. 한유림은 이러한 사실을 아주 정확히 알고 있었고, 정확한 문장으로 옮겨 말했다.

'하여간 노인네……. 장관 하더니 머리가 트여가지고.'

강혁은 열변을 토하고 있는 한유림의 말을 들으며 고개를 가로저었다. 옛날 같았으면 의사답게 딱 자기 전공만 알아서 속여먹기 좋았을 텐데.

'저기 뒤에 있는 사람들처럼 말이지.'

강혁은 아쉬움에 입맛을 쩝쩝 다시며 제인과 요다, 카심을 바라보았다. 셋은 강혁의 한구 주요 지역론이 아주 그럴싸하다고 여기며 고개를 끄덕이고 있었다. 한유림의 말을 들은 지금은 또 한유림의 미국 고립 무역론을 아주 그럴싸하다고 여기며 고개를 끄덕이고 있었고. 그야말로 팔랑귀라고 할 수 있었는데, 문제는 역시 한유림이었다.

"그러니까……. 설명이 안 돼. 따로 뭔가……. 뒷거래가 있지?"

한유림은 예순이 넘은 노인이라기엔 믿기지 않을 정도로 날카로운 눈을 하고선 강혁을 바라보았다. 강혁은 잠시 고민하다가 결국 어느 정도는 털어놓기로 작정했다. 완전 사실대로는 아니었지만.

"있긴 있어요."

"역시! 뭐야? 뭘 주기로 했어? 대체. 우리 개뿔도 없잖아. 아, 제인 미안해요. 근데 사실은 사실이니까."

한유림은 자기가 맞았다는 말에 파이팅 포즈를 취하고 주절거리다가, 조금은 상처받은 얼굴이 된 제인에게 사과했다.

"괜찮아요."

물론 지금 한구 병원의 자원이 개뿔도 없다는 말은 한 치의 오차도 없는 진실이었기에 제인은 하릴없이 고개를 끄덕일 수밖에 없었다.

"아무튼, 뭐야. 뭘 거래했어? 사기 친 건……. 아니지?"

"사기? 에이……. 내가 언제 사기를 쳤다고."

"언제 쳤냐고? 다 말해줘? 내가? 여기서 재원이한테 전화할까?"

양재원이라. 강혁은 자신이 센터를 맡기고 떠나올 수 있게 해준 수제자를 떠올렸다. 그래, 그 친구라면 내 비밀을 모두 알고 있다고 할 수 있지. 그중에는 차마 밖에서 얘기할 수 없는 것들도 있었다. 인간 양재원은, 이를테면 강혁의 사이코패스 다이어리나 마찬가지였다.

"아……. 아니, 뭐 그럴 것까지는 없고요."

"아니라고 말해……. 제발."

"아니라니까요?"

"진실된 눈으로! 그따위 눈으로 대충 말하지 말고!"

"아무튼, 사기는 아니에요."

강혁은 걱정을 덜어주기 위해 천천히 말을 이었다.

"교수님 하고도 연관이 있는 뒷거래예요."

강혁은 깜짝 놀란 표정의 한유림을 보며, 더더욱 놀랄 만한 얘기를 꺼냈다. 방금 사기가 아니라 뒷거래가 있었다는 충격적인 고백을 들은 터라 한유림은 이게 거짓말이라고는 전혀 생각지도 못했다.

"나……. 나? 나랑 관계가 있어?"

그저 미군과 얽혔다는 생각에 얼굴이 하얗게 질려가고만 있었다. 머릿속으로는 영화로만 겪었던 무서운 미군들의 얼굴이 사정없이 돌아갔다.

'머리가 트여도, 순진하긴 하지.'

강혁은 그런 한유림의 표정이 마음에 들어서 흐뭇한 미소를 지어 보였다. 늘 그렇듯 강혁은 미소로도 사람을 겁박할 줄 아는 인간인지라 한유림은 더더욱 불안과 공포에 떨었다.

"네, 교수님을 원해요. 미군이."

"어……? 나를 원해?"

원한다는 말에 불안감이 일순 해소되었다. 그 자리를 대신한 것은 어리둥절함이었다.

"네. 교수님을 원해요. 교수님은 일류 외상 외과 의사잖아요. 거기에 정치적인 센스도 있고 뭐. 이전 타이틀도 좋고. 미군이 딱 원할 만한 인재상 아닙니까?"

일류에 센스에 타이틀이라. 이런 말은 누구에게 들어도 기분이 좋을 텐데, 그 말이 무려 미군에서 나왔다니. 게다가 강혁이 그 말을 전달하다니. 한유림은 그만 흐뭇해졌다.

"인재상이라……. 허허. 그래……. 하하. 나를 원한다……. 이거지?"

원래 사람이란 다들 조금씩은 자기애를 가지고 있는 법이었다. 그중에서도 한유림은 유독 그 정도가 심한 편이었는데, 그가 의사로서 이룩해온 업적들을 생각해보면 딱히 새삼스러울 만한 일은 아니었다. 일단 한국대학교 의과대학을 나와서 당시에는 인기과 중 하나였던 외과를 전공했고, 무려 교수까지 되지 않았던가. 그 후로는 과장에 기조실장을 거쳐 대한민국의 보건복지부 장관까지. 이런 자신을 영입하고자 한다면 미군에서도 이 정도 힘쓰는 건 당연한 것 같았다.

"하하. 그래. 그럼 이해가 가네, 하하."

강혁은 그런 한유림을 보면서 쓴웃음을 지어 보였다. 아무리 백강혁이라고 해도 지금은 살짝 미안한 마음이 들어서였다.

'뭐……. 미군 갈 때 데려가기는 할 거니까…….'

어차피 한유림은 이제 한국으로 돌아가봐야 할 것도 없지 않은가. 커리어가 워낙 좋은 편이라 어디서건 원장 자리 하나 줄 수는 있겠지만, 글쎄. 강혁이 보기에 한유림은 경영보다는 역시 현장에서 뛰는 게 더 어울리는 사람이었다. 외상 외과의 꽃이라고 할 수 있는 미군 화상센터에서 일하는 것을 절대 마다하지 않을 터였다.

“하하……. 근데, 그럼. 아까 그 군인은 어디 간 거야?”

“군인? 아, 한스 대위?”

“어. 상당히 부리나케 나가는 거 같던데. 마치……. 백 교수한테 명령이라도 받은 거 같았어.”

한유림은 계단을 통해 휙 하고 뛰어 내려가던 한스의 모습을 떠올렸다. 거의 무슨 전쟁터에 나서는 듯 비장한 얼굴이었다. 절대 퇴근하는 사람의 표정은 아니었다.

“아. 염소 사러 갔어요.”

“염소……?”

“염소 네 마리요.”

“네 마리? 아니……. 그걸……. 그걸 왜……?”

하지만 네 마리라는 말에 모두 강혁이 먹으려고 사 오라고 한 건 아니란 사실을 깨달을 수 있었다.

“발전기. 저거 언제까지 사람이 돌려요. 오, 댄 왔네. 저 봐, 저거. 뒤지기 직전이네, 사람이. 그거 30분 하고 저렇게 되냐.”

“아, 염소가 돌리게 한다? 오. 좋은데?”

“그렇죠? 아, 난 천재라니까.”

“그래, 이번엔 인정.”

한유림과 강혁은 지금껏 같이 다니는 사람답게 죽이 잘 맞았다. 금세 킬킬거리기 시작했는데, 카심이 아주 조심스럽게 찬물을 끼얹었다.

“근데……. 그 염소는 누가 돌보죠? 똥은 누가 치우고요?”

상당히 현실적이면서 날카로운 질문이었다. 단 한 번도 그쪽으로 생각해본 적이 없던 강혁과 한유림은 당연히 꿀 먹은 벙어리가 되었고.

"누구긴. 청소할 사람 올 때까지는 백 교수님이지."

그런 둘을 향해 제인이 쐐기를 박았다. 강혁과 한유림은 여전히 두 눈을 깜빡이고 있었다. 그리고 저 멀리서 트럭이 돌아오는 소리가 들려왔다.

한스의 트럭이었다.

"왜 벌써 왔어?"

강혁은 눈앞에 놓인 염소 네 마리를 보며 중얼거렸다. 누가 봐도 알 수 있을 만큼 불만 어린 얼굴을 하고서였다.

'뭐지? 일반 염소 사 오라는 뜻이 아니었나?'

운 좋게 지역 농부와 연결이 된 덕에 거의 곧장 사 오게 된 참이었는데, 잔뜩 칭찬받을 줄 알았던 한스의 얼굴에 그림자가 드리웠다.

"아……. 진짜 네 마리나 되네."

거기에 더해, 아까 괴물 같은 노익장을 과시했던 이름 모를 노인네 또한 뭐가 그렇게 불만인지 혀를 츠츠 찼다.

'내가 뭘 놓친 거지?'

그저 왜 이 두 분이 자신의 임무 수행을 마음에 안 들어 하는지에 대한 걱정만 하고 있을 뿐이었다.

"감사합니다, 이 은혜 잊지 않을게요."

그때 한구 병원팀을 이끄는 제인이 앞으로 나서서 한스에게 인사를 건넸다.

"아, 네. 감사합니다. 언제든지…… 불러만 주십시오."

한스는 최대한 공손한 태도로 고개를 숙였다. 눈은 강혁을 바라보면서였는데, 제인이 보기에도 좀 이상했다.

'뒷거래는 한유림 교수님하고 된 거 아닌가?'

근데 왜 강혁의 눈치를 볼까. 아니, 그것보다도 사람 하나 뽑아가는 대가로 미군이 이렇게까지 하나?

'이 사람……. 마치 윗사람 대하듯이 하는데?'

그것도 그냥 윗사람이 아니라, 강혁이 무슨 어마어마한 실권자라도 된다는 듯 행동하고 있었다.

"저 교수님."

"어."

"저는 이만 돌아가보겠습니다. 필요한 게 있으면 언제든지 맡겨주십시오. 이번보다는 더 잘 해내겠습니다."

강혁이 듣기에도 좀 어처구니없어지는 말이었다. 오늘보다 뭘 더 잘 해낸단 말인가.

"그래, 그럼. 조심히 가."

"네, 교수님. 감사합니다."

자기가 사 와놓고 뭐가 그렇게 감사한지 모르겠지만, 강혁은 아주 능숙하게 그의 인사를 받았다.

한스가 돌아간 뒤, 강혁은 본격적으로 염소들을 가르치기 시작했다. 벌써 염소들은 강혁의 말을 듣고 있었다.

"일로. 일로 가! 그래, 거기. 아……. 울타리도 없네, 생각해보니까. 하……."

"매에에."

"메에."

"아, 아까 걔 가기 전에 울타리도 좀 만들라고 할걸."

강혁은 이미 트럭이 내뿜은 매연조차 사라진 거리를 보며 아쉬워했다. 한유림은 그런 강혁은 보며 츠츠 혀를 찼다.

"양심 없어?"

방금 염소도 사다준 친구한테 울타리라니. 이 새끼가 진심인 건가 하는 얼굴을 하면서였다. 물론 강혁은 언제나 그렇듯 진심이었고, 또 당당했다.

"양심 있죠. 뭔 소리야. 나처럼 양심 그 자체인 사람이 어딨다고."

"근데 이걸……. 이걸 시키려고?"

"안 하면 꼬박 우리 둘이 해야 되니까 그렇지."

"하아."

"거봐, 싫죠?"

"싫어도 해야지……. 얘들이 돌리는 게 낫긴 낫잖아. 아까 보니까 스페어 배터리도 있더만……."

염소를 이용해서 쭉쭉 배터리를 채워두면 전력 사정이 훨씬 좋아질 거란 뜻이었다. 어쩌면 에어컨을 사용할 수 있게 되지 않을까 하는 기대감마저 품게 되었다. 그게 아니라면 개인 선풍기라도. 그게 그리운 건 강혁도 마찬가지긴 해서 일단 몸을 움직이기 시작했다. 제인은 그의 어깨를 툭툭 두드려주었다.

"힘내요, 백 교수님."

"하아……."

그렇게 한구 팀원들은 강혁과 한유림 둘만 남기고 떠났다. 울타리에 쓸 자재들이야 어차피 건물 안에 있던 쓰레기들 대충 쌓아둔 뒷마당에서 골라 오면 될 일이었다.

"이거……. 이거 근데 어떻게 해야 되는 거야."

물론 평생 의사로 살아온 한유림이 그런 일을 할 수 있을 리가 없었다. 외과 의사라는 게 어느 정도는 육체노동이라지만, 이건 종류가 아예 다르지 않은가.

"나라고 뭘 알아요? 톱이나 망치라고는 사람한테만 써봤는데."

"와, 그 말. 그런 얼굴로 하니까 소름 끼치네."

"소름은 개뿔."

늘 모든 것을 능숙하게 해왔던 강혁도 마찬가지였다. 대강 머릿속으로는 뭐가 그려지긴 했지만, 막상 해보려니까 어디부터 손을 대야 할지 알 수 없었다.

"내가 이럴 줄 알았죠."

"음?"

그때 뒤편에서 댄이 나타났다. 아까까지만 해도 자전거 타느라 죽으려고 하더니, 지금은 좀 살아나 있었다.

"제가 캔자스 출신이거든요."

"캔자스?"

"아, 참 한국 분이시지. 농장 많은 데 있어요."

"아하."

말하자면 농장 출신이다, 이 말이었다. 강혁은 구세주라도 만난 듯한 눈으로 고개를 끄덕였다.

"그럼 염소 봐주는 거야?"

"네? 아뇨. 아시잖아요. 전 제인 수술도 들어가야 되는 거."

"아, 맞네."

사실상 이 병원에서 제일 바쁜 사람을 꼽으라고 하면 댄이었다. 마취과 의사라고는 댄 하나뿐이었기에, 모든 수술을 다 들어가야 하지 않던가. 그나마 강혁이나 한유림, 제인은 쉴 시간이 있다지만 댄은 거의 24시간 풀 대기 상태였다. 강혁도 양심이 있는 사람이기는 해서 차마 그런 댄에게 염소 치는 일을 시키진 못했다.

"그럼 왜 왔어. 놀리러?"

"네? 아, 아뇨. 울타리 치는 거 좀 해드리고, 밥 주는 법이랑 청소법 알려드리려고요."

"아, 그래……."

이를테면 본격적으로 부려먹겠단 뜻이었다. 강혁은 이걸 두고 고맙다고 해야 할지, 아니면 화를 내야 할지 모르겠단 얼굴이 되었다.

"그래, 고마워."

반면 한유림은 일단 울타리라도 생긴단 생각에 고개를 숙였다. 그렇게 울타리 치는 작업이 시작되었고, 다행히 그리 늦지 않게 끝낼 수 있었다. 한 가지 문제가 있다면 환자가 실려 왔다는 점이었다. 그것도 여환자가. 위에서 쉬고 있던 제인이 단숨에 밑으로 뛰어 내려왔다. 벙어리 행세를 하고 있는, 흉한 가발을 쓴 카심도 마찬가지였다. 강혁은 저래서 사람들이 속을까 싶었는데, 의외로 가발 위에 히잡을 쓰면 그 누구도 속아 넘어가지 않는 사람이 없었다.

"혈압은?"

카심은 답 대신 손가락으로 톡톡 혈압계를 가리켰다. 옆에 다른 보호자들이 있기 때문이었다. 다른 남자의 손이 닿았다는 걸 알게 되는 순간 환자의 생명은 또 다른 방면으로 위험해질 터였다.

"60……. 어쩌다 이런 거죠?"

제인의 말에 다른 현지 간호사가 나서서 보호자에게 물었다. 아직 수련이 부족해 실제 의료 현장에서는 별 힘을 발휘하지 못했지만, 이럴 땐 절대적으로 필요했다.

"빨래 널다가 떨어졌다고 합니다."

"떨어져?"

"네."

"음."

제인은 일단 환자를 수술실 안쪽으로 끌고 들어갔다. 그사이 다른 현지 간호사들과 가드들이 아주 능숙한 태도로 보호자들에게 대응했다. 어차피 수술 전 동의서라든지 하는 부분이 법적으로 마련되지 않아서 가능한 일이었다. 게다가 이 지역 보호자들은 대개 환자 치료에 방해가 되면 됐지, 보탬이 되는 경우는 극히 드물었다. 일단 멸균된 곳을 자꾸 오염시키는 통에 진땀을 뺐더랬다. 제인은 그렇게 끌고 온 환자의 옷가지를 부리나케 풀어헤쳤다. 그러자 비로소 가려져 있던 상처가 눈에 들어왔다.

"이런 망할."

그리고 욕설이 바로 튀어나왔다.

"이거……. 이거……."

카심 또한 비슷한 반응이었다. 시퍼렇게 멍이 든 가슴은 누가 보더라도 심상치 않아 보였다. 대부분의 충격을 가슴으로 받은 모양인데, 부러진 갈비뼈 방향이 아무래도 심장을 향한 것 같았다. 그렇다면 이토록 낮은 혈압이 설명됐다.

"배…… 백 교수님 불러와!"

"배, 백 교수님!"

간호사 하나가 강혁이 있는 뒤뜰로 뛰어 들어왔다. 강혁의 기준으로는 간호사는커녕 간호 학생 수준도 안 되는, 아직은 실력이 많이 부족한 사람이었다. 하지만 이곳 한구 지역에서는 그저 사람 손길 하나가 아쉬웠기 때문에 월급까지 줘가며 가르치고 있었다.

"응?"

이제 막 댄의 도움을 받아 울타리를 다 친 새내기 농장주 강혁은 그런 간호사를 보며 고개를 갸웃거렸다.

'믿을 수가 없으니까……. 반응도 예상하기가 어렵네.'

"왜요."

해서 강혁은 그야말로 심드렁한 얼굴로 간호사를 바라보았다.

"그. 그."

"그…… 뭐."

"닥터…… 닥터 제인이 오랍니다."

"닥터 제인?"

하지만 닥터 제인의 콜이라고 하면 얘기가 좀 달라졌다.

"뭐래요?"

강혁은 울타리를 한 번에 뛰어넘으며 재차 물었다.

"여, 여환자라 여장하고 오랍니다."

'여장이라……. 그럼 수술방에 들어갈 거란 얘긴데.'

어지간한 수술이라면 제인 혼자 카심과 해결하곤 했더랬다. 그녀에게는 그럴 만한 능력이 있었으니까. 그런데 강혁과 한유림을 불렀다는 건.

'급하구나.'

도저히 그녀 혼자선 안 되는 환자라는 것일 터였다. 자연히 강혁의 발이 빨라지기 시작했다. 오히려 그를 부르러 왔던 간호사는 뒤로 한 채였다.

"댄, 너도 와! 마취해야지!"

"어, 어, 네!"

"한 교수님도! 빨리!"

"어? 어!"

그리고 그가 달려나가기 시작하자 남아 있던 둘도 팍 하고 뛰어나갔다. 졸지에 내팽개쳐진 염소 네 마리가 매에 하고 울었다. 강혁은 그 네 마리를 잠시 돌아보다가, 간호사에게 손짓했다.

"돌아올 때까지 밥 좀 주고 있어!"

"하아."

간호사는 잠시 한숨을 쉬다가, 옆에 쌓여 있는 건초를 집어 들었다. 잠깐 몸 힘들고 마는 게 쥐도 새도 모르게 뒈지는 것보다는 나을 거 같았다.

한편 그 시각, 제인과 카심은 수술방에 있었다. 거의 올라운더로 뛰고 있는 카심인지라, 마취 기기도 어느 정도는 다룰 수 있는 상황이었다. 마취를 걸거나 할 수준은 아니었지만, 산소를 틀어서 환자에게 공급하는 것 정도는 어렵지 않게 할 수 있었다.

"소독할 거!"

"네!"

그러면서도 동시에 베타딘 액을 수술용 볼에 풀었다. 제인은 대강 번 거즈를 볼에 넣어 푹 적시곤, 그걸로 환자의 가슴팍을 문질러댔다.

'백 교수님…….'

소독이 다 되려면 10초에서 20초는 기다려야 할 터였다.

"여깄습니다."

카심은 그사이 커다란 주사기를 건네주었다. 갈비뼈가 심장에 대체 얼마만큼의 손상을 주었는지는 불명확한 상황이지만, 심낭에 찬 피는 빼주어야 일단 뭐라도 해볼 수 있을 터였다.

"어……."

제인은 그 주사기를 받은 채 환자의 가슴팍을 노려보았다.

'심낭 천자라.'

이론적으로는 다 알고 있었고, 직접 해본 적도 있었다. 하지만 잘한다고는 절대 말하기 어려웠다. 대안이 없으니 자신이 하는 것이지, 그렇지 않다면 반드시 숙달된 사람에게 맡겨야 하는 수준이었다.

'이런 젠장.'

제인은 자신도 모르게 여전히 닫혀 있는 수술실 문을 바라보았다. 안에서 사용할 수 있는 무전기라도 있으면 참 좋았을 텐데 여긴 그런 것도 없어서 연락도 어려웠다. 휴대폰이야 각자 다 들고 있지만, 전력 사정이 여의치 않은 데다가 통신 설비 불안으로 사용을 최소화하고 있었다.

'내가…… 해야겠지?'

어찌 되었건 강혁이 오긴 올 터였다. 그 사람은 자기가 필요하다고만 판단이 되면 그게 언제든 간에 뛰어오는 사람이니까. 그 일이 의미가 있으려면 강혁이 올 때까지 환자를 어떻게든 살려놔야 했다. 제인은 마른 침을 꿀꺽 삼킨 채, 주사기를 집어 들었다. 워낙 긴장한 기색이 역력해서 옆에 있던 카심도 덩달아 목울대를 울렁였다.

그때 굳게 닫혀 있어 야속하기만 했던 수술실 문이 열렸다. 그러곤 가발도 없이 히잡만 뒤집어쓴 강혁이 안쪽으로 뛰어 들어왔다.

"망할 놈의 가발이 찾을 때는 없더라고."

뭐라고 불만을 터뜨리면서였는데, 제인에게는 그마저도 달콤한 속삭임으로만 느껴졌다.

“여기, 일단 이거부터 좀 해주세요.”

“뭐야. 심낭 압전이야?”

강혁은 여장하고 오라는 정보밖에 들은 게 없으면서도 곧장 진단명을 맞혔다. 환자의 활력징후와 제인, 카심의 표정만 보고도 알 수 있었던 것이다. 제인은 가타부타 설명할 필요가 없어졌다는 생각에 안도의 한숨을 내쉬며 주사기를 건네주었다.

“네.”

“아, 갈비뼈가 찔렀나. 알았어.”

강혁은 주사기를 잡고는 아까 제인이 그랬던 것처럼 환자의 가슴팍을 노려보았다. 원래대로라면 초음파로 정확히 심낭 압전을 확인하고 찔러야 할 터였다. 하지만 여긴 엑스레이도 없는, 그야말로 낙후된 곳이었다. 초음파가 있을 턱이 없었다.

‘갈비뼈가 들어간 방향과 길이를 생각해보자.’

해서 강혁은 머릿속으로 시뮬레이션을 돌려야 했다. 쉽지 않은 과정이었지만, 그나마 그의 날카로운 눈과 여태 켜켜이 쌓아온 경험이 이를 가능케 했다.

‘좋아……. 아마도 옆에서 찔렀겠지. 그렇다면 방향은 살짝 반대로 틀어서 들어가야 해.’

결론을 내린 강혁은 곧장 주사기를 찔러 넣었다. 다소 소름 끼치는 소리와 함께 날카로운 바늘이 환자의 살갗을 뚫었다. 이미 혈압이 너무 많이 떨어져버린 탓에 피가 배거나 하는 일도 없었다. 심지어 피부 표면 온도까지 떨어져 있을 정도였다.

‘서둘러야 해.’

강혁은 그렇게 안으로 들어간 바늘 끝을 좀 더 전진시켰다. 끝에서부터 전달되어 오는 느낌을 온전히 느껴가면서였다.

'여기, 여기가 막이야.'

강혁은 안 그래도 예민한 손끝에 온 정신을 집중한 결과, 얇디얇은 심낭 막을 느낄 수 있었다. 거기서 조금 더 바늘을 전진시키자 폭 하는 느낌과 함께 물렁한 피의 느낌이 전해져 왔다.

"어, 어!"

그와 동시에 바늘 끝으로 붉은 피가 맺혔다. 원래 그냥 주머니에 든 피에는 압력이 없어서 이런 식으로 맺히진 않는 법이었다. 하지만 심낭 압전은 달랐다. 바로 밑에서 심장이 맥동하고 있었으니까. 그래서 피가 맺힐 수 있었는데, 그걸 본 제인이 호들갑을 떨었다. 강혁이라면 해낼 수 있을 거라 생각하긴 했지만, 이토록 단숨에 할 거라곤 생각하지 못해서였다.

"나도 알아. 잠깐만 조용히 해봐."

강혁은 그런 제인을 진정시키며 천천히 피를 뽑았다. 안에 들어차 있던, 이미 새카맣게 변해버린 피가 뽑혀 나왔다.

"혈압……. 혈압 올라갑니다!"

심장은 자신을 누르고 있던 압력이 사라지자마자 제 할 일을 하기 시작했다. 당연하게도 혈압과 심장박동 수 등이 금세 원래대로 돌아왔고, 그걸 확인한 카심의 얼굴에 화색이 돌았다.

"댄, 마취!"

하지만 강혁은 오히려 아까보다 더 급박해 보이는 얼굴을 하고 있었다.

'낭 안에 갈비뼈 조각이 있어.'

바늘 끝에 걸린 딱딱한 뼈를 확인했기 때문이었다. 그리고 그 뼈는 바늘로 톡톡 밀었을 때, 전혀 미동도 없었다. 그저 낭 안에 들어온 것이 아니라 아예 심장까지 박혀 들어갔다는 뜻, 이른바 심장 파열. 여기서 심장 파열이라니. 이보다 더 급한 상황이 또 어디 있겠는가.

"네!"

아까부터 준비하고 있던 댄이 카심의 자리로 달려들었다. 카심은 능숙하게 댄에게 자리를 비워주고, 대신 수술 준비에 돌입했다. 원체 가지고 있는 수술 기구가 없어서 준비는 수월했다. 좋아해야 할지 슬퍼해야 할지 모를 일이었지만 아무튼, 준비는 빠르게 진행되었다. 강혁은 그 둘을 잠시 돌아보다가 이내 한유림과 제인을 향해 고개를 돌렸다.

"여기서 가슴 열어야 해. 할 수 있겠지?"

섬뜩한 말을 해대면서였다. 가슴을 연다라. 제인과 한유림은 잠시 그 의미를 곱씹어보았다.

'되려나?'

제인은 아무래도 개흉 수술의 경험 자체가 부족했기에 거의 상상만 가능할 뿐이었다.

'미쳤나?'

반면 이미 충분히 개흉 수술을 해본 경험이 있는 한유림은 당장 이런 생각만 들었다. 제인은 상상인 데 반해, 그는 회상이었기 때문이었다. 그 피 튀기는 치열한 수술을 여기서 한다고? 제대로 된 중환자실은커녕 여분의 벤틸레이터도 없는 상황 아닌가.

"음."

강혁은 둘의 대답을 듣기 전부터 어떻게 나올지 알 거 같은 기분이었다.

'역시 한 교수님이 경험이 많구만.'

얼핏 생각해보면 오지를 떠돌며 봉사를 해온 제인의 외상 외과적 경험이 더 많을 거 같겠지만 사실 외상은 오히려 인구가 밀집한 곳에서 훨씬 많이 발생하는 법이었다. 게다가 한유림은 제인과는 달리 강혁과 같이 근무하지 않았던가. 어지간한 의료기관에서는 포기했을 법한 환자들도 죄다 치료해온 경험이 있단 뜻이었다. 그만큼 그의 경험은 험악하고 또 험악했다.

"뭐 너무 걱정 마요. 무리하지 않는 선에서 열 거니까."

그래서 나름대로 위로의 말을 건넸다. 한유림은 전혀 위로받지 못했지만.

"가슴 여는 게 무리야!"

"제인, 그때 수술한 산모. 벤틸레이터 계속 써야 하나?"

강혁은 대번에 고개를 가로젓는 한유림을 무시한 채 제인을 바라보았다. 워낙에 심각한 어조였기에 한유림은 더 야단법석을 피우지 못하고 그만 입을 다물었다. 그 사이 제인은 잠시 고민하다가 이내 입을 열었다.

"아뇨. 이제 어느 정도는 안정됐어요. 또 언제 필요하게 될지는 모르겠지만……. 아무튼, 지금 계속 유지해야 될 정도는 아니에요."

"좋아. 그럼 됐어."

강혁은 만족스러운 얼굴로 고개를 끄덕였다. 한유림은 그런 만족스러운 얼굴이 불만족스러웠고.

"아니, 아니지. 뭐가 돼!"

"마취는 됐고. 소독도……. 충분하고."

"야, 안 들려?"

"좋아. 손 씻고 가슴 가르자."

"야……."

한유림은 암만 생각해도 여기서 가슴을 가른다는 게 썩 내키지 않았다.

'안 가르면……. 죽겠지. 죽긴 할 거야.'

비록 아까 강혁의 신들린 듯한 천자로 인해 어느 정도 생명이 연장되기는 했지만, 이건 정말 말 그대로 연장의 의미만 있을 뿐이었다. 절대 영속적인 효과를 가져올 수는 없었다.

'그래도……. 가슴 열고 죽는 것보다는……. 유족의 반응이 나을 거 같은데.'

어떤 종교에서는 죽으면 이 육체에는 아무 의미 없다고 가르치기도 했다. 하지만 한유림은 그 종교를 믿는 사람들조차도 참혹한 환자의 모습에 절규하는 것을 너무도 많이 보아온 터였다. 어차피 죽을 거라면 곱게 죽게 놔두지 그랬냐는 비난도 직접 들은 바 있었고. 한유림 또한 충분히 이해할 수 있었기에 그러한 비난이 지나치다고 느끼지 않았다.

'이 양반은 또 죽을 생각부터 하네.'

강혁은 한유림의 눈이 또로록 굴러가는 걸 보며 혀를 찼다. 어떻게 된 게 벌써 자신과 다닌 지 수년은 됐는데, 이러한 점은 변하질 않았다. 이만큼 보여줬으면 이젠 절대적으로 믿을 때도 되지 않았나 하는 생각이 들었다.

"쓸데없는 걱정 말고. 반드시 살릴 테니까."

"살린다고? 심장이 터졌는데. 솔직히 에크모(ECMO, 체외막형 산소화 장치) 없이 되겠어? 죽을 거라면……. 온전한 모습으로……."

"한 교수님. 지영이도 제가 살렸어요."

"지영이……."

한유림은 언젠가 강혁이 자신의 딸을 구해줬던 일을 떠올렸다. 그때도 심장 파열이긴 했더랬다. 하지만 같은 심장 파열이라고 보기엔 사정이 너무 달랐다.

"지영이랑은 달라. 거긴 한국대학교 병원이라고."

이건 전직 외과 과장이나 전직 기조실장으로서 하는 말이 아니었다. 객관적으로 한국대학교 병원과 이곳 한구 병원과는 어마어마한 차이가 있었다.

"뭐, 그건 그런데. 이 사람 상황이 더 나아요. 적어도 지금은."

강혁은 한유림의 말에 일일이 대꾸해주면서 카심이 늘어놓은 기구를 점검했다.

'고난도 수술이야.'

어려운 수술일수록 보조의의 역할이 중요했다. 이런 수술에서는 어떤 보조의가 들어왔느냐에 따라 집도의 역량이 한계치 이상까지 펼쳐지느냐, 아니면 그 이하로 뚝 떨어지느냐를 가르기도 했다.

'한 교수님도 전력으로 임해줘야 해.'

그러려면 설득이 필요했다.

"상황이 낫다니? 그건 무슨 소리야?"

"지영이는 타박상에 의한 파열이었잖아요. 기억 안 나요?"

"어……. 기억은 나지. 그걸 어떻게……."

어떻게 잊을 수 있겠는가. 자기 딸이 죽을 뻔한 날인데. 아직도 눈을 감으면 그날이 선하게 떠올랐다. 그날 아침에 딸이 지었던 표정과 입고 있던 옷과 나눴던 대화까지도. 그걸 다시 볼 수 있게 해준 것이 강혁이었기에, 한유림이 여기까지 와 있는 것 아니겠는가.

"그래. 지영이는 타박상이라……. 심장 앞 벽이 전반적으로 다 터졌다고. 근데 이 환자는 아냐. 자상이에요. 일종의."

"아?"

잠시 끔찍했던 기억에 몸서리치던 한유림은 강혁의 입에서 자상이라는 말이 나오자마자 퍼뜩 정신을 차렸다. 뭐가 되었건 간에 그도 외상 외과 의사가 아니던가. 외상에 있어서 그 기전이 얼마나 중요한지는 너무도 잘 알고 있었다.

"그리고 흉기. 그러니까 이 환자는 뼈지. 뼈가 안 빠졌잖아요."

"아……. 그럼……."

"파열은 파열인데. 아직은 아냐. 기껏해야 새어 나오는 수준이라고."

"그렇다면……. 그럼……."

"살릴 수 있어요. 수술만 하면."

강혁의 말에 한유림 또한 고개를 끄덕였다. '살릴 수 있다'라. 적어도 아까처럼 허황되게 들리진 않았다. 그렇다면 최선을 다해 볼 수 있을 터였다.

"좋아, 해보자."

강혁은 한유림의 눈에서 불꽃이 튀는 것을 확인하고는 피식 웃었다.

"뭐 해요? 반대편으로 가서 서야지."

"아, 그래."

"제인. 위에서 보조 좀 해줘."

"아. 네. 알겠습니다."

강혁은 그렇게 탁탁 자리를 잡고 선 둘을 잠시 돌아보다가 카심에게로 손을 내밀었다.

"칼."

"네."

이제 카심도 제법 익숙해진 참이었다. 워낙 큰 수술이라 긴장도 하고 있던 덕분에 바로 강혁이 원하는 블레이드 날을 끼운 메스를 건네줄 수 있었다.

"자, 그럼 시작합니다."

강혁은 메스를 똑바로 쥐고는 환자의 가슴골에 가져다 댔다. 슥 하는 소리가 나는가 싶더니 어느새 피부 절개가 끝나 있었다. 아까보다는 혈압이 올라온 상황이었지만, 그렇다고 해도 정상은 아니었기에 여전히 피하 출혈은 현저히 적었다. 강혁은 절개를 좀 더 깊숙이 그어나갔다. 곧 가슴골 뼈를 긁는 소리가 사방으로 울려 퍼졌다. 인상이 절로 찌푸려지는 그런 소리였지만 그 누구도 고개를 돌리기는커녕 눈 하나 깜빡하지 않았다. 이제부터 개흉 수술이 시작될 것이기 때문이었다. 다른 곳도 아니고 가슴을 여는데 한눈팔 외과 의사가 어디 있겠는가.

"음."

심지어 마취과 의사 댄도 활력징후와 환자의 가슴을 번갈아 보며 긴장을 늦추지 않았다.

"휴, 자. 여기 이제 양옆으로 들어 올리면서 당겨줘."

"네, 교수님."

제인은 몇 번인가 개흉 수술에 참여한 경험이 있었다. 다른 산부인과 의사였다면 세세한 과정 따위는 모조리 잊었겠지만, 제인은 그걸 메모해두고 가끔 들여다보았다. 긴급구호팀 일을 하다보면 언제 어디서 또 들어가게 될지 모르는 일이니까.

"오. 잘하네. 보조는 여러 번 했나본데?"

그 결과, 무려 강혁에게 칭찬까지 들을 수 있을 정도의 실력을 갖추게 되었다.

"네, 아뇨. 그런 건 아니에요."

"아무튼, 이렇게 해주면 고맙지."

이렇게 어려운 수술에서 어디 제1 보조의만 중요하겠는가. 제2 보조의도 상당히 중요했다. 제1 보조의가 집도의의 집도 자체를 돕는다면, 제2 보조의는 시야를 제공하는 역할을 하기에 그러했다.

강혁은 뼈 사이에서 튀는 피를 용케 피해가며, 정확히 중앙선을 따라 그어나갔다. 절개가 이어지면 이어질수록 안쪽 구조물이 눈에 들어왔는데, 그중엔 오늘의 주인공 심장도 있었다.

'역시 뼈가…… 박혔어.'

"거기 너무 당기지 마요."

강혁은 절개가 수월하도록 돕고 있던 한유림을 향해 말했다.

"응?"

아무래도 한유림은 시야가 강혁만큼 좋은 위치에 있는 건 아니었기에, 안쪽 상황을 알 수가 없었다. 그래서 거기가 어느 쪽을 말하는 건지 당장 알기가 어려웠다.

"아니……. 그…… 미안."

'이게……. 머리가 개운하지가 않은데?'

생각해보면 최근 너무 무리하기는 하지 않았던가. 그나마 강혁이 배려를 해주는 덕에 하루 수면 시간은 적절히 챙기고 있긴 했지만 어디 사람이 잠만 제대로 잔다고 제대로 살 수 있단 말인가. 일이 너무 힘들면 다 소용없는 법이었다. 그리고 이곳 한구 지역의 일은 진짜 힘든 축에 속했다.

'음.'

그렇지 않아도 나이가 좀 있는 탓에 건강에 예민한 한유림은 운동 기능부터 점검했다.

'다행히 힘 빠지는 곳은 없고…… 열도 없는 것 같고……. 삼키면서 사레도 안 걸려. 두통도 없고. 어지럽지도 않아. 흉통도 없고. 그럼 가벼운 감긴가?'

가벼운 감기라.

"오늘 이 양반 진짜 이상하네? 아파요?"

"어? 아니, 아프긴. 나 건강해."

이미 가벼운 감기 정도라고 결론을 내린 한유림이었다. 하지만 아무리 그래봐야 독 안에 든 쥐였다.

"어디 봐봐. 아닌데? 지금 귀가 좀……. 빨간데? 이제 와서 수술방에서 부끄럼 타는 건 아닐 테고."

"어……."

"댄, 열 한번 재봐요."

"아, 네."

댄은 자신이 보기엔 하나도 안 빨개 보이는 한유림의 귀를 빤히 바라보면서도 고개를 끄덕이기는 했다.

"어……. 37.8이요. 열이 있는데요?"

"고열은 아니네. 음."

37.8이면 의학적으로 볼 때는 '이제부터 열이 있습니다'라고 말할 수 있는 수준이었다. 그렇다고 해서 무시할 수 있는 수준은 결코 아니었다.

"그……. 음."

강혁은 잠시 갈등했다.

'이대로 갈까? 노인네……. 크게 아프면 어쩌지?'

물론 무슨 큰 병이 없다는 건 여기 오기 전에 반강제적으로 시행했던 건강 검진을 통해 모조리 확인한 바 있기는 했다. 파키스탄에 온 지 엄청 오래된 거 같은 기분이 들기는 했지만 실은 이제 겨우 한 달 남짓 지냈을 따름이지 않은가. 그사이에 큰 병이 진행됐으리라고 생각하기는 좀 어려웠다.

'내가 매일 검진해주고 있잖아, 게다가.'

거기에 더해 강혁은 한유림이 눈치채지 못할 정도로 은밀하지만, 상당히 정확하게 그의 건강 상태를 점검하고 있었다.

"거……. 좀 힘들겠지만. 이 환자 한 교수님 없이는 못 할 거 같거든요? 1시간. 1시간만 버팁시다."

"네? 열 나는 사람보고 수술을 1시간이나 하라고요?"

강혁의 말에 깜짝 놀라 소리친 것은 한유림 본인이 아니라, 옆에 있던 댄이었다. 댄은 비록 마취과 의사지만 현장을 전전하면서 수많은 일차 의료를 담당한 바 있는 사람이지 않은가. 따라서 열이 사람의 업무 수행에 미칠 수 있는 영향에 대해 아주 잘 알았다. 이건 환자에게도 한유림에게도 못 할 짓이란 생각만 들었다.

"그럼 어떡해. 한유림 교수님 말고 여기 누가 이거 할 건데."

"어……."

댄은 일단 아무리 봐도 자신은 아니었기에 고개를 숙였다. 강혁은 그렇게 정수리를 내보인 댄에게서 시선을 뗀 채, 제인을 돌아보았다.

"제인, 열 나는 한유림보다 잘할 자신 있어요?"

"아뇨……."

부끄러운 일이지만 실제로 그러할 것이 분명했다. 여태 한유림이 보여준 수술 실력은 예사 것이 아니었으니까. 강혁이 쉴 때는 단독으로도 집도했었는데, 보조로 들어갈 때마다 놀랐더랬다. 세상에 이 나이에 이만한 기량을 뽐낼 수 있는 의사가 있다니.

평생 갈고 닦으면 저 정도가 될 수 있을까 하는 고민에 밤잠 설친 적도 있었더랬다.

"이렇다니까. 한 교수님, 가능합니까?"

강혁은 그렇게 제인의 정수리까지 마저 확인한 후, 한유림을 바라보았다. 한유림은 아주 복잡한 심정이 되어 있었다.

'음. 나를 이렇게나…… 인정한다 이거지?'

사실 몸 상태 생각하면 수술이고 나발이고 가서 쉬고 싶었다. 하지만 그랬다간 환자가 죽을 거 같아서 억지로라도 수술을 하려고 했는데 그 와중에 강혁의 말까지 듣자 오히려 기분이 좋아졌다.

'허허. 하긴 나 정도면 대단한 실력자이긴 하지.'

해서 웃음이 새어 나왔다.

"뭘 웃고 그래. 어쩌겠다는 거예요?"

"어? 어. 하지 뭐. 1시간이면……."

"너무 무리하지는 말고. 내가 대강 알아서 할 테니까. 딱 적당한 수준만 보조해요. 너무 잘할 필요 없어."

"알았어, 알았어."

"그럼 좋아요. 왼쪽 절개 면 잡고, 3cm 정도만 위로."

"어."

3cm 정도만 위로 당기라니 이게 무슨 로봇 수술도 아니고……. 위쪽에서 보조 중이던 제인은 얼토당토않은 요구에 혀를 내둘렀다.

'방금 적당히만 보조하라고 해놓고 너무 구체적으로 요구하는

거 아닌가…….'

하지만 한유림은 별 어렵지도 않은 듯 딱 강혁이 요구한 대로 움직였다.

"시야는. 시야는 나와?"

"네. 잠깐만……. 음……. 그래, 역시 이놈이……."

강혁은 그렇게 확보한 시야를 통해 심장을 바라보았다. 다친 와중에도 여전히 힘차게 맥동하고 있었는데, 뼈가 하나 박혀 있었다. 아니, 뼈는 하나라고 볼 수 있겠지만 실제로 박힌 조각은 두 개였다.

'아까 내가 바늘로 확인한 건……. 아무래도 앞의 놈인 거 같은데.'

두 조각은 아직 갈비뼈 쪽에서 완전히 분리되지 않은 상태라, 한유림이 들어 올리는 동시에 살짝 각도가 틀어져 있었다. 그 바람에 상처가 조금 벌어졌는데, 그 사이로 피가 줄줄 새어 나오고 있었다. 양이 많지는 않았지만 여기서 더 당겼다가는 어떻게 될지 모를 일이었다.

"본 시저 줘봐."

해서 강혁은 아예 분리시키기로 작정했다. 어차피 수술을 제대로 하려면 가슴을 완전히 열어젖혀야 하지 않겠는가. 지금 이대로 두었다가는 아까 한유림이 말했던 대로 아예 수술을 안 하느니만 못한 상황이 될 터였다. 강혁은 본 시저로 불안하게 연결되어 있던 지점들을 모조리 끊어버렸다.

"됐어. 이제 더 위로 올려도 됩니다."

"평소처럼?"

"네. 평소처럼."

"오케이."

한유림은 다소 멍한 가운데에서도 가슴뼈를 활짝 열어젖혔다. 강혁은 그사이 부러진 조각을 원래 박혀 있었을 모양으로 바꿔 주었다. 그러자 곧 벌어진 틈새로 새어 나오던 피가 잦아들었다.

'수월하다…….'

제인은 그런 수술 장면을 위에서 지켜보며 고개를 끄덕였다. 그녀가 여태 들어갔던 개흉 수술은 언제나 급박하기 짝이 없었더랬다. 사방으로 고성이 오가고, 피가 튀고, 잔뜩 긴장한 얼굴의 집도의가 손이 보이지도 않을 만큼 빠르게 움직이고……. 그에 비하면 지금 이곳은 다소 평화롭다는 생각마저 들 지경이었다.

'말이 안 돼…….'

하지만 이 환자는 심장이 터진 환자 아니던가. 아까까지만 해도 심낭 압전으로 인해 심장이 서서히 멈추어가기까지 했다. 개흉 수술 환자 중 급박하기로만 따지자면 지금 이 환자가 제일 급할 수도 있었다.

'이게……. 클래스 차이인가.'

반면 강혁은 제인의 감탄 따위에는 눈길도 주지 않은 채, 수술을 진행 중이었다.

"일단……. 이거부터 뽑을 거예요."

"뽑아? 지금?"

한유림과 함께 토의하면서였는데 아무래도 한유림은 열이 나서 그런가 평소처럼 생각이 기민하지가 못했다.

"아니……. 지금 뽑으면 환자 바로 죽지."

"그럴 거 같아서 물은 거야."

"뽑는 건 내가 알아서 할 테니까 한 교수님은 저기 아래서 근막이나 떼어 와요."

"근막? 아……. 허벅지?"

"그래. 어휴, 그래도 아직 그 정도로 열이 나진 않나보네. 할 수 있겠어요? 어려운 건 아니잖아."

"할 수 있지. 제인. 여기 좀 당겨줘요. 이제 어려운 건 끝나서 정말 당기기만 하면 됩니다."

한유림은 맡겨만 두라는 식으로 말하며 환자 아래로 내려갔다.

"바로 소독하고 째면 되겠네. 카심. 베타딘."

한유림은 즉시 수술에 돌입했다. 잠시 그런 한유림을 돌아보던 강혁은 흠 하는 소리를 내곤 심장으로 고개를 돌렸다.

'한유림 교수님 실력이면……. 지금 절반 됐다고 해도 할 수 있을 거야.'

열이 난다고 해도, 그게 고열이 아닌 이상에야 걱정할 건 없다는 뜻이었다. 그러니 문제는 이곳이었다.

'자……. 이놈의 뼛조각을……. 슬슬 제거해볼까.'

심장. 환자는 무려 심장에 구멍이 나 있었다. 그것도 두 곳에.

'이걸 어쩌려고 이러지?'

보조를 맡은 제인으로서는 당연히 이런 걱정이 들 수밖에 없었다. 아마 초음파라도 있어서 열기 전에 대강 이런 상황이라는 걸 알았다면 수술을 시작하지 않았을지도 모르겠단 생각이 들었다.

'저걸 뽑으면…….'

아마 심장을 단 한 번도 실물로 보지 못한 사람들은 감히 상상이 안 갈 터였다. 심장이라는 장기가 얼마나 역동적으로 뛰는지. 그 힘이 얼마나 대단한지.

'그때…….'

지금으로부터 대강 2년 전, 그러니까 아직 제인이 남수단 근처에 있을 때의 일이었다. 그곳은 그나마 국제 사회의 관심을 한 몸에 받는 곳 중 하나이기에 상당한 자원이 있었다. 일단 UN과 다른 다국적군이 인도적 목적으로 주둔하는 곳이지 않은가. 이곳과는 달리 나름대로 제대로 된 병원도 있었고, 무려 70명에 달하는 의료진도 있었다. 참고로 한유림이 거절했던 곳인데, 그곳 상황을 알게 된다면 머리털을 죄 쥐어뜯고 대머리가 될 가능성도 있었다.

'그때 심장이 뚫렸지.'

그 환자는 부족 간 갈등으로 벌어진 전쟁 때문에 다친 환자였다. 생각보다 아프리카 쪽 부족 간 갈등은 첨예해서, 한 부족이 죄다 죽을 때까지 이어지는 경우도 많았다. 생존자를 발견해 행운이라고 생각했으나 좌측 가슴에 박힌 기다란 창대를 본 후엔 모두들 말을 잃었었다.

'피가…….'

근처 주둔 중이던 프랑스군과 함께 진입한 부족 거주지에서 환자를 발견한 직후 병원으로 돌아와 수술방으로 직행했다. 그리고 수술방에서 창대를 뽑은 즉시 피가 천장을 향해 솟구쳐 올랐다. 제인은 아직도 그때 그 광경을 잊을 수가 없었다. 아까 한유림 대신 보조하라는 말을 거절한 것도 사실은 그 때문이었다. 산전수전 다 겪은 사람이 겁난다고 말하는 게 웃길 수도 있겠지만, 실제로 겁이 났다.

"좋아. 봉합 기구 줘봐."

그에 반해 정작 집도의인 강혁은 별로 긴장한 기색이 없었다. 그저 카심을 향해 손바닥을 내밀 따름이었다.

"어……. 여깄습니다."

카심 또한 벌벌 떨며 봉합 기구를 건네주었다.

"제인. 그냥 당기고 있으면 돼. 나 혼자 할 거니까……."

"어, 네."

"댄. 혹시 모르니까 활력징후 잘 보고. 흔들리면 바로 대응할 수 있게."

"아, 네."

천하의 강혁이라 해도 심장 파열을 대할 때는 최소한의 준비는 마치고 행동에 나섰다.

"흠."

그는 잠시 봉합 기구에 물린 바늘 끝을 바라보다가 이내 손을 천천히 움직였다. 날카로운 바늘 끝은 곧 심장의 표면을 완전히 뚫고, 정확히 심장 안쪽 근막 직전까지 다다랐다. 여기서 조금만 더 전진한다면 바로 심장 내부였다.

'후.'

당연히 보이진 않았지만 강혁은 알 수 있었다. 손끝으로 전달된 근막의 이질적인 느낌 덕이었다.

'뭐……. 뚫는다고 당장 뭐가 나빠지진 않겠지만.'

심장 안쪽에 봉합사가 남으면, 그게 아무리 녹는 실이라고 해도 언젠가는 문제를 일으킬 가능성이 있었다. 의료 시설은커녕 의료 상식까지 낙후된 이곳에서는 대번에 죽음에 이르게 될 수 있었다.

그 직전에서 바늘을 멈췄으니 성공인 셈이었다. 강혁은 거기서 낚싯바늘처럼 둥글게 휜 바늘을 돌리곤 끝만 겨우 빠져나온 바늘을 잡아당겼다.

'뭘 하는 걸까.'

옆에서 모든 과정을 지켜보고 있던 제인의 고개가 갸웃거려졌다. 모두의 의구심 속에서 강혁의 봉합 기구는 위아래로 계속 움직였다. 아슬아슬하게 심장 안쪽으로 파고들지는 않으면서. 그렇게 10번가량 반복되는 움직임을 마치고 나자, 강혁이 집어 들었던 실의 길이가 거의 절반으로 줄어들었다. 그 말은 곧 그 길이만큼의 실이 심장 안에 남아 있다는 뜻이었다. 그리고 그 실은 강혁이 의도한 대로 둥근 원을 형성하고 있었다. 물론 박힌 뼈를 중앙에 둔 채였다.

"한 교수님. 거기 어때요?"

"어? 어. 이제 나와."

나온다는 건 당연히 근막을 두고 한 말이었다. 그 때문에 제인과 댄 모두 놀란 얼굴이 되었다. 내려가서 수술 시작한 지 얼마나 됐다고 근막이 떨어져 나온단 말인가.

"길이 8cm에 너비 8cm면 적당하지? 작은 거 2개랑."

심지어 상당히 광활한 범위의 절제를 이룬 모양이었다.

"어……. 네. 그 정도면 딱 적당하겠는데."

"오케이. 그럼 바로 뗀다."

"그거 떼면 카심은 마르지 않게 계속 적셔. 말리지 않게 펴고. 펴는 법은……."

강혁은 그걸 카심에게 가르쳐줬던가 하는 생각이 들었다.

'아, 장미한테만 알려줬던가.'

그리고 장미는 밑에 간호사들 전원에게 그걸 알려줬더랬다. 그땐 참 편하고 좋았는데.

"모르지?"

"네."

카심은 모르냐는 말에 아주 당당히 고개를 끄덕였다. 괜히 아는 척하다가 사고 치느니 좀 버벅대는 게 낫지 않은가. 다른 분야들도 그렇겠지만, 특히 의료 부분은 더 했다. 여기서 말하는 사고는 무조건 인명 사고였으니까. 즉 카심의 지금 태도는 상당히 현명하다고 볼 수 있었다.

"역시."

강혁의 마음에 들지는 않았지만.

"한 교수님이 좀 알려줘요."

"어? 어……. 뭐. 알았어. 근데 위에 이제 슬슬 시작해야 되는 거 아냐?"

"아뇨. 이게 2개라. 아직 하나 했어요."

"아하. 알았어. 알았어."

한유림은 하는 수 없다는 듯 고개를 끄덕였다. 아까처럼 미소를 띠고 있었는데, 지금은 실제로도 좀 이상한 미소였다. 미열 때문에 쉬어야 하는데 쉬기는커녕 오히려 긴장하고 있지 않은가. 그러다보니 이상하게 분위기가 살짝 떠버렸다.

"자자. 카심. 이거 보라고."

"어……. 네."

카심은 부담스러울 정도로 푸근한 미소를 띤 한유림을 보며 고개를 끄덕였다. 완전히 새로운 걸 배울 수 있으니 나쁜 일은 아니었다.

"자, 다시 봉합 기구."

"앗, 네."

강혁은 일단 카심에게 또 다른 봉합 기구를 받았다. 방금 처리한 것은 살짝 감았다가 옆으로 치워둔 채였다. 그러곤 다른 한 조각을 빙 두르는 봉합을 해나가기 시작했다. 그사이 한유림은 카심을 가르치기 시작했다.

"다시 봐."

"네, 네."

"이거. 작게 뗀 거."

"어……. 네."

카심은 그제야 한유림이 떼어 온 모든 것을 볼 수 있었다. 총 3

개였는데, 그중 하나가 아까 말했던 8×8cm 크기의 근막이었다. 나머지 2개는 동전만 한 크기로 거의 비슷했다. 자를 대고 자른 것도 아닐 텐데 어떻게 이렇게 똑같을까 하는 생각이 들 지경이었다. 한유림은 그중에서 동전처럼 보이는 것들을 가리키고 있었다.

"이게 뚜껑이 될 거야. 좀 펴다가 말려야 해."

"에……. 뚜껑이요?"

"그래. 뚜껑. 용어가 따로 있었나 모르겠는데. 아무튼, 나랑 강혁이는 뚜껑이라고 불러."

"네에."

"자, 보라고. 어디……. 옳지. 이게 있네."

한유림은 들뜬 얼굴로 수술대 위에 있던 유리판 2개를 들어 올렸다. 원래는 슬라이드 용도로 쓰는 물건을 넣어둔 건데, 무언가를 밀어서 펼 때 쓰기에도 아주 요긴했다.

"이걸로 미는 거야. 봐봐."

"네."

한유림은 유리판을 이용해 자신이 떼어 온 근막을 슥슥 밀어댔다. 워낙 실력이 좋은 사람이라 떼어 온 근막에는 근육이나 지방 등 불필요한 것들이 거의 붙어 있지 않았다. 100% 순수 근막이라는 뜻인데, 그렇다보니 미는 대로 쭉쭉 잘 밀렸다. 어디 찢어지는 부분도 없이, 떼어 온 모양 그대로 넓어지고 얇아지기만 하는 느낌이었다.

"자 이렇게 보니까, 뚜껑이 될 수 있을 거 같지? 뭐 너무 큰 구멍은 잘 안 되긴 하지만……. 강혁이가 해놓은 게 있으니까 어떻게든 될 거야."

"아, 네."

"됐어요? 다 밀었어?"

"아니, 아직 하나 남았어."

"그럼 빨리 좀 해요. 노닥거리지 말고. 열도 나는 양반이 말이 왜 이렇게 많아. 그러다 목 아프다, 이제."

"어, 어. 근데 벌써……. 끝났어?"

"거의. 방금 하나 했잖아요. 연습한 거지, 뭐."

"어……. 그래."

심장 수술하면서 연습 운운할 수 있다니. 정말 미친 사람이라고 보면 되었다. 하지만 어쩌겠는가. 정말 그런 거 같은데. 세상엔 상식을 뛰어넘는 천재도 있는 법이었다. 슥슥. 그래서 한유림은 급히 근막을 밀었다. 이번에는 설명 없이 그저 밀기만 했기에 속도는 굉장히 빨랐다.

"다 됐어."

"오케이. 다 들고 올라와요."

"어, 응."

"댄. 이제 진짜 활력징후 흔들릴 수 있으니까……. 잘 보고."

"네."

"제인은 계속 그렇게만 당기고 있어. 잘하고 있어 지금."

"네."

강혁이 말하는 동안 한유림은 준비된 근막들을 가지고 올라왔다. 그러곤 그중 하나를 집어 들고는 강혁을 바라보았다. 얼른 할 일 하라는 뜻이었다. 강혁은 붉게 달뜬 그의 얼굴을 보면서 고개를 끄덕였다.

"자, 그럼 뽑겠습니다. 하나, 둘, 셋!"

강혁은 셋을 외치는 동시에 박혔던 뼛조각 하나를 빼내었다. 두 뼛조각이 완전히 분리된 건 아니었기에 무척 쉽지 않은 술기라 할 수 있었다. 자칫 다른 조각이 덩달아 빠지거나, 흔들리기만 하더라도 환자는 그 즉시 죽게 될 수 있었으니까. 하지만 강혁은 마치 정밀한 기계라도 된 양 진짜로 딱 목표로 했던 뼛조각만을 빼내었다. 그것도 한 손으로. 나머지 한 손으로는 아까 죽어라 매립해놨던 원 모양의 실을 잡아당겼다. 그러자 그 실이 꽉 올가미처럼 조여지면서 뼛조각이 빠져나가고 남은 구멍을 틀어막았다.

"자, 한 교수님! 빨리!"

물론 그건 아주 한시적일 뿐이었다. 이렇게 무한정 실을 잡아당길 수도 없을뿐더러 심장은 어마어마한 압력이 생성되는 곳이지 않은가. 제아무리 단단하게 만들어준 올가미라 해도 언제 어떻게 끊어지면서 터질지 알 수 없었다.

"어, 어!"

한유림은 미리 준비해놓고 있던 둥근 형태의 말린 근막을 딱 뼛조각이 있던 곳 위에 올려두었다. 일반 근막과는 달리 무척 단단했고, 두께도 얇지 않았다. 허벅지에서 떼 온 근막이기에 그러했다.

"빨리, 빨리. 이거 오래 못 버텨요."

강혁은 낑낑대고 있는 한유림을 재촉했다.

"알았어, 알았어. 단단하게 한 거 아냐?"

"단단하게는 했지. 근데 심장이잖아. 이 사람 나이도 젊다고."

"알았어. 최대한 빨리할게."

한유림은 속도를 높였다. 그러면서도 정확도는 딱히 떨어지지 않았는데, 아마 남들이 보기엔 정말 대단해 보일 터였다. 하지만 강혁이나 한유림 본인에게는 아니었다.

'열이 더 나나?'

한유림은 생각보다 굼뜨게만 움직이는 손을 보며 나직이 한숨을 쉬었다. 평소보다 내쉰 숨이 훨씬 뜨겁게 느껴졌다. 아무리 최근 일교차가 큰 편이었다고 해도, 기본적으로 더운 지역인데 감기라니. 대체 이게 무슨 일인가 싶었다.

'역시 1시간이 한계야.'

반면 강혁은 잠시 댄에게로 고개를 돌렸다. 좀 더 정확히 말하면 댄이 차고 있는 손목시계를 향해서였다.

"아, 여기."

댄은 그의 시선을 느끼자마자 왼손을 높이 들어 올려주었다. 이 열악한 수술실에서 자신의 손목시계가 모든 전자시계를 대신하고 있다는 것을 너무나 잘 알고 있었기 때문이었다.

"음. 고마워."

강혁은 아까 자신이 말했던 순간으로부터 벌써 40분이나 흐른 것을 확인하고는 고개를 끄덕였다. 그렇게 밝은 얼굴은 아니었다. 당연한 일이었다. 시간이야 원래 공평하게 지나간다고 하지만 수술실에서 흐르는 시간은 언제나 아깝고 또 안타까울 따름이었으니까.

"후."

그사이 한유림은 겨우겨우 봉합을 마쳤다. 둥근 형태의 근막은 뼈로 인해 발생했던 구멍을 단단히 틀어막고 있었다. 물론 이것만으로 끝은 아니었다.

"자, 그럼 잠깐 쉬어요."

"어어."

강혁은 머리로 한유림의 머리를 툭 밀어내고는 지금까지 쥐고 있던 실을 근막 위로 교차했다. 그러곤 그 무엇보다 단단하게 타이해서 매듭을 지어두었다. 위에서 내려다보고 있던 제인이 혀를 내두를 정도로 단단한 봉합이었다.

'이건……. 이건 안 터질 거 같은데.'

이게 터지면 그건 하늘의 뜻 아닐까 하는 생각만 들었다. 하지만 강혁이 안배한 것은 이게 끝이 아니었다. 그의 눈이 아직 카심의 기구대 위에 놓여 있는 커다란 근막에 닿았다.

'저거까지 하면 안심이야.'

다른 부위도 아니고 심장의 파열 아니던가. 적어도 안전장치가 셋은 되어야 했다.

"남은 거 안 뽑아? 나 이제 슬슬 힘들어."

한유림은 강혁이 한 2초간 한눈파는 게 그렇게 보기 어려웠는지 대번에 채근했다.

"뽑습니다. 준비됐어요?"

"응."

한유림은 나머지 동전 모양 근막을 들고 고개를 끄덕였다. 강혁은 그런 한유림과 잠시 눈을 맞추고 있다가, 이내 다른 뼛조각을 잡았다.

'흠.'

딱 잡자마자 안쪽으로 틀어박힌 부분이 흔들리는 것이 느껴졌다. 흔들리는 부위가 심장 안쪽이라는 생각이 들자 조금은 아찔한 기분이 들 지경이었다.

"자, 하나, 둘, 셋."

하지만 이런 케이스에 벌벌 떨 둘은 아니었다. 강혁은 별 어려움 없이 뼛조각을 뽑아냈다. 그와 동시에 아까 매립해둔 실을 잡아당겼고 그다음도 아까와 같았다. 한유림은 올가미가 오므라드는 즉시 근막을 가져다 대고 봉합에 돌입했다.

"후."

어쩐지 아까보다 좀 더 힘들어 보이긴 했지만 그래도 손끝이 무뎌지진 않은 상황이었다. 겨우겨우, 강혁의 기준에도 합격점에 들 수준의 봉합을 해낼 수 있었다.

'어쩌면……. 양재원보다 이 양반이 잘하는 거 아냐?'

강혁이 무려 자신이 중증외상센터를 아니, 그 시스템 자체를 맡기고 온 양재원과 비교를 할 정도였다. 현재 양재원 교수가 세계 외상 외과학을 선도하고 있는 것을 생각해보면 정말이지 영광스러운 비교라고 할 수 있었다. 비록 장본인인 한유림은 이런 생각 따위는 아예 눈치도 채지 못한 채 낑낑대고 있을 뿐이었지만.

"휴."

열까지 나는 바람에 연신 한숨을 내쉬며 봉합하는 그의 모습은 그야말로 슈바이처가 따로 없었다. 한유림은 여전히 봉합에만 열중하고 있었다.

'흠.'

강혁은 그런 한유림을 보며 고개를 갸웃거렸다.

'방금 봉합은……. 평소보다 좋은데?'

의술에 있어 고수니 하수니 하는 소릴 하는 게 얼핏 비과학적으로도 보일 수 있겠지만 수술의 영역에서는 분명 고수와 하수가 존재하는 법이었다. 그 경지가 강혁 정도에 이르게 되면 한눈에 상대방 실력이 보이게 되는데, 지금 한유림은 평소와 달리 좀 이상했다.

'속도도 빨라?'

한유림의 봉합은 신속 정확하다는 말이 좀 부족할 정도로 좋았다. 얼핏 예술이라는 단어가 떠오를 정도였다. 그저 둥글게 빙 둘러 봉합하는 것이 아니라, 미세하게 차이가 나는 부위를 맞춰서 근막을 아예 심장에 딱 붙여버리는 봉합이었다. 이 정도의 봉합은 강혁에게도 쉽지 않은 일이었다.

'이 양반…….'

강혁은 최대한 한유림의 몰입을 깨지 않기 위해 손을 비켜주며 계속 그의 손을 응시했다.

"왜……."

"쉿."

뭔가 이상하다는 걸 깨달은 제인이 입을 열려 했으나, 강혁은 그마저도 제지했다. 지금까지 수없이 많은 수술을 들어갔고, 또 수없이 많은 제자를 길러낸 그조차 처음 보는 장면이었다. 이렇게 갑작스럽게 다른 사람이 된 듯 폭발적인 성장이라니.

'어떻게 이럴 수가 있지?'

의학은 무협이 아니지 않은가. 갑자기 뭔가를 깨닫고 하는 일은 없다는 얘기였다. 그저 길고 지루한 과정을 끝없이 반복하고, 또 반복해야 조금씩 나아갈 수 있는 길이었다. 적어도 지금까지는 강혁도 그렇게만 생각하고 있었다.

'약간……. 정신이 없어 보이는데.'

강혁은 이제 한유림의 손에서 눈으로 시선을 옮긴 후였다. 분명 바늘 끝을 보고 있는 거 같긴 한데, 정말 딱 그것만 보고 있었다. 무아지경인가 싶은 생각마저 들 지경이었다. 실제로 한유림은 봉합을 마치고 나서 한 몇 초간 멍하니 있었다. 강혁이 그걸 용인한 것은, 이번 봉합은 단지 그것만으로 완벽해 보였기 때문이었다.

'여기서 굳이 더 뭘 할 필요가 있을까 싶을 정도야.'

하지만 심장이었다. 심장은 아무리 조심해도 지나치지 않은 장기라는 게 그의 지론 아니던가.

"한 교수님."

"음."

"한 교수님."

"어, 어? 어, 할게. 할게."

"아니……. 다 했어요. 그것도 완벽하게."

"응? 아, 미안. 강혁이가 했나?"

한유림은 잠시 눈을 깜빡이고는 눈앞에 놓인 근막 조직을 내려다보았다. 어떻게 봐도 아까 자신이 한 것보다 훨씬 나아 보였다. 아니, 이건 완벽했다. 그래서 자신이 한 게 아니란 결론을 내렸다. 조금은 서글픈 사고방식이긴 했지만, 강혁과 함께 다녀보면 다 이해하게 될 터였다.

"아뇨. 교수님이 했어요, 이거. 기억 없어요?"

"어……?"

"아무튼, 이제 좀 쉬어요. 열이 아까보다 더 나는 거 같아."

"어, 어……. 알았어."

강혁은 한유림의 흐릿해진 눈과 붉게 달아오른 귀 등을 보며 휴식을 권했다. 정확한 체온은 재봐야 알겠지만 아마 39도는 족히 넘어갈 터였다. 약 먹고 쉬어야 했을 타이밍에 무리했으니 어찌 보면 당연한 일이었다. 하지만 다른 건 몰라도 이번 무리는 가치가 있었다.

'이 수술은 한유림 교수가 절반은 했다고 해도 과언이 아냐.'

특히 두 번째 근막 봉합은 정말 놀랄 지경이었다.

'어떻게 갑자기 실력이 저렇게 늘지?'

이미 완벽을 넘어 최고의 수준에 다다른 강혁이지만 여전히 발전에 대한 갈구가 있었다. 그 갈구가 지금의 강혁을 있게 했고 아마 앞으로의 강혁을 있게 할 터였다.

'아니, 일단은……. 일단은 수술부터 끝내자.'

물론 제일 중요한 것은 늘 그렇듯 눈앞의 환자였다. 강혁은 잡념을 털어낸 후, 카심을 향해 손을 내밀었다.

"근막 줘. 이거 덮고 끝낼 거야."

강혁은 한유림이 떼어냈던 근막을 이용해 심장 앞 벽을 완벽히 재건해주었다. 혹 떨어져 나오면서 심낭 압전이 생길 수도 있어서 중간중간에도 매듭을 지어주었는데, 그건 그것대로 또 심장의 안전성을 보장해줄 수 있을 터였다. 그리고 이젠 가슴을 닫고 있었다.

"마지막이야. 철사."

아니, 이미 닫았다고 하는 편이 보다 옳을 터였다. 방금까지만 해도 흉하게 입을 벌리고 있던 환자의 가슴은 이제 완전히 닫혀 있었다. 강혁이 송곳으로 좌우 가슴뼈에 구멍을 뚫고는 철사로 매듭을 짓는 방식으로 닫아버린 덕이었다.

'3시간……. 이런 시발?'

댄은 무심결에 자신의 손목시계를 내려다보았다가 하마터면 비명을 내지를 뻔했다. 그것도 욕설이 뒤섞인 비명을. 그만큼 이 시간은 말이 안 되었다. 3시간이라니? 가슴을 열었는데? 그것도 제대로 된 병원도 아닌 이곳 한구 병원에서.

'여기서 이 사람이 살아난 건 기적이야.'

이제 댄의 시선은 강혁을 향해 있었다. 뼈를 닫은 그는 벌써 피부 봉합에 돌입해 있었다. 그의 지휘를 받은 제인은 갈비뼈가 골절되었던 부위의 봉합을 맡았다. 수술이 잘 되었는지는 굳이 더 말할 필요도 없었다.

'120/80'

환자의 활력 징후는 더 없이 안정적이었다. 혈압만 보고 있자면 사고가 있었는지 없었는지조차 알아차리기 어려울 지경이었다. 얼굴도 상당히 평온해져 있어서 오히려 저 구석에 앉아 있는 한유림이 훨씬 아파 보였다.

'왜 이 사람을 천사라고 했는지 알 거 같아…….'

댄은 원래대로라면 죽었어야 할 환자가 살아나는 것을 보며 이전에 들었던 강혁의 별명을 떠올렸다. 제인의 입에서 나온 '난폭한 천사'라는 별명을 들었을 땐, 솔직히 코웃음이 나왔더랬다. 일단 어감 자체도 웃기지 않은가. 난폭한 천사라니. 무슨 10대록 그룹 이름도 아니고. 적어도 그땐 그렇게 생각했다.

'이게 천사지.'

하지만 기적을 몇 번 체험하고 나니 생각이 달라졌더랬다. 댄은 강혁의 뒤로 후광이 비치는 건 아닌가 하는 착각까지 잠시 일 지경이었다. 마주 보고 있는 강혁의 눈에선 자애로운 빛이 뻗어 나오는 것 같기도 했다.

'잠깐, 마주 봐?'

강혁은 지금 봉합 중일 텐데 왜 마주 보고 있을까.

"댄, 미쳤어? 환자 안 깨워?"

"아."

"확 그냥. 대신 누울래?"

정신 차려보니, 이미 봉합을 끝낸 후였다.

"아, 네, 네. 깨우……. 아니, 깨워요?"

지금 깨운다니, 대체 이게 무슨 말이란 말인가. 물론 피는 거의 안 났지만, 방금 심장 열었던 환잔데…….

"깨워야지. 재워서 관리가 되겠어?"

"어……. 그, 그런가?"

"지금 상태 잘 봐봐. 재워야 할 이유가 있어?"

수술 후 환자를 중환자실로 데려가는 데에는 몇 가지 기준이 있었다. 집도의의 불안을 해소시키는 용도로 데려가는 경우도 상당히 많기는 했지만 그중 제일 중요한 것은 아무래도 활력징후였다.

"어……."

"혈압 정상, 심장박동 수 정상. 호흡 수 정상, 산소 포화도 정상이잖아."

"그건 그렇지만……."

"오늘 수혈 한 팩이라도 들어갔어?"

"아뇨, 그것도 아니긴 하죠."

이만한 수술을 하면서 수혈을 안 할 줄이야. 댄은 대답을 하면서도 살짝 어이가 없었다.

"환자 감염이 있어? 아니면 면역 저하라도 있나?"

"그것도……. 그것도 없네요?"

대화를 이어나가면 이어나갈수록 정말 중환자 케어를 하지 않아도 될 거란 생각이 들었다. 특히 강혁의 마지막 말을 들었을 땐, 하릴없이 환자를 깨울 수밖에 없었다.

"그리고 나가면 중환자 누가 볼 거야. 벌써 둘이나 있는데. 댄, 네가 볼래? 밤새?"

"아뇨. 깨우겠습니다."

그렇게 댄은 지체 없이 환자 깨우는 작업에 들어갔다. 애초에 돈도 없고 장비도 없어서 금방 깨울 수 있는 약을 썼기에, 별 무리는 없었다.

"끄."

다만 케타민의 부작용으로 인해 환자가 환각을 보는지, 잠시 발버둥이 있었다. 하지만 그것도 강혁이 그 육중한 몸으로 내리눌러 단숨에 제압할 수 있었다. 제인은 온몸으로 환자를 내리누르면서 동시에 상처 부위에는 압력이 가해지지 않도록 주의하고 있는 강혁을 향해 입을 열었다.

"잠시만 그대로 있을게요. 환자 완전히 정신 차리면……. 저랑 카심……. 댄이랑만 나갈게요."

"응? 왜 이대로……. 아."

강혁은 영문을 모르겠다는 표정을 짓다가 제인이 수술용 캡을 벗고 자신의 머리를 가리키고 나서야 납득했다는 듯 고개를 끄덕였다. 처음에야 가드들이 보호자들을 막았으니 병원 안으로 들어오지 못했지만 지금쯤이면 수술실 앞에 포진해 있을 터였다.

"어쩔 수 없지. 그럼 여기서 좀 있자고."

"네."

괜히 무리하다가 애써 살려낸 환자를 잃을 수도 있는 노릇이었다. 적어도 이곳에서 여성의 인권은 말살되었다는 말로도 부족했으니까. 해서 강혁은 평소처럼 고집을 부리는 대신 제인의 말을 들었다. 제인은 그런 강혁을 보며 안도의 한숨을 내쉬었다.

"안정……, 됐습니다. 이제 백 교수님은 몸 떼시죠. 환자가 알아도 곤란합니다."

"어? 아, 그래. 응. 거참……."

"자, 나갈게요. 댄, 카심. 아무 말도 하지 말아요."

"네."

카심은 벌써 히잡을 뒤집어쓰고 있었다. 그에 반해 댄은 아까 한유림이 벗어 던진 수술복만 챙겨 입었다. 가발을 쓴 데다가, 마스크까지 하고 있어서 어지간하면 걸리지 않을 거란 자신이 있었다. 곧 수술실 문이 열렸다. 강혁은 밖에서 안쪽에 있는 자신과 한유림을 보지 못하게 슬며시 몸을 숨겼다. 그러면서 아주 자연스럽게 한유림의 이마에 손을 가져다 댔는데, 역시나 39도 이상의 고열이었다.

"노인네, 이거. 괜찮아요?"

"응? 괜찮아 보이냐? 너는?"

"아뇨. 안 괜찮아 보여서 하는 소리지."

"그럼 하나 마나 한 소리는 왜 해."

"걱정을 해줘도 지랄이네."

강혁은 '왜 이 인간은 성격이 이렇게 삐뚤어졌을까?' 중얼거리면서 고개를 가로저었다.

"일단 여기 누워봐요."

"어. 어? 여기? 여기?"

한유림은 우선 가만히 있어야겠다 했으나, 지금은 도저히 그럴 수가 없었다. 강혁이 자신을 번쩍 들어다 안은 것까지는 좋았는데 그러고 나서 내려놓은 곳이 수술대 위였다. 그것도 방금 수술 끝낸……. 뒤에 살짝 찰박거리는 느낌이 있었는데, 이건 아마도 환자 피일 터였다. 설상가상으로 강혁은 한유림 무릎의 살짝 위를 가죽끈으로 묶었다.

"왜, 왜 이래. 왜 이래, 백 교수!"

"쉬……. 쉬. 왜 이래요. 밖에 들으면 어쩌려고."

"읍. 읍!"

강혁은 밖에 있는 보호자들이 들으면 어쩌나 하는 생각으로 한유림의 입을 거즈로 틀어막았다.

"어허. 가만히 좀 있어요. 치료해주려는데, 왜 이래."

"읍! 읍!"

강혁은 그렇게 말하면서 주사기를 집어 들었다. 한유림은 인제 그만 머릿속이 하얗게 물들어버리는 기분이었다. 좋은 일 하러 여기까지 와서 죽게 되다니.

'아니! 아니지! 죽는 건 각오했어! 아주 약간이지만!'

"자, 가만히 있으시고."

"읍."

"왜 이렇게 겁이 많아. 그 나이 먹고."

"읍!"

"귀신같이 찔러줄게."

"읍!"

사람이 더 필요해

강혁은 정말 자신이 말했던 것처럼 귀신같이 한유림의 팔뚝에 주사기를 찔러 넣었다. 그러곤 수액을 연결해 달고는 아까 재어놨던 약도 같이 연결해주었다. 그걸 보고 나서야 한유림은 아, 이놈이 죽이려는 게 아니라 약을 달아주려고 이랬구나 하는 생각이 들어 안도한 얼굴이 되었다.

"자, 이제 이거 빼줄게."

그걸 확인한 강혁은 거즈를 빼주었다.

"방금 왜 그렇게 지랄한 거예요?"

"아니……, 아냐."

"아무튼, 약 들어가니까 좀 어때요."

"좀 나아."

강혁은 자신이 넣어준 약을 돌아보았다. 확실히 열 내리는 데는 저게 짱이었다. 상대적으로 안전하기도 하고.

"그럼 얘기나 좀 해보실까."

"응……? 무슨 얘기를 해……? 이따 하면 안 돼?"

"안 돼."

"어……."

"아까 봉합 어떻게 한 거야. 말해요. 말 안 하면 못 내려가, 여기서."

가슴이 차갑게 식는다. 한유림은 여태 이 말이 그저 은유적 표현인 줄로만 알았더랬다.

'아냐……. 아냐…….'

하지만 실제로 섬뜩한 일을 겪고 보니 은유가 아니라 그저 정확한 묘사일 따름이었다. 한유림의 가슴은 정말로 차게 식어 있었다.

"왜 대답이 없지?"

그리고 강혁은 그런 한유림을 내려다보고 있었다. 눈에 어떤 광기 같은 게 어려 있었는데, 정말이지 무슨 일을 저지를지 모른다는 눈빛이 이런 거구나 싶었다.

"그……. 내, 내가 뭘 어쨌……! 읍."

"쉬……. 소리치지 말고. 아직 불 안 꺼졌잖아요."

"그, 그게……. 뭔."

"불이 꺼져야 엘리베이터가 움직이지. 안 그래요?"

"아."

그러니까 지금 강혁의 말은 아직 환자의 가족들이 1층에 있을 거란 얘기였다. 여기서 남자 목소리가 새어나가면, 방금까지 환자가 남자 의사에게 수술받았다는 사실을 들킬 수 있었다. 한유림도 바보는 아니라 단숨에 알아들었다.

"알았어, 알았으니까 손 치워."

"알았어요."

강혁은 한유림의 말에 자신의 두꺼운 손을 치워주었다.

"대체……. 내가 뭘 어쨌다는 거야."

정말이지 묻고 싶었다. 내가 뭘 했냐고. 고열에 정신을 잠시 놓았던 거 같은데, 그 후로 이 지랄이었다.

"기억이 정말 안 나요?"

"그렇다니까."

"흠."

"그러니까 일단 이것 좀……. 어."

"움직이지 마요."

"어……."

한유림은 찡찡대다가 툭 하는 소리와 함께 불이 꺼지는 것을 목격했다. 카심인지 누군지는 모르겠지만, 1층 불을 내려버린 모양이었다. 잠시 후 엘리베이터 움직이는 소리가 들려왔다. 저까짓 거 하나 운용하는데 불을 꺼야 한다니, 세상에 이렇게 한심한 병원이 또 있을까. 곧 엘리베이터가 멈추는 소리가 들렸다. 어찌나 오래되고 낡았는지 움직일 때마다 사방팔방 광고를 해대는 느낌이었다.

"정말 기억이 안 나요?"

강혁의 질문은 집요했다. 일견 절박함이 느껴질 지경이었다.

'이놈이 왜 이래?'

덕분에 한유림은 아까처럼 무서운 게 아니라 그저 의아해졌다. 대체 그때 자신이 뭘 어떻게 했길래 강혁이 이렇게 나온단 말인가. 그래서 보다 진지하게 아까의 기억을 더듬어보았다.

차분히 생각해보니 자신이 두 번째 근막을 봉합하던 때의 기억이 있긴 했다. 한데 정확히 손을 어떻게 움직였었는지 기억이 나진 않았다. 다만 잔상이 남아 있었다.

"어, 잠깐."

그렇게 다시 무의식을 헤집고 있으려니, 강혁이 그의 어깨를 두드렸다.

"응?"

"방금 손. 그거 다시 해봐요."

"내가 손 움직였어?"

"감기가 아니라 뇌졸중이 왔나. 움직였잖아, 방금."

"아, 그랬나. 알았어."

제정신이 든 한유림은 재차 손을 움직거렸다. 그러자 강혁이 뭐가 그렇게 불만인지 고개를 세차게 저어댔다.

"아니, 아니. 아까처럼."

"어……."

"안 돼?"

"안 되는데."

"음. 아냐. 그래도……. 전보다 나아 지금."

더 정확히 판단하려면 다시 수술을 시켜봐야 하겠지만……. 아무튼, 강혁이 보기에 손에서 답답함이 좀 사라진 느낌이었다. 늘 불필요한 움직임이 뒤섞여 있었는데 그게 줄었다고나 할까. 여전히 완벽하진 않지만, 그래도 작은 벽이나마 통과한 것 같았다.

"아, 근데 백 교수."

그렇게 잠시 고민에 빠져 있으려니 한유림이 강혁을 불렀다.

조금은 갈라진 목소리를 하고서였다.

"왜요."

"나……. 나 진짜 좀 아픈데?"

한유림의 얼굴을 돌아보니, 정말 곧 죽을 거 같은 사람의 표정을 하고 있었다. 안 그래도 못생긴 얼굴이 더 못생겨졌다고 하면 화내겠지만 실제로 그러한 느낌이었다.

"아, 맞아. 열나지."

강혁은 그제야 한유림이 건강하긴 해도 노인이며, 열이 나는 경우 반드시 그 원인을 탐구해야 한다는 사실을 떠올렸다.

"왜 열나는지 좀 볼까."

"빨리도……. 빨리도 말하네."

"일단 가만히 있어봐요. 좀 보게."

"근데 나 이거 풀고 하면 안 돼?"

"낙상 위험이 있어서 안 돼요."

"그럼 다른 침대로 좀 옮겨줘."

"수액 라인 달아서 혼자서는 번거로워."

혼자서도 하라면 할 수는 있을 터였다. 한유림이 꽤 건장한 편이긴 해도 강혁에게는 가벼웠으니까. 하지만 귀찮았다. 대답하는 사이 강혁은 예의 그 날카로운 눈으로 한유림을 내려다보았다.

'기침은 없어. 대화하는 걸 봤을 때 청각에 이상도 없어 보이고.'

그 외에도 몇 가지 심각한 질환에서 보일 수 있는 소견을 두루 찾았지만, 단 하나도 찾을 수 없었다. 역시나 이 양반은 건강하기 짝이 없었다.

'역시 편도염인가?'

기껏해야 편도염이나 생겼겠단 생각에 한유림의 입을 벌리곤 얼굴을 가져다댔는데, 고약한 냄새가 풍겨왔다.

"어우. 시발."

"아니……. 사람 진찰하면서 욕하는 거 되게 무례하다고 생각하지 않아?"

"욕 안 나오게 생겼나 한번 맡아봐요."

강혁은 얼굴을 황급히 떼면서 옆에 있던 마스크로 한유림의 코와 입을 가렸다. 이렇게 하면 자신이 내쉰 숨을 또다시 마실 수밖에 없지 않겠는가.

'욕 안 하나보자.'

하지만 한유림은 기대와는 달리 멀뚱히 있기만 했다.

"잘 모르겠는데."

"아. 코가 막혔나."

"오버하는 거 아냐?"

"아니……. 아니거든요. 아무튼, '아' 해봐요."

"마스크 2개 꼈어? 지금? 모욕적이야, 그런 거."

"냄새를 저장해둘 수도 없고……. '아'나 해봐요."

"음."

강혁의 말에 한유림은 마지 못해 입을 벌렸다.

"어라."

그냥 말만 할 때는 몰랐는데, 의식적으로 입을 벌리려니까 통증이 있었다. 특히 우측이 아팠다.

"지금 최대한 벌린 거예요?"

강혁은 고개를 갸웃거리며 한유림을 바라보았다. 그제야 한유림은 뭔가 잘못되었단 걸 깨달았다.

"어. 이게……. 이게 최대한이야."

"손가락 2개밖에 안 들어가겠는데."

"빠, 빨리 안에 봐봐. 아까 뭔 냄새 맡은 거야. 나 당뇨도 없는데?"

"랩하지 말고요. 말하니까 못 보겠잖아."

"알았으니까 일단 안에 봐!"

한유림은 그 말을 끝으로 거의 필사적으로 입을 벌렸다. 그 때문에 훅 하고 냄새가 밀려 나왔지만, 강혁은 참았다.

"어디……. 어우. 이거……. 안 아팠어요? 아니, 지금 대답하지 말고."

강혁은 한유림의 입이 움찔하는 것을 보곤 제지시켰다. 그러곤 찬찬히 펜 라이트로 한유림의 입안 구석구석을 둘러보았다.

'우측으로는 벌써 농양이 찼는데.'

꾹 하고 설압자로 해당 부위를 누르기도 하면서였다.

"아아!"

당연하게도 한유림은 통증에 펄쩍 뛰었다. 그때쯤 환자 정리를 마친 제인이 안으로 들어왔다. 그녀는 잠시 무슨 말을 해야 할지 모르겠다는 표정만 짓고 있었다.

'이게 무슨 일일까.'

한유림이 수술대 위에 올라와 있지 않은가. 그것도 꽁꽁 묶인 채로. 설마하니 수술이라도 할 생각인가 하는 생각이 들었는데, 그게 아주 착각도 아닌 모양이었다. 강혁이 집어 드는 물건을 보면 알 수 있었다.

"배, 백 교수님. 지금 뭐 하세요?"

"어. 왔어?"

깜짝 놀란 제인과는 달리, 강혁은 평온하기 짝이 없었다. 그저 하던 일을 계속했는데 그게 마취 주사를 집어 드는 일이었다. 한유림은 누워 있어서 시야가 좁아 눈치채지 못하고 있다가 강혁이 그 주사기를 눈앞에 가져올 때가 되어서야 알아차렸다.

"야, 야! 뭐야!"

"농양 찼어요. 빼야지."

"어어! 아니, 증거……. 증거 있어?"

"투 핑거밖에 안 되잖아. 솔직히 내 손가락으로는 하나 반이야."

"누, 누가 좀……. 억."

한유림은 소리치려고 입을 벌렸다가 그대로 강혁의 왼손에 의해 고정되었다. 턱 힘이 얼마나 강한데, 그걸 손힘으로 틀어막다니.

"농양이 찼어요?"

가까이 다가오는 바람에 제인 역시 강제로 벌려진 한유림의 입안에서 풍기는 시큼한 냄새를 맡을 수 있었다. 단순한 구취로는 설명이 되지 않는 악취였다.

"어."

"그런……. 그런가보네요."

제인도 상당히 경험 많은 의사 아니던가. 편도와 농양 환자도 제법 본 바 있었다. 개발도상국에서는 이 질환으로 죽는 사람이 매년 통계로 잡힐 정도로 적지 않았다.

"으!"

"가만히 좀 있어요. 마취하는데 자꾸 움직여."

강혁은 반항하는 한유림을 힘으로 제압한 후, 아까 보아뒀던 부위에 주사기를 찔러 넣었다. 그러자 곧장 아까보다 훨씬 강한 냄새가 흘러나왔다. 주사기가 들어간 구멍을 통해 고름이 살짝 빠져나온 탓이었다.

"으?"

그리고 이번 냄새는 한유림의 코를 찌를 정도로 심했다. 그래서 한유림은 잠잠해졌고, 강혁은 마취를 끝낼 수 있었다. 강혁은 그렇게 대여섯 방 정도를 찔러댄 후, 메스를 집어 들었다. 눈이 마주친 한유림은 눈을 한번 크게 깜빡거려줬다. 하라는 뜻이었다.

"자, 그럼 짼니다."

강혁은 허락을 받자마자 메스 끝으로 고름 주머니를 톡 하고 터뜨렸다. 그 순간 안에 갇혀 있던 치즈 같은 고름이 흘러나왔고, 동시에 한유림은 아까부터 우측 안면부를 감싸고 있던 갑갑한 느낌이 사라지는 것을 느꼈다.

"됐다."

"후."

"삼키지 말고 뱉어요."

"어……. 어."

"그리고 제인."

강혁은 고름과 피 섞인 침을 뱉어대는 한유림을 잠시 바라보다가 고개를 돌렸다. 제인은 그렇지 않아도 집중하고 있던 참이라 즉각 답할 수 있었다.

"네, 교수님."

"이제 슬슬 사람 좀 더 뽑자. 이거 되겠어?"

*

"어후."

한유림은 어제와는 달리 수술대 위가 아니라, 자신의 침대 위에 누워 있었다. 한쪽 팔에는 어제 강혁이 달아둔 수액이 연결되어 있었는데, 항생제와 진통소염제가 들어가는 중이었다.

"좀 어때요."

강혁은 그런 한유림을 내려다보며 물었다. 머릿속으로는 벌써 어제보단 훨씬 낫다는 판단을 내린 후였다.

"어제보단 훨씬 낫지. 좀 아프고……. 피는 나지만."

한유림은 딱 강혁의 예상대로 답했다. 가끔 입안에 고인 피와 고름을 뱉어내면서였다. 아무래도 안에 워낙 많은 고름이 들어차 있었기 때문인지, 하룻밤이 지난 다음에도 여전히 흘러나오고 있었다.

"흠. 색은 옅어졌네."

강혁은 그렇게 한유림이 뱉어놓은 가래를 보며 중얼거렸다. 색만 그런 건 아니었다. 냄새도 훨씬 나았다. 사람 안색도 훨씬 좋아져 있었고.

"안에 좀 볼까요?"

"아. 응."

한유림은 어제보다 훨씬 부드럽게 움직이는 턱관절을 느끼며 입을 벌렸다. 당연히 어제보다 냄새도 훨씬 적게 나긴 하겠지만 강혁은 한유림의 눈앞에서 굳이 마스크 하나를 더 꼈다. 한국대학교 병원처럼 모든 게 풍족한 병원이 아니기에 이만하면 상당한 낭비라 할 수 있었다.

"유난 좀 떨지 마."

"당사자가 아니니까 말을 쉽게 하지. 난 어제 거의……. 외상 후 스트레스 장애 생길 뻔했다고. 다시는 남의 목구멍 못 들여다보게 되는 줄 알았어."

"와……."

"그래, 그대로 벌려요."

강혁은 상대의 입이 쩍 벌어지게 만드는 패드립을 친 후, 그사이 입안을 들여다보았다.

"좋네. 그래도 무리는 안 하는 게 낫겠어."

강혁은 잠시 한유림의 목 안을 들여다보다가 끙 소리를 내며 몸을 일으켰다. 한유림의 얼굴엔 화색이 돌았다.

"그럼 좀 쉬어?"

단 며칠이라도 쉬게 되었다는 생각이 들어서였다. 어찌 보면 참 얄미운 반응일 수도 있겠지만, 이 반응을 보이고 있는 사람이 60세 노인 한유림이라는 걸 생각해보면 그저 안타깝기만 했다.

'그래, 좀 쉬어라…….'

오죽하면 강혁조차 속으로 이런 생각을 했을까. 그야말로 남부러울 거 없이 다 가진 사람이 이 허름한 공간에서의 휴식에 저리 들뜨다니. 강혁은 이날 처음으로 한유림을 데려온 것에 대해 조금 미안한 생각이 들었다.

"쉬어요. 자, 그냥."

해서 한유림의 팔뚝을 톡톡 두드려준 후 밖으로 빠져나왔다. 이상한 데서 지나치게 들뜬 한유림을 보기가 괴로운 건 비단 강혁뿐이 아니었다. 같이 들어갔던 제인도 그러했다.

"백 교수님."

해서 곧장 진료실로 가는 대신, 강혁을 불렀다. 강혁도 잠깐 대화를 나누는 것이 필요하다고 생각했기에 소파에 털썩 주저앉았다.

"제인도 앉지."

"아, 네."

"댄도. 이대로는 안 돼. 알지?"

"알 거 같아요."

제인과 댄은 강혁이 가리킨 소파에 앉았다. 호명하는 대신 손으로 가리킨 카심 또한 마찬가지였다. 강혁은 나머지 셋이 완전히 자리를 잡을 때까지 기다린 후 입을 열었다.

"이거 오늘 아침 발간된 조간신문인데."

옆에 놓여 있던 작은 종이 쪼가리를 집어 들면서였다. 사실 신문이라고 하기도 좀 뭐한 수준이었지만, 이게 한구 지역에서 발간되는 신문 중에서는 제일 공신력 있는 신문이었다. 발행인이 정부 측 인사라 크게 신뢰할 수는 없었지만……. 아무튼, 그래도 신문의 형식을 취하고는 있었다.

"여기 보면 협상 이후 지금까지 한구 지역 내엔 이렇다 할 테러가 없어. 강력 범죄도 줄었고."

물론 대외적으로 '우리 협상했어요' 하고 알리진 않았다. 하지만 어찌 되었건 이곳에 그 협상에 대한 대가로 외국 자본을 투자받으려는 속셈이 있지 않은가. 어떤 식으로든 홍보할 필요는 있었다. 아무튼, 이곳에 사는 사람들도 체감할 수 있을 수준으로 안전해진 마당이었다. 한구 지역이 왠지 모르게 치안이 좋아졌다는 말이 공공연히 나돌 정도였다.

"그래서 그런가, 환자가 늘었거든?"

폭력으로 인한 환자는 줄었지만 오히려 전체 환자 수는 늘고 있었다. 강혁의 말에 매일매일 외래 환자 수를 기록하고 있는 카심이 고개를 끄덕였다.

"네. 음……. 한 15% 정도? 이 추세면……. 올해 안에 2배 이상 늘 것 같습니다."

"수술 환자는 어때?"

"수술은 이미 1.5배 이상 늘었어요. 아무래도……."

이건 협상보다는 강혁과 한유림의 공이 더 컸다. 둘이 온 이후

아무래도 외상 환자 생존율이 크게 올라갔기 때문이었다. 아니, 올라갔다는 말도 좀 모자랄 지경이었다. 그 후로는 아직 아무도 사망한 사람이 없었다.

“그래. 벌써 포화란 말이지.”

“네. 거의……. 특히 간호 인력은 그렇습니다.”

“그나마 카심은 젊어서 버티는 거지, 아니었으면 아마 벌써 한유림 교수님 꼴 났을걸.”

강혁은 고개를 절레절레 흔들며 한유림이 누워 있는 방 쪽을 바라보았다. 쥐 죽은 듯이 고요해진 것으로 미루어볼 때 잠이 든 모양이었다.

“사람이 필요해. 제인, 어떻게……. 방법 있어? 우리 좀 안전해졌다고 하고 본부에서 더 충원받는다든지, 뭐 그런 거 안 되나?”

이대로 더는 안 된다는 건 강혁 혼자만의 생각은 아니었다. 자연히 모두의 눈이 제인을 향했다. 댄과 카심의 표정에도 절박함이 간절히 박혀 있었다. 동일 직종의 누군가가 와줬으면 싶은 마음이 간절했다.

“음.”

제인도 그런 심정을 모르는 건 아니었다. 하지만 그가 속한 단체, 그러니까 국경없는의사회는 작은 단체가 아니었다. 한구 지역만 돌보는 단체도 아니었고.

‘벌써 올해는 백강혁, 한유림을 받았어.’

이 둘은 이를테면 블루칩 같은 것이었다. 거의 모든 현장에서 둘을 원했더랬다. 특히 백강혁을. 그의 실력은 소문이 자자했으니까.

'여기서 또 요청하면……. 대체 언제가 돼야 들어줄까.'

장담하기가 어려웠다. 전 세계에 흩뿌려져 있는 의사 활동가들의 수는 물론 많았다. 하지만 그들에게도 생계가 있지 않은가. 한구 지역처럼 초장기 프로젝트에 과연 몇이나 지원해줄지가 의문이었다.

'하지만 이 사람들을 실망시키면 안 돼.'

제인은 숙였던 고개를 쳐들었다. 백강혁, 한유림, 카심, 댄 그리고 요다를 위해 충원 요청을 하기로 했다.

*

며칠 뒤, 강혁과 마주 선 제인은 자신의 휴대폰을 턱으로 가리켰다. 아마 어디론가 전화를 했다는 뜻일 텐데, 잘 안 풀린 모양이었다.

"뭐래?"

"지금 전반적으로 다들 인력난인가봐요."

놀랄 일은 아니었다. 세상에 이들만큼 사명감 있는 사람들이 더 있다는 것 자체가 이상한 일이었으니까.

"그래서?"

"인력 충원은 내년이나 돼야 가능할 거래요. 일단 공문은 돌려보겠지만……. 이런 식으로 말할 땐 단 한 번도 충원이 된 적이 없어요."

"음."

강혁도 그럴 것 같기는 했다. 무슨 게임도 아니고, 필요 요청을 한다고 딱딱 채워지지는 않을 테니까. 해서 그는 그가 차선으로 세워 두었던 계획을 떠올렸다.

'전화는……. 내가 해야겠네.'

강혁이 3층 거실에 놓인 전화기를 집어 든 것은 점심시간도 훌쩍 넘긴 후였다. 전화 한 통에 시간이 얼마나 들겠나 싶기도 하겠지만, 한구 병원 사정이 녹록지 않았다. 가뜩이나 사람이 부족한 마당에 한유림마저 몸져눕지 않았던가. 강혁으로서는 그나마 오후에라도 전화 걸 시간이 난 게 다행이었다.

"네, 외상 외과 양재원입니다."

얼마간 그러고 있으려니, 그의 수제자이자 한국대학교 병원 중증외상센터 센터장 양재원이 전화를 받았다. 어딘지 모르게 목소리가 굵어진 것 같았다.

'내리깔기는.'

강혁은 비웃음을 가득 담은 표정으로 고개를 절레절레 저으며 말했다.

"새끼."

그러곤 대뜸 욕설을 내뱉었다.

'뭐야, 이거.'

당연하게도 양재원으로서는 아주 혼란스러워질 수밖에 없는 전화였다. 병원 원내 통화망을 통해 연결된 전화이지 않은가. 한 번 거른 전화라는 뜻이었다. 그렇지 않고서는 안 그래도 바쁜 재원이 번호도 모르는 전화를 받을 리가 없었다. 그것도 국제 전화를.

"새꺄. 왜 말이 없어."

국제 전화치고도 음질이 꽤 좋지 못했다. 거의 변조한 음성처럼 들릴 지경이었다. 절대 누구 목소리인지 알아들을 수 없다는 뜻인데, 재원은 어쩐지 가슴이 차게 식는 듯한 느낌이 들었다.

'설마……. 아냐, 아닐 거야.'

왜 그 사람이 떠오를까. 가끔 그립고, 너무 고맙게 생각하는 사람이지만 될 수 있으면 적게 보고 살았으면 싶은 그 사람.

'그 인간은 지금 국경없는의사회로 갔잖아. 거기서 왜 전화를 걸겠어.'

살갑게 안부 전화하고 그럴 사람은 아니지 않은가.

"이놈이 미쳤나. 스승이 전화를 걸었는데, 씹어? 너 재원이 아냐? 아니면 누구야, 이 새끼."

재원이 한참 혼란스러워하고 있는 마당에 재차 강혁의 목소리가 울려 퍼졌다. 상대는 분명 백강혁이었다.

"교, 교수님. 저 재원이 맞습니다."

"근데 왜 씹어. 미쳤어?"

"아뇨, 아뇨. 죄송합니다. 이게 국제 전화라……."

"보이스 피싱인 줄 알았냐? 설마? 이 스승이 건 전화를 보이스 피싱인 줄 안 거야? 그런 거야?"

재원은 속으로 차라리 보이스 피싱이 낫겠다 싶었다.

"아, 아뇨. 교수님. 그럴 리가요."

물론 겉으로 티를 내진 않았다. 강혁은 그가 두려워하면서도 세상에서 가장 존경하는 사람이었으니까. 그 존경하는 마음 뒤엔 감사의 마음 또한 진하게 섞여 있었다. 도저히 함부로 대하기가 어려웠다.

“그래, 그래야지. 아무튼.”

아마 평소 같았으면 몇 분가량 더 난리를 피웠을 테지만 지금 강혁은 뭔가 부탁할 게 있어서 전화를 건 참 아니던가. 해서 그냥 너그럽게 넘어가주기로 했다.

‘왜 이러지? 이 양반이?’

미쳤나 싶을 정도로 너무 너그럽지 않은가. 평소 하던 짓을 생각하면 달라도 너무 달랐다.

“어, 네……. 감사합니다.”

여러 가지 시나리오가 떠올랐지만 그렇다고 뭐 어쩌겠는가. 상대가 천하의 백강혁인데. 그저 감사하다는 말 밖에는 할 수 있는 말이 없었다.

“그래, 감사하지?”

그게 패착이었다. 강혁은 상대의 말 한마디를 허투루 넘기는 법이 없었으니까.

“어…….”

“너 휴가 언제냐? 아니, 이번 달에 내.”

“네?”

“너 아직 여자 친구 없지? 아마 앞으로도 없을 거고.”

“와……. 무슨 말을 그렇게…….”

재원은 진심으로 상처받은 얼굴이 된 채 중얼거렸다. 그런 재원의 모습을 처음 보는 레지던트 몇몇이 대체 무슨 일인가 싶어 웅성거렸다. 강혁에게야 아직도 한없이 모자란 제자일 뿐이었지만 이들에게는 명실공히 대한민국 최고의 외과 의사였기 때문이었다. 그런 사람이 어디선가 걸려온 전화를 받고선 이렇게 안절부절못할 줄이야. 제자들이 웅성대는 동안에도 강혁의 말은 계속되었다.

“맞잖아. 아, 설마……. 장미랑 잘됐나? 그럴 리가 없을 텐데?”

아주 확신에 찬 목소리였다. 절대로 자신이 틀렸을 리가 없다고 믿는 그런 목소리. 한바탕 아니라고 쏘아대면 정말 좋을 텐데, 아쉽게도 강혁의 말은 사실이었다.

‘안 되더라…….’

장미는 정말 괜찮은 사람이었다. 능력도 있고, 똑똑하고 무엇보다 성격이 좋았다. 당연하게도 재원 마음에는 여전히 좋은 감정이 남아 있었는데, 지금으로서는 희망이 아예 없어 보였다.

“야, 우냐? 울면 미안하고.”

“울긴 누가 울어요! 그리고 교수님도 아무도 없잖아요!”

재원은 답답한 마음에 강혁에게 쏘아붙였다. 물론 쏘아붙였다는 건 재원 혼자만의 생각이었다. 강혁은 정말 아무 타격이 없었다.

“뭐래. 너랑 나랑 같냐?”

같다고 하고 싶은데. 차마 입이 떨어지지 않았다. 강혁은 그야말로 다른 종류의 인간이었으니까.

"아, 아무튼. 웬일이에요? 그냥 이런 얘기 하려고 전화 걸지는 않으셨을 거 아니에요."

재원은 이런 대화를 더 이어나가봐야 상처밖에 더 받겠나 하는 생각에 화제를 돌렸다. 다행히 강혁 또한 주제 바꾸길 원하고 있었기에, 그리 어렵진 않았다.

"아, 다름이 아니고. 여기 좀 와."

"네?"

그리고 그 주제는 결코 재원이 원했던 것이 아니었다. 지금 강혁이 가 있는 곳이 무슨 휴양지 같은 곳은 아니지 않은가.

'봉사 간 거잖아…….'

가뜩이나 일 많고 힘들어 죽겠는데, 휴가를 내고 봉사를 오라고? 말이 안 되는 일이었다. 강혁도 알고는 있었다. 외상 외과 의사에게 휴가란 정말 쉼을 위한 휴가인 법이었으니.

'새끼. 많이 컸네.'

그렇다고 이렇게 당돌하게 '네?' 하고 받을 줄은 몰랐더랬다.

"뭔가 오해가 있는 거 같은데, 나 뭐 소말리아 같은 오지에 있는 거 아냐. 파키스탄이야. 여기 경치 죽여줘."

죽여준다는 말에는 여러 의미가 있지 않은가.

"그, 그래요?"

엄청 잘사는 집 아들이면서 해외여행 경험은 거의 없는 양재원으로서는 혹할 수도 있는 말이었다. 파키스탄. 어딘지 모르게 익숙한 나라 이름 아니던가. 언젠가 한 번은 들어본 것 같은 그런 이름.

"그렇다니까? 나 그리고 야전에 있는 것도 아냐. 병원에 있어. 나름 3층짜리야."

정말 거지 같은 시설을 자랑하는 병원이었지만, 이 근처에 있는 누구나 병원이라고 부르는 곳이지 않은가. 강혁은 자신이 거짓말하고 있단 생각은 추호도 하지 않았다.

"오……. 3층짜리 병원에 있어요?"

"어어. 와서 병원 구경도 좀 하고, 관광도 하고 그래. 내가 스승으로서, 어? 제자한테 하는 제안이야. 너 언제 내 말 듣고 후회한 적 있냐?"

"음."

재원은 차마 바로 대답하지 못하고 한숨부터 내쉬었다. 강혁의 말을 듣고 후회한 적이라. 안 한 적이 더 적지 않을까? 하지만 큰 줄기를 놓고 보면, 그러니까 외상 외과를 택한 것을 후회하냐고 묻는다면 그건 아니었다. 지금은 오히려 외상 외과의가 아닌 자신의 모습을 상상하기 어려웠다.

"없지?"

"그……."

"없지?"

여기서 아니라고 하면 죽을 것 같았다.

"없습……, 없습니다."

"그래. 그러니까 휴가 내고 와. 어차피 외래 스케줄은 비어 있고……. 우리가 예약 수술하는 과도 아니니까. 이번 달에 와."

"그……."

"왜 그래. 약속 없잖아."

"그……."

"와."

"근데 저 혼자 가요?"

혼자라니. 강혁은 하마터면 코웃음을 칠 뻔했더랬다. 인력이 없어서 충원하기 위해 부르는 건데 재원 혼자 와서 뭐가 되겠는가. 물론 이 녀석은 한유림보다도 뛰어난 놈이니 도움이 무진장 되긴 하겠지만 기껏해야 일주일에서 열흘 있을 놈이었다.

'아직……. 대한민국은 얘가 필요해.'

이강행도 있고 사대진도 있고 이동주도 있긴 하지만, 그들은 안타깝게도 아직 강혁의 기준에 차진 못했더랬다. 장기적으로 와서 있을 사람은 재원이 아니라 다른 사람이어야 한다는 뜻이었다.

"봉사도 해야지. 아예 놀러 오는 건 아니잖아."

"아, 그건……. 그건 그렇네요."

"김인수 교수라고 알지?"

"아, 알죠. 정형외과."

강혁이 알기로 김인수가 곧 안식년이었다. 1년간 쉴 거란 얘기였는데, 그 1년을 이곳 한구에서 보내면 어떨까 하는 생각이 들었다. 물론 김인수랑은 단 한마디도 상의한 적은 없었다.

"그 사람 실력 좋잖아. 휴가 내고 한번 놀러 오라고 해. 내가 오라고 했다고 하면 올 거야."

"그……. 네."

재원은 순진하기 짝이 없는 김인수 교수를 떠올렸다. 강혁이 자신의 실력을 인정해주었다고 굳게 믿고 있었는데 그 말대로 강혁이 오라고 했다고 하면 그게 어디든 간에 갈 터였다.

"그리고 강일구 교수님도 오라고 해."

흉부외과 명의 강일구. 이제 곧 은퇴할 양반이었다. 은퇴하고 제2의 인생을 이곳 한구에서 보내면 어떨까? 물론 이에 대해서도 단 한마디도 나눠보지 않았다. 강혁 혼자 그렇게 정했다.

"아, 네. 오라고 하면 갈까요?"

"오지. 강일구 교수님은 빚이 있잖아."

"그건……. 그건 그래요."

"또……."

강혁은 그 외에도 몇몇 그에게 빚이 있는 사람들을 읊었다. 그 중에는 의사도 있었고, 간호사도 있었다. 아예 대학병원 밖에 있는 사람들도 있었는데, 듣는 재원으로서는 기가 찰 지경이었다.

'언제 이렇게 발이 넓으셨대?'

외골수 골통 교수인 줄로만 알았는데, 인제 보니 아주 인생을 제대로 살아온 사람이었다. 그렇게 십수 명의 사람 이름을 읊어댄 강혁은 통화 말미에 이런 말을 덧붙였다.

"파키스탄 한구로 오는 길이 좀 후지거든? 근데 그건 걱정 마. 내가 대통령이랑 얘기해서 차량 대기시킬게. 비행기도 전용기 띄우면 되고……. 숙소도 내가 쏜다. 좋지?"

강혁이 이유 없이 이렇게까지 잘해주는 사람이던가. 뭔가 험악한 비밀이 있단 뜻이었으나, 재원은 너무 오랜만에 통화를 나

눈 참이라 그 사실을 그만 간과하고 말았다.

“네, 감사합니다! 교수님!”

그렇게 기분 좋은 통화를 끊고 나니, 어디선가 쉰 목소리가 들려왔다.

“사기……. 치고 있네…….”

고개를 돌려보니 어느새 정신을 차린 한유림이 있었다. 어제만 해도 곧 죽을 거 같더니, 째고 수액 맞고 항생제까지 맞고는 살아난 모양이었다.

“일어났으면 그냥 쉬지. 왜 나와요?”

“사기…… 치니까. 어우. 물 마시니까 살겠네.”

한유림은 고개를 절레절레 저어대더니, 드르륵 소리를 내며 수액 걸이를 끌고 방 밖으로 나왔다. 강혁 앞에 놓여 있던 물을 벌컥벌컥 마시기 위함이었다. 그는 그렇게 몇 모금 연거푸 마시더니 트림까지 했다.

“에, 추접스럽게 진짜.”

“추접은. 죽다 살아났는데. 환자가 생리 현상 보이면 좋아해야지, 의사가.”

“말은 잘하네. 누가 정치인 아니랄까봐, 말은 잘해.”

“근데……. 재원이 여기 오는 거 말야. 괜찮겠어?”

한유림은 정치인이라는 말에 잠시 낄낄거리더니, 이내 진중한 얼굴이 되어 재차 입을 열었다. 강혁 옆 소파에 앉으면서였다. 오래된 천 소파 특유의 곰팡내가 코끝을 찔렀다.

“안 괜찮을 건 또 뭐예요?”

"그렇잖아. 여기 아무리 안전해졌다고 해봐야……. 이제 겨우 2주라고. 아니, 3준가?"

한유림은 제자가 와서 사고당하는 것을 잠시 상상해보았다.

"어후."

상상하는 것만으로도 몸서리가 쳐졌다. 강혁은 혼자 꿈틀거리고 있는 한유림을 보며 혀를 찼다.

"누구 흉내 내는 건가?"

"아니, 아니! 흉내는 무슨. 걱정돼서 그렇지!"

"걱정이요?"

"그래. 제자들 왔는데 사고 나면 어떡해!"

"그런 걱정하는 양반이 여기 와서 한 달 동안 잠은 어떻게 잔 거야."

"음."

듣고 보니까 또 그렇기는 했다. 사실 여기 오기 전에 이곳 상황을 대강이라도 들었으면 오지도 않았을 텐데. 폭탄 테러고 뭐고 다 여기 온 이후 알게 된 상황 아니던가. 그 와중에 참 잘도 잤다 싶었다.

"그리고 걔네 외교부에서 여기 정부 측이랑 협의해서 구해준 차량 타고 올 거예요. 오는 동안에 절대 사고 안 나."

탈레반이 아무리 막 나간다고 해도 정부와 협의된 차량을 건들지는 않았다. 게다가 그 차 안에 외국인이 타고 있다? 그것도 봉사 목적의 외국인이? 건드리는 순간 크게 잘못될 거라는 건 탈레반도 잘 알고 있었다. 국경없는의사회 소속 차량이 오갈 때마다 긴장은 해도 지나친 걱정을 하지는 않는 데에는 다 이유가 있는 법이었다.

"그건……. 그렇네. 근데 관광은? 여기 와서 놀러 다니라며?"

관광이라니. 한유림은 여기 와서 병원 밖 어딘가를 가본 적이 아예 없었다. 그뿐만 아니라, 꽤 오래전에 와서 버티고 있는 제인이나 요다, 댄 또한 마찬가지였다.

"아. 여기선 못 놀지."

"야, 이런 사기꾼."

"이슬라마바드에서 놀면 되지. 우리도 걔들 왔을 때 한 이틀만 가서 있자고요."

"응?"

이슬라마바드에 가서 놀자고? 한유림은 분명 내가 잘못 들은 거지? 하는 생각이 들었다. 적어도 강혁의 입에서 놀자는 말 자체를 처음 들은 것 같았다.

"이게 단순히 봉사만 하러 오는 게 아니잖아요."

"어……. 아냐? 단기 봉사팀 부른 거 맞잖아?"

한유림은 비록 아픈 몸이었지만 정신은 또렷했다.

"오는 건 단기 봉사죠. 하지만……."

강혁은 흐뭇한 얼굴이 되어 그가 부른 사람들의 면면을 떠올렸다. 다들 한 번쯤 강혁에게 큰 은혜를 입었거나, 또는 강혁을 진심으로 존경하는 사람들이었다. 그리고 그중에는 최하림 감독도 끼어 있었다. 최 감독은 다큐 영화로 연이어 홈런을 터뜨린 덕에 현재 진정한 스타 감독이 되어 있었다.

'그 사람이 여기 영상 기깔 나게 뽑아다주면…….'

"아무튼, 뭐. 무슨 계획이야?"

"뭐……. 잘 포장해서 보여주는 거죠. 여기 상황이 진짜 어려운데 오면 보람찰 거다, 뭐 이런 거?"

"음……. 포장을 해?"

"우리 그런 거 잘하잖아요. 외상 외과도 그랬지 뭐, 사실. 최 감독님 불렀어요."

최 감독의 장점은 현실을 있는 그대로 보여주기만 하지는 않는다는 데에 있었다. 만약 그때 외상 외과 현실을 정말 그대로 보여주기만 했더라면 아마 후원금은 들어왔을지언정 지원자가 늘지는 않았을 터였다. 좋은 일이고, 필요한 일인 줄은 알겠지만 힘들어도 너무 힘든 게 사실이었으니까. 하지만 최 감독은 아주 고맙게도 강혁의 의견을 받아들였고, 살짝 포장해서 영상을 내보냈더랬다.

"아……. 최하림 감독님이 오시겠대? 그분 요새 엄청 바쁘지 않나?"

"여기 뭐 길어봐야 열흘 있을 텐데요. 그 정도는 해줄 수 있지."

"해줄 수 있다니. 뭐 그렇게 당당해."

"몰랐어요? 나 여기 와서 모직물도 보냈는데, 최 감독한테. 우리 친해요."

"어……? 언제? 아니, 백 교수 그런 것도 할 줄 알아?"

"필요한 사람한텐 해야지."

"허……."

한유림은 정말이지 너무나 놀랐다는 표정을 지어 보였다.

'이 새끼……. 대통령한테도 안부 전화도 안 하더니?'

아마 신년에 꼬박꼬박 대통령한테 전화를 받기만 하는 인간은 이놈뿐이었을 터였다. 강혁은 허허 웃으며 한유림의 어깨를 툭툭 쳐대고는, 재차 말을 이었다. 손님을 초대했으니 준비를 해야 될 거 아니던가.

"아무튼, 사람 불렀으니까, 여기 숙소도 좀 만들고 합시다."

"어……. 그거 내가 해?"

"그럼 누가 해요?"

"백 교수는 뭐 하고."

"아, 나도 하지. 뭐 설마 내가 혼자 다 시킬까봐? 이번엔 나도 도울게."

"아니……. 돕는다는 게 말이 돼? 애초에 백 교수가 일 벌여놓고?"

"나 좋자고 한 일이에요? 병든 닭마냥 픽픽 쓰러지니까 어? 어떻게든 도우려고 한 거지."

"와……. 말이 또 그렇게 돼?"

"안 그래요?"

"아니, 뭐. 왜 그렇게 화를 내, 또. 무섭게."

하지만 한유림은 강혁이 소리 지르기 시작하자 곧 꼬리를 내렸다. 듣고 보니 자기를 걱정해서 하는 말 같기는 해서였다.

"아무튼, 그렇게 하는 거로 알아요."

"어……. 알았어."

"좀 더 누워 있고. 아픈 양반이 왜 일어나서 난리야. 난리는."

"재원이 부른다니까 궁금해서 나왔지. 그리고 안에만 있으니까 답답해."

한유림은 고개를 절레절레 저으며 안쪽을 바라보았다. 그때 누군가 위로 부리나케 달려오는 소리가 들려왔다.

"교수님! 환자 상태가……."

카심이었다.

"무슨 환잔데? 어허. 한 교수님 도망가지 말고. 답답하다며?"

강혁은 몸을 벌떡 일으키며 물었다. 방 안으로 도망가려는 한유림의 손목을 덥석 잡은 채였다.

"살려줘."

"일단 어디 가지 말고 듣기나 해요. 어떤 환자냐에 따라서 혼자 할 건지, 아니면 교수님 끌고 들어갈 건지 결정할 테니까."

"하나님……."

"교회도 잘 안 다니는 양반이 하나님은 왜 찾아. 아무튼, 어떤 환자야?"

강혁은 한유림을 단 한 손으로 제지시킨 채, 카심을 돌아보았다.

"그, 그……. 전에 닥터 제인이 입원시켰던 환자예요."

"제인이……? 아, 그럼…… 산모?"

"네, 네! 임신 중독증이 호전되고 있었는데……. 갑자기 양수가 터졌어요."

"아."

임신 중독증에서 어떠한 사인도 없이 양수가 터졌다라. 지금 이 한구 병원에서 이보다 더 안 좋은 사인이 있을까? 한유림의 손을 쥔 강혁의 손에 힘이 절로 들어갔다. 한유림은 그 의미를 결코 모르지 않았다.

"가자……. 시발……. 내려가……. 어차피 오래 걸리진 않을 거 아냐……."

강혁과 한유림은 서로 앞서거니 뒤서거니 하면서 계단을 달려 내려갔다. 어차피 환자와 보호자는 이미 분리가 되어 있겠지만, 그런데도 가발을 쓴 채였다. 혹시 모르는 일 아닌가. 조심해서 나쁠 거 없다는 생각에 강혁도 한유림도 제인의 지침을 따르고 있었다.

"들어갑시다."

삐걱거리는 소리를 내며 들어선 수술실은 분주하기 짝이 없었다. 어느새 불려 내려온 댄이 마취를 걸고 있었고, 동시에 바이털을 잡고 있었다. 제인은 수술 가운도 제대로 걸치지 못한 채 장갑만 덜렁 끼고 메스를 들고 있었다.

"어, 어! 빨리! 빨리 와서 거들어!"

그러다 문소리를 들었는지, 제인이 칼 든 손을 휘적거리며 소리쳤다. 평소라면 강혁이나 한유림에게 절대 이렇게 함부로 대하지 못했을 그녀였지만, 응급 상황에서는 칼 든 사람이 대장인 법이었다. 게다가 이 환자는 산모. 산부인과인 제인의 명을 받들어 모시는 것이 너무도 당연했다.

"어, 알았어! 씻지 말고?"

"씻을 시간 없어요! 나중에 항생제랑 소독으로 커버해!"

"오케이!"

강혁도 그렇지만 한유림도 이러한 응급 상황에는 아주 익숙한 사람이었다. 그 어떤 절차도 환자의 생명보다 우위에 있을 수는 없지 않겠는가.

"여기, 내가 당길게!"

한유림은 늘 그러하듯 제인이 절개하기 쉽도록 배를 위아래로 당겨주었다. 임신 중독증이 온 산모이니만큼, 당도 아주 높은 모양이었다. 초음파를 굳이 쓰지 않아도 아이가 얼마나 큰지 알 수 있을 지경이었다.

"좋아요! 절개합니다. 석션 준비하고!"

"석션?"

석션이라는 말에 강혁이 조금은 당황한 얼굴이 되어 주변을 둘러보았다. 제인은 칼을 들고 있는 데다가, 이 수술의 집도의니 석션 따위를 집어 들어서는 안 될 터였다.

'다음은?'

뭔가 이 상황을 예측이라도 한 것처럼 묘한 표정을 지은 채 고개를 숙이고 있는 한유림이 눈에 들어왔다. 입가에 맺힌 옅은 미소를 보면 알 수 있었다. 어쩐지 이 인간이 냅다 뛰는가 싶더니, 이걸 피해서였나. 뭐 이런 생각이 들 때쯤 제인의 성난 목소리가 들려왔다.

"그래요, 석션!"

"어, 어. 알았어."

하지만 뭐 어쩌겠는가. 피가 날 텐데. 피가 나면 시야가 흐려질 텐데. 그러면 수술이 망할 테고, 산모는 물론이거니와 아이의 목숨도 위태로울 수 있었다. 눈앞의 환자는 살리고 봐야 하지 않겠는가.

"흡."

그래서 강혁은 카심이 묘한 얼굴로 건네준 석션을 집어 들었다. 카심은 강혁이 석션을 입에 물자마자 발로 옆에 있던 양철 바구니를 슥 하고 밀어주었다. 삼키지 말고 여기다 뱉으라는 뜻이었다. 분명 고마워야 정상일 텐데, 어딘지 배알이 꼴렸다.

"미안해요."

카심도 괜히 미안하단 생각이 들었지만, 그것도 잠시였다. 제인이 칼을 그었기 때문이었다. 메스가 환자의 복부를 가르자마자 피가 팍하고 튀었다. 워낙 상황이 좋지 못한 터라 활력징후를 정돈하지 못하고 들어온 탓이었다. 임신 중독증 환자에게 적절한 설비도 없이 섣불리 혈압을 낮추는 건 극히 위험해서이기도 했다. 괜히 혈압 낮추겠답시고 약 잘못 썼다가 산모도 아이도 잃는 경우가 허다했다.

"흡."

강혁은 그 피가 제인의 눈을 가리지 않도록 급히 석션에 들어갔다. 제인은 강혁과 한유림의 도움을 받아 아주 빠르게 산모의 배를 가르고 들어갔다. 들어가는 도중 도저히 석션만으로는 해결이 되지 않는 출혈도 있었는데 그때마다 한유림의 손이 번개처럼 움직였다. 수처 타이. 한유림은 강혁 때문에라도 이 술식의 달인이 되어 있었다.

'피만 나면 지랄을 하니까……. 그 덕에……. 출혈은 진짜 잘 보게 됐지.'

"카심! 아이 받을 준비해!"

"네!"

그 덕에 제인은 얼핏 봐도 4kg은 되어 보이는 아이를 곧 끄집어낼 수 있었다. 절개부터 크게 넣은 터라 큰 무리는 없었다.

"아이 받아!"

"네!"

"일단 아프가부터! 점수 어때?"

"네!"

아프가(APGAR). 출생 직후 신생아 상태를 판단하는 검사법이다. 나온 지 오래된 검사법인데도 여전히 그 효용성을 자랑했다. 카심은 여태 제인과 함께 해오면서 이 검사를 도맡아 했기 때문에 아주 능숙했다.

'사지에 청색증……. 심장박동은 분당 80회에……. 때리는데 반응이 없어. 이런 제기랄. 호흡은……. 호흡은 그래도 있어. 휴.'

아프가란 피부색, 심박 수, 반사, 근긴장, 호흡을 평가한 후 종합 점수를 매기는 검사법이다. 보통 임신 중독증 산모에게서 난 환아는 상태가 좋지 못한 경우가 많았는데, 특히 지금처럼 별다른 산전 처치를 받지 못한 경우에는 더더욱 그러했다.

"피, 피! 수혈해!"

문제는 제인이나 다른 의료진들이 미처 아이에게 신경 쓸 시간이 없다는 점이었다. 그러기엔 산모의 상태가 너무 좋지 못했다.

"예상 출혈량은 얼마나 되죠? 피 3개로 될까요?"

"어……. 그건 장담하기 어려워요! 태반이……. 태반이 불안정해!"

태반은 이를테면 핏덩이라고 봐도 좋을 정도로 피가 많이 나는 장기였다. 여기서 본격적으로 피가 나기 시작하면 피 3개는 택도 없을 터였다. 아니, 산모를 잃을 수도 있었다.

"그……. 그럼 자궁 절제술 고려하십니까?"

목숨을 잃느니, 차라리 자궁을 들어내는 것이 나을 수도 있었다. 그나마 자연 분만을 시도하던 중이 아닌 게 다행이지 않은가. 이미 배는 열었으니, 결정만 내리면 가능할 터였다.

"어쩌지?"

이게 대한민국이었다면 바로 보호자 불러서 상황 설명하고 떼면 될 텐데, 극히 보수적인 이슬람 국가인 것이 문제였다. 제인은 여태 자신이 겪었던 보호자의 캐릭터를 되짚어 보느라 여념이 없었다.

'라포는 좋아……. 그리고…….'

보호자는 애처가였다. 처음 병원에 왔을 때도 아이 대신 산모를 살리라는 말을 했을 정도였다. 그렇다면 자궁을 떼고, 아이와 산모 모두 살리게 된다면 어떤 반응을 보일까? 적어도 폭력적으로 나올 것 같진 않았다.

"뗍시다!"

해서 제인은 의학적으로 타당한 결론을 내릴 수 있었다. 이곳이 한구 병원이 아니라 본국의 다른 병원이었다면야 조금 다른 결론을 내릴 수도 있었겠지만 여기서는 이게 최선이었다.

"좋아. 이렇게 당길게요."

한유림은 자궁 안이 잘 보이도록 당기던 것을 멈추고, 자궁 자체가 잘 보이도록 배의 절개 면을 당기기 시작했다. 그러곤 강혁을 불렀다.

"야, 석션! 너 뭐 해!"

다소 도발적인 말투를 써 가면서였다. 당연히 욕이 돌아올 줄 알았는데, 의외로 아무 반응이 없었다. 아니, 아예 이쪽을 보고 있지도 않았다. 강혁은 카심의 앞에 서 있었다. 정확히 말하자면 아이의 앞에 있었다.

"어……. 아이 심박 수 떨어집니다. 60? 40?"

"알아. 나한테 줘봐."

다들 산모에게 정신이 팔린 사이, 아이의 상태가 급변하고 있던 탓이었다. 강혁은 눈앞에 집중하면서도 주변 환자에게도 시선을 분산시킬 수 있는, 아주 넓은 시야의 소유자 아니던가. 덕분에 오직 강혁만이 아이 앞에 다가갈 수 있었다. 일단 강혁은 아이의 심장을 손가락으로 꾹꾹 누르기 시작했다. 임신 중독증 산모에게서 난, 아주 큰 아이이긴 했지만 그래도 신생아 아닌가. 뭐든지 조심스러워야 했다.

"아……."

카심은 강혁이 흉부 압박을 시작하자마자, 아주 약간이나마 사지 청색증이 호전되는 것을 보며 입을 쩍 하고 벌렸다. 신생아의 경우 이러다 그냥 좋아지는 경우도 있지 않았던가. 카심은 여태껏 자신이 보았던 기적을 떠올리며 희망을 품었다.

"이런 망할."

하지만 강혁의 입에서 튀어나온 건 욕설이었다. 거기에 희망 따위는 전혀 담겨 있지 않았다. 강혁은 가슴을 누르는 사이사이 심장 소리를 듣기 위해 가져다 댔던 청진기를 떼어내며 말을 이었다.

"PDA(Patent ductus arteriosus, 동맥관 개존증)야."

"네? 그걸……. 아니. 그렇다 해도……."

카심은 그걸 어떻게 알았냐고 물으려다가 말을 바꾸었다. 여태 강혁이 눈에 보이지 않는 걸 알아맞힌 적이 너무도 많다는 걸 떠올렸기 때문이었다. 대신 이런 의문은 들었다.

'동맥관 개존증은……. 보통 몇 개월 기다렸다가 수술하지 않던가?'

심지어 저절로 막히는 경우도 꽤 있을 지경이었다. 강혁도 카심의 질문을 못 알아듣진 않았다. 물론 그럼에도 표정은 여전히 어두웠다.

"너무 커. 이대로 두면……. 애 죽어. 바로 수술 들어가야 해."

"허……."

"괜찮아. 수술 간단하잖아."

"네?"

그냥 심장 수술도 아니고 신생아 심장 수술이 간단하다니.

"준비나 해. 시간 없어!"

"어……."

한창 산모의 활력징후 잡는 데에 최선을 다하고 있던 댄이 신음을 흘렸다. 그나마 제인이나 한유림과는 달리 귀는 열어둘 수 있는 상황이기 때문이었다.

"그……. 그 아이도 마취 겁니까?"

댄은 제발 아니었으면 하는 얼굴로 강혁을 바라보았다. 강혁은 그런 댄을 무슨 미친놈 바라보듯 쳐다보았다.

"기계가 하난데 무슨 마취를 걸어? 일단 바이털 잡고 있을 테니까, 산모나 신경 써."

"아, 아. 네. 감사합니다. 아니, 감사는 아닌가."

댄은 너무도 당연한 소리로 대꾸한 강혁을 잠시 바라보다가 이내 산모에게로 고개를 돌렸다.

제인과 한유림의 심각한 얼굴이 대번에 눈에 들어왔다. 둘은 지금 강혁이나 카심 그리고 아이에게 무슨 일이 생기고 있는지 알지 못하는 듯했다. 태반에서 피가 계속 흘러나오고 있었으니까. 그나마 집도의가 제인과 한유림이라 다행이었다. 둘의 손이 움직일 때마다 동맥이, 때론 정맥이 묶여나갔다. 그리고 그럴수록 내부의 출혈은 급격하게 줄어들었다.

"후."

마침내 자궁 내로 들어가던 혈관들을 모두 묶고 나서야, 제인의 입에서 한숨 비슷한 것이 새어 나왔다.

"혈압이랑……. 좀 어때요?"

한유림은 그런 제인을 잠시 바라보았다. 짙은 감동이 배인 눈을 하고서였다.

'그동안 외상 환자만 보다가…….'

솔직히 그때는 훌륭한 의사라는 건 인정했지만. 실력도 최고 수준이라고는 생각지 못했더랬다. 하지만 전공과 수술을 본 소감은 아주 달랐다.

'이 실력으로……. 봉사를……. 하긴. 엠디 앤더슨이 무슨 애들 장난도 아니고.'

명실공히 세계 최고의 병원이라는 칭호가 어색하지 않은 병원이지 않은가. 그곳의 산부인과 과장이었으니, 그야말로 최고 중의 최고란 뜻이었다. 한유림은 강혁과 다른 식의 수술은 또 오랜만이라 뭔가 눈이 넓어진 듯한 기분이 들었다.

"혈압……. 안정적입니다. 피는 3개 다 들어갔어요."

댄 또한 한유림의 말에 덩달아 안도의 한숨을 내쉬며 답했다.

"좋아. 그럼 마무리하죠. 카심, 아이는?"

제인은 그제야 비로소 아이에게로 고개를 돌렸다.

"어?"

그러곤 카심이 아니라, 강혁의 품 안에 안겨 있는 아이를 발견하고는 눈을 흡 하고 떴다. 그도 그럴 것이 강혁은 그저 아이를 얌전히 안고만 있는 게 아니었다. 길고도 섬세한, 동시에 억센 손가락으로 아이의 가슴을 눌러대고 있었다.

'아이……. 상태가…….'

그걸 뚫어져라 보고 있으려니, 강혁이 호통을 쳤다. 아까 석션을 하라고 했을 때와는 비교도 안 되는 반응이었다. 강혁은 자신에게 해가 되는 건 참을 수 있어도, 환자에게 해가 되는 건 절대로 못 참는 사람이기 때문이었다.

"신경 쓰지 말고 일단 마무리해!"

"어……."

"빨리! 그래야 애가 살아!"

"아, 네!"

제인 또한 더 캐묻거나 하지 않고 다시 산모에게 집중하기 시작했다.

"자, 봉합."

한유림은 제인이 아이에게 잠시 한눈판 사이에 벌써 자궁을 바깥으로 들어낸 참이었다. 덕분에 제인은 곧장 봉합에 들어갈 수 있었다.

"환자 밖으로 빼면……. 누가 보지?"

"제인, 당신이 봐. 아이는 나랑 한 교수님 둘이서 어떻게든 할 테니까."

"둘이……. 뭘 의심하고 있는데요?"

"PDA. 너무 넓어서……. 지금 효율적으로 피를 보내질 못해."

"그럼 개흉인데, 둘이 됩니까?"

제인은 일전의 개흉 수술을 떠올렸다. 그야말로 깔끔 그 자체의 수술이라고 할 수 있었다. 아마 유수의 대학 병원에서도 그만한 수술은 어려우리라. 하지만 둘이 그렇게 할 수 있을까? 제인으로서는 쉬이 상상이 가지 않았다.

"괜찮아. 한 교수님, 생각보다 실력 좋아. 그리고 신생아는 너무 작아서 사람 많으면 오히려 방해돼. 둘이면 딱 좋아."

동맥관 개존증이란, 태아 때 있던 동맥관이 사라지지 않고 남아 있는 것을 의미했다. 대동맥과 폐동맥 사이에 연결된 관이 사라지지 않는 병이었다. 대개 생후 12시간에서 15시간 내에 기능적 폐쇄가 일어나고, 생후 2, 3주 내에 물리적인 폐쇄가 일어나는 것이 정상이었다. 이후에도 남아 있으면 그걸 동맥관 개존이라고 불렀다. 그러니 사실 이제 막 태어난 아이에게 붙이기에는 조금 이른 감이 있단 뜻이었다. 하지만 언제나 그러하듯 의학에는 예외가 존재하는 법이었다.

'애는 절대로 못 버텨.'

제인은 강혁의 말을 듣고서 섣불리 움직이지 못했다. 강혁의 손에 들린 아이가 너무 작고 또 힘없어 보였기 때문이었다. 저런 아이를 두고 나간다라. 제인과 같이 좋은 의사에게는 쉽지 않은 일이었다.

"닥터 제인."

강혁은 그런 제인을 똑바로 마주 본 채 입을 열었다.

"당신이 맡은 환자는 산모야. 당신이 그걸 확실하게 해줘야……. 나도 안심하고 아이를 치료할 수 있어. 아이가 엄마 없이 자라길 바라는 건 아니지?"

강혁의 말을 들은 제인은 마치 그간 감고 있던 눈이 떠지는 듯한 느낌이 들었다.

"알겠습니다. 알았어요."

제인은 곧장 마무리를 하고, 홀로 산모를 끌고 밖으로 나섰다.

"카심, 가봐. 보호자에게 설명은 해야지."

"아, 네!"

카심은 부리나케 달려가 제인을 도왔다.

"여기, 여기 눕혀!"

한유림은 그나마 산모가 지금까지 누워 있던 덕에 살짝 데워진 수술대 위를 가리켰다. 군데군데 묻어 있던 피와 양수를 깨끗이 닦아낸 후였다. 여전히 수술대 가장자리에는 묻은 것이 있었지만 일단 아이 몸이 닿을 만한 부위는 깨끗했다.

"알았어요. 떨어지지 않게, 조심."

"알지, 나도. 설마……. 낙상 주의도 안 할까봐?"

한유림은 지가 후달리면 늘 남부터 쪼는 습관이 있는 강혁을 보며 혀를 내둘렀다. 아까 제인에게는 둘이면 충분하다고 했지만 그건 강일구 교수처럼 흉부외과에서 잔뼈가 굵은 사람에게나 맞는 말이었다. 적어도 강혁은 신생아 흉부외과 수술에서는 초보나 다름없었다.

곧 전원이 내려갔다. 수술실이 캄캄해졌다는 얘기, 즉 카심이 보호자들에게 상황 설명을 잘했다는 뜻이었다. 아마 환자는 지금쯤 가드들과 함께 무사히 위로 올라가고 있으리라.

'음.'

어둠 속에서도 강혁은 아이를 바라볼 수 있었다. 이제 뉘엿뉘엿 넘어가기 시작한 석양을 통해서.

'그래……. 이렇게…… 해서 묶으면 돼.'

그러곤 이곳에 오기 전 점검하는 차원에서 강일구 교수에게 배워두었던 술기를 떠올렸다. 강혁으로서는 자연히 긴장이 될 수밖에 없었다. 곧 수술방 불이 다시 들어왔다. 댄은 아이의 어깨 부근을 조심스럽게 톡톡 두드리고는 강혁을 바라보았다. 마취를 하겠다는 뜻이었다.

"음, 할까."

"네. 그럼 바로 삽관하겠습니다. 혹시 모르니까……. 메스 들고 대기해주세요."

댄은 강혁의 손에 들린 메스를 보곤 고개를 끄덕였다. 기관 삽관을 한 번에 성공시키는 것이 제일 좋겠지만, 혹시 실패하더라도 비빌 언덕이 있는 셈이었다. 마음이 든든해진 댄은 천천히 아이의 입을 벌렸다. 이제 막 태어난 아이의 입안은 작디작았다. 그 속을 들여다보고 있으려니, 새삼 조금 전에 태어난 아이라는 것이 실감이 났다.

'죽게 둘 수는 없어.'

산모에 이어 아이 수술이라니. 댄은 솔직히 말하면 정신없다는 말도 모자라다는 기분이 들었다. 하지만 눈앞에 놓인, 작디작은 아이를 보고 있자니 미래의 집중력이라도 끌어와야만 했더랬다.

"흠."

댄은 작은 기합 소리를 내고는 가느다란 플라스틱 튜브를 집어 들었다. 그나마 제인이 본부에 요청해서 받아놓은 게 있어서 다행이었다. 이게 없었다면 꼼짝없이 목에 절개창을 넣어야 했을 텐데.

이렇게 작은 아이는 오랜만이라 손이 조금 떨렸는데, 떤 것이 무색하게 느껴질 만큼이나 아주 부드럽게 들어갔다.

"튜브, 제대로 들어갔어?"

강혁은 여전히 메스를 쥔 채로 물었다. 부드럽게 들어갔다고 해서 이게 꼭 기도로 들어갔다는 보장은 없기 때문이었다. 식도로 들어가는 경우도 아주 많았다. 그리고 지금과 같이 수술할 정도로 상태가 안 좋은 신생아에게는 재도전의 기회가 거의 주어지지 않았기에, 바로 째야만 했다.

"잠시만."

댄은 일단 튜브를 고정하지 않은 채, 청진기를 아이 가슴에 가져다 댔다. 그러곤 청진기를 우선 가슴에 놓아두고는 옆에 있던 앰부를 튜브에 연결했다. 그 앰부를 쥐어짜자, 폐가 부풀어 오르는 소리가 들려왔다. 사실 딱히 청진기를 대지 않아도 확인이 될 정도로 가슴이 부풀었다.

"좋아."

그제야 강혁은 안심했다는 얼굴이 되어 고개를 끄덕였다. 메스를 기구대 위에 슬며시 내려놓으면서였다.

"후."

뒤에서 대기 중이던 한유림 또한 덩달아 한숨을 내쉬었다.

"자, 연결됐습니다. 이제 시작하셔도 좋습니다."

댄은 침착하게 나머지 작업을 마쳤다. 숙달된 마취과 전문의답게, 아주 작은 아이임에도 불구하고 용량의 실수는 없었다.

'좋아. 잘하네.'

강혁은 매의 눈으로 댄의 처치를 살펴보고 있다가 이내 아이에게로 시선을 옮겼다. 아까 품 안에 안겨 있을 때에도 그렇게 작더니, 이렇게 내려놓고 보니 더 작았다. 그나마 다행인 점은 그래도 아까 강혁의 심장 마사지로 인해 아주 잠시간 안정을 되찾았다는 점이었다. 그사이 카심이 돌아왔다. 헐레벌떡 뛰었는지 얼굴에 땀이 송골송골 맺혀 있었다. 그럼에도 자기 할 일은 잊진 않았다.

"산모는 안정적이에요. 지금 제인이 돌보고 있습니다."

"좋아. 바로 시작하자고. 우리 소독하고 있는 동안, 기구 다 빼."

"아……. 네. 개흉 세트로 풀면 될까요?"

카심은 바로 얼마 전 썼던 개흉 세트를 떠올렸다. 강혁이 오기 전까지만 해도 단 한 번도 쓸 일이 없었는데, 어째 한 번 풀기 시작하니까 자꾸 풀게 되었다.

"응. 절골은…… 가위로 할 거야. 본 시저도 풀어."

"가위?"

가위로 개흉을 해? 카심은 자기도 모르게 고개를 갸웃거렸다.

"얘 봐라. 얘 가슴뼈가 단단하겠니? 가위로 자르는 게 제일이야."

"아……."

"뭐, 힘이 좀 들긴 하지만. 난 힘세니까."

"그, 그건 그렇죠."

"아무튼, 빨랑 풀어놔. 난 이제 닦아야 해."
"아, 네. 교수님."
강혁은 카심에게 다시 한번 뭘 꺼내야 하는지 주지시킨 후 돌아섰다. 이미 한유림은 베타딘으로 아이의 가슴을 문지르고 있었다.
"음."
"내가 다 했어. 손이나 닦고 와."
"그럴게요. 나머지 좀 더 닦아줘요."
"알았어, 알았어. 걱정 마. 아, 에이 라인(A-line: 동맥 라인, 동맥혈 채혈 및 실시간 혈압 확인이 가능)은……. 우측에 잡으면 되지?"
한유림은 자기 할 말만 하고 다시 돌아서려는 강혁을 불러 세웠다. 베타딘 거즈를 집은 기구로 댄을 가리키면서였다. 댄은 에이 라인을 잡기 위해 주사기를 들고 쭈그려 앉아 있었다. 이미 아이 오른쪽에 위치하고 있었는데, 그쪽이라 확신하고 있는 모양이었다. 강혁 또한 다른 의견이 있지는 않았다.
"당연하죠. 심장 수술하는데 왼쪽에 잡나, 그럼?"
"왜 이렇게 날카로워. 아무튼, 그렇대요. 댄."
한유림은 괜히 성질내는 강혁을 보며 고개를 절레절레 흔들었다. 댄에게는 괜찮다는 뜻의 눈빛을 보내면서였다.
'가슴을 열고…….'
강혁은 그렇게 제 할 일을 하는 이들을 등진 채 손을 솔로 문질러 닦았다. 머릿속은 복잡하기 이를 데 없었다.
'심장을 찾아야 해. 그래야…….'

혹 대동맥을 묶어버리면 어떻게 된단 말인가. 아이는 당장 죽고 말 것이다. 강혁에게는 기적이라는 말이 딱 어울릴 정도로 뛰어난 시각이 있고 극도로 예민한 청각이 있긴 하지만, 부담이 되는 건 사실이었다.

'하지만 여기선 내가 해야 해. 나를 믿자. 나는……. 나는 백강혁이야.'

강혁은 그 후로도 몇 번인가 '나는 백강혁이다'라는 문장을 반복했다. 다른 사람이 보기엔 미친 사람인가 싶을 수도 있겠지만, 명실공히 세계 최고의 외과 의사라 불리는 강혁에게는 이보다 훌륭한 자기 최면은 있을 수 없었다. 또한 세계 최고임에도 불구하고 여전히 존재하는 현대 의학의 한계 앞에선 가끔 이런 자아도취가 필요한 법이기도 했고.

"다 됐어요?"

손을 닦고 온 강혁의 태도는 어딘지 모르게 달라져 있었다. 댄이나 카심이야 모르겠지만, 한유림은 알 수 있었다.

'여유가 생겼는데? 계획이 섰나?'

그 모습을 보고 있으려니 어쩐지 한유림 또한 마음이 좀 편해지는 듯한 기분이 들었다. 이러니저러니 해도 한유림은 강혁에게 크게 의지하고 있었기 때문이었다. 같은 수술이라고 해도 혼자 들어갈 때랑 강혁이 들어갈 때는 완전히 느낌이 다르다고나 할까.

'그래, 이래야 백강혁이지.'

그래서 한유림은 흐뭇한 미소를 지은 채 술을 집어 들었다.

"뭘 히죽거려? 빨리 안 와요?"

딱 강혁의 구박을 듣기 전까지는 그랬다.

"어, 어. 알았어. 간다, 가."

"서 있지 말고 빨리 와요. 아이……. 오래 못 버텨."

한유림은 서둘러 카심이 건네준 가운과 장갑을 끼면서 강혁이 절개하는 모습을 내려다보았다. 제아무리 개흉이라고 해도 아이가 작지 않은가. 범위가 그리 크지 않다는 건 장점이자 단점이었다. 아니, 단점이 더 컸다.

"빨리 들어와요. 벌써 다 쨌어."

"아, 알았어. 여기, 이렇게 당기면 되지?"

그나마 한유림은 강혁과 함께 이런 수술을 몇 번 경험해본 적이 있었다. 많지는 않았지만, 그래도 해본 적이 있다는 건 크나큰 강점이었다. 덕분에 한유림은 강혁의 절개 윗부분을 위로 들어 올려서 강혁이 가슴뼈 아래쪽을 일부 박리할 수 있게끔 시야를 제공했다.

"좋아요."

강혁은 그 즉시 메스로 슥 하고 절개 면 안쪽을 그었다. 그러자 가슴뼈가 아랫부분과 살짝 분리가 되면서 떨어져 나오는 듯한 느낌이 일었다. 아직 그 안으로 뭐가 보이진 않았지만, 적어도 절골을 위해 가위 한쪽을 밀어 넣기에 충분한 공간이 나왔다.

"자아……. 이제 잘라볼까. 댄, 활력징후 어떻지?"

"아직 좋습니다."

"아직? 불길하게 그런 소리 하지 마."

아직이라는 말에 강혁의 눈썹이 꿈틀댔다. 어떻게 보면 참 이쁘장한 얼굴인데 이럴 때는 또 악마 같았다.

"아, 네. 죄송…… 죄송합니다."

댄은 얼굴이 하얗게 질린 채 고개를 숙였다. 단지 강혁에 대한 두려움 때문만은 아니었다. 자신이 은연중에 불안감을 가지고 있었다는 것에 대한 죄책감이었다.

"조심해."

강혁은 댄에게 다시 한번 경고를 한 후, 가위질을 시작했다. 한유림이 단단하게 잡아주고 있었기에 거칠 것이 없었다. 아무래도 잘려나가는 것이 골화가 진행되지 않은 가슴뼈다보니, 소리 자체가 달랐다. 인체 조직이 서걱서걱 잘려나가는 소리도 소름 끼치지만, 이건 더더욱 그러했다. 뚝뚝. 하지만 자르는 사람도, 그걸 보조하는 사람도 눈 한 번 깜빡이지 않았다. 실수 하나가 생명과 직결되는 순간이었기에 그러했다.

'역시 한 교수님 데리고 오길 잘했어.'

사실 성한 몸 상태도 아니지 않은가. 아까까지만 해도 수액 맞고 누워 있던 양반이 이렇게까지 잘해줄 줄이야. 그 덕에 강혁은 무사히 가슴을 열 수 있었다. 작디작은 아이의 가슴 속엔, 역시나 조그마한 심장이 뛰고 있었다. 아주 힘겹게. 바르르 떨면서.

'바르르 떨면서?'

그 순간 댄이 비명을 질러댔다.

"혀, 혈압 안 잡힙니다!"

아까 에이 라인을 달아놓은 보람이 있기는 했다. 혈압의 변화를 당장 알아낼 수 있었으니까.

"이런 젠장! 내가 쥐어짤게! 카심은 제세동기 들고 와!"

"어……. 그거……. 네!"

"한 교수님은 흔들리지 않게 꽉 잡아요. 교대해달라고 하면 교대하고!"

"어, 어!"

꾹. 꾹. 강혁의 엄지와 검지가 아이의 심장을 아주 조심스럽게 쥐어짜고 있었다. 심장이 바르르 떨어대는 바람에 제대로 쥐어짜주질 못했었는데 딱 강혁이 잡자마자 혈압이 돌아왔다.

'이게……. 이게 정말인가?'

댄은 에이 라인에 뜨는 혈압을 두 눈으로 보고 있으면서도 믿을 수가 없었다. 지금 이 혈압은 정상 혈압보다 조금 낮기는 했지만, 아이 상태를 고려하면 이게 오히려 더 나았다.

'이 사람은……. 이 사람은 대체 뭐야?'

물론 지금까지도 충분하다 싶을 정도로 대단한 술기를 많이 보여주기는 했었다. 하지만 이건 술기가 아니라 그냥 마법 아닌가. 기적이라는 말도 부족했다. 꾹. 꾹. 하지만 정작 당사자인 강혁은 그저 당연하다는 얼굴이었다.

"음, 약간 힘든데."

좀 힘들어하긴 했다. 아마 물리적인 힘이 많이 들어가서는 아닐 터였다. 어른 심장처럼 미친 듯이 세게 쥐어짤 필요는 없었으니까.

강혁은 저릿해지는 손아귀를 느끼면서도 하던 톤을 계속 유지

했다. 손끝으로 조금씩 변하는 심장의 움직임을 느껴가면서였다. 너무도 미세한 힘 조절을 하려다보니 확실히 힘들었다.

"괜찮아? 교대해?"

보다 못한 한유림이 나섰다.

"왜? 아직 괜찮아?"

한유림은 망설이는 강혁에게 재차 물었다. 한유림의 눈에는 자신감이 묻어 있었다. 강혁이라면 절대 모를 수 없는 그런 감정이었다.

'이 양반이……. 자신 없으면 절대 이렇게 나올 사람이 아니지.'

한유림은 외과 의사답게 상당히 조심성이 있는 사람이었다. 절대 자기를 지나치게 높게 평가하는 사람도 아니었고. 오히려 자신을 조금 낮게 보는 경향이 있는 편이었다. 아마 강혁과 하도 오래 같이 다녀서 그럴 터였다.

'그래, 이 사람한테는 맡길 수 있어.'

이대로 무리하다가 사고 치는 것보다는 한유림에게 맡기는 것이 낫겠단 생각이 들었다.

"아니, 지금 바꿔줘요."

"어, 알았어."

"할 수 있죠?"

"백 교수 정도는 아니더라도, 혈압 유지는 할 수 있어."

마지막으로 확인은 해보고서였다. 다행히 한유림은 상당한 자신감을 내비쳤다. 강혁은 조심스럽게 손을 떼어냈다. 꾹. 동시에 한유림이 아이의 심장을 누르기 시작했다. 강혁이 그랬던 것처럼 엄지와 검지를 이용해서였다. 꾹. 한유림의 손은 생긴 것과는 달리 아주 젠틀하게 움직였다. 쥐어짠다는 느낌보다는 거의 어루만진다는 느낌을 주었다.

"혈압……. 유지됩니다."

당연하게도 댄은 크게 놀란 얼굴이 되어 있었다.

'이 사람도 이게 가능해? 대한민국에는 얼마나 뛰어난 의사들이 있는 거야, 대체.'

댄이 아는 한국 의사라고는 꼴랑 이 둘이 다인데, 둘 다 괴물 같은 실력자이지 않은가.

"일단 계속할게요."

"네, 한 교수님."

한유림은 댄에게서 혈압이 안정되었다는 말을 듣고도 안심하진 못했다. 이대로 계속 부정맥이 유지될 경우, 아이의 생명은 위태로울 것이 뻔했기 때문이었다. 비록 얼마간은 귀신같은 솜씨로 유지할 수는 있겠지만, 그게 영원할 수는 없는 노릇 아니겠는가.

"이거……. 아미오다론(Amiodarone: 심실성 부정맥 치료에 쓰는 약물)이라도 줘야 되는 거 아냐?"

그래서 초조한 마음을 안고 강혁에게 물었다. 하지만 강혁은 한유림의 질문을 듣지 않고 있었다. 그저 아이의 심장을 뚫어져라 바라보고 있었다. 어찌나 눈이 날카로운지, 저 눈으로 심장을 베는 게 아닌가 하는 생각마저 들 지경이었다.

"잠깐."
"응?"
"잠깐 떼봐요."
"어? 그러다가……."
"아니. 떼봐, 일단."
지금 손을 떼라는 건 아이 죽으라는 거 아닌가. 처음엔 당연히 이런 생각이 들었다. 하지만 강혁은 허튼소리 하는 사람이 아니었다. 적어도 의학적인 면에 있어서만큼은 절대라는 말을 써도 좋을 정도였다.
"음. 알았어."
해서 한유림은 꺼림칙한 표정을 지으면서도 일단 손을 떼어냈다. 여차하면 바로 손을 가져다 댈 수 있도록 준비를 하면서였다.
"어……."
"뛰지?"
"뛴다. 다시 뛰어."
"혈압은?"
강혁은 손을 떼어냈음에도 정상적으로 뛰는 심장을 눈여겨본 후, 댄에게로 고개를 돌렸다. 댄 또한 에이 라인에 초집중하고 있는 중이었다. 때문에 혈압의 변화를 즉시 알아차릴 수 있었다.
"유지……. 유지됩니다."
'좋아. 시간은 벌었어. 역시 심장 자체에 문제가 있는 건 아냐. 다행히…….'
동맥관 개존증이 됐든, 심장막 천공이 됐든 심장에 너무 과부하가 걸리게 되면 그걸 보상하기 위해 뛰다가 어떤 식으로든 문제가 생기기 마련이었다. 이 아이의 심장도 일시적으로 그걸 겪은 거라고 보면 되었다. 비록 태어나자마자 겪기엔 너무 큰 시련이었지만. 아무튼, 넘어갔으니 다행이었다.

그때 제세동기를 든 카심이 뛰어 들어왔다. 응급실에만 비치해두고 있었던 탓에 시간이 좀 걸렸다. 땀이 아까보다도 더 범벅이 되어 있었다. 가운이며 장갑이며 모두 오염이 되어서 바로 수술에 투입할 수도 없었다.

"와, 왔습니다."

그는 그래도 참 보람 있다는 얼굴로 외쳤다. 계속 뛰어다니느라 힘들긴 했지만, 그래도 사람 생명 살리는 데 일조했다는 생각에서였다. 하지만 강혁은 그런 카심의 보람을 일정 부분 지워버렸다.

"어, 미안. 돌아왔어."

"네?"

"심장, 돌아왔다고."

"허……."

"빨리 가운이랑 장갑 다시 끼고 복귀해. 일단 없는 동안에는 우리끼리 할 테니까."

"어……. 네, 네. 알겠습니다."

카심은 허탈하다는 얼굴로 제세동기를 내려놓았다. 물론 아이 심장이 돌아온 건 너무 다행한 일이긴 한데 뭔가 좀 억울했다.

"어디……."

강혁은 카심이 서둘러 가운과 장갑을 벗어 던지는 사이, 아이의 심장을 매만졌다. 아이의 심장에서 빠져나오는 대동맥을 찾기 위함이었다. 워낙 크기가 작다보니, 대동맥이 그냥 동맥 같아 보였다. 심장에서 기원하는 것을 확인하지 않는다면 헷갈릴 것이 뻔했다.

"그거, 그거 아닌가?"

한유림 또한 가슴을 양쪽으로 당겨주면서 동시에 거의 고개를 처박고 있었다. 보조의이긴 하지만 그 또한 집도가 충분히 가능한 실력자이지 않은가. 도울 수 있으면 도와야 했다.

"음. 맞는 거 같아요. 잠시만. 아, 맞네. 이게 심장에서 나와. 좌심실에서."

"그럼 그게 대동맥이고. 폐동맥은?"

"이거 같은데."

"그럼……. 그 2개 사이에. 어? 이렇게 굵다고?"

한유림은 오히려 대동맥보다도 더 굵어 보이는 동맥관을 보며 어리둥절한 표정을 지어 보였다. 상식적으로 말이 안 되지 않은가. 세상에 사람 몸에 대동맥보다 굵은 혈관이 있어서는 안 될 테니. 하지만 뭐 어쩌겠는가. 눈앞에 보이는데.

"이거 진짜 헷갈리게 생기긴 했네."

강혁 또한 방금 대동맥과 폐동맥을 꼼꼼하게 확인했지만, 동맥관이 너무 굵어 순간 망설여졌다. 이걸 정말 묶어도 되나 하는 생각도 들었다. 언젠가 동맥관 대신 대동맥을 묶어서 환자를 잃었다는 의사의 얘기가 팍 이해가 갔다.

"이거 맞지?"

"맞죠."

"응. 내 생각도 그래."

"좋아. 그럼……."

강혁은 몇 번인가 더 한유림과 함께 확인했다. 의료진 둘이 서로 의견을 확인하는 과정을 더블 체킹이라고 하는데, 이런 중대한 시술을 앞두고 있을 땐 거의 필수라 할 수 있었다.

'확실해.'

그렇게 확신을 갖게 된 강혁은 아직 미처 가우닝을 마치지 못한 카심을 대신해 기구대 위에 있는 실을 집어 들었다. 실크였는데, 굵기가 상당했다. 2번 실 정도는 되어 보였다.

"자, 그럼 묶습니다."

"응. 내가 이렇게 잡아줄게."

"오케이."

한유림은 강혁이 타이하기 쉽도록 동맥관을 보다 더 밖으로 잡아당겼다. 강혁은 살짝 위로 달려 올라간 동맥관 뒤로 실을 둘렀다. 그 움직임이 너무 유려해서 한유림은 마치 강혁이 실 가지고 춤을 추는 건가 싶은 생각이 들 지경이었다. 원래도 섬세한 강혁의 손가락이 지금은 그 한계치에 가까운 움직임을 보이고 있었다. 매듭이 하나 지어지고, 또 하나의 매듭이 지어지고 그 위에 또 하나의 매듭이 지어질 때마다, 동맥관은 단단하게 틀어막혀갔다.

"어, 옳지."

그와 동시에 산소를 풀로 줘도 좀처럼 95 이상 올라가지 못하던 아이의 산소 포화도가 99를 찍었다. 댄은 그 기쁨에 자신도 모르게 파이팅 자세를 취하며 웃었다.

"다시."

정작 그걸 해낸 강혁은 여전히 아이의 동맥관만을 보고 있었다. 이제 겨우 대동맥에서 뻗어 가는 뿌리를 묶었을 따름 아니던가. 완전히 정리하려면 폐동맥 쪽도 묶어주어야만 했다.

"여기, 여깄습니다."

그사이 채비를 마친 카심이 다른 실을 건네주었다. 덕분에 강혁은 손만 내밀어서 실을 받을 수 있었다.

"자."

한유림은 이제 반대편 뿌리를 노출시켰다. 말 한마디 없어도 척척이었다. 둘이 여태 쌓아온 호흡은 정말이지 무시할 수 없었다. 강혁의 손이 또다시 유려하게 움직이더니, 실이 혈관 뒤쪽을 둘러 지나갔다. 매듭 또한 아까와 마찬가지로 단단하기 그지없었다. 하나의 예술 작품이랄까.

"좋다."

한유림은 노출하기 위해 벌리고 있던 켈리를 옆으로 이동하며 고개를 끄덕였다. 댄 또한 여전히 잘 유지되고 있는, 아마도 앞으로도 영원히 그럴 거 같은 혈압을 보면서 웃었다. 오직 강혁만이 표정 변화 없이 카심을 향해 손을 내밀 따름이었다. 끝날 때까지 끝난 게 아닌 건 스포츠 경기뿐만은 아니었으니까.

"가위."

"네."

강혁은 카심에게 가위를 받아다가 방금 자신이 묶어둔 타이 사이로 가져갔다. 툭. 그러곤 그걸 자른 후에야 비로소 웃었다.

"휴. 이제 닫자."

원래 같았으면 제아무리 연골이라 해도 드릴로 구멍을 뚫는 게 옳았다. 그 후에 철사나 두꺼운 실로 봉합을 하는 것이 원칙인데, 여기서는 그런 원칙을 다 지킬 수가 없었다. 일단 수술실 자체도 양압 환기가 안 되는 상황 아닌가. 그 바람에 바깥의 공기가 무방비로 술술 들어왔다. 다들 항생제를 믿자는 마음가짐으로 일하고 있지만, 곰곰이 생각해보면 실로 한심한 상황이라 할 수 있었다.

"이게 되는구나, 진짜."

강혁은 원래 코 수술할 때 정말 가끔 쓰이는 송곳 같은 것으로 연골을 뚫고 있었다. 그걸 본 한유림은 혀를 내둘렀다. 이놈은 블랙 워터스에서 대체 뭘 했길래 이렇게 임기응변에 강한 걸까. 이런 걸 볼 때마다 과연 어떤 걸 하는 곳인지 못내 궁금해졌다.

'나도 나중에 가볼까?'

심지어 이런 생각까지 들었는데, 역시나 아주 잠시뿐이었다.

'아니지, 내가 미쳤나.'

지금 이곳만 해도 정신이 나갈 정도로 힘든데 어찌 총탄이 날아드는 곳으로 간단 말인가. 그건 말도 안 되는 일이었다.

"되지, 그럼. 잘해야 되긴 하지만."

강혁은 정말 바늘이 딱 들어갈 정도로 작은 구멍을 뚫어놓으며 대꾸했다. 그러면서도 손은 단 1mm도 떨지 않았다. 사람이 다 잘할 수는 없는 법일 텐데, 이놈은 사람이 아닌가 하는 생각이 들 정도였다.

"후. 이제 다 뚫었고. 실 통과시킵니다."

"그래. 내가 위에서?"

"그러죠."

"오케이."

살갗을 봉합할 때는 미리 실을 통과시켜 둘 필요는 없었다. 하지만 뼈나 연골을 봉합할 때는 얘기가 좀 달랐다. 이건 단단한 조직이라 한번 당겨져서 닫히면, 그때 가서 실을 통과시키기란 거의 불가능한 일이기 때문이었다. 한유림이나 강혁이나 그러한 사정에 관해서 알 만큼 다 아는 사람들 아닌가. 이후로는 대화 한마디 나누지 않고도 척척이었다. 곧 둘은 각기 할당받은 지점에 대한 술기를 거의 동시에 끝마칠 수 있었다.

"됐어?"

"제가 한 교수님보다 늦는 거 봤어요?"

어쩜 같은 말을 해도 이렇게 싸가지 없게 할 수 있을까. 한유림은 이것도 재주는 재주란 생각에 한숨을 쉬었다.

"어휴."

"어휴, 뭐."

"아냐. 닫어, 이제."

둘은 방금 통과시켜둔 실들을 하나하나, 장력이 너무 심하게 가해지지 않도록 주의해가면서 잡아당겼다. 그러자 곧 아이의 벌어져 있던 가슴이 가운데로 오므라지듯 닫혔다. 아주 가벼운 충돌음을 내면서.

"자, 활력징후는 어떻지?"

강혁은 완전히 닫기 전에 댄을 바라보았다. 혹 닫고 나서 문제가 생기면 대처하는 데 아무래도 시간이 걸릴 수 있기 때문이었다. 물론 강혁이 볼 때 수술은 완벽하긴 했다. 또 동맥관 개존증은 그것만 해결해주면 거의 바로 좋아지는 질환이기도 했다. 하지만 적어도 사람 생명을 다루는 입장에서 조심해서 나쁠 건 없었다.

"아, 아주 좋습니다. 단 한 번도 흔들리지 않고……. 지금 약도 안 들어가는데 아예 변화 없습니다."

"좋아. 혹시 모르니까……. 그래도 잘 좀 봐줘."

"네, 교수님. 걱정 마십쇼."

강혁은 시원스레 고개를 끄덕이는 댄에게서 시선을 떼어냈다.

'뭐……. 닥터 댄이라면 믿을 수 있지.'

"타이 하죠."

자신과 마찬가지로 다른 실을 꼬아 쥔 한유림을 바라보면서 말했다.

"좋아. 빨리 끝내자. 빨리한다, 빨리한다 했는데, 벌써 2시간 다 되어가."

"그렇네. 내가 요새 좀 무뎌졌나."

"그럴 수도 있어. 확실히 수술 건수는 줄었잖아."

그런 둘을 보면서 카심과 댄은 잠시 눈을 맞추었다. 실력도 실력이거니와, 방금 나눈 대화가 어이가 없어서이기도 했다.

'미친놈들이……. 개흉 수술을 2시간 안에 끝내고……, 뭐? 늦어져? 마취 시간도 포함했는데?'

'돌았나……. 이게 무뎌진 거라고? 그럼 전에는 대체 어땠다는 거야.'

'한국은 다 이러나……. 유학을 한국으로 갔어야 됐는데…….'

'나중에 기회되면 진짜 꼭 한번 가보고 싶다…….'

댄과 카심은 서로 비슷한 생각을 하며 고개를 끄덕였다. 그사이 강혁과 한유림은 타이를 마무리했다. 과장 조금만 보태면 단 한 번도 갈라진 적 없어 보일 정도로 깔끔한 봉합이었다. 애초에 절개 자체가 완벽했다는 얘기였는데, 그게 진짜 놀라운 것이었다. 톱도 아니고 그냥 가위로 자른 거였으니까.

아이에게 이런 선천성 질환이 있었다는 건 물론 불행한 일이었지만 태어나자마자 강혁에게 발견되어 곧장 치료받게 된 것은 크나큰 행운이었다. 아마 강혁이 아니었다면 이 아이는 반드시라는 단어를 써도 좋을 정도의 확률로 죽고 말았을 터였다.

'그러니까……. 한유림 교수님을 키워주자.'

그리고 강혁은 꼭 자신이 아니라 한유림만 있어도 비슷한 일이 벌어지게 하고 싶었다. 그래, 한국에 두고 올 수 있었던 양재원처럼. 여전히 뺀질거리긴 해도 실력 하나만큼은 최고 아니던가. 아직 강혁이 보기엔 조금 모자라긴 했지만, 그래도 양재원은 뒤를 맡길 수 있었다. 만약 한유림이 그렇게 되면 이곳 한구 병원은 물론이고 앞으로 가게 될 어떤 곳이라도 크나큰 도움이 될 터였다.

"안 힘들어요? 연속 두 번 수술했는데. 게다가 한 교수님 지금 좀 아프지 않아?"

제아무리 적절한 배농이 들어갔다고 해도, 일단 그 농이 찰 정도로 염증이 심각했던 상황 아니었던가. 몸이 아주 멀쩡하다고 하면 그게 정말 이상한 일이었다.

"어……. 그러고 보니까 다시 좀 아픈 거 같기도 하고."

"그러니까 일단 좀 쉬라고. 아, 댄. 아이 깨우자."

강혁의 말에 댄이 놀란 표정을 지어 보였다.

"네? 깨워요?"

"응. 깨워서 나가야지. 지금 밖에 벤틸레이터 없어."

"아……."

심장 파열에, 종아리 결손 환자에, 산모까지. 이미 2개는 돌아가고 있었고, 다른 하나 또한 필요하면 바로 달아야 하는 상황이었다. 이 상황에서 애까지 달 수는 없는 노릇이었다.

"괜……, 괜찮을까요?"

"괜찮아. 수술 내가 했어. 아이는 괜찮을 거야."

"음……."

댄은 강혁의 말에 잠시 고개를 숙였다. 사실 그가 가지고 있는 의학 상식으로는 좀 이해하기 어려웠다. 하지만 강혁이 괜찮다고 하니까 정말 괜찮을 것 같았다.

"알겠습니다. 깨우겠습니다."

"좋아. 한 교수님은 나랑 같이 튜브 뺄 준비해요."

"어? 어."

"그리고 가서 쉬어. 오늘은 제발 환자 그만 오라고 기도도 좀 하고. 교회 다닌다고 했던가?"

"어, 그렇지. 너 땜에 못 간 지 몇 달 되긴 했는데."

"그럼 안 들어주실 수도 있겠네."

"재수 없는 소리 말고……."

댄의 조작으로 쉴 새 없이 움직거리던 마취 기기가 멈추었다. 동시에 호스로 전해지던 마취 가스가 끊어지면서 호스가 톡 하고 아이의 머리 옆으로 떨어졌다. 물론 충격은 없었다. 댄이 잡고 있었으니까.

"산소는 들어가고 있습니다. 근데……."

성인 환자들은 깨울 때 부르면서 깨우면 될 일이었다. 피차 말을 알아들으니까. 하지만 이 아이는 신생아였다.

'소아 에어웨이(airway, 기도 확보)…….'

아이를 내려다보는 댄의 눈이 가늘어졌다. 가늘게 뜬 눈 사이로 오래된 회한이 느껴졌다. 잊으려고 해도 잘 잊히지 않는 기억 때문이었다.

'나 1년 차 때. 그땐 진짜 무서웠는데.'

누구에게나 처음은 있는 법 아니겠는가. 지금은 완숙의 경지에 이른 댄이라지만, 그도 마취과 의사로서의 첫 경험이 있었다. 아이였는데, 나이는 지금 이 아이보단 훨씬 많았다. 하지만 점액다당류증(MPS, Mucopolysaccharidosis)이 있어 정말이지 에어웨이 확보가 어려운 아이였더랬다.

'그때 그 아이……. 죽을 뻔했어.'

아마 옆에 있던 이비인후과 교수님이 아니었더라면 십중팔구 그렇게 되었을 터였다. 심지어 그 교수님까지도 기관절개하면서 애를 먹을 정도였다. 점액다당류증 환자들은 목이 두껍고 짧아서 절개도 어려웠으니까.

"괜찮을까요?"

찰나의 순간에 옛 기억을 떠올린 댄은 고개를 털어내고는 강혁을 향해 물었다. 강혁은 댄 대신 오직 아이만 바라보고 있었다. 어느새 칼을 쥐고 있었는데, 혹시 모를 사고를 예방하기 위함인 듯했다. 그가 워낙 집중하고 있었기 때문에 답은 한유림에게서 들을 수 있었다.

"백 교수를 믿어요. 알잖아, 이 친구……. 의학적으로는 틀리는 법이 없어."

의학이란 게, 사람 몸이라는 게 얼마나 천차만별이고 또 광범위한데. 틀리는 법이 없다니.

'근데……. 그런 거 같긴 해.'

하지만 댄은 어쩐지 심정적으로 그 말에 믿음이 갔다.

"알겠습니다. 그럼……. 믿겠습니다."

해서 댄은 혹시 몰라 잡고 있던 마취 기기 스위치에서 손을 떼어냈다. 여전히 삽관은 된 상황이었고, 거기로 산소는 들어가고 있었다. 아이가 깨어날 수 있을까. 방금 심장 수술을 받은 아이인데. 강혁에 대한 믿음에도 불구하고, 댄의 얼굴은 불안과 걱정으로 물들었다.

"아직. 아직 기다려."

그때 강혁이 입을 열었다.

"아직."

강혁은 눈을 아예 깜빡이지도 않은 채, 아이를 내려다보고 있었다. 아이의 작은 움직임 하나 놓치지 않기 위해.

'자발호흡이 돌아오기 전에 빼면 안 돼…….'

그렇다고 안전하게 가고 싶어서 이런 신생아에게 삽관을 너무 오래 유지하는 것도 그리 좋은 선택은 아니었다. 아이들의 기도 점막은 한없이 연약해서, 이 삽관으로 인해 흉이 지고 기도가 좁아질 수 있기 때문이었다. 차라리 기관절개가 더 나을 때도 있었다.

'음.'

그때 아이의 호흡근이 살짝 움직였다. 다른 이들에게는 보이지 않았겠지만, 강혁은 확실히 알 수 있었다. 강혁은 아직 아이의 입안에 들어가 있던 튜브를 잡았다. 댄이 언제든 뽑을 수 있도록 고정해두었던 것을 풀어 놓았기에 뽑는 건 무리가 없었다.

'한 번만 더……. 옳지.'

곧 아이의 호흡근이 한 번 더 움직였다. 튜브를 잡고 있으니, 그게 더 강하게 느껴졌다. 댄이 앰부로 산소를 불어 넣어주는 것 외에도 아이의 자발호흡을 위한 움직임이 있었다.

"뺀다."

"네? 지금요?"

"어. 마스크 준비해."

"아, 네네."

댄의 기준으로는 갑작스러운 주문이었지만 그 역시 아까부터 긴장하고 있었기 때문에, 바로 마스크를 집어들 수 있었다.

"준비했습니다."

"오케이."

강혁은 그걸 확인하자마자 천천히, 그렇지만 너무 느리지 않게 튜브를 밖으로 잡아당겼다. 튜브가 들어갈 때도 그렇지만, 나올 때도 아이의 기도 점막을 손상시킬 수 있기 때문에 아주 조심스러웠다.

'아이는……. 작은 성인이 아니다.'

의학계의 오래된 격언 같은 말이었다. 경험이 없는 의사들이 간혹 아이를 크기만 작은 성인으로 대하는 걸 피하기 위한 말이었는데, 곱씹으면 곱씹을수록 정말이지 맞는 말이라고 할 수 있었다. 아이는 또 다른 종이라고 해도 좋을 만큼 질병의 경과도, 치료 경과도 달랐으니까.

곧 강혁의 섬세한 움직임에 의해 튜브가 빠져나왔다. 이제 더는 호흡을 보조받을 수 없다는 뜻이었다. 여기서 자발호흡이 돌아오지 않으면 아이는 수 분 내로 사망하게 될 것이다. 물론 그렇게 되기 전에 강혁이나 한유림이 기관절개를 하긴 하겠지만.

"자, 이 상태 그대로……. 마스크 대."

"아, 네."

강혁은 아이의 기도가 확 열리도록 자세를 취해주고는 댄을 올려다보았다. 정신을 차려 보니, 강혁은 무릎을 꿇다시피 한 자세를 취하곤 아이에게 완전히 밀착해 있었다. 댄은 잠깐 그의 태도에 반성하며 고개를 끄덕였다. 앰부를 쥐어짜면서였다. 당연히 눈은 산소 포화도를 향해 있었다.

'95…….'

튜브를 뺐다는 걸 감안하면 상당히 수치가 좋았다. 아직 섣부르게 판단할 수는 없었지만.

"좋은데?"

한유림은 칼을 슬며시 내려놓으며 중얼거렸다. 소아는 좋아질 때도 팍팍 좋아지지만 나빠질 때도 팍팍 나빠지지 않던가. 이게 문제가 있었으면 벌써 어떻게 되었을 터였다. 하지만 강혁은 맞장구를 치는 대신 대략 3분가량을 더 기다렸다.

"좋아. 됐어."

그러고도 산소 포화도가 유지되는 것을 확인하고 나서야 고개를 끄덕였다.

"어디로……. 어디로 갈까요?"

댄은 아이를 내려다보다 말고, 강혁을 향해 물었다. 수술이 끝났으니 병실로 가긴 가야 할 텐데, 이렇게 작은 아이를 볼 만한 병실이 없지 않은가. 강혁도 아직 거기까지는 생각해보지 못한 터라 난감한 표정만 지었다. 그때 벌컥 문이 열렸다. 들어온 것은 제인이었다. 아까보단 여유가 있어 보였으나 여전히 얼굴엔 걱정이 가득했다. 산모는 겨우 살렸지만, 아이가 위급한 상태였으니 그럴 만도 했다.

"좀 어떻죠?"

꼴을 보아하니 나가서 옷도 못 갈아입고 바로 내려온 듯했다.

아까 수술할 때 튄 붉은 피가 이제 거뭇해진 채 옷 여기저기에 자국으로 남아 있었다.

"아. 방금 끝났어. 아이는 괜찮아."

"아……."

제인은 어떻게 살렸는지에 대해선 묻지 않았다. 그렇지 않아도 피곤한 하루 아니던가. 지금 이 순간만큼은 그저 아이와 산모 모두 무사함에 안도하기로 했다.

"그럼 나가죠."

제인은 아까의 걱정을 모두 털어버린 듯한 얼굴로 씩 웃었다. 방금 자신이 열고 들어왔던 문을 가리키면서였다.

"그렇지 않아도 그거 얘기하고 있었는데. 아이 어디로 빼지?"

강혁은 당장 그녀를 따라나서는 대신 질문을 던졌다.

"아. 음."

제인 또한 너무 정신이 없었던 나머지 미처 거기까지는 생각지 못했던 모양이었다. 하지만 과연 긴급구호팀에서 구르고 구른 짬밥이 어디 가는 건 아니었다. 곧 아주 적절한 결론을 내릴 수 있었다.

"우선……. 우선 아이 부모님 얼굴 봐야죠. 지금 진짜 걱정이 많아요."

"아, 그렇군."

너무도 당연한 말에 강혁은 크게 놀랐다는 얼굴로 고개를 끄덕였다. 이럴 때 보면 정말이지 미숙한 의사 같았다. 아이를 수술했으면 당연히 보호자를 봐야지. 하지만 이젠 제인도 강혁의 캐릭터를 어느 정도 알고 있었다.

'이 사람은 살리는 건 잘하는데…….'

보호자 대응은 그 반의반도 안 되었다. 오죽하면 대부분 한유림이 대신 설명을 할까. 하지만 진심마저 그런 건 아니었다. 오히려 속으로는 가장 걱정하는 편이었다.

"그리고 아이는……."

제인은 부모님에게 돌보라고 할까 하다가 이내 고개를 저었다. 수술하지 않은 아이라 해도 지금 산모가 보기는 좀 어려울 터였다. 그런데 수술한 아이를 봐? 그건 못 할 짓이라고 보면 되었다. 그래서 제인은 중대 결심을 했다.

"제가 데리고 잘게요."

이번 말은 강혁뿐만 아니라, 다른 모든 이들에게도 충격이었다. 아이를 데리고 자겠다니. 그건 해도 너무할 정도로 힘든 일 아니던가. 그래서 그런가, 제일 먼저 얘기를 꺼낸 것도 강혁이 아니라 댄이었다.

"닥터 제인이? 너무 힘들지 않아?"

"여기 안 힘든 사람이 있나요? 그런 걸 따져서는 우리 팀……. 안 돌아가요. 알잖아요? 힘들지 않은 사람에게 일이 돌아가면 안 돼요. 할 수 있는 사람한테 돌아가야지. 좀 무리긴 하겠지만……. 이번엔 제가 감내할게요."

하지만 이어지는 제인의 말을 듣고 난 후엔 그 누구도 입을 열지 못했다. 틀린 말이 아니지 않은가. 지금 이 팀은 모두의 희생으로 돌아가고 있는 마당이었다. 상황이 바뀌기 전까지는 아마도 계속 이런 상황일 터였다.

'역시……. 제인은 좋은 팀장이야.'

강혁은 '한국대학교 병원에 있을 때, 내가 저런 팀장이었을까' 하는 생각을 하며 고개를 끄덕였다.

"좋아. 부탁할게. 가자."

"아, 근데."

제인은 아이를 침대로 옮겨 신는 대신, 자신이 끌어안으며 말을 이었다. 원래 같으면 인큐베이터에 넣고 완전 멸균을 해야겠지만 설비가 없으니 어쩌겠는가. 주어진 환경에서 최선을 다할 뿐이었다.

"근데?"

"아이 산모……. 모유 먹일 컨디션이 아니에요. 당장은 영양제로 대신할 수 있겠지만……. 아시죠? 오래 지속해서는 안 됩니다."

아이의 소화기관은 아직 미성숙한 상황이었다. 무언가를 먹고 소화시키는 단계를 거쳐야만 했다. 근데 모유가 아니면 뭘 먹여야 한단 말인가. 고민을 하고 있으려니, 제인이 툭 하고 강혁의 어깨를 쳤다.

"이슬라마바드에 가서 분유 좀 사 와요."

심부름을 시키면서였다. 심부름은 심부름인데, 스케일이 다른 게 문제였다. 분유 사러 다른 도시를 가라니.

"어……."

제아무리 강혁이라고 해도 당황스러울 수밖에 없는 주문이었다.

나무랄 데 없는 선의

제인은 강혁이 가타부타 떠들어대기 전에 산모가 있는 3층 병실로 향했다. 엘리베이터를 타는 대신, 아이를 안아 들고서였다. 수액이니 뭐니 주렁주렁 매달려 있기는 해도 가능하긴 했다. 강혁을 비롯한 장정이 넷이나 달라붙어 있었으니까.

"아……. 내…… 내 아이……. 안…… 안아도……. 윽."

산모는 아이를 보자마자 퉁퉁 부은 팔을 움직였다. 임신 중독증에, 자궁 절제술까지 받은 몸인데도 아이에 대한 사랑은 극진했다. 제인은 잠깐 고민하다가 이내 고개를 저었다. 지금 산모의 상태로는 아이를 안다가 떨어뜨릴 수도 있기 때문이었다.

"그냥……. 지금은 발만 만져주세요. 아까 말씀드렸죠?"

한구 지역은 대한민국처럼 고등 교육이 일반화된 곳이 아니었다. 그래서 대한민국에서는 상식으로 받아들이는 것들을 모르는 경우가 허다했다. 누굴 탓할 일은 아니었다. 그저 배우지 못했을 뿐이니. 제인은 그러한 사실을 충분히 이해하고 있었기에, 미리 교육을 해준 바 있었다. 못 배웠을 뿐 머리가 나쁜 건 아닌 사람들이라 다들 고개를 끄덕였다.

"네. 그럴게요……. 감사합니다."

산모는 아주 조심스럽게, 조심스러운 손길로 아이의 발을 잡았다. 아이는 그게 엄마 손길이라는 걸 알았는지 팔과 다리를 허공에 대고 허우적거렸다. 그 움직임은 미약했지만, 아이의 부모에게 감동을 주기엔 충분했다.

"감사……. 감사합니다. 이 은혜……. 절대로 잊지 않겠습니다."

그간 묵묵부답으로 있던 아이 아버지가 고개를 푹 숙이고 인사를 건넸다. 한 손은 산모의 어깨를 두르고 있었는데, 그 모습에서 아버지가 얼마나 산모를 걱정하고 있었는지 잘 알 수 있었다. 제인은 그걸 보면서 편견이 또 한 꺼풀 벗어지는 듯한 기분이 들었다.

'그래…… 내가 병원에 있어서……. 나쁜 남편을 주로 본 거야.'

어찌 이 지역이라고 해서 사랑이 없을까.

"별말씀을요. 의사로서 당연히 해야 할 일을 했을 뿐입니다. 아이는……. 일단 안정될 때까지는 제가 직접 돌보겠습니다."

"감사합니다, 선생님."

"감사해요."

그러곤 곧 아이를 안고 밖으로 빠져나왔다. 산모의 얼굴엔 아쉬움이 가득했지만 어쩔 수 없는 일이었다. 언제나 아이의 존재는 축복이겠지만, 적어도 지금 상황에선 산모의 회복이 우선이었다. 그러기 위해서는 아이는 잠시 자리를 비켜주어야만 했다. 사실 이 아이도 회복이 필요한 상황이었고.

"아니, 근데 꼭 내가 가야 해?"

3층 거실에 와서야 말할 기회가 생긴 강혁이 제인을 향해 입을 열었다. 이슬라마바드라니. 이곳에서 차 타고 수 시간을 달려가야 하는 곳이었다. 정확히 표현하자면 6시간 정도? 멀어도 너무 멀었다.

"여기 와서 단 하루도 못 쉬었잖아요. 한 교수님이랑 휴가 간다치고 2박 3일 정도 다녀오세요."

"그동안 여기 환자는 어쩌고?"

"지난 1년간 우리만으로 버텨왔어요. 3일 정도는 괜찮아요. 어차피 당장 가라는 것도 아니에요. 마침 주말이기도 하니까."

"음."

"그리고 단기 팀 부를 거라면서요. 이슬라마바드에 가서 필요한 사항 얘기해두는 게 좋을 거예요."

"으음."

강혁은 현장을 떠나는 것이 아무래도 마음에 걸렸다. 대한민국에서도 계속 그러하지 않았던가. 자신을 대신할 수 있는 사람, 즉 양재원을 키워내기 전까지는 단 한 번도 병원을 비운 일이 없었더랬다. 그런데 고작 분유 하나 사러? 그건 좀 아니지 않나 싶어서 고개를 저으려는데, 누군가 그의 턱을 잡았다.

"가자. 가자, 나도 좀 쉬자."

한유림이었다. 어찌나 간절한 눈을 하고 있는지 거기다 대고는 도저히 아니라고 할 수가 없었다.

"음."

"가자고, 시발 놈아. 나 예순이야. 예순. 힘들어. 지금도 아픈데……, 아픈데 수술했다고."

"음."

"'음' 하지 말고! '네'라고 해! '응'이라고 해도 좋으니까, 고개만 끄덕여!"

"그래, 까짓거. 갑시다. 가서 분유 쓸어 오지, 뭐."

강혁도 그런 한유림이 이해가 안 가는 건 아니었다. 그 자신도 좀 힘들기도 했고. 그래서 흔쾌히 고개를 끄덕였다. 그렇게 이슬라마바드로의 여정이 결정되었다.

출발하는 날 한유림은 바로 이 순간만을 기다렸다는 듯 캐리어를 끌고 나왔다. 반바지에 이상한 밀짚모자까지 쓰고 있었다.

"근데 왜 벌써 옷을 갈아입었어요? 차 오려면 멀었는데."

"기분이라도 좀 내려고. 안 답답해? 우리 벌써 한 달 동안 여기에만 있었어."

"하긴. 그것도 그렇긴 해요."

안전해졌다고는 하지만, 아직 외국인이 함부로 돌아다닐 정도인가에 대해서는 의문이 좀 있었다. 비단 제인이나 다른 국경없는의사회 소속의 의견뿐만인 건 아니었다. CIA의 스미스 요원의 의견 또한 비슷했다.

-일단 작은 사업체가 돌아가기 시작하면 슬슬 나오기 시작하는 게 좋겠습니다.

스미스가 보내온 길고 긴 이메일 내용을 대강 축약하자면 이러했다. 강혁은 그 생각을 하며 잠시 병원 밖으로 시선을 돌렸다. 언제나 그러하듯 한적하기 그지없는 거리가 눈에 들어왔다. 오가는 사람들의 표정이 조금 밝아졌나 싶긴 했지만 아직 큰 변화가 있지는 않았다.

하지만 변화가 전혀 없는 건 아니었다. 스미스가 말했던 것처럼 작은 사업체가 들어왔더랬다. 아직은 한구 지역에서 만들어지는 모직물을 소량 사들이는 정도에 그치긴 했지만 아무튼, 바람이 불고 있었다.

"그러니까 가자고."

강혁과는 달리 한유림은 일단 지금은 그저 한구를 떠나는 자체가 너무 좋은 모양이었다. 잔뜩 들뜬 얼굴로 발까지 동동 구르고 있었다. 예순 살 노인이 이런 반응이라니. 강혁은 한심하다기보다는 좀 안쓰러웠다. 오죽 힘들었으면 이럴까.

"일단 좀 앉아요. 아직 1시간 남았다니까?"

"너무 설레서 그래."

"그러다 가는 길에 지쳐 쓰러지겠네."

"그래도 돼. 그것도 좋아."

"거참."

강혁은 어이가 없다는 듯 고개를 절레절레 저었다. 한유림은 그 후로도 무려 1시간 동안 이리 배회하고, 저리 배회하기를 반복했다. 그 배회가 그친 것은 정말로 차에 올라타고 나서였다.

"음, 좋다."

"좋기는. 이거 엄청 덜컹거릴 텐데."

"자유의 덜컹거림이야."

"누가 보면 출소하는 줄 알겠어."

"그 비슷한 기분이라고. 진짜야."

국경없는의사회 소속 차량이긴 했는데, 그 특유의 흰색 바탕에 붉은 글씨가 박혀 있거나 하진 않았다. 아무리 협약을 맺었다고는 하나 굳이 외국인이 타고 있다고 광고할 이유는 없지 않겠는가.

"백 교수님, 한 교수님. 오랜만입니다."

운전을 맡은 이는 이슬라마바드에 있는 로지스티션(현장 활동에 필요한 기술적, 관리적 지원을 담당하는 물류 전문가)이었다. 처음 그들을 한구까지 데려다준 바로 그 사람이었기에 강혁도 한유림도 고개를 꾸벅 숙였다.

"아, 오랜만이에요."

"그럼 가겠습니다."

"얼, 얼마나 걸릴까요?"

한유림은 가서 쉴 생각에 들뜬 얼굴로 물었다. 그러자 로지스티션이 씩 웃었다. 원래도 인상이 좋은 편인데, 웃으니까 진짜 푸근하니 기분이 좋아졌다.

"6시간 정도죠. 딱 저녁 먹을 때 될 겁니다. 닥터 제인이 부탁해서 팀장님이 좋은 곳으로 예약해뒀어요. 기대해도 좋을 겁니다."

"오옷."

“그럼 가겠습니다.”

차는 정말이지 덜컹거리며 이동 중이었다. 닦인 도로가 그렇지 않은 도로보다 훨씬 적으니 어쩔 수 없는 일이었다. 심지어 뒷자리에 앉은 강혁은 정수리 부근을 차량 천장에 계속 부딪치고 있어야만 했다.

‘망할.’

이러다 설마 대머리독수리처럼 되는 거 아닌가 하는 걱정이 들 지경이었다.

“그래요? 팀장님이?”

“네. 기대하셔도 좋아요. 이슬라마바드가 대도시는 아니지만……. 그래도 한구 지역에 비하면 훨씬, 훨씬 큰 도시거든요.”

“그렇겠지!”

한유림은 과도하게 고개를 끄덕였다. 지난 한 달 이상 한구에 머물며 경험한 결과, 그 어떤 도시라 해도 한구보단 낫지 않을까 하는 생각이 들어서였다.

“아무튼, 오늘은 정말 좋겠구만!”

해서 그는 아주 많이 들떠 있었다.

차량은 복잡한 심경을 안고도 잘만 달렸다. 중간에 몇 번인가 검문을 겪기도 했지만, 대다수의 단체는 국경없는의사회에 호의적이었다. 대가도 바라지 않고 봉사만 하는 NGO 단체이니만큼 그럴 수밖에 없었다.

“아, 저기!”

한유림은 길게 난 도로 끝에 어슴푸레하게 보이는 도시를 가리켰다. 한유림이나 강혁이나 파키스탄 지리에 익숙하지 않아서 이 근처 도시가 어디 어디 있는지는 알지 못했다. 하지만 지금 보이는 도시가 이슬라마바드라는 건 확신할 수 있었다. 이 근처에 도시 같아 보이는 도시는 그거 하나뿐일 테니까.

"네, 맞습니다. 저기예요."

그가 예상했던 것처럼 로지스티션이 고개를 끄덕였다.

"꽤 오랜만이죠?"

한유림으로서는 눈물 날 법한 말을 덧붙이면서였다. 도시 안은 혼잡하기 그지없었다. 인구 2억이 넘는 파키스탄의 수도이니만큼 인구도 많고 차량도 많았기 때문이었다. 불과 한 달이지만 상당히 낙후된 지역에 있었던 강혁과 한유림이 얼마간 정신을 못 차릴 정도였다.

"자아, 내리시죠."

오가는 외국인도 아예 없는 건 아니어서, 차림새만 멀쩡하면 강혁이나 한유림도 그렇게까지 눈에 띄지 않았다. 그 사실을 아주 잘 알고 있는 로지스티션은 그냥 길가에 차를 대고 문을 열어주었다. 바로 이슬라마바드에 있는 국경없는의사회 본부 건물 앞이었다. 무려 파키스탄 전체를 총괄하는 본부였는데, 그 위상에 비하면 건물 자체는 초라하기 그지없었다.

'제대로 된 단체라면 이래야지.'

강혁은 국경없는의사회의 이런 허름한 모습이 보기 좋았다. 어차피 거의 백 퍼센트 후원금으로 돌아가는 단체 아니던가. 그런 단체가 휘황한 건물을 보유하고, 또 단체 간부들이 호화 생활을 한다면 어느 누가 그 단체를 믿고 돈을 맡길 수 있을까. 그런 면에서 보자면 국경없는의사회는 적어도 현시점 그 어떤 단체들보다도 깨끗한 단체라고 할 수 있을 터였다.

"들어가시죠."

강혁이 잠시 오래된 벽을 짚고 서 있는 사이 로지스티션이 그를 불렀다. 고개를 돌려 보니 한유림은 이미 안으로 들어가고 없었다.

'노인네……. 진짜 신났구만.'

강혁은 고개를 절레절레 흔들며 로지스티션의 안내를 따랐다.

"아, 네. 그러죠."

"백 교수님 활약에 대해서는 정말 많이 들었습니다. 닥터 제인이…… 의지를 많이 하는 거 같아요."

로지스티션은 그런 강혁과 어깨를 나란히 하며 말을 걸어왔다. 닥터 제인과 개인적으로 연락을 한 것 같았다. 아무래도 이곳에서 아주 오래 일한 모양이었다.

'하긴, 그러니까……. 지역 이동을 하겠지?'

차량 운전이라는 게 아무나 할 수 있는 일이란 생각을 할 수도 있겠지만, 현장에서는 정말로 어려운 일이었다. 우선 지리에 통달해야 했으며, 현지 사정에 통달해야 했다. 실제로 강혁 앞에 선 이 사람은 현지어에 아주 능통했다. 정부, 탈레반 등 여러 단체에 줄도 있었고.

"그렇다니 다행입니다. 하지만 아직 멀었어요."

"너무 기준이 높은 거 아닐까요? 한구 사정은…… 저도 전해 들어서 아는데, 테러가 일어나지 않는 것만으로도 생활이 많이 바뀌었을 겁니다."

국경없는의사회와 같이 험한 현장에서 오래 일을 하다보면, 그렇지 않은 사람이라 해도 마음속 깊은 곳엔 절망이 방울지게 마련이었다. 드라마틱하게 사정이 좋아지는 현장도 있겠지만, 그렇지 못한 곳도 있기 때문이었다. 심지어 처음 들어가기 전보다 더 나빠지는 경우도 있었다. 이 사내는 그러한 것들을 너무 많이 보아온 탓에, 한구 정도면 좋지 않나 하는 생각을 하고 있었다.

"아뇨."

물론 강혁은 그렇지 않았다.

"한구는 더 좋아질 겁니다. 페샤와르 전체를 대표하는 도시가 될 거예요."

"허."

사내는 그렇게 말하는 강혁에게서 어떤 빛이 새어 나오는 듯한 느낌을 받았다. 평소 같았으면 이런 신입을 놀려먹거나 비웃어주었을 텐데, 어쩐지 강혁에게는 그럴 수가 없었다. 자신의 오랜 경험을 뛰어넘는, 어떤 아우라 같은 것이 느껴졌다.

"뭐 해? 안 올라오고?"

둘이 대화를 나누고 있으려니, 먼저 올라갔던 한유림이 위에서 빼꼼 고개를 내밀고 외쳤다. 얼굴이 벌겋게 달아올라 있었다. 평소 운동을 그렇게 해대는 양반이 이거 올라갔다고 숨이 찰 리는 없고, 그만큼 들떠 있다고 보면 되었다.

"가요, 갑니다."

"먼저 팀장님부터 보시죠. 같이 식당으로 가시게 될 겁니다."

"아, 네. 감사해요."

강혁은 고개를 끄덕이며 한유림에게로 올라갔다. 한유림은 가방을 메고 있지 않았는데, 벌써 방에 두고 온 모양이었다. 홀가분한 상태로 팀장 사무실 문 앞에 서 있었다. 안에 팀장이 있을 거라고는 도무지 생각되지 않는 낡고 낡은 나무문이었다. 심지어 살짝 깨져 있어서, 안이 들여다보이기까지 했다.

"들어오시죠!"

그렇게 잠시 밖에서 닫힌 문 안을 들여다보는 기묘한 경험을 하고 있으려니, 안에서 카랑카랑한 목소리가 들려왔다. 한 달도 더 전에, 그러니까 강혁과 한유림이 이곳 파키스탄에 딱 도착했을 때 들었던 그 목소리였다. 앞에 서 있던 한유림이 문을 열고 안으로 들어섰다. 낡은 문이 내는 비명과 함께 파키스탄 지부 전체 팀장, 곧 지부장이 모습을 드러냈다. 세계적인 NGO 단체의 지부장이니 어마무시한 사람일 텐데, 생김새나 옷차림은 그저 소박하기 그지없었다. 비닐로 된, 심지어 여기저기 찢긴 스펀지 소파는 앉자마자 푹 하고 꺼졌다.

"한구에서 정말 고생 많으셨다고요?"

보아하니 강혁이 앉은 곳 말고도 다 그런 듯했다. 하지만 지부장은 전혀 신경 쓰이지 않는 듯 말을 이어나갔다.

"네, 뭐……. 하하. 빈말로라도 아니라고는 못 하겠습니다."

한유림 또한 마찬가지였다. 소파가 꺼졌든 말든 여기 온 게 그저 좋은 모양이었다.

"네, 한 교수님께서는 아프셨다고요?"

"네. 뭐……. 아휴, 힘들긴 하더라고요."

"그렇군요. 혹 너무 무리한 현장에 온 건…… 아닙니까?"

지부장의 표정이 살짝 바뀌었다. 아무리 헐렁해 보이더라도 현장에서 잔뼈가 굵은 사람 아니었던가. 그런 사람이 눈빛을 달리하니, 아예 방 분위기가 바뀌었다.

"어……."

덕분에 내내 들떠 있던 한유림의 표정도 조금은 굳어졌다. 지부장은 한유림의 변한 얼굴을 응시하며 말을 이었다. 속으로는 이런 생각을 하면서였다.

'이 사람은 좋은 사람이야. 좋은 사람을……. 너무 빨리 나가떨어지게 할 수는 없어.'

지금까지 의욕 넘치는 얼굴로 덤벼들었다가, 생각보다 처절하고 또 쉬이 변하지 않는 현장에 나가떨어진 이들을 얼마나 많이 보아왔던가. 차라리 다른 현장으로 돌리는 것도 방법이었다. 특히 몸이 아프기까지 한 사람은 더더욱 그러했다.

"이번에 고열에 농까지 차서 수술받았다고 들었습니다. 국경없는의사회는 물론 봉사를 우선시하지만……. 그보다 더 중요한 것은 구성원의 안전입니다. 그 어떤 것도 이것보다 우위에 있어서는 안 됩니다."

'힘들긴…… 힘들긴 했어.'

하지만 정작 듣는 한유림은 머리가 복잡해졌다. 분명 아까 한구를 떠날 때만 해도 이대로 영영 떠날 수 있다면 얼마나 홀가분

할까 싶은 생각이 들었더랬다. 하지만 진짜 떠날 수도 있다는 생각을 하니, 마음속 깊이 자리한 무언가가 그를 잡아당기는 듯한 기분이 들었다.

'하지만 이대로 그 사람들을 두고 갈 수는 없어…….'

그건 한유림이 지금까지 치료에 어떤 식으로든 관여했던 환자들이었다. 곧 한구의 사람들이 그를 잡아당기고 있었다. 스스로도 어처구니없을 만큼이나 강하게. 이곳에 오지 않았다면 결코 느끼지 못했을 그런 감정이었다.

"아……."

그렇게 한참을, 심지어 강혁조차도 지키고 있던 침묵을 깬 것은 역시나 한유림이었다. 그의 얼굴엔 들떠 있을 때와는 조금 다른 종류의 미소가 걸려 있었다.

"아뇨. 저는 한구로 돌아갈 겁니다. 그곳 사람들을 도저히 두고 갈 수 없어요."

*

팀장, 즉 지부장과의 만남은 아주 짧았다. 지부장이 식당에서 다시 보자고 하더니 일단 짐을 정리하고 있으라고 했기 때문이었다. 그렇게 상기된 얼굴로 배정된 방에 들어온 한유림은 오히려 아까보다 얼굴이 더 빨개져 있었다.

"하지 마……."

"어떻게 그런 말을 하지?"

"하지 말라고……."

"아니, 아니. 멋있어서 그래요. 멋있어서. 나는 그냥 뭐 한구 사람 혼자 다 살리는 줄 알았잖어."

옆에서 옷을 갈아입으면서 쉴 새 없이 깐족거리는 강혁 때문이었다.

"그, 그런 뜻이 아니잖아!"

한유림은 그런 강혁을 보며 버럭 소리쳤다. 웃통을 벗고 있었는데, 이제 노년에 접어든 나이라고는 믿기 어려울 정도로 군살이 없었다. 자세히 보면 왕(王) 자도 알아볼 수 있을 지경이었다. 원래도 배가 나온 사람은 아니었는데 여기 와서 하도 고생을 하다보니 살이 좀 빠진 모양이었다.

"도저히……. 도저히 이 사람들을 두고 갈 수 없습니다!"

사람이 큰마음 먹고 좋은 말 했는데 응원은 못 해줄망정 놀려먹다니.

'이런 망할 놈.'

욕이 절로 튀어나오는 상황이었다.

'그래도…… 후련해. 뭔가…… 기분이 좋아.'

그런데도 한유림은 웃고 있었다. 처음 강혁의 손에 붙들린 채 이곳에 올 때도, 한유림은 인생 2막은 정말 봉사하는 삶을 살아도 괜찮겠다는 생각을 하고 있었더랬다. 그렇지 않은가. 그런 생각도 없이 다른 사람 손 붙잡고 따라오기엔 파키스탄은 너무 멀고 낯선 땅이었다. 하지만 강혁과 함께 한구 병원에서 수술하고, 사람들을 돌보고 있을 때도 마음 한편엔 불편한 구석이 있었다.

혹시 강혁 때문에 억지로 하는 일은 아닌가? 이게 정말 내가 하고자 하는 일이 맞는 건가? 나는 봉사랍시고 와서 시간 낭비만 하면서 고생하는 건 아닌가? 하는 여러 의문이 머릿속을 맴돌았기 때문이었다. 하지만 결론적으로 말해보면, 그건 전부 기우였다. 한유림은 출국했을 때부터 줄곧 자신의 봉사를 하고 있었다. 그걸 이제 알게 되었을 뿐이었다.

'그래……. 이건 내 봉사야. 이제 그 사람들을…… 내가 품은 거야.'

"아까, 정말 멋지긴 했어요."

오묘한 표정을 짓고 있는 한유림의 어깨를 강혁이 툭 하고 두드렸다.

"데려올 땐, 걱정도 좀 있었거든. 한 교수님 실력이야 내가 보증하지만, 인성은 솔직히 별로였잖아? 우리 처음 만날 때, 기억하죠?"

"그땐……. 그땐 내가 총대 멘 거라니까 그러네. 그리고 오자마자 제자 빼가는데 화가 안 나면, 그게 사람이야?"

"뭐 그런 사소한 문제는 잊어버리고."

"사소? 사소하다고?"

"아니, 그래서 그 제자가 지금 어떻게 됐어요."

한유림은 양재원을 떠올렸다. 그때만 해도 공부만 잘했지, 그리 특별한 것 없는 샌님이었는데. 지금은 어떠한가. 무려 한국대학교 병원 중증외상센터 센터장이다. 보건복지부 정책 자문 위원이기도 했고. 가끔 대통령과 직통 전화까지 나누는 거물이 되었더랬다.

"아니, 그건 뭐."

"근데 그런 사람이 여기 와서 이렇게 훌륭한 말을 하니까, 내가 감동을 받아, 안 받아?"

강혁은 우물쭈물하는 한유림의 등을 다시 한번 두드렸다.

"감동한 거야?"

감동이라니. 천하의 백강혁이 감동이라는 단어를 입에 올리다니. 이번엔 한유림이 감동해서 울먹이는 얼굴이 되고야 말았다. 물론 강혁의 감동은 그 유효 기간이 아주 짧았다. 그는 곧 멀쩡한 얼굴이 되어 말을 이었다.

"뭐, 그렇죠. 근데 이러다 늦겠어. 지부장이 우리 생각해서 예약해줬다는데, 그럼 안 되지."

"아, 응. 알았어. 그래야지."

한유림도 강혁과 다니면서 많은 것을 기대하지는 않았기에 곧 감정을 추슬렀다. 그래서 둘은 오래 지나지 않아 일상복으로 갈아입고 방을 나설 수 있었다. 둘이 배정받은 방은 무려 2인실이었는데, 열악한 시설을 생각해보면 실로 어마어마한 배려라 할 수 있었다. 일단 화장실도 방 안에 있었고, 이만하면 어지간한 호텔 방 정도는 된다고 볼 수 있었다.

"나왔군요."

방에서 나오자마자 마주친 이는 한구에서 둘을 이곳까지 데리고 온 로지스티션 드니스였다. 파키스탄에서의 경력만 따지면 지부장보다도 훨씬 위였다.

"어, 벌써 준비하셨네요?"

로지스티션 드니스는 껄껄 웃으며 고개를 끄덕였다. 강혁이나 한유림이 그러한 것처럼 그 또한 사르와르 카미즈라는 전통 의상을 입고 있었다. 제아무리 수도라지만, 그래도 외국인이 외국인임을 티 내면서 너무 오래 돌아다니는 건 위험하기 때문이었다.

"네, 저야 늘 그렇죠."

"안 힘드세요? 그냥 타고 온 우리도 만만치는 않은데."

"전 로지스티션이잖아요. 이송엔 도가 텄습니다."

"이송이라."

"두 분도 어찌 보면 소중한 물류죠. 국경없는의사회가 보유한."

"하하."

강혁은 드니스의 썰렁한 농담에도 껄껄 웃어주었다.

"기다렸나요?"

그때 파키스탄 지부장이 나타났다. 그 또한 전통 의상을 입고 있었는데, 마치 맞춤옷처럼 아주 잘 어울렸다.

"아뇨. 방금 나왔습니다."

어느새 건물 밖으로 나온 그들은 걷기 시작했다. 오래된 거리 특유의 고즈넉한 분위기가 있었다.

"식당은 아주 가까운 데 있어요. 걸어가면 됩니다."

앞장서서 걷고 있던 지부장이 뒤를 돌아보았다. 그에게는 아주 익숙한 거리이니만큼 전혀 어색해하는 기색이 없었다. 반면 강혁과 한유림은 여기저기를 두리번거리느라 여념이 없었다. 생각해보니 파키스탄에 온 지가 벌써 한 달이 넘었는데, 이렇게 제대로 거리를 걸어 다녀본 경험이 없었기 때문이었다.

"그렇군요. 오……. 여긴…… 여긴 되게 좋네요?"

"아, 여기보다 저쪽으로 넘어가면 완전 계획도시예요."

"계획도시?"

한유림의 눈이 계획도시란 말에 번쩍 떠졌다. 그러곤 아까보다 더 거센 태도로 사방을 두리번거리기 시작했다. 지부장은 그가 뭘 찾고 있는지 알겠다는 얼굴로 허허 웃었다.

"아, 그……. 한국처럼 그런 건물은 없어요. 그냥 도로가 있고 반듯하다 정도로만 생각하면 됩니다. 그리고 여긴 건설이 느려요. 아직 인프라가 없어서."

"아하."

"그래도 나름 이곳은 관광객도 있고……. 2박 3일 계시기 좋을 거예요. 제가 같이 있을 거니까 어디 가고 싶은 곳이 있으면 꼭 말씀해주시고요."

"네."

한유림은 정말 관광이라도 온 사람처럼 들뜬 얼굴로 고개를 끄덕였다. 다시 한구로 돌아가야 한다는 걸 뼛속 깊이 알고 있음에도 그러했다. 아까 그 얘기를 한 것이 마음을 한층 더 단단하게 해준 모양이었다.

걸음을 옮기고 있으려니, 지부장이 어떤 가게 앞에서 발을 멈추었다. 순간 강혁과 한유림은 고개를 갸웃거릴 수밖에 없었다. 가게 간판이 한글이었기 때문이었다.

"어?"

"잉?"

"놀라셨죠? 얼마 전에 문 연 가게인데……. 한국인 사장이 운영하는 한국 음식점이에요."

"아니……."

"장사가 되나?"

둘 다 파키스탄 음식을 꽤 먹어본 이들 아니던가. 맛있는 음식들도 있지만 대개 한국 음식과는 결이 좀 달랐다. 현지인들이 좋아하려나 하는 생각이 들었는데, 안을 들여다보니 의외로 손님이 좀 있었다.

"최근에 K-POP 스타 중에 진짜 엄청나게 인기몰이하는 그룹이 있어서요. 관심이 많아요. 어때요? 괜찮습니까? 한국 음식?"

지부장은 아주 흐뭇한 표정을 지으며 놀란 두 사람을 돌아보았다. 강혁과 한유림은 누가 먼저랄 것도 없이 고개를 세차게 끄덕였다.

"네, 네!"

"네!"

*

"오, 김치!"

"오, 불고기!"

강혁과 한유림은 체면도 잊고 음식을 탐닉하고 있었다. 심지어 강혁은 한 번에 씹어 넘기기가 아쉬운지 일단 그윽한 눈으로 바라보고만 있었다. 한유림은 그런 강혁을 보며 고개를 절레절레 흔들어댔다.

"백 교수는 평소에 한식 잘 먹지도 않잖아? 왜 이렇게 호들갑이야?"

그렇지 않은가. 한유림이 본 강혁은 한국에서도 한식은 거의 안 먹는 인간이었으니까. 주로 커피에 샐러드, 아니면 푸짐한 고기 또는 치킨이나 먹는 사람이었다. 강혁이 사람 살리는 거 외에 이렇게 호들갑 떠는 건 아예 처음 보는 일이었다.

"안 그러게 생겼어요? 이런 음식을 먹을 수 있는데 안 먹는 거랑 아예 구경도 못 하는 거랑은 다르지. 그리고 입에 묻은 거나 닦고 얘기해요. 거, 추잡스럽게."

"어? 어디. 어디 묻었어?"

"혀……, 혀로 날름거리지 말고. 진짜 보기 거북하거든?"

"그러지 말고 좀 닦아줘."

"닦아달라고?"

"좀 닦아주라. 노인네 여기까지 와서, 어? 이런 대접도 못 받냐?"

"대접이…… 바라는 대접이 이상하잖아."

"그럼 어떡해. 받을 만한 대접이 이런 것뿐인데."

한유림은 별수 없다는 듯한 말투로 뾰로통한 표정을 지어 보였다.

"에이."

강혁도 이 꼴을 더 두고 보기는 싫었던지라, 못마땅한 얼굴 그대로 휴지를 집어 들어 한유림의 입술을 문질러 닦아주었다.

“술도 안 마셨는데 왜 진상이야.”

“가끔은 나도 진상이 되고 싶다고.”

“처먹기나 해요.”

“알았어, 알았어.”

아무튼, 강혁은 그렇게 한유림의 응석을 받아주면서 식사를 부리나케 했다. 원래도 밥을 빨리 먹는 편인 데다가, 오늘은 실로 오랜만에 한식을 접하게 된 터라 속도가 어마어마했다. 그 양도 어마어마했는데, 사장이 한참 전부터 부엌에서 나와 둘이 먹는 모습을 지켜보고 있을 지경이었다.

“저, 안녕하세요.”

급기야 인사까지 건네왔다. 사장의 얼굴엔 반가움이 한 줄 피어나 있었다.

“어? 어. 사장님이시구나. 안녕하세요.”

“안녕하세요. 덕분에 정말 잘 먹었습니다.”

강혁이나 한유림이나 서로 이야기할 때 말고는 오랜만에 듣는 모국어였다. 외국 생활을 오래 해왔던 강혁은 이제 이런 느낌은 없지 않을까 했었는데, 역시나 모국어란 개인에게 아주 특별한 것이었다. 강혁이나 한유림 모두 얼굴에 함박웃음을 짓고 있었다.

“백강혁 교수님…… 맞죠? 한유림 장관님이시고요.”

뜻밖에도 사장은 강혁과 한유림을 알아보았다. 사실 아주 뜻밖의 일은 아니라고 할 수 있었다. 적어도 요 몇 년간 대한민국에서 가장 유명한 의사를 꼽으라고 한다면 이 둘이었을 테니까.

"아, 네, 네."

"맞습니다. 하하."

"TV에서 보던 거보다 훨씬 잘생기셨습니다."

사장은 우선 영업용 멘트를 날렸다.

"과찬입니다, 하하."

"제 가게에 한국 사람이 온 것만 해도 기분 좋은 일인데, 그게 두 분이라니 정말 좋네요."

사장은 그리 말하면서 한유림과 더불어 껄껄 웃었다. 한데 그 모습이 조금 낯이 익다는 생각이 들었다. 한유림은 몰라도, 강혁은 검게 그을린 그의 얼굴에서 기억의 편린을 떠올릴 수 있었다.

'혹시…….'

아는 사람인가 하는 생각마저 들 지경이었다. 원래 강혁이 뭘 망설이는 성격은 아니지 않은가. 게다가 이렇게 외국에서 마주쳤다는 것부터가 보통 인연은 아니었다.

"혹시 그때…… 저한테 수술받았던 환자 아닙니까?"

해서 강혁은 눈을 게슴츠레하게 뜬 채, 한유림과 사장의 대화에 끼어들었다. 그러자 사장의 얼굴이 아까보다 더 밝아졌다. 자신의 다리를 추켜올리면서였다. 바지 아래 가려져 있던 의족이 모습을 드러냈다.

"맞아요. 저 김영수입니다."

김영수. 사실 워낙에 많은 사람을 수술해온 강혁에게는 그리

인상 깊은 이름은 아니라 할 수 있었다. 하지만 수술 부위를 보니, 어떤 사고였는지 즉각 기억났다.

"스크린 도어 사고죠?"

"맞아요."

동대문역사문화공원역이었던가. 스크린 도어 수리를 하다가 다리를 다친 환자였더랬다. 그나마 헬기로 급히 이송해 온 덕에 목숨은 살릴 수 있었지만, 강혁이 직접 집도를 했음에도 다리는 무리였다. 잡아 뜯어내듯 절단이 되었던 사고였으니 그럴 만도 했다.

'그래, 그때 그랬지.'

강혁은 아직도 머릿속에 선명하게 남아 있는 현장을 떠올리며 고개를 갸웃거렸다. 조금 이상한 점이 있어서였다. 분명 그때 박성민 의원이 정규직 전환을 약속했었는데, 그것도 내근직으로. 그게 아니었단 말인가? 하는 의문이 떠올랐다. 김영수는 그런 강혁의 의문을 읽어내기라도 한 듯 급히 말을 이었다.

"이번에 해외 청년 창업 지원을 받았어요. 제가 요리에 자신이 있거든요."

"창업 지원?"

"네. 이게 참……. 공사 직원이 좋기는 한데, 텃세도 있고 뭐……. 여러 가지로 좀."

그러곤 머리를 긁적이며 웃어 보이는데, 그 저변에 깔린 회한이 잔뜩 느껴졌다.

'하긴 박성민이 약속을 안 지킬 사람은 아니지.'

그 사람은 불가능해 보였던 약속도 지킨 사람 아니던가. 강혁 혼자였다면 지금도 달라진 것이 전혀 없었을 터였다. 여전히 살릴 수 있는 사람들이 길바닥에서, 또는 감당할 수 없는 병원에서 죽어가고 있었을 거란 얘기였다.

'여기 한유림이랑 박성민은…… 믿을 만한 사람이야.'

강혁은 둘을 떠올리자마자 스며 나오는 따스함을 느끼며 다시 한번 고개를 끄덕였다.

"그래서 나온 거예요? 때려치우고?"

"마침 퇴직금도 준다고 했고요. 또 창업 지원 자금도 받을 수 있어서요. 어릴 때부터 한번 외국 나가보고 싶었거든요."

"언어가 되나?"

"배웠죠. 아직 여기 말은 무리고요. 영어는 좀 해요."

"오, 좀 한다라."

강혁은 가게 내부를 둘러 보았다. 화려하진 않아도 초라하지도 않은 가게였다.

"음식이 되게 맛있던데. 요리는 원래 할 줄 알았어요?"

"아, 네. 할머니한테 배웠죠."

"아……."

강혁은 그제야 환자 걱정에 목이 메이던 할머니를 떠올렸다. 김영수 사장 어릴 때부터 홀로 키운 그 할머니. 할머니가 가게에 보이지 않았다.

"돌아가셨어요. 너무 고생하셔서……."

김영수는 자신의 사랑하는, 그리고 너무도 소중한 할머니의 죽음이 다른 사람의 입에서 나오기 전에 선수를 쳤다. 이미 오랜 시간이 흘렀지만, 여전히 타인의 입에서 할머니의 죽음이 나오면 눈시울이 붉어졌다.

"그래도 저 취직하는 거 보고 돌아가셨어요. 웃으면서."

"그거……. 그거 다행이네. 음."

강혁은 진심으로 다행이라는 얼굴로 고개를 주억거리며 말을 이었다.

"그럼 여긴 혼자 온 거예요?"

"네, 혼자."

"외롭진 않아요?"

"할머니 빼고는 원래 혼자였는데요 뭐."

"아."

강혁은 말이 이토록 아플 수도 있구나 하는 생각이 들었다. 담담한 태도로 얘기하니 더더욱 그러했다. 게다가 이건 강혁도 마찬가지 아니었던가.

'처음 한국에 돌아갔을 땐, 정말 그랬지.'

그때 만난 재원, 장미, 강행, 경원 그리고 한유림 등등이 아니었다면 지금도 외톨이였을 터였다. 그래서 김영수의 말을 충분히 이해할 수 있었다.

"흐어엉."

그 말을 듣고 정작 울음을 터뜨린 건 한유림이었다. 원래 이 정도는 아니었던 거 같은데, 요즘 들어 눈물이 헤퍼진 한유림이었다.

'갱년기가 왔나.'

뭐든지 의학적으로 탐구하는 강혁으로서는 이런 생각이 들 수밖에 없었다.

"거…… 주책 좀 부리지 마요. 사람들 본다……."

"보긴 누가 본다고. 이제 우리밖에 없는데."

"아니, 그런 얘기가 아니라."

"그리고 넌 슬프지도 않냐? 사람이 혼자라는데!"

"슬프지. 나 고아예요. 고아. 내가 알면 더 잘 알지."

"아, 맞다! 이 불쌍한 녀석……."

"아니…… 난 안 불쌍……."

"아냐, 아냐! 안겨, 안겨! 사장! 그쪽도 이리로 와!"

뒤에 우두커니 서 있던 김영수 사장마저도 울면서 달려와 안기는 바람에 강혁은 그만 장승처럼 서 있어야만 했다.

"어……."

"흐어엉."

"으어어어엉."

시커먼 두 사내가 자신의 파키스탄 전통 의상을 눈물과 방금 먹은 제육볶음 양념으로 적시는 것을 고스란히 느껴가면서였다. 평소 같았으면 진짜 짜증이 났을 텐데 이상하게 그렇지가 않았다. 어떤 식으로든 자신이 수술한 환자와 건강한 모습으로 재회하는 건 즐거운 일이었으니까.

"그래, 그렇구나."

그 즐거움은 2차로 이어졌다. 이제 김영수는 사장이 아니라, 그저 일행 중 하나로 합류했다.

술자리는 역시 그의 가게였다.

"네. 생각보다는 현지인들이 호의적이에요. 근데……."

"근데?"

"여기 저만 있는 게 아니라, 다른 기업들에서도 들어와서요."

"기업이?"

"네. 요새 한식 기업들이 들어와서 많이들 거기로 가요. 그거 무서워서 서울에 안 한 건데, 좀 우습죠. 어쩌면 돌아가야 할지도 몰라요."

김영수는 사장으로 있을 때와는 달리 자조 섞인 미소를 지어 보였다. 생각만큼 이곳 생활이 녹록지 않은 모양이었다. 당연한 일이었다. 혼자라는 건 생각보다 힘든 일이었으니까. 이미 얼큰하게 취한 한유림이 그의 어깨에 손을 툭 하고 올렸다. 입안에 들어 있는 생고추를 사각사각 씹어대면서였다.

"이거 비밀인데. 우리 있는 곳……. 괜찮아질 수도 있거든. 거기 올래?"

"이 양반 취했나. 쓸데없는 소리하고 있네."

강혁은 그야말로 얼굴이 붉게 달아오른 한유림을 향해 손가락질을 해댔다. 원래 손가락질이라는 게 기분 나쁘게 느껴지는 법이지만, 강혁의 손가락질은 그중에서도 각별했다. 정말이지 기분 더럽게 만드는 무언가가 있었다.

"뭐, 뭐 인마."

"뭐긴. 거길 어떻게 와서 장사하라고 해."

"이제 안전하잖아?"

"우리 거기 거리 돌아다녀본 적 있어요?"

"어……."

한유림은 애써 한구의 거리를 떠올리려고 노력했다. 하지만 생각나는 것이라고는 한구 병원에 도착할 때 타고 들어갔던 차에서 본 광경과 반대로 나오면서 봤던 광경 정도. 그리고 병원에서 바라볼 수 있는 전경 정도가 다였다.

"나다니지도 못하는 곳에서 사업은 뭔 놈의 사업이야. 나 얘 또 수술하긴 싫어요."

"어으."

수술이라는 말을 듣자마자 김영수가 자신의 다리를 움찔거렸다. 젊디젊은 나이에 다리를 잘라내야 했을 만큼 큰 사고를 당한 참 아니었던가. 트라우마가 되지 않는다면 그게 정말 이상한 일이라 할 수 있었다.

"거봐. 얘도 어? 움찔하잖아."

"아, 네……. 뭐……."

"근데 생각해보니까 또 아주 나쁜 생각은 아냐."

"네?"

김영수는 묵묵히 고개를 끄덕이다가, 강혁을 홱 하고 돌아보았다. 원래 이렇게 생각이 왔다 갔다 하는 사람이었나 싶은 생각이 들었다. 그리고 그 의문이 든 건 단지 김영수뿐만은 아니었다. 한유림도 마찬가지였다.

"아니, 남 얘기할 때는 손가락질해놓고. 또 생각해보니까 나쁜 생각은 아니라고?"

"지금은 안 되지. 지금은 미친 거고."

"미친 거까진……."

"근데 몇 달 후에는 아주 좋을 수 있어. 네가 한구 독점할 수도 있어. 아니다. 아마 백 퍼센트 독점할걸?"

독점이라. 그것도 한 도시를 독점이라. 아주 달콤한 제안이었다. 하지만 이 제안에는 함정이 있었다. 아무도 오지 않아서 가능한 독점이라는 함정이.

"오."

하지만 김영수에게 강혁은 일종의 구세주나 다름없는 사람이었다. 실제로 목숨을 구원받기도 했고, 또 그 이후의 삶까지 구제받았으니까. 그런 사람의 말이라면 무조건 믿어야 하지 않나 하는 생각이 들었다.

"연락처 줘봐. 내가 거기 좀 안전해지고, 뭔가 좀 될 거 같으면 말해줄게."

"아, 네. 저, 여깄습니다."

그 때문에 김영수는 즉시 자신의 전화번호와 이메일 주소를 적어주었다. 강혁은 그걸 고개를 끄덕이면서 품속에 잘 갈무리했고.

"내가 얘기할 땐 귓등으로도 안 듣더니?"

한유림은 그런 둘을, 그러니까 상당히 죽이 잘 맞아 돌아가는 둘을 보며 성질을 냈다. 그리고 이 모든 것을 지켜보던 지부장과 로지스티션 드니스는 슬며시 미소를 지어 보였다. 의사와 환자가 이런 식으로 만나서 이런 관계를 맺을 수 있다니 보기 좋은 광경 아닌가.

"아, 얘기 좀 했더니 배고프네 갑자기."

훈훈한 분위기 속에 강혁이 껄껄 웃으며 자신의 배를 두드렸다.

"뭔 배가 고파."

"그러니까요."

당연히 그 안에 있는 모두가 농담인 줄로만 알았더랬다. 아까부터 강혁이 먹어 치운 양이 장난이 아니었으니까. 식사만 해도 4, 5인분은 먹은 거 같은데, 여기서 배가 고파? 그건 사람이 아니라 괴물이지 않나, 하는 생각만 들었다.

"아니, 진짜로. 배고파."

"무슨……. 배가 이렇게 나…… 응? 왜 이렇게 홀쭉해?"

해서 한유림이 고개를 절레절레 흔들며 강혁의 배에 손을 갖다 대었다가 헉 하는 표정을 지어 보였다. 두둑하게 나온 자신과는 달리 강혁의 배는 홀쭉했기 때문이었다. 세상에 이게 무슨 일인가 하고 있으려니 강혁의 고개가 김영수를 향해 돌아갔다.

"아까 보니까, 제육 잘하던데."

말이 감탄이고 칭찬이지, 지금 당장 튀어 가서 내오라는 말이었다.

"저, 저기 백 교수?"

한유림이 사람 좋은 미소를 흘려가며 강혁을 말렸다. 하지만 강혁은 막무가내였다.

"우리 초대받은 거잖아요. 이 정도는 해줄 수 있지."

"엄밀히 말하면 초대라기보다는 그냥 우리가 먹다가 눌러앉은 거지……."

한유림은 그리 말하면서 주변에 널리고 널린 술병들을 돌아보았다. 어차피 가게에서 팔 수 있는 물건은 아니었을 터였다. 여긴 무슬림 국가니까. 하지만 혼자 꿍쳐 두고 마실 것이었다고 해도 아까울 게 분명했다. 다시 말하지만 무슬림 국가에서는 술이 금지되어 있다시피 했고, 이 술을 다시 사는 것 역시 대단히 어려웠기 때문이었다.

"아, 어여 해 와. 제육. 가기 전에 한 번만 더 먹자. 이거 생각날 거 같아서 그래. 아쉬워서."

물론 강혁의 생각은 좀 달랐다. 제아무리 혼자가 익숙한 사람이라고 해도 아는 사람 하나 없는 곳에, 그것도 말도 풍습도 낯설기만 한 곳에 떨어지는 건 차원이 다른 외로움일 테니까. 강혁도 시리아에서 그래본 경험이 있지 않던가.

'나 같은 사람도 외로웠어. 거기 처음 갔을 땐.'

절대적인 고독이란 말이 실로 어울렸던 순간이었더랬다. 강혁은 말도 빨리 배우는 편인 데다가 워낙에 카리스마가 있어서 극복하는 데 그리 오래 걸리진 않았지만……. 그래도 김영수의 심정을 이해할 수 있었다.

"어……. 네, 네! 알겠습니다. 제육 좋아하시는구나?"

예상대로 김영수는 강혁의 요구를 아주 반갑게 받아들였다.

오랜만에 본 한국인인 데다가, 생명의 은인인 사람이 자기 음식을 맛있다고, 못 잊을 거 같다고 하는데 어찌 기분이 나쁠 수 있을까.

"메뉴에는 없던데 돈가스도 되면 좀 해줘."

"돈가스요?"

"어."

"해, 해볼게요."

해서 김영수는 곧 주방으로 뛰어들어갔고, 그날 밤은 상당히 길었다.

얼마나 길었으면, 딱히 오래 잠든 것도 아닌데 일어나니 점심 먹을 시간이었다.

"어후, 좋다."

한유림은 실로 오랜만의 늦잠이 좋은지, 여전히 침대 안에 있었다. 애초에 관광 다닐 생각도 없던 그가 아니었던가. 할 수만 있다면 이 안에 계속 있고 싶었다. 하지만 그럴 수는 없었다.

"일어나요."

고개를 돌려 보니, 어느새 머리까지 싹 감고 파키스탄 전통 의상까지 깔끔하게 입은 강혁이 서 있었다. 심지어 한 손에는 커피잔이 들려 있었다. 그야말로 평소 강혁의 모습 그대로였다.

"너……. 넌 사람 맞냐?"

어제 그렇게 제육과 돈가스를 안주 삼아 달려놓고, 지금 이렇게 멀쩡하다고? 이건 좀 반칙 아닌가? 뭐 이런 생각이 들었다.

"나는 사람이지. 이 시간까지 안 일어나고 침대에 있는 게 사람인가 싶은데, 나는."

"말 그렇게 하지 말랬지!"

"솔직하게 말했을 뿐인데."

"네 솔직은 무례하다고."

"남의 본심을 무례하다고 하다니……. 정말 누가 무례한지 모르겠네."

"하."

"아무튼, 씻고 나와요. 나가야지, 이제."

강혁은 거기까지 말하고 방을 빠져나왔다. 한유림은 투덜거리긴 해도 어차피 나올 사람 아니던가. 적어도 그가 지금껏 보아온 한유림은 그런 사람이었다.

"하아."

강혁은 그렇게 방을 빠져나와 복도 끝에 난 작은 테라스에 몸을 기댔다. 작은 창문을 통해 눈에 들어오는 이슬라마바드의 전경은, 솔직히 말해서 상당히 삭막했다. 포장되어 있지 않은 거리에서 나풀나풀 피어오르는 먼지부터, 제대로 칠해져 있지 않은 건물들까지.

"좋네, 여긴."

하지만 강혁의 입에서는 진심 어린 감탄이 흘러나왔다. 아마 불과 얼마 전까지만 해도 절대 이런 걸 보면서 감탄 같은 걸 하진 않았을 터였다. 그러나 한구 지역에서 보낸 한 달간 강혁의 눈은 이제 많이 낮아져 있었다.

"뭘 봐? 아, 오. 여긴 진짜 도시구나."

강혁뿐만 아니라 한유림도 그러했다. 강혁과는 달리 어째 씻었는데도 후줄근해 보이는 몰골이었다.

“다 됐네. 그럼 나갑시다.”

운전자는 오늘도 로지스티션 드니스였다.

“정말 괜찮아요? 관광 안 해도?”

드니스는 미심쩍다는 얼굴로 뒤를 돌아보았다. 제아무리 국경없는의사회의 긴급구호팀 소속이라고 해도 쉴 땐 좀 놀러 다니기도 하는 법인데. 이 인간들은 관광을 마다하고 있었다.

“그.”

물론 한유림은 어느 정도 쉬고 싶은 마음은 있었다. 여기까지 왔는데 사원 정도는 봐야 하지 않나 싶기도 했고. 하지만 강혁은 완고했다.

“네. 대사관으로 가주세요. 일을 벌여놔서.”

“대사관이라. 알았어요. 가죠. 근데 대사관이…….”

드니스는 말끝을 흐렸다. 그가 보아온 대사관 직원들, 특히 대한민국 쪽 직원들은 협조라는 단어를 잘 모르는 거 같았기 때문이었다. 드니스는 괜히 순진한 백강혁이 상처나 받지 않을까 걱정이었다.

‘새끼들……. 니들이 협조 안 하고 배기나 보자.’

물론 그 순진한 강혁은 별로 순진하지 않은 생각 중이었다.

차는 곧 주파키스탄 대한민국 대사관 앞에 멈추어섰다. 대사관은 그 나라의 얼굴이기도 하기 때문에 시설이 상당히 으리으리한 편이었다. 치안이 좋은 나라도 아니어서 헌병들마저 앞에

도열해 있었다.

차가 앞에 멈추어 서자, 헌병이 창문을 두드렸다. 다른 하나는 언제든 총기를 발사할 수 있게끔 방아쇠를 쥐고 있었다. 그저 대한민국에서만 살다 온 한유림에게는 삼엄을 넘어 공포스럽게 느껴질 지경이었다.

"긴장 마세요. 자국민 쏘는 대사관은 없어요."

그에 비해 드니스는 여유롭기 그지없었다. 그는 얼굴 가득 미소를 띤 채, 창문을 내렸다.

"안녕하세요. 국경없는의사회 드니스입니다."

그러곤 평소 어지간해서는 잘 입지 않는 조끼를 가리켜 보였다. 흰색 조끼에 새겨진 빨간 문양. 워낙에 유명한 문양 아니던가. 헌병도 대번에 알아볼 수 있었다. 그렇다고 비켜서준 건 아니었지만.

"국경없는의사회 분이 여긴 웬일이십니까?"

"아, 여기 뒤에 두 분이 대사관에 요청할 사안이 있다고 하셔서요."

"음? 아."

헌병은 그제야 차량 뒷자리에 한국 사람 둘이 앉아 있다는 걸 알아차렸다. 자국민이 대사관에 왔는데 막는 건 도리가 아니었다.

"수색만 하겠습니다. 협조 부탁드립니다."

"얼마든지요."

해서 헌병은 가타부타 말을 더 꺼내는 대신 차량 수색에 들어갔다.

"조금만 기다려주십시오. 최근 검문검색이 강화돼서요."

"네, 뭐. 괜찮습니다."

해서 수색은 제법 오래도록 지속되었다.

"협조 감사드립니다. 들어가셔도 좋습니다."

헌병은 곧 자리를 비켜주었다. 그래봐야 차량이 곧장 대사관 건물 앞으로 도달할 수 있는 건 아니었다. 이중 삼중으로 보안이 되어 있어서, 차는 일단 조금 떨어진 주차장에 대고 걸어가야만 했다.

"내리실까요?"

"아, 네. 감사합니다."

일행은 곧 도보로 대사관 건물에 닿았다. 그러자 앞을 지키고 있던 헌병이 다가와 재차 그들의 앞을 가로막았다.

"무슨 일로 오셨습니까?"

"요청드릴 사안이 있어서요."

이번엔 드니스 대신 강혁이 유창한 한국어로 대꾸했다.

"아, 네. 이쪽으로 오시죠."

"되게 삼엄하네요?"

강혁은 헌병이 이끄는 곳이 또 보안 검색대라는 것을 확인하고는 질문을 던졌다. 그리 귀찮아하는 기색은 아니었다. 그저 신기해하는 얼굴일 따름이었다.

"네. 죄송합니다. 규정상."

"아니, 미안해하라고 한 말은 아닌데."

"감사합니다. 최근 관광객분들 민원이 있어서요."

"민원이라."

강혁은 요사이 많지는 않아도 이슬라마바드를 관광하는 관광객이 점차 늘어나고 있다는 것을 대강이나마 들어서 알고 있었다. 여행 경보 지역임을 감안한다면 꽤 놀라운 일이었다. 물론 남서부 지역 말고는 철수를 권고하지는 않고 있다지만.

"괜찮습니다, 들어가셔도 좋습니다."

강혁이 통과했으니 한유림 또한 마찬가지였다. 드니스는 같이 들어가는 대신 밖에 있기를 자청했다. 굳이 대사관 직원들과 엮이기 싫어서였다.

"그럼, 다녀오죠."

"네. 교수님."

강혁 또한 될 수 있으면 공무원들과는 안 엮이길 바라는 사람으로서 흔쾌히 고개를 끄덕였다. 그러곤 한유림과 함께 안쪽으로 향했다. 건물은 외관뿐 아니라, 내부 또한 화려하기 그지없었다.

"병원이 이거 반의반만 따라가면 좋겠는데."

한유림이 복도를 지나치다 이런 말을 할 정도였다.

"안으로 들어가세요."

그사이 강혁과 한유림은 꽤 널찍한 사무실에 도착했다. 아무래도 이곳이 대강의 민원을 처리해주는 곳인 모양이었다. 관광지로 유명한 나라의 대사관들보다는 규모가 훨씬 작았다. 이곳 대사관의 주요 목적은 아직 파키스탄 정부와의 소통이지, 대국민 지원은 아니었기 때문이다.

"아, 네."

"저분인가?"

한유림은 사무실 책상 앞에 앉은, 정말이지 무료하다는 표현으로밖에는 묘사할 수 없는 표정을 한 사람을 가리켰다. 저기서 딱 하품만 하면 나태의 표본이 될 것만 같았다.

"무슨 일로 오셨어요?"

그렇다고 해야 할 일을 안 하는 사람은 아닌지, 일단 둘에게 뭔 일로 왔는지 묻기는 했다.

"아, 저희는 이곳 국경없는의사회에 있는 사람들입니다."

"네, 그런데요?"

"저희가 단기 의료 봉사팀을 초빙했는데, 혹시 그 절차에 대해 도와주실 수 있을지 해서요."

"절차요?"

절차란 말에 사내는 대놓고 귀찮다는 표정을 지어 보였다. 저런 표정을 짓기 전에 눈앞에 있는 사람이 정확히 누군지 물어보기라도 하는 게 좋을 텐데. 아쉽게도 사내는 그렇게까지 생각이 깊은 사람은 아니었다.

"네. 사람만 오는 게 아니라 약이랑 기타 등등 구호 물품을 들고 오거든요."

그중에는 사실상 한구 지역 사람들에게는 그 어떤 약보다 소중할 수 있는 영양제도 있었다.

"그래서요?"

"아시다시피, 이곳은 공항 직원들이……. 이런 걸로 뇌물도 요구하고 심지어 가져가기도 하지 않습니까?"

파키스탄은 한류 열풍이 진하게 불고 있는 곳 중 하나였다. 미국인이나 다른 백인들에 비해 한국계 기업 진출이 그나마 이루어지고 있는 이유 중 하나인데, 그러다보니 메이드 인 코리아라고 하면 일단 뻣고 보는 사람들도 있었다. 공항 직원들이라고 해서 예외가 아니었고, 오히려 더더욱 심한 경우가 많았다.

"네, 뭐."

"그걸 대사관 측에서 막아주시고……. 한구 지역까지 우리 로지스티션이 이송하는 데에도 도움을 주실 수 없는지 요청드립니다."

"하, 나 원 참."

한유림의 정중한 말을 들은 사내는 너무나도 어처구니없다는 듯 웃어 제꼈다. '무슨 나라 행사도 아니고, 민간단체 봉사에서 이런 걸 요구하지?' 하는 생각이었다. 그의 반응에 마음이 급해진 한유림이 말을 덧붙였다.

"국격에도 도움이 될 거예요. 실제 한구 지역에 투자하겠다는 기업들도 있어요. 우리나라 사람들이 봉사하게 되면 큰 도움이 될 겁니다. 그……, 남수단도 그렇지 않았습니까?"

사실 이건 강혁에게 전해 들은 말이었다. 남수단으로 봉사를 떠났던, 그리고 젊은 나이에 암으로 사망한 소아청소년과 전문의 이태석 신부. 「울지마 톤즈」라는 다큐멘터리로도 소개된 바 있지 않은가. 그 이후로 남수단 정부 차원에서 대한민국과 더욱 적극적으로 협력하기 시작했고, 어느 정도의 결실을 보고 있었다.

"그래도 이런 건 대사관에 요청할 일이 아니죠."

하지만 사내는 일언지하에 거절했다. 점잖게 나갔던 한유림은 슬슬 부아가 치밀었다. 옆에서 강혁이 바람을 넣고 있기도 했다.

"화나죠?"

깐족거리는 방법이었는데, 효과는 만점이었다.

"대사관에 이런 걸 요청하지 않으면……. 대체 뭘 요청합니까, 선생님. 자국민들이 봉사 와서 안전을 요청드리는 거예요. 게다가 이슬라마바드는 청년 해외 창업 지원 프로그램에 속한 곳이기도 하지 않습니까? 어려운 거 부탁하는 거 아니잖아요. 공문 한 장이면 될 텐데."

"공문이요? 그 공문이 얼마나 복잡한 과정을 통해서 탄생하는지 압니까? 나랏일 해봤어요?"

"하아."

나랏일이라. 그 말을 듣자마자 어디선가 빠직하는 소리가 나는 듯했다.

'해봤지, 그것도 죽도록.'

한유림은 그런 생각을 하면서 주먹을 꽉 쥐었다. 강혁 덕에 단련된 그의 주먹에서 우두둑 하는 소리가 처연하게 울려 퍼졌다.

"어어, 이러다 치겠어요?"

"치진 않아."

"응? 왜 갑자기 반말을……."

한유림은 당황한 얼굴의 사내를 뒤로하고 강혁을 돌아보았다. 손을 툭 하고 내밀면서였다.

"백 교수. 전화 줘봐. 이제 저장해놨지?"

“어, 누구. 아, 박성민?”

“너는 이름을 그렇게 함부로……. 아무튼, 맞아. 연결해. 내가 진짜 이러는 거 싫은데……. 세상이 날 가만히 안 두네. 이봐, 공무원 양반. 내가 여기 올 때 오프 더 레코드로 부탁받은 게 있거든? 여기 직원들 잘하나 안 하나 감시해달라는 건데, 그냥 웃어 넘겼어. 알아서 하겠지, 하고. 근데 그게 아니네?”

“어, 받았다. 바꿔요?”

“이 새꺄, 인사부터 하고 줘.”

*

“이, 이쪽으로.”

사내는 이제 쩔쩔매고 있었다. 하도 고개를 숙이고 있어서 저러다 머리가 떨어지지는 않을까 걱정이 될 지경이었다.

“대사는 언제 오신대요?”

한유림은 안내받은 주파키스탄 대한민국 대사 집무실 앞에 서서 물었다. 문이 닫혀 있었는데, 앞에는 외출 중이라는 표기가 붙어 있었다. 그의 말에 공무원 사내가 또다시 쩔쩔맸다.

“마, 말씀 낮추시죠.”

“낮추고 말고가 문제가 아니라, 대사 언제 오시냐고요.”

“그……. 오늘……. 오늘 토요일이라서요.”

“아, 그랬나?”

한유림은 그래서 더 불친절했나 하는 얼굴이 되어 강혁을 돌아보았다. 강혁 또한 딱히 요일 지나는 거에 관심 있는 사람은 아닌지라, 그저 어깨만 으쓱거릴 따름이었다.

'그랬지. 그래서 일부러 그냥 온 거지.'

그에 반해 한유림은 의미심장한 미소를 지으며 고개를 끄덕였다.

'이편이 평소 이 대사관이 어떻게 돌아가는지 좀 더 잘 알 수 있는 방법이잖아?'

"저, 조금만……. 조금만 기다리시면……."

공무원 사내는 더더욱 고개를 숙였다. 아직은 괘씸한 게 더 컸다. 전화 없었으면 공문이고 나발이고 그대로 내쫓겼을 게 뻔한 상황이었으니까.

"얼마나 기다려야 되는데요?"

"대사관저가……. 여기서 그렇게 멀리 있지는 않습니다. 곧…… 곧 올 겁니다."

사내는 고개를 밖으로 돌렸다. 한유림과 강혁 또한 그를 따라 고개를 돌렸다. 작게 난, 그렇지만 깨끗하게 잘 관리된 창을 통해 반듯한 도로가 눈에 들어왔다.

"와, 저기는 길도 좋네."

이게 뭐 대수로운 일인가 싶겠지만, 파키스탄에서는 유별난 일이라고 할 수 있었다. 아직 인프라에 신경 쓸 만한 여력이 없는 국가 아니겠는가. 아마도 저 도로는 대한민국이나 이 근처 대사관을 운용하고 있는 다른 국가들이 돈을 대서 만들었을 터였다.

'하긴 이런 곳에 오면……. 다들 모여 살게 되겠지.'

다들 선호하는 국가가 있다면, 또 그렇지 않은 국가도 있는 법이었다. 그리고 대개 강혁이나 한유림과 같은 봉사하는 사람들이 들어가 있는 국가는 비선호 국가이기 마련이었다. 워낙에 나라 사정이 어렵고 또 위험할 수 있단 뜻이었으니까.

"어, 어디 계셔?"

곧 1층 언저리에서 비명 비슷한 소리가 들려왔다. 전혀 알지 못하는 목소리였지만 강혁이나 한유림이나 대번에 알 수 있었다. 바로, 대사가 도착했다는 사실을.

"2층 집무실 앞에 계십니다!"

"설마 서 계셔?"

"아, 네……."

"이 멍청한 놈들이! 문 따고 들어가서 앉혀 드렸어야지! 음료는?"

"그…… 그게 아직."

"이런, 이런 병신들이 진짜."

대사는 부리나케 이동하면서 속삭이듯 직원들에게 물었다. 그러곤 불같이 성질을 냈는데, 직원들의 대처가 어떻게 봐도 너무 미흡했기 때문이었다. 그냥 시민도 아니고 VIP인데. 이걸 이딴 식으로 해? 어처구니가 없었다.

마음 같아서는 진짜 있는 힘껏 화를 내고 싶었지만, 안타깝게도 한 층 위에 절대 자신의 고함을 들어선 안 되는 사람이 있었다. 아직도 방금 받아 들었던 전화만 생각하면 두 손이 바들바들 떨렸다. 자그마치 외교부 장관의 직통 전화를 받다니. 그것도 잔뜩 화가 난.

-당신 뭐 하는 사람이야? 감히 한유림 전 장관 요청을 아랫선에서 막게 뒤? 나 방금 대통령께 한마디 듣고 오는 참이야. 당장 시정해!

대통령께 한마디를 들었다니. 최대한 점잖게 표현했지만, 대강 어떤 상황일지 유추가 가능했다. 박성민이란 위인이 어떤 위인이란 말이던가. 이제 재임 기간이 절반을 훌쩍 넘었는데도 여전히 지지율이 70%에 육박하고 있는, 그야말로 대한민국 역사상 유례가 없는 대통령이었다. 그런 사람의 심기를 거스른다는 건, 적어도 공직자에게 있어서는 자살 행위라고 보면 되었다.

"아, 아이구. 한 장관님!"

해서 대사는 딱 2층에 올라서자마자 만면에 사람 좋은 미소를 지은 채 한달음에 한유림을 향해 달려갔다.

한유림은 그런 대사를 보면서 한마디 평을 내렸다. 이놈은 닳고 닳은 공직자라고. 아마 이 험지에서의 대사가 끝나면, 그 대가라고 하긴 좀 뭐 해도 어딘가 좋은 자리로 날아갈 준비를 하고 있을 터였다. 공기업이 됐건, 공천이 됐건, 뭐가 됐건.

'그러려면 나한테 잘 보여야겠지?'

이미 주어진 자리마저 차버리고 나온 한유림에게는 그리 마음에 들지 않는 종류의 인간이라 할 수 있었다. 적어도 한유림은 공직이 봉사하는 자리이지, 어떤 대가를 바라는 자리는 아니라고 생각했으니까.

'잘된 일이지.'

하지만 한유림은 이제 공과 사를 구분할 줄 아는 사람이 되어 있었다. 대사가 나쁜 놈이든, 착한 놈이든 뭐가 중하단 말인가. 그의 협조를 받아 봉사만 제대로 할 수 있다면 다 괜찮았다. 해서 한유림은 껄껄 웃었다.

"아, 김호영 대사님 맞죠? 얘기는 많이 들었습니다. 청와대에서 칭찬이 자자하던데."

은근히 여전히 청와대 쪽이랑 연이 닿는 걸 어필하면서였다. 물론 이미 장관을 통해 전화를 받은 바 있던 대사에게는 효과가 만점이었다.

"아, 아이구. 과찬이십니다. 여, 여기서 이러실 게 아니라 들어가시죠."

대사는 호들갑을 떨어대고는 방문을 열고 안으로 들어갔다. 그러곤 상석을 한유림에게 양보하고 자신은 강혁의 맞은편에 앉았다.

"그……. 제가 대강은 들었는데. 어쩐 일인지 다시 한번만 설명해주실 수 있겠습니까?"

대사는 한유림이 완전히 자리에 앉을 때까지 기다린 후에야 재차 입을 열었다. 오랜 공직 생활을 통해 습득한 그 특유의 매너가 몸에 배인 사람이었다. 공직 생활 해본 아저씨가 작정하고 아부하려고 들면 정말 장난이 아니었다. 표정, 말투, 몸짓 하나하나까지 정말 상대가 최고라고 여기는 듯이 움직였다.

'히야, 이건 대단한데.'

그걸 바로 맞은편 자리에서 구경하게 된 강혁으로서는 감탄에 감탄을 연발할 수밖에 없었다. 그가 제일 못하는 것이 아부인데, 그걸 세상에서 제일 잘하는 사람 중 하나가 펼치는 걸 보게 되었으니 당연한 일이었다.

"아, 음. 그래, 뭐……. 이런 거예요."

하지만 워낙 이런 일에 익숙한 한유림은 대수롭지 않다는 반응이었다. 그저 자기 할 말만 해댈 뿐이었다.

'옳지.'

내용이 아까와는 조금 달라져 있었다. 기다리는 동안 강혁과 대화를 나눈 덕이었는데, 아까의 요구가 그냥 커피였다면, 이건 T.O.P.였다. 그만큼 온도 차가 있었다.

"여기서 한구까지 이송 책임져주고, 정부 쪽 협조 얻는 건 일도 아니잖아요? 내가 알기로 여기 이슬라마바드에만 우리 기업들 소규모 투자 꽤 들어온다고 알고 있는데."

"어……. 네, 그럼요. 제가 알아서 처리하겠습니다."

"그리고 검문검색. 그거 장난 아니던데……. 그것도 외교부에서 처리해줄 수 있죠? 아, 내가 해 보니까 너무 험하더라고. 봉사하러 오는 사람들, 다 대학 병원에 있는 사람들이라 시간이 없어서, 최대한 여기 있는 동안 봉사만 하게 해도 모자라요."

"어……. 네. 그것도 제가 알아서 하겠습니다."

마치 뭐라도 맡겨놓은 것처럼 한유림의 태도는 당당하기 그지없었다. 어지간한 사람이라면 부아가 치밀 만도 하겠지만 대사는 내내 웃는 얼굴이었다. 한유림은 보다 적극적으로 대사를 갈

취할 수 있었다. 속된 말로 삥 뜯는다는 말을 써도 좋을 지경이었다.

"가서 봉사하는 것도……. 거기도 현장 요원들 도움이 좀 있으면 좋겠는데. 인력 많죠?"

"어……. 인력이요? 그건……. 그건 저희 대사 직원들 얘기도 좀 들어봐야 하는데. 그리고 이게 대사관 업무랑……."

"해외 대사관 업무 중 대한민국 국격과 관련된 일이 있는 걸로 아는데. 실제로 봉사하는 경우도 많잖아요?"

"그, 그야…… 그건 맞습니다."

문제는 삥 뜯으러 온 깡패가 현업에 종사했었다는 점이었다. 그것도 아주 높은 자리에. 그래서 일 돌아가는 걸 알아도 너무 잘 알았다.

"그거 사진 찍어서 보고서 올리면 면도 설 텐데. 대사는 이거 하고 은퇴할 생각이신가? 아, 다른 뜻이 있는 건 아니고. 그냥 물어보는 거, 물어보는 거."

게다가 한유림은 강혁과 하도 오래 다니는 바람에 백강혁화가 상당히 진행된 상황이었다. 말투도 태도도 그러했다.

"아……. 아뇨, 아닙니다. 은퇴라뇨. 죄송합니다."

"아니, 인생 계획 묻는데 왜 죄송하다는 소리가 나와요. 하하."

지가 협박한 주제에 껄껄 웃기도 했다.

"아무튼, 은퇴할 생각은 없다 이거죠?"

"네, 네."

"그럼 여기서 뭐라도 하나 만들어야지. 요새 세상이 만만치가 않잖아요. 험지에 있다고 뭐 다 자리가 나고 그러는 게 아니에요. 게다가 여기가 뭐 그렇게 험지인가? 관광객도 다니는데. 저기 어디야. 어? 소말릴란드 같은 곳은 어휴……. 사람 죽어 나가."

"그것도 맞습니다, 장관님."

"그러니까 내가 기회를 주겠다, 이거예요. 봉사는 우리가 하고, 대사관에서는 그냥 와서 사진 좀 찍고 짐 좀 나르고, 사람 통제하고 이러는 거지. 아, 안전도 좀 보고."

'기회를 주겠다'라. 대사는 심각한 고민이 들었다. 하지만 어쩌겠는가. 갑이 기회를 주겠다고 하는데. 할 수 있는 말은 정해져 있었다.

"감사……, 감사합니다."

"그래, 그래. 일단 공문 싹 돌려주시고. 아니, 아예 직원이 좀 나가 있으면 좋겠어요. 먼 길 고생하고 오는데."

"네, 네."

"그럼 부탁 좀 합시다?"

"네, 장관님."

"아, 그리고. 이 근처에 한식 전문점 있거든요? '연'이라고. '인연' 할 때 연이래. 이름 이쁘죠?"

한유림은 심지어 김영수 사장의 가게도 잊지 않고 챙겼다. 젊디젊은 나이에 다리 다친 것도 억울한데, 만리타향에까지 와서 고생하는 것이 딱하지 않은가.

"그렇습니까? 저흰 몰랐습니다."

"모르면 안 될 텐데. 청년 해외 창업 지원받아서 온 가겐데."

대사의 말에 한유림은 혀를 쯧쯧 찼다. 그의 표정 변화를 읽은 대사가 부리나케 말을 이었다.

"허……. 네, 아마 제가 착오가 있었나 봅니다. 알죠, 알고 말고요."

"알죠?"

한유림은 다시 한번 확인하는 듯한 질문을 던졌다. 이제는 정말 확실하게 알아야 한다는 걸 알려주는 의미였다.

"네, 네! 물론입니다. 직원 회식 한번 잡아보겠습니다!"

"그래요. 거 대통령 지원받아서 온 건데, 챙겨야지. 대사가."

"네, 네. 그럼요. 참으로 지당하신 말씀이십니다."

"그럼, 믿고 우리는 갑니다?"

"네. 언제든 어려운 일 있으면 찾아오십쇼. 아니, 전화 주십쇼. 여기 제 직통 전화입니다."

대사는 돌연 자신의 명함을 내밀었다. 이 정도의 VIP를 파키스탄에 부임하면서 만날 수 있을 거라고는 생각도 못하지 않았던가. 성가시긴 했지만, 오히려 기회였다. 그래서 그는 아까보다 좀 더 적극적으로 나섰다.

"오. 이건 제가 챙기죠."

거절할 이유가 전혀 없지 않은가. 특히나 뻔뻔하기로 말할 거 같으면 세계 제일이라고 할 수 있는 강혁으로서는 더더욱 그러했다.

"어……."

대사는 내내 잠자코 있다가 자신의 명함을 가로채는 강혁을 멍한 눈으로 바라보았다. 어디서 본 적이 있는 거 같기는 한데, 기억이 명확하지가 않았다. 사실 지금까지는 한유림의 경호원인 줄로만 알고 있었더랬다. 한유림 정도 되는 사람이 이런 곳에 혼자 다닐 거 같지는 않았으니까. 그런데 명함을 가로채? 절대 경호원이 할 짓은 아니었다.

"누구…… 신지?"

대사는 의구심 가득한 눈으로 강혁을 향해 물었다. 대답은 의외로 한유림에게서 들을 수 있었다. 이미 얻을 거 다 얻은 마당에 괜히 험한 꼴 보여주고 싶지는 않아서였다. 어디서건 강혁의 입은 적게 여는 것이 좋았다.

"백강혁, 백강혁. 알죠? 그…… 한국대학교 병원 중증외상센터장 했던."

"아, 아!"

그제야 대사가 입을 쩍 하고 벌렸다. 어찌 잊을 수 있겠는가. 백강혁이라는 이름을. 대국민적으로는 그저 훌륭한 의사로만 알려져 있겠지만, 이제 아는 사람은 다 알았다. 그가 한유림을 부리는 실세라는 사실을. 게다가 박성민이 대통령이 되는 데 있어서 상당히 힘을 썼다는 사실도.

'내 정신 좀 봐라!'

대사는 자신이 아부할 대상을 잘못 설정했다는 생각에 부리나케 고개를 숙였다.

"죄송합니다. 몰라뵈었습니다!"

물론 강혁은 별로 신경 쓰지 않았다.

“아뇨, 뭐. 괜찮아요. 대신 부탁하면 들어주십니다?”

“물론이죠! 이거야 원. 한 장관님하고 백 교수님이 파키스탄에 계신 줄 알았으면 제가 찾아뵈었을 텐데…….”

이 말은 정말이지 진심이었다. 비록 한구 지역이 여행 경보 적색 대상, 즉 긴급 용무가 아니면 피신해야 할 곳이긴 했지만, 이 둘을 직접 만나 볼 수 있다면 가치가 있다고 생각했다. 어차피 어지간한 경호원은 데리고 갈 생각이었으니까.

“뭐 그럴 거까지는 없고요. 하하. 그럼, 잘 계세요.”

강혁은 껄껄 웃으며 대사의 어깨를 두드려주었다. 정말 응원할 때 쓰는 강도가 아니라, 조금은 통증을 주는 강도의 두드림이었다.

“으어.”

당연하게도 대사의 입에서 신음이 흘러나왔지만, 얼굴은 웃을 수밖에 없었다.

“네, 네……. 감사합니다.”

심지어 감사하다는 말까지 덧붙여야만 했다.

그렇게 일을 마치고 내려와 보니 무료한 얼굴의 드니스가 서 있었다.

“오. 오래 걸린 거 보니까……. 그래도 일이 해결됐나 봅니다?”

한 손에는 커피가 들려 있었는데, 대사관 직원이 가져다준 듯했다. 그렇지 않고서야 여기서 갑자기 아이스 아메리카노가 담긴 컵을 얻을 순 없지 않겠는가.

"아, 네. 덕분에."

"이 할배가 전 장관이잖아요. 통화 한 방에 해결되던데요?"

"아, 아! 그렇구나. 아, 맞아. 장관이셨지, 참."

드니스는 커피잔을 둘과 함께 나온 직원에게 건네주고는 고개를 끄덕였다. 하도 소박하게 하고 다녀서 잊고 있었는데, 생각해보니 이 두 양반 모두 거물이었더랬다.

'아마 현시점 국경없는의사회 소속으로 있는…… 사람 중에서는 거의 제일 거물들 아닐까?'

물론 국경없는의사회는 그 명성에 걸맞게 어마어마한 사람들이 소속되어 있기는 했다. 하지만 아마 현장에서, 그것도 긴급구호팀에서 두 발로 뛰는 사람 중에는 이 둘이 제일 대단할 것이 분명했다. 드니스는 그런 생각을 하면서 차량에 올라탔다. 그러곤 백미러를 이용해 뒷좌석에 앉은 둘을 돌아보며 입을 열었다.

"조금 늦기는 했지만, 이제 더 할 일은 없으시죠?"

"아, 그렇죠. 뭐……. 원래는 따로 찾아가 보려는 사람이 있긴 했는데, 여기서 다 해결되었습니다."

한유림은 몇몇 지인을 떠올리다가 이내 고개를 가로저었다. 그들 모두에게 부탁할 일들을 대사 한 사람에게 떠맡긴 참이지 않은가. 그럼 그들에 대한 부탁은 조금 나중으로 미뤄도 될 듯싶었다. 어차피 이곳에서의 일이 하루 이틀 안에 끝날 거 같진 않았으니까.

"그럼 좀 둘러보실까요? 볼 게 아주 많지는 않아도……. 둘러

보면 또 소소한 구경거리가 있어요."

"아, 그……."

한유림은 살짝 마음이 동한 상황이었다. 하지만 봉사하러 와서 놀러 다녀도 되나 하는 생각이 들긴 했다. 누구도 뭐라 하는 사람이 없기는 하지만, 괜히 죄스러운 마음이었다. 해서 한유림은 면죄부라도 바라는 듯한 얼굴로 강혁을 바라보았다. 강혁은 그저 어깨를 으쓱해 보일 따름이었다.

"좋죠. 근데 왜 날 봐요?"

"아니……. 그, 어쩐지 말이야. 백 교수는 안 된다고 할 거 같아서."

강혁은 그렇게 되묻는 한유림의 얼굴에서 일말의 죄책감을 읽어내었다.

'하여간, 노인네. 쓸데없이 착해가지고.'

뭐, 한유림을 탓할 만한 일은 아니었다. 원래 봉사 초보자들은 이런 생각을 하기 마련이었으니까. 누가 어디 험악한 곳으로 봉사 간다고 하고서 하루나 이틀 정도 휴양지에서 시간을 보내면 손가락질을 해대는 사람도 있지 않은가.

봉사자도 사람인지라, 가끔은 리프레시가 필요했다. 국경없는 의사회에서 괜히 봉사자들에게 휴가를 주는 게 아니란 얘기였다.

"안 되긴. 왜 안 돼요? 놀 땐 놀아야지. 왜? 지금 당장 한구 가고 싶어서?"

"아니, 아니! 아냐, 제발."

"그럴 거면서 그런 얘기는 왜 해."

"오. 오!"

"너무 신나 하는데. 아까 마신 커피에 술이라도 들어 있었나."

"아무튼, 그럼 가자. 어디든 놀러 갑시다!"

마침내 강혁의 윤허를 받은 한유림이 최선을 다해 외쳐대기 시작했다. 정말이지 어디든 좋았다. 바람 냄새만 맡아도 재충전이 될 거 같았으니까.

"오케이. 그럼 갑시다."

드니스는 한유림의 밝은 얼굴에 본인도 기분이 좋아지는지, 껄껄 웃고는 액셀을 밟았다. 부우우웅. 지프차 특유의 굉음과 함께 차는 빠르게 대사관을 빠져나왔다.

"충성!"

아까와는 달리 헌병들의 경례를 받으면서였다.

차는 일단 사원으로 향했다. 멀리서 볼 때도 장난 아니게 웅장했는데, 가까이서 보니 더더욱 그러했다. 드니스는 한두 번 오는 게 아닌지, 금세 요상한 곳에 주차하고는 차에서 내렸다. 아는 사람 집인지 뭔지 누군가가 인사를 하면서 걱정 말라는 뜻의 손짓을 보내왔다.

"좋네, 역시 능력 있어."

드니스는 앞장선 채 앞에 모습을 드러낸 사원을 가리켰다.

"엄청나구나……."

한유림은 신음하듯 자신의 감상평을 내뱉었다. 강혁이라고 해서 크게 다르진 않았다. 이때까지 거리를 지나쳐오면서 본 건물들에 비하면 터무니없다는 생각이 들 지경이었다. 드니스는 그런 둘의 반응이 당연하다는 듯 고개를 끄덕이며 말을 이었다.

"파키스탄이 지은 건 아니고, 사우디아라비아에서 지어준 거예요. 우방이라."

"아. 사우디."

"네. 오일 머니가 좋긴 좋아요. 무상으로 남의 나라에 저런 것도 지어주고."

"그래도 여기 돈으로 안 한 게 다행이네."

"그렇죠? 여기 돈으로 했으면 좀 그럴 뻔했어요. 아무튼, 따라오세요. 딴 사람들이 붙잡아도 모른 척…… 아."

드니스는 그렇게 말하다가, 눈을 부라리고 있는 강혁을 보고는 쓴웃음을 지었다. 어지간해서는 겁먹지 않는 현지인들이 강혁과 눈이 마주치자마자 마치 호랑이라도 본 것처럼 뒷걸음질을 치고 있었다. 저럴 때 보면 저게 의사인지 깡패인지, 아니면 어디 요원인지 헷갈릴 지경이었다.

"좋네, 여기."

아무튼, 덕분에 일행은 사원을 무사히 구경하고 산에 올랐다. 당연히 쉬러 다니는 것이니만큼 등산은 아니고 차를 타고서였다. 그렇게 도착한 곳은 모날 레스토랑이었는데, 아직 고층 빌딩이 없는 이슬라마바드의 전경을 내려다볼 수 있는 식당이었다. 가격대가 꽤 있는 곳이라 손님은 거의 외국인이었다.

"좋구만."

한유림은 가는 곳마다 엄지를 내둘렀다. 그도 그럴 것이 드니스의 픽은 하나같이 완벽했다. 정말 오랜 시간 현장을 책임져 온 사람답게 노는 법도 완전히 깨우치고 있었던 것이다.

"흐아아."

덕분에 한유림은 한구로 향하는 차 안에서 극도의 우울감에 시달려야만 했다. 꿈꾸는 것처럼 즐거운 시간을 보내다 분유 쇼핑까지 마치고 다시 한구로 갈 생각을 하자니, 정말이지 죽을 것 같았다.

"뭘 그렇게 또 엄살을 부려."

물론 강혁은 심드렁한 얼굴이었다. 아니, 오히려 조금은 설레하는 것 같았다. 적어도 한유림에게는 변태처럼 느껴지는 표정이었다.

"미친놈이 웃고 있네. 일하러 가는데."

"의사가 환자 보러 가는데 그럼 웃지, 우나?"

"그런 식으로 말하지 말라고."

"아무튼, 표정 풀어요. 이제 다 왔어. 제인 앞에서 울 거예요?"

"아니……. 그럴 순 없지. 근데……."

한유림은 고개를 절레절레 젓다가, 병원 마당 앞에 나와 있는 카심을 발견했다. 사람한테 이런 말 하는 게 좀 미안하긴 했지만, 실제로 뭐 마려운 강아지 표정을 하고 있었다.

"왜 저래?"

"모르죠. 어, 오는데?"

카심은 들어서는 차를 보더니, 그대로 달려와 창문을 두드렸다. 어찌나 속도가 빠른지 좀비 드라마 「워킹 데드」가 떠오를 지경이었다. 그는 그렇게 창문을 두드리면서 외쳐댔다.

"왜, 이제야 왔어요! 빨리 나와요!"

왜 이제야 왔냐니. 꼴랑 두 밤 자고 왔는데. 한유림은 상당히 불쾌했지만, 일단은 문을 열고 내렸다. 다른 사람이라면 몰라도 카심은 어지간한 일로는 호들갑을 떨지 않는 사람 아니겠는가.

"뭐야, 뭔데."

해서 강혁도 반대편 문을 통해 빠르게 뛰어내렸다. 원래 같았으면 거의 바로 돌아가야 했을 드니스였지만,

"뭐, 도울 일이라도 있을까요?"

일단은 내려서 팔을 걷어붙였다. 비록 분야는 로지스티션이라 실제 의료 행위랑은 거리가 있었지만 뭐가 어찌 되었건 국경없는의사회 소속 요원이지 않은가.

"이게…… 이게 한구 환자는 아닌데……."

"한구 환자가 아냐?"

"근데 그게 중요해?"

한유림은 상당한 놀라움을 표했고, 강혁은 대수롭지 않다는 듯 반응했다. 강혁에게는 늘 그렇듯 환자가 누군지보다는 어디서 어떻게 다쳤는지가 중요했기 때문이었다.

"그……. 일단 안으로 들어오시죠!"

카심은 뭐라 말을 하려다 말고, 병원 입구 쪽을 가리켰다. 평소와는 달리 병원 담장에 늘어선 사람들을 의식하는 것처럼 보였다. 아니, 일단 병원 담장에 사람들이 늘어서 있다는 게 이상했다. 보통 한구 병원 근처엔 진료받을 사람 아니고서는 잘 찾아

오지 않았기 때문이었다.

"뭐지?"

한유림은 영문을 모르겠다는 얼굴로 중얼거렸고.

"흠."

그보다 한 발자국 뒤처진 채 달리고 있던 강혁은 바닥에 나 있는 낯선 타이어 자국을 보며 고개를 갸웃거렸다. 분명 한구에 와서는 처음 보는 타이어 자국이었지만 생애 처음 보는 건 아니었기 때문이었다.

'험비…….'

완벽한 응급 처치

강혁의 눈에 들어온 건 미군 차량의 타이어 자국이었다.

'설마 군인이 왔나?'

강혁은 그런 생각을 하며 병원 내부로 들어섰다. 입구를 지키고 있던 가드들이 부리나케 자리를 비켜주었다가 다시 입구를 가로막았다. 얼굴엔 긴장감이 맴돌았다. 아니, 그냥 병원 전체에 긴장감이 맴돌고 있다고 보면 되었다.

"닥터 백?"

그 이유가 무엇인지는 곧 알 수 있었다. 수술실 입구 쪽으로 무장한 미군들이 주르륵 도열해 있었다. 그냥 총 하나 덜렁 메고 있는 게 아니라, 정말 완전 무장을 하고 있다는 뜻이었다.

"으아."

한유림은 이런 건 영화에서만 봤지, 실제로 보는 건 처음인지라 저도 모르게 걸음을 멈추었다. 반면 강혁은 자신을 부른 이를 향해 빠르게 접근했다.

'델타포스, 상사……. 요인 암살이라도 했나?'

미군 전투복에 새겨진 계급장은 저격을 피하기 위한 용도로 멀리서는 식별이 어렵게 만들어져 있었지만, 강혁에게는 별 의미가 없었다.

"샌더슨 상사?"

"네, 닥터 백. 샌더슨입니다."

자신을 샌더슨이라고 밝힌 이의 손과 전투복에는 붉은 피가 묻어 있었다. 그것만 봐도 출혈량이 만만치 않았다는 거 정도는 알 수 있었다. 강혁은 약간 초조해지는 것을 느끼며 질문을 던졌다. 눈과 귀는 수술실 쪽으로 기울이면서였다.

"환자는 안에 있어요?"

"네."

샌더슨 또한 연신 수술방 쪽을 힐끔거렸다. 눈동자가 사정없이 흔들리는 것이 어지간히 걱정되는 모양이었다.

"어디서 어떻게 다쳤습니까?"

강혁은 그런 샌더슨을 향해 재차 질문을 던졌다. 그러다 아차 싶었다.

'장소를 말해줄 리가 없지.'

나라에서 하는 일이라는 게 꼭 적법한 일만 있는 건 아니지 않은가. 게다가 타국에서의 군사 작전이라면 오히려 적법한 것보다 불법인 경우가 훨씬 많았다. 그래서 강혁은 질문을 아주 빠르게 바꾸었다.

"장소가 작전상 기밀이면 어떻게 다쳤는지만, 간략히."

"총상입니다. 제가 확인한 건 모두 세 방……. 복부입니다."

"복부 3개?"

"네."

"이런 망할."

세 방이 다 복부라니. 상대는 그냥 테러범이 아니라 사격 훈련을 꽤 받은 놈이었던 모양이었다. 그렇지 않고서는 세 발 모두 배에 쏟아붓기는 어려웠다. 아무튼, 상처가 분산된 것보다는 상황이 좋지 못했다. 지금 당장 안을 들여다봐야만 했다.

"일단 기다려요. 총은 내려 놓……, 설마 꼬리 밟혔을까봐 이러는 거야?"

강혁은 겉옷을 벗어 던지며 묻다가 말고 성질을 냈다. 혹시 이 미친놈들이 작전 대상이 되는 인물들에게 꼬리를 밟혔을까봐서였다. 만약 그렇다면 이 환자의 목숨이 문제가 아니라, 이 병원 전체가 위험에 빠질 수도 있었다. 상대가 누구였는지는 모르겠지만, 적어도 이 근처에서 적이 있는 곳을 폭파시키는 일을 망설일 만한 집단은 없었으니까.

"아, 아닙니다. 작전은 성공했습니다."

다행히 상사는 아주 담담한 어조로 작전 성공에 관해 언급했다. 하지만 그러면서도 총을 내려놓을 생각은 하지 못했다. 그 때문에 위층에 입원해 있던 환자들과 다른 의료진, 심지어 가드들까지 두려워하고 있다는 생각도 하지 못하는 듯했다.

"그럼 총 내려! 여기 병원이야!"

"하지만…… 이곳은 한구……."

"한구라고 뭐 테러리스트만 있는 줄 알아? 협정도 맺었잖아!"

"그……."

협정을 들먹이자, 샌더슨 상사의 얼굴이 약간 흔들렸다. 나름대로 근처 군부대에도 물밑 협정에 관한 얘기가 돌긴 돈 모양이었다. 그러니까 이 병원에 오지 않았겠는가. 그렇지 않았다면 아무리 멀어도 미군 병원으로 이송하려 했을 터였다. 하지만 샌더슨은 상당히 고집이 센 사람이었다. 다소 망설일 뿐, 총을 내려놓지는 않았다. 그게 강혁의 심기를 건드렸다. 그래서 한유림이 급히 강혁을 붙잡았다.

"에이. 아무튼, 난 들어갈 테니까 나올 땐 벗어두고 있는 게 좋을 거야."

다행히 강혁은 뭐가 우선이고 뭐가 중요한지를 아는 사람이었다.

"뭐 해요, 들어가요."

"어? 어. 그래. 들어가자. 아."

"아?"

"아냐, 아냐."

한유림은 어째 돌아오자마자 이렇게 수술을 해야 하는 걸까 하는 생각이 들었다. 하지만 수술실 안에 들어서자마자 그런 생각은 저 멀리 사라져버렸다. 익숙한 피 냄새와 마취 기기 돌아가는 소리를 듣자마자 인간 한유림에서 외상 외과 의사 한유림으로 변모했기 때문이었다.

"잠깐, 좀 볼까?"

물론 강혁은 인간 백강혁이나 외상 외과 의사 백강혁이나 별 차이가 없지 않은가. 곧장 제인에게로 다가가 환자부터 살폈다. 마침 제인은 어려움을 겪고 있던 차였기에 슥 하고 자리를 비켜주었다.

"출혈이……. 잡히질 않아요."

두 손은 그대로 수술 부위에 박아놓은 채였다. 피가 나는데, 그것도 무섭게 나는데 정확히 어디서 나는지 몰라 일단 누르고 있는 모양이었다. 그나마 환자가 살아 있는 건 마취과 의사 댄과 그 옆에 누워 있는 병사들 덕분이었다. 그들의 피가 쭉쭉 들어가고 있었다. 거의 그만큼 흘러나가고 있어서 보람은 없었지만, 어쨌든 연명시키고는 있었다.

"음. 일단 오른손 검지 위로 1cm."

그걸 잠시 내려다보고 있던 강혁이 입을 열었다. 불과 10초 정도 지났을 무렵이었고, 또 상당히 뜬금없는 말이기도 했다.

"네?"

제인으로서는 이렇게 되묻는 수밖에 다른 도리가 없었다.

"제인, 백 교수가 시키는 대로 해봐요. 그럼 한결 나을 거야."

그때 한유림이 끼어들었다. 이미 손을 씻고, 자기가 알아서 가운을 걸치면서였다. 그러니까 수술 부위는 아예 쳐다보지도 않고 하는 말이란 얘기였다. 하지만 목소리에 워낙 자신감이 붙어 있어서 제인은 일단 그의 말을 듣기로 했다. 슥. 그렇게 손가락을 움직이자, 곧장 변화가 있었다.

"어?"

"줄지? 이번엔 왼쪽 중지 우측으로 1cm."

"아, 네!"

한 번 변화를 확인한 제인은 강혁의 말을 지속적으로 따랐다. 그때마다 출혈이 조금씩 줄어들어서, 강혁이 제인의 뒤를 떠날 때쯤엔 거의 30% 수준으로 줄어들어 있었다. 자연히 활력징후에도 변화가 있었다.

"휴. 혈압 올라갑니다. 수혈 속도 늦출게요. 이대로 가다간……."

수혈이라는 게 출혈에 있어서 만병통치는 아니었다. 남의 피를 계속해서 받아들이다보면 파종성 혈관 내 응고(DIC, Disseminated intravascular coagulation)가 발생할 수 있기 때문이었다. 이런 상황에서 파종성 혈관 내 응고가 발생한다면 그대로 사망으로 직행이었다. 때문에, 그 확률을 조금이나마 늦출 수 있게 된 것은 참으로 다행이었다.

"요다, 나랑 손 바꿔."

그사이 한유림이 완전히 가우닝을 마친 채 요다를 엉덩이로 밀었다.

"아, 네."

그렇지 않아도 내과 의산데 수술방에 들어온 것 자체가 부담이었던 터라 요다는 냉큼 옆으로 비켜섰다. 살았다는 표정을 지으면서였다.

"제인. 왼손은 내가 할게."

"아, 네."

"바로 떼지는 말고. 천천히. 옳지. 손가락 하나씩."

한유림은 그런 요다를 뒤로한 채, 제인의 왼손을 대체하기 시작했다. 아무래도 두 손으로 하는 거라 제인보다는 훨씬 더 나았다. 심지어 일부 출혈은 수처 타이로 막기까지 했다. 한 손으로 하고 있음에도 불구하고 화려하기 그지없는 술기가 펼쳐졌다.

제인은 그런 한유림을 보며 혀를 내둘렀다.

'이 사람도……. 백강혁 못지않구나…….'

불과 며칠 못 봤다고 또 새로운 느낌이었다. 확실히 외상 외과적 처치에 있어서만큼은 제인이 한유림이나 강혁에게 비할 바가 못 되었다. 산부인과적 수술에서는 또 반대가 되긴 하겠지만. 사람은 자기가 못 가진 것이 커 보이는 법 아니겠는가. 특히 제인처럼 상승 욕구가 큰 사람은 더더욱 그러했다.

"제인, 약간 밑으로."

"아, 네."

그 사이 강혁 또한 가우닝을 마치고 제인의 위쪽으로 끼어들었다. 정확히 한유림과 마주 보는 위치였는데, 어느새 제인의 오른손을 대체하고 있었다. 아니, 대체했다기보다는 새로이 출혈을 막았다고 보는 것이 더 옳아 보였다.

'피가…….'

이제는 출혈이 아예 없어진 듯했다. 그저 누르는 것만으로도 그랬다.

'역시 한유림 교수님하고는 또 다른 차원에 있구나.'

아까까지만 해도 한유림 정도면 강혁이랑 비슷한가 싶었는데 인제 보니 역시나 그건 아니었다. 강혁은 강혁이었다. 아예 다른 경지에 올라 있었다.

"카심, 다 됐어?"

"아, 네. 이제……. 이제 다 됐습니다."

강혁은 한 손으로 출혈을 막은 채, 카심을 향해 반대편 손을 내밀었다. 그러곤 상당히 거칠게 수처 타이를 진행했다. 그러자 강혁이 꽉 누르지 않아도 지혈이 되는 부위가 점점 늘어났다. 그 말은 곧 두 손이 어느 정도는 자유로워졌다는 얘기였다. 강혁은 그렇게 피를 눌러놓은 채, 제인을 바라보았다.

"아직 총알 못 뺐지?"

"아, 네."

"박힌 건…… 확실해?"

"죄송해요. 그것도 확인이 어려웠어요. 샌더슨 상사 말로는 2개는 관통한 거 같다고 했어요."

"그래?"

샌더슨 상사는 델타포스였다. 델타포스가 영화에서는 가끔 총도 맞고 막 지기도 하지만 실제론 세계 최강의 특수 부대이지 않은가. 그런 부대 상사면 믿음직하다 못해 반드시 신뢰해야 할 지경이었다.

'그럼 일단 그 말이 맞다고 보고……. 아, 이게 처음부터 내가 봤으면 좋은데.'

해서 강혁은 샌더슨 말을 믿기로 작정한 후, 환자의 배를 후벼 대기 시작했다.

"뭐 해? 빨리 안 도와?"

동네북 한유림을 갈궈 대면서였다.

'나만 갖고 지랄이야.'

한유림은 버럭버럭 소리를 질러대는 강혁을 보며 고개를 가로저었다.

"거기, 거기! 당겨."

"어……. 알았어."

"빨리."

"알았…… 어."

그렇다고 해서 보조를 소홀히 하거나 하지는 않았다. 오히려 최선을 다하고 있었다. 환자의 상태가 그리 좋지 못했기 때문이다. 우선 장간막이 반쯤 찢겨 있었다. 배의 보호막이라고 볼 수 있는 장간막이 이렇게 되었다는 건 일단 안 좋은 사인이었다.

"잘라, 잘라야 돼. 이거."

어지간하면 작은 조직도 살리고 보는 강혁조차 장간막을 잘라내야겠다고 말할 정도로 심각한 부상이었다.

"어, 그럼 여기서?"

"그렇지. 제인이 거기 좀 당겨줘."

"네."

"좋아. 가위."

다행한 것은 이 팀의 수준이 상당하다는 점이었다. 비록 아직 제인이나 카심의 역량이 강혁이 이끌던 팀의 수준까지는 올라오지 못했지만, 보조의로 나선 한유림의 역량은 그 모든 것을 커버하고도 남을 지경이었다. 사실 마음만 먹으면 단독으로 이런 수술 집도도 가능한 사람이니 당연한 일이라고 할 수 있었다. 덕분에 강혁은 곧장 장간막을 잘라낼 수 있었다. 이미 한유림과 함께 혈관은 다 묶어놓았기에 자르는 것은 금방이었다.

"좋아. 어디야?"

"여기랑 음. 저기가 박힌 거 같은데. 일단 나머지 2개 좀 봐줘요."

"어, 알았어."

강혁은 그냥 숭숭 구멍만 뚫린 상처 말고 다른 상처에 집중했다. 하필 하부 장간막 동맥이 있는 부위였는데, 아무래도 그쪽 혈관들을 일부 다치게 한 것 같았다. 차라리 그냥 뚫고 지나갔으면 좀 더 나았으련만. 이 총알은 안에서 멈추는 바람에 회전 에너지까지 죄다 전달한 상황이었다.

'그나마 깨진 거 같아.'

탈레반인지 뭔지 알 수 없었지만. 어렴풋이 총탄은 7.62mm. AK-47, 돌격 소총에 사용되는 녀석이었다. 어찌 보면 당연한 일이라고 할 수 있었다. 이곳은 건조한, 모래바람이 부는 지대니까. M16을 쓰다 보면 모래 때문에 걸려서 총을 못 쏘는 경우가 있을 것 아닌가. 그에 반해 AK-47은 진흙탕에 굴러도 총이 나간다는 말이 있을 정도로 튼튼한 놈이었다. 로컬 무장 집단들은 AK-47을 선호할 수밖에 없었다.

'좋아, 총알은 깨졌어.'

강혁은 그냥 구멍만 난 곳은 한유림에게 맡긴 채 총알이 박힌 곳을 헤집어나가기 시작했다. 쩔그럭. 깨진 총탄이 눈에 들어왔다. 그나마 다행이라고 할 수 있었다. 이게 온전히 모습을 지키고 있었다면 이놈이 싣고 들어온 운동 에너지도 온전했을 터였다. 그렇다면 환자는 이미 죽었을 게 뻔했다. 위치가 좋지 못했다.

"일단 타이."

"아, 네."

강혁은 총탄을 섣불리 제거하는 대신, 그 총탄에 의해 손상된 혈관을 묶기로 결심했다. 강혁의 타이야 원래 알아주지 않는가. 손이 한 번 움직일 때마다 작은 혈관들이 정확히 하나씩 묶여 나갔다.

강혁은 제인을 돌아보며 뭐라고 말을 하려고 했다. 타타타타타. 그때 아주 가까이에서 헬기 소리만 들리지 않았다면 그랬을 터였다.

"뭐야?"

"어……. 뭐지?"

강혁은 제인의 어리둥절한 얼굴에 일단 국경없는의사회 쪽 일은 아니라고 확신했다. 운용할 헬기도 없겠지만, 적어도 팀장도 모르게 이런 일을 꾸밀 집단은 아니었으니까. 덜커덕. 그때 샌더슨 상사가 안으로 들어왔다. 아까 내리라고 했던 총은 여전히 메고 있었다.

"미쳤어?"

"닥터 백, 죄송합니다. 하지만 여기보다는 미군 병원이 훨씬 나을 거란 판단을 내렸습니다."

"누가?"

"제가요. 제가 현장 책임자입니다."

"그럼……."

"이곳에서 초기 처치해주신 것에 대한 은혜는 잊지 않을 겁니다. 하지만 이젠 비켜주십쇼."

애초에 초기 처치만을 위해 왔단 뜻이었다. 그것까지는 그래도 이해해줄 수 있겠지만, 협정이 이루어진 곳에 헬기를 대동해? 다른 조직들이 충분히 오해할 수 있는 상황이었다.

"이런 미친놈이."

당연하게도 강혁의 눈이 사납게 휘어져 올라갔다.

"욕하셔도 할 수 없습니다. 제겐 부하의 목숨이 제일 소중합니다."

"네가 지금 그 목숨을 위협하고 있다는 생각은 못 해?"

"이해하기 어렵군요. 닥터 백, 당신이 유명한 의사라는 건 압니다. 하지만……."

샌더슨은 수술실을 둘러보았다. 말이 수술실이지, 그냥 여느 진료실과 다름없는 시설이었다. 적어도 미군의 최신식 의료에 익숙한 샌더슨이 볼 때는 한심하기 짝이 없었다.

"여기서는 무리 아닙니까? 게다가 당신은 제가 헬기를 부를 때 이곳에 있지도 않았습니다."

"네가 의사야? 수술방에서 판단은 전적으로 의사가 해!"

"그……."

샌더슨이 뭐라 더 말을 하려는 찰나, 라펠 강하로 내려온 군의료진들이 수술실 안으로 들이닥쳤다. 이송 준비를 완벽하게 마친 상황이었는데, 이미 환자가 위독하기 그지없다는 걸 알고 있는 듯했다.

"리처드 소령입니다, 환자는 좀 어떻…… 어."

해서 들어오자마자 일단 환자에게로 향했는데, 그와 동시에 멍한 얼굴이 되었다. 강혁을 알아봐서는 아니었다. 단지 수술 부위가 심상치 않을 뿐이었다. 아니, 심상치 않은 정도가 아니라 너무 완벽했다. 신고받은 것이 이제 겨우 1시간 남짓 되었는데, 이렇게까지 처치가 되었다니.

"이게……. 이건……."

리처드는 수술 부위에서 눈을 떼지 못하고 있었다. 아직 총탄 파편이 제거되지 않았기에 적어도 강혁이 맡은 부위의 손상 기전은 정확히 확인할 수 있었다.

'7.62mm……. AK-47.'

아무래도 세계에서 가장 많은 작전을 수행하는 미군 부대 군의관이니만큼, 리처드는 한눈에 총상을 알아볼 수 있었다.

'잔가지를 일일이 묶었어. 그리고……. 저건 이으려고 하는 거 같은데. 그게 되나? 이런 게 가능한 건…….'

리처드의 머릿속에 누군가가 스쳐 지나갔다. 평생 자신이 최고라고 생각했고, 별 두려움 없이 살던 리처드에게 공포로 다가왔던 누군가가.

'백강혁…… 뿐인데?'

그제야 리처드는 수술 부위 말고 이 수술을 하고 있는 사람의 얼굴을 확인해볼 생각이 들었다.

"으."

그리고 그 얼굴을 보자마자 몸이 굳었다. 마치 뱀을 본 개구리처럼.

"리처드 소령님! 빨리 환자 이송해주십시오! 여기서는 절대 무립니다."

그때 샌더슨 상사가 정말이지 눈치도 없이 끼어들었다. 여기서는 절대 무리라니. 그 말은 여기 시설을 무시하는 말이기도 했지만, 이곳에 있는 의료진을 무시하는 언사이기도 하지 않은가.

"사, 상사!"

혼비백산한 리처드가 말렸지만, 강혁은 귀가 밝은 사람이었다. 그리고 성질은 더러웠다. 게다가 쓸데없는 곳에서 사람을 잘 알아보는 편이었다.

"여기서는 안 돼? 하……. 리처드. 네 생각은 어떠냐? 노예."

"그……. 그게."

"어떠냐고. 내 실력이 많이 죽었어? 너보다 못한 거 같아?"

"아, 아뇨. 그럴 리가 없…… 없죠!"

리처드는 중위 시절로 돌아간 듯한 두려움이 일었다. 그나마 시리아에 있을 때가 아닌, 한국대학교 병원 중증외상센터에 있던 시절의 강혁을 겪었음에도 그러했다. 이제는 대령이 된 아단의 명으로 주한 미군 군의관들은 순환 근무 형식으로 강혁 밑을 돌아야만 했는데 솔직한 심정으로 힘들기로만 따지면 후보생 훈련보다 그게 더 힘들었더랬다. 속으로는 몇 번이나 죽이고 살렸던 강혁을 여기서 대면할 줄이야.

"근데, 뭐야. 네가 말한 거 아냐?"

"아, 아닙니다. 말이 안 되죠! 여기 교수님이 계시다는 걸 알았다면……, 저는 오지도 않았을 겁니다!"

"스승 얼굴이 보기가 싫다 이거야?"

"아, 아니. 아니……."

어지간하면 강혁과는 말을 섞지 말라는 오래된 격언이 있지 않은가. 리처드는 저도 모르게 차려 자세를 취하며 소리쳤다. 그 모습이 어찌나 안쓰러운지, 같이 온 부하들로서는 도저히 지켜보기가 괴로웠다.

"저희는 이만 나가보겠습니다……."

"저도 나가보겠습니다, 소령님."

그래서 샌더슨 상사와 함께 모조리 밖으로 우르르 빠져나갔다. 강혁은 샌더슨만큼은 붙잡아 두고 갈굴까 하다가 말았다. 지금은 수술 중이지 않은가.

"저, 저도 나가보겠습니다!"

리처드는 의외로 순순히 사람들을 내보내주는 강혁을 보며 은근슬쩍 숟갈을 얹었다.

"지랄."

물론 개뿔도 소용없는 일이었다.

"네, 여기 있겠습니다!"

"제인, 위로 가서 한 교수님 도와. 내 보조는 얘가 할 거야."

강혁은 그렇게 손을 빠르게 닦고 카심에게서 수건을 받는 리처드를 돌아보다가, 제인을 향해 입을 열었다. 제인은 그렇지 않아도 고군분투하고 있는 한유림이 안쓰럽기도 했고, 아무리 봐도 지금 강혁이 할 수술에 대한 보조는 부담스러운 참이었다.

"네, 교수님."

"넌 인마, 빨리 안 튀어 오냐?"

"가, 갑니다!"

물론 제인은 묻고 싶은 게 참 많은 상황이기도 했다. 세상에 어느 누가 감히 미군 군의관에게 이렇게 행동할 수 있을까. 아마 이런 얘기를 전해 들었다면, 절대 믿지 않았을 터였다.

제인이 그런 생각을 뒤로하고 한유림의 보조에 나선 사이, 리처드가 빠르게 가우닝을 마치고 강혁 반대편으로 가 섰다. 강혁은 그런 리처드를 물끄러미 내려다보았다.

"실력 안 죽었지?"

"네? 누구한테……. 어떻게 배운 건데요. 절대 안 죽었습니다."

강혁에게 배운 과정을 돌이켜보면 억울해서라도 안 될 일이었다. 강혁 또한 그가 가르친 과정을 떠올리며 당연하다는 표정을 지어 보였다. 그렇게 배운 걸 잊는다면 그건 사람이 아니었다.

"좋아. 대강 봐서 알겠지만."

아무튼, 강혁은 리처드의 실력을 존중했다. 아무래도 미군 군의관들은 기본 베이스가 좋았기 때문이었다. 외상 외과를 대하는 태도 역시 아주 좋았다.

"여기 지금 쭉 찢어졌잖아, 혈관."

"네. 묶으신 범위가……. 상행결장이니까. 그거 들어내면 되는 거 아닌가요?"

"회장이랑 연결 부위는 살려보려고."

강혁은 한 치의 오차도 없이, 딱 노리고 있던 부위에 바늘을 찔러 넣었다. 볼펜 심만큼이나 가는 동맥인지라 미세수술에서나 쓰이는 그런 바늘이었다. 톡. 그런데도 바늘은 노린 곳을 빗나가는 법이 없었다.

'더 늘었나? 미쳤나?'

그 때문에 리처드는 경악할 수밖에 없었다. 그가 스승으로 마주쳤을 당시의 강혁도 이미 완성형 외과 의사라고 봐야 했다. 그런데 지금 강혁이 보여주는 술기는 예술 그 자체였다.

'이게…… 이게 완벽한 건가?'

"컷."

"아, 네."

어찌나 놀랐는지, 잠깐 강혁이 매듭지은 걸 놓칠 지경이었다.

"일단 아직 좀 남았으니까, 더 가자고. 아, 오늘 너 만나서 그런가 수술 잘되네."

더욱 정확히 말하면 리처드를 갈궈서였다. 다른 사람을 갈궈대는 만큼 어디서 실력을 빌려오는지 아까보다 훨씬 더 잘하고 있었다.

'악마 계약설이 정말인가.'

리처드는 그런 강혁을 보면서 미군 군의관들 사이에 돌았던 소문을 떠올렸다. 말도 안 되는 해괴한 말이라고 치부하기엔 그 출처가 아단이었다.

'정말일지도 몰라…….'

톡. 강혁이 들고 있던 작디작은 바늘 끝이 혈관을 뚫었다. 혈관은 작은 동맥 분지였기에 무척이나 가늘었는데, 그런데도 실수는 전혀 없었다. 곧 리처드는 완벽하게 이어진 혈관을 눈앞에서 마주할 수 있었다. 하부 장간막 동맥에서 이어져 나온 분지는 원래 형편없다는 말이 딱 어울릴 정도로 찢어져 있었거늘, 이젠 언제 찢어진 적이 있었냐는 듯 상행결장과 회장 연결 부위 부근으로 제대로 이어져 있었다.

"지금 피가 흐르는 건가요?"

하지만 겉으로 보기엔 피가 제대로 가는 건지 어떤지 확인이 어려웠다. 일단 혈관이 너무 가늘기도 하거니와, 출혈이 있던 부근이라 색을 분간하기가 어려웠다. 제대로 보려면 따뜻하게 데운 생리식염수라도 좀 뿌려봐야 할 것 같았다. 그래야 시야도 확보하고, 또 피도 더 잘 통하게 해줄 수 있을 테니까.

"있어봐."

물론 이곳엔 따뜻하게 데운 식염수 따위 존재하지 않았다. 가뜩이나 전력 수급도 안 좋은 마당에 무슨 놈의 데운 식염수란 말인가. 그런 설비를 들여놓는 것보다 백 배, 아니, 천 배 급한 설비들이 지천이었다. 예를 들면 석션이나 보비 같은 설비들.

"있어보라고요?"

"그래. 천천히 저 끝을 봐봐."

해서 강혁은 정석대로 물로 혈관을 씻어내는 대신, 손가락 끝으로 방금 이어 준 혈관의 끝을 가리켰다. 무리해서 식염수를 뿌려 댄다면야 지금 혈관에 묻은 피 정도는 닦아낼 수 있겠지만 찬 식염수를 뿌려 대면 혈관이 수축할 거 아닌가. 괜히 그렇게 했다가 시간만 더 허비할 수 있었다. 어쩌면 혈관의 연축을 야기해서 혈액 순환을 악화시킬 수도 있었고.

"끝……, 음."

그렇게 몇 초가 더 지났을 무렵, 리처드의 눈에 점차 생기를 되찾아 가는 상행결장이 들어왔다. 정말이지 거무죽죽하게 죽어 가고 있던 부위가 어느 정도 핑크빛을 띠기 시작했다는 얘기였다. 하지만 기쁨은 잠시였다.

"어……. 출혈이 있습니다."

이미 상행결장의 대부분은 죽은 지 오래였기 때문이었다. 조직은 죽으면 헐거워지기 마련 아니겠는가. 피가 들어오자 버티지 못하고 줄줄 새기 시작했다. 한 가지 다행한 일이 있다면, 연결해준 혈관이 아주 가늘었다. 그 말은 곧 피가 거의 나지는 않는다는 뜻이기도 했다.

"뭘 그렇게 호들갑을 떨어. 딱 여기서 집어."

리처드와는 달리 강혁은 전혀 당황하지 않은 얼굴이었다. 오히려 희미한 미소마저 짓고 있었다. 그가 생각했던 것보다는 피 나는 부위가 회장과 상행결장 연결 부위에서 꽤 떨어져 있었기 때문이었다.

"아, 네."

리처드 또한 훌륭한 외과 의사였기에, 당황스러움을 뒤로하고 즉시 강혁의 명을 따랐다.

"좋아. 가위."

"아, 바로 자르시려고요?"

"그럼 어쩌게. 이미 혈관도 다 묶어버렸는데. 이건 이제 절대 못 살려."

"하긴……."

"미련 갖지 말고, 잘 잡기나 해줘. 그게 이 병사를 위한 길이야."

강혁은 리처드를 보다 말고 병사의 얼굴로 고개를 돌렸다. 아직 젊다는 말조차 어울리지 않은 얼굴이었다. 그래, 앳되다는 표현이 딱일 터였다.

'너도 최선을 다해줘라.'

의학계에는 나이가 깡패라는 말이 있지 않은가. 이걸로 죽나 싶은 케이스가 노년에 수두룩한 반면에, 이걸로도 안 죽네 싶은 케이스가 젊은 청년에게 수두룩했다. 그리고 그 나이라는 게 비단 생사에 있어서만 중요한 것은 아니었다. 추후 환자가 살아갈 삶의 질에도 중대한 영향을 끼쳤다.

"여깄습니다."

카심은 강혁이 재차 고개를 돌릴 때쯤 가위를 건네주었다. 강혁은 그 가위를 받아다 서걱 소리를 내며 대장을 잘라내었다. 이미 집게로 잡은 후였기에 안에 있던 내용물이 흘러나오는 일은 없었다. 아마 집게가 없었다 하더라도 거의 흘러나오는 건 없었을 터였다. 환자는 공복인 상태로 제법 시간이 지난 상황이었으니까.

"봉합할 거."

강혁은 그렇게 거침없이 대장을 잘라낸 후, 손을 내밀었다. 카심은 중간 짬을 내서 한유림을 보조하다가 이내 실을 강혁에게 건네주었다. 강혁은 그 실을 봉합 기구로 다시 한번 단단히 잡으며 말했다.

“리처드, 보조해. 이제부터가 더 중요해.”

“아, 네.”

그러곤 상행결장의 일부와 하행결장을 그대로 이어주기 시작했다. 톡. 톡. 늘 그렇듯 완벽하기 그지없는 봉합이었다.

‘이 괴물이……. 진짜 실력이 더 늘었네.’

리처드는 경악했다. 원래도 완벽하다고 생각했던 강혁의 실력이 더 늘어 있었으니까. 하지만 사실 이건 정말이지 아무것도 아니었더랬다.

“한 교수님. 거긴 어떻게 돼 가요?”

“아, 여기? 여기도 거의 다 돼 가. 장루 뽑아서 고정하고 있어. 이거 한 한 달은 써야지?”

장루라니. 아까까지만 해도 분명 조각난 소장과 총탄이 보였었는데, 이렇게 갑자기 장루라니. 이게 말이나 되는 소리란 말인가.

“어?”

그래서 리처드는 자신이 강혁의 보조를 하고 있다는 것도 잊은 채 고개를 완전히 돌렸다. 그러고는 장루를 보았다. 형편없이 조각나 있던 소장은 아예 보이지도 않았다.

‘잉.’

덕분에 리처드는 잠시 패닉에 빠졌다. 그러곤 이 수술을 한 게 누군가 해서 고개를 들었다. 그의 눈에 들어온 것은 마스크와 모자로 가리고 있음에도 못생긴 한 노년 의사였다.

“어디 좀 봐요.”

“자. 봐봐.”

한유림이 자신 있게 수술 부위를 보여주었다. 아까 강혁에게 자신감 펌프를 받은 덕이었다. 그래서 그런가 수술 부위는 거의 완벽했다.

“잘했네요?”

“당연하지. 백 교수가 그랬잖아. 나 할 수 있다고. 내가 이 정도는 하지.”

‘이 노인네는 누군데 또 이렇게 수술을 잘하지?’

그럴 만도 했다. 외상 외과 분야에서 잔뼈가 굵은 리처드조차 넋을 놓고 보게 될 지경이었으니까.

‘이만하면 내가 알아야 하는데.’

리처드는 자신이 참가했던 해외 학회 리스트를 떠올렸다. 거기서 본 의사 중에는 분명 동양인 의사도 꽤 많았다. 하지만 외상 후 스트레스성 장애인지 뭔지 떠오르는 얼굴은 백강혁뿐이었다.

‘에이 시발.’

좀 적당히 괴롭혔어야 할 거 아닌가. 배운 게 워낙에 많았으니까 참은 거지, 그렇지 않았다면 확 뒤집어버렸을 터였다. 그런 마음에 홱 하고 강혁을 돌아보았는데, 강혁이 자신을 내려다보고 있었다.

“헉.”

“눈깔이 왜 그러냐?”

아주 의미심장한 말을 하면서였다.

“어, 그…….”

리처드의 머리가 팽팽 돌아가기 시작했다. 아까 수술 보조할 때보다도 더 빨랐다. 강혁이 쓸데없는 부분에서 눈치가 빠르다는 걸 알고 있었기 때문에 그랬다.

"너 뭔가 개길 생각했지?"

"아뇨. 아뇨. 그……."

"시간 가는데 그럴싸한 답 안 나오면 알지?"

"아, 알죠."

리처드는 자신도 모르게 마른침을 꿀떡꿀떡 삼켰다. 머리가 새하얘지는 듯한 느낌이었는데, 이게 좀만 더 지속되면 정신건강의학과적 도움이 필요할 터였다.

'아, 약 차에 두고 왔는데.'

딱히 강혁 때문은 아니었지만. 리처드는 공황장애를 앓고 있었다. 외상 외과 전문의에게는 그렇게까지 드문 병이 아니었다. 극한의 스트레스 속에서 일해야 하는 데다가, 그 수가 어디에서도 충분하지 않아 홀로 책임을 져야 하는 경우가 많았다. 애초에 강혁이나 한유림처럼 정신력이 강한 게 좀 이상한 일이었다.

'아, 그래.'

그때 구세주처럼 든 생각이 있었다. 리처드는 한유림을 가리키며 입을 열었다.

"이, 이 노인. 아니, 이 교수님은 누구시죠? 어떻게 이렇게 수술을 잘하시는지, 그게 궁금했습니다."

"진짜 그거 맞아?"

"네, 네! 아무렴요."

리처드는 정말이지 필사적으로 고개를 끄덕였다.

“뭐, 그래. 대강 넘어가지. 근데, 모르는 사람인가? 알 텐데? 아, 장관 할 때 왔었나, 너가.”

“그……. 무슨 말씀이신지 잘 모르겠습니다.”

“한유림 장관 몰라?”

“한유림……? 응? 보건복지부 장관이요? 그런 사람이 여길 왜……?”

장관이라니. 미국에서도 장관은 의전 서열이 어마어마하게 높은 사람들이었다. 공직에 있는 리처드는 자신도 모르게 자세를 바로 할 수밖에 없었다. 물론 강혁은 여전히 껄렁했다.

“내가 같이 오자고 했지.”

“아.”

그리고 그의 말을 들은 리처드는 한유림이 여기까지 왜 왔는지 딱 이해할 수 있었다. 리처드는 한유림에게 연민의 눈빛을 보냈고, 한유림 또한 다 안다는 얼굴로 고개를 끄덕였다.

‘당신도…….’

‘너도…….’

*

“오케이, 수술 끝.”

아까부터 제일 어려운 부분은 다 끝내놓은 마당 아니던가. 강혁이 딴생각 안 하고 집중하면 마무리하는 건 순식간이었다.

"햐."

리처드는 그 모습을 보며 혀를 내둘렀다. 이제 본인도 어지간히 실력이 늘었다고 자부하고 있었건만, 오늘 강혁과 한유림을 보니 여전히 멀었다는 생각만 들었다.

"좋아, 댄 이제 깨워서 나가자."

"네, 교수님."

강혁의 입에서 댄의 이름이 나오고 나서야 리처드는 이 수술의 마취를 책임진 사람의 얼굴을 돌아볼 수 있었다. 생각해보니까 수술하면서 단 한 번도 바이털에 관한 걱정을 하지 않았더랬다. 물론 수술이 워낙 빨리, 완벽하게 된 데다가 출혈도 빨리 잡은 덕도 있겠지만, 그보다 더 큰 건 역시나 마취과 의사의 역량이었다.

"뭔 생각하냐. 환자나 잡아. 여기 깰 때 난리 친단 말이야."

"어, 네? 왜요?"

"우리 케타민 쓰거든."

"케타민……? 네? 케타민을 쓴다고요?"

리처드는 정말이지 상상도 못 했다는 표정을 지어 보였다. 당연한 일이었다. 미군은 군인을 치료하는 데 있어서만큼은 돈을 안 아끼니까. 사실 나라 지키다 다친 사람들에게 그렇게 하는 게 당연한 거지만, 그게 안 되는 나라도 엄청 많은 걸 보면 역시 대단하다고 보는 게 옳았다.

"어, 케타민 쓰지. 너무 그런 얼굴로 보지 말고. 미군한테만 그러는 게 아니라, 우리 루틴이야."

"루틴으로 케타민을? 이거 퇴출되지 않았나요?"

리처드는 구시렁대면서도 일단 강혁이 시킨 대로 자신의 몸을 이용해 환자의 다리께를 덮었다. 리처드도 꽤 건장한 체격이었지만, 병사에 비하면 도리어 말라 보일 지경이었다. 그만큼 병사는 체격이 정말 좋았다. 과연 세계 최강의 특수 부대인 델타포스는 아무나 들어갈 수 없다는 걸 온몸으로 보여주는 듯했다.

"자, 그럼 깨웁니다."

그래서 이번만큼은 댄도 상당히 긴장한 얼굴로 고개를 끄덕였다. 그리고 막 조작을 하려는데, 리처드가 끼어들었다. 가만 생각해보니까, 굳이 깨울 필요가 없어서였다.

"어어, 잠시만. 잠시만요."

"뭐야. 새꺄. 자세 다 잡았는데."

"아니……. 이 환자는 우리 병원 가면 됩니다, 이제. 헬기 타고 한 2시간만 가면 병원 있어요."

리처드는 그 말을 하면서 수술실을 둘러보았다. 정말 용케 여기서 이런 큰 수술을 했다는 말이 나올 정도로 옹색한 수술실이었다. 심지어 양압도 안 걸려 있었는데, 솔직히 리처드는 이런 곳에서 수술해본 건 이번이 처음이었다. 아무리 생각해도 환자를 여기 더 있게 하는 건 죄를 짓는 것 같은 기분이었다.

"병원 있다고? 여기도 병원이야."

물론 강혁의 생각은 많이 달랐다. 다른 사람이었다면 리처드도 그냥 웃으면서 무시했을 테지만, 눈앞의 사람은 백강혁이지 않은가. 그런 짓을 했다간 이번엔 리처드가 수술대 위에 올라가야 하는 수도 있었다.

"그, 그야 그렇지만……."

해서 말을 받아주었는데, 그게 실수였다.

"그래, 그러니까 일단 여기서 급성기는 넘기고 가야지."

"어……. 그……. 볼 사람이……. 얘기 들어보니까 한 사람 빼고 여기 다 들어왔다던데."

리처드는 아까 한유림과 제인이 나누던 대화를 떠올렸다.

"있지."

"있어요?"

"너."

"너? 저요?"

"그래. 미군이 다쳤는데, 미군이 봐야지."

"아니, 그래서 제가 데려간다니까요."

리처드는 뭔 개소리냐는 얼굴로 대들었다.

"억."

그러다 신묘한 각도로 날아든 강혁의 발차기에 정강이를 맞고 신음을 흘렸다. 나란히 서 있는데 어떻게 정강이를 찬 걸까. 아픈 것보다도 신기했다.

'안 되지, 안 돼.'

강혁은 억울하다는 얼굴을 하고 있는 리처드를 보며 고개를 가로저었다. 안됐지만, 강혁은 한동안 리처드를 보내줄 생각이 없었다. 이제 곧 단기 팀이 오지 않던가. 아무리 스미스가 신경을 써준다 해도, 불안함을 완전히 덜기는 어려웠다.

"네가 수술했냐?"

"어……. 그건 아니죠……."

게다가 강혁에게는 명분이 있었다. 환자를 이곳에 붙잡아둘 명분이.

"내가 했지? 그러니까 환자 상태는 내가 제일 잘 알아. 이의 있어?"

"없습니다……."

"그러니까 여기서 볼 거야. 내 판단이야. 여기서 볼 수 있고, 그게 환자 예후에 더 나아."

"아."

리처드는 강혁의 말에 자기도 모르게 고개를 끄덕였다. 누가 뭐래도 강혁의 의학적인 견해는 신뢰할 수 있었기 때문이었다. 적어도 리처드는 강혁이 틀린 것을 본 일이 없었으니까.

'예후에 더 나을 거다……. 이거지.'

다른 환자도 아니고 임무 수행을 하다가 다친 병사였다. 그 병사의 예후를 위해서라면, 리처드는 뭐든지 할 수 있었다.

"알겠습니다."

"오케이. 좋아. 이제 깨우자."

"네!"

댄은 잠시 멈춰두었던 손을 움직였다. 케타민의 장점 중 하나가 짧은 반감기였는데, 이번에도 예외는 아니었다. 정말 얼마 지나지 않아서 환자가 발버둥 치기 시작했다.

"눌러!"

강혁은 수술 부위가 터지지 않도록 주의하면서 동시에 환자를 꾹 눌렀다.

"이제 슬슬 잦아드네. 댄, 얘기나 좀 해봐. 여기 병원이고, 전장이 아니라고. 너무 큰 소리로는 하지 말고. 환자가 기억하는 건……, 총상 당했던 그 당시일 거야."

당연히 강혁은 총에 직접 맞아보지는 않았다. 하지만 총에 맞은 환자는 정말 많이 보아왔다.

"아, 네."

댄 또한 경험이 아예 없는 건 아니어서 진중한 얼굴로 고개를 끄덕였다. 그러곤 환자의 머리 쪽에 서서 작은 목소리로 속삭였다.

"에릭. 제 말 들립니까?"

원래도 좋은 발음이었는데, 지금은 더더욱 신경 써서 발음하고 있었다. 마취 상태에서는 자주 듣던 말이 정신을 깨우는 데 가장 중요하기 때문이었다. 에릭이라는 이름을 최대한 잘 전달해야만 했다.

"들리면 눈을 깜박거리세요."

그게 효과가 있었던 건지, 아니면 델타포스라서 이런 상황에서까지 훈련이 되어 있는 건지 몰라도 에릭은 금세 눈을 떴다.

"자, 이제 숨쉬기 좋게 이거 빼겠습니다."

댄은 상당히 수월하게 삽관해두었던 것을 빼내었다. 강혁은 그 과정을 찬찬히 지켜보다가, 튜브를 빼고 나서도 숨찬 기색이 보이지 않는 것을 확인하고는 고개를 끄덕였다.

"에릭, 저는 백강혁입니다."

환자를 향해 입을 열면서였다. 환자는 반사적으로 몸을 일으켜 강혁을 보려 했지만 그건 불가능했다. 강혁의 억센 손이 그의 어깨를 누르고 있었다.

"움직이면 안 됩니다. 총상을 세 군데나 입었어요. 기억납니까?"

"아."

에릭은 뭔가 기억난 듯 입을 벌렸다가, 이내 꾹 하고 다물었다. 상대는 이름밖에 밝힌 것이 없지 않은가. 치료가 되었는지 어쨌는지는 모르겠지만 묻는 말에 다 답할 수는 없었다. 물론 강혁도 작전에 관해서 알고 싶은 생각은 전혀 없었다. 이미 다친 기전이나 부상 정도도 다 알고 있으니, 물어볼 이유가 없었다.

"그중 둘은 관통상이고, 하나는 파편이 박혔습니다. 소장의 일부가 끊어져 있었고, 대장으로 향하는 혈관이 터져 있었어요. 그래서 상행결장과 평행결장은 절제했고……. 이따 보시면 아시겠지만, 배 밖으로 장이 나와 있을 거예요. 영구적인 건 아니고 한 달 뒤에 재수술로 넣어줄 겁니다."

강혁은 빠르게 소견에 대해 읊어나갔다. 환자는 당연하게도 이게 뭔 소린가 하는 얼굴이었다. 아마 그가 궁금한 것은 하나일 터였다. 그리고 강혁은 그게 무엇인지 아주 잘 알고 있었다.

"수술은 잘됐습니다. 재활만 잘 받으면 일상생활에는 전혀 무리 없을 겁니다. 계속 현장 임무 수행이 가능할지는…… 장담할 수 없지만. 아무튼, 수술은 잘됐습니다."

"감사……, 감사합니다."

강혁은 환자의 입에서 연신 흘러나오는 감사 인사를 뒤로한 채, 이번에는 리처드를 끌고 왔다. 리처드는 계급이 새겨진 옷은 입고 있지 않았지만, 군 병원 수술복을 입고 있었다. 대번에 환자의 얼굴에 화색이 돌았다.

"여기는 리처드 소령이에요. 같이 수술에 참여했습니다."

"충성."

"앞으로 리처드가 환자를 일대일로 돌볼 겁니다. 자, 이제 나갑시다."

드림팀, 재회하다

"센터장님, 이제 가세요?"

중증외상센터 2팀의 어엿한 선임 간호사가 된 지민이 재원을 향해 물었다. 재원은 입에 빵을 문 채 뒤를 돌아보았다. 약간은 얼빵한 표정을 지은 채였다.

"읍읍."

아마도 응이라는 뜻일 터였다. 척 하면 척 통하는 사이가 된 지민은 다 알겠다는 눈으로 고개를 끄덕였다.

"아, 좀 빼고 말해요."

물론 장미는 그런 꼴을 더 두고 보지 못했다. 어째 이 인간은 센터장씩이나 되어놓고도 이러고 있단 말인가. 실력이야 일취월장이라는 말도 모자랄 정도로 늘었지만, 여전히 칠칠치 못한 건 변하지 않았더랬다.

"어, 빼고 말하면 되는구나. 고마워."

재원은 그렇게 장미가 빼준 빵을 바라보곤 허허 하고 웃었다. 장미는 빵에 묻은 재원의 진득한 침을 보며 고개를 저었다.

"아무튼."

조금은 부끄러워해도 좋을 텐데, 재원은 장미와 이미 볼꼴 못 볼꼴 다 본 사이였기에 별로 신경을 쓰지 않았다. 대신 아무렇지도 않은 얼굴로 지민을 돌아보았다. 지민 뒤에는 사대진과 이동주 그리고 김기봉이 있었는데, 그중 김기봉은 방금 온 환자 때문에 뛰어가는 중이었다.

"네, 센터장님."

"음."

재원은 잠시 그들을 비롯한 여러 팀원을 둘러보았다. 이만한 인원이 모이면 누구 하나 모자란 사람이 있을 법도 한데, 이 중에서는 전혀 그런 사람이 없었다.

'당연하지.'

이 사람들이 대체 누구란 말인가. 그 백강혁이 손수 거두고 키운 인재들이었다. 배울 때야 이렇게까지 해야 되나 싶을 정도로 험악했지만, 그 결과는 확실했다. 다들 일류 외상 외과 전문의가 되어 있었고, 또 전문 의료진이 되어 있었다.

'우리 센터가 세계 제일이야.'

덕분에 재원은 이들에게 센터를 잠시 맡기고 떠날 수 있었다. 그런 생각을 하고 있으려니, 얼굴에 자연히 미소가 띄워졌다. 훈훈한 분위기의 연속이었는데, 강혁 밑에서 자란 이들답게 이런 데 딱히 익숙하지가 못했다.

"무게 잡지 말고 그냥 말해요, 형."

그중에서도 특히 직계에 속하는 사대진이나 이동주가 그랬다. 둘 중에서는 정형외과 출신인 이동주가 더했고. 재원은 잠시 고개를 절레절레 저어가며 입을 열었다.

"형이라니 동주야. 나 센터장이야. 센터장. 몰라?"

“사석에서는 형이라고 하라면서요.”

“여기가 어떻게 사석이냐……. 병원인데.”

“사복 입고 있어서 사석인 줄 알았네. 미안합니다, 센터장님.”

‘엎드려 절 받기’라는 게 이런 기분일까. 재원은 뭐라고 더 말하려다가, 일 맡기고 떠나는 처지에 너무한 것 같아서 관두기로 했다. 대신 그나마 말이 통하는 사대진을 바라보았다.

“대진아.”

“네, 형. 아니, 센터장님.”

“휴.”

결국 이놈도 똑같은 놈이라는 것만 확인한 셈이 되고야 말았다. 재원은 이왕 말 꺼낸 김에 그의 어깨를 툭툭 두드려주었다.

“나 없는 동안 센터 잘 보고 있어. 뭔 일 생기면 연락하고.”

“아, 물론이죠. 염려 붙들어 매세요. 센터장님 없어도 저희 문제없습니다.”

“방금 그 말은 약간 상처 되는데.”

“말이 그렇다는 거죠. 말이. 하하.”

재원은 ‘낄낄’이라는 표현이 딱 어울리는 얼굴로 웃어대고 있는 대진을 보며 왠지 모르게 강혁을 떠올렸다.

‘왜 그렇게 때리고 싶어 했는지 이제는 알 것도 같습니다, 교수님…….’

제자도 아니고 후배가 깐족대는 것도 이렇게 빡치는데, 쥐알만 한 제자가 깝칠 때는 대체 어느 정도로 빡칠까. 그것도 강혁같이 성질 나쁜 사람이. 새삼 그가 여기서 얼마나 참고 지냈는지 알 수 있는 순간이었다. 그렇게 속으로 삭히고 있으려니 장미가 재원의 어깨를 두드렸다.

"양 선생님. 차 왔어요. 가야죠. 비행기 놓치면 어쩌려고."

"아, 왔구나. 그래, 나 간다. 기껏해야 2주니까……, 잘 버티고 있어."

재원은 고개를 끄덕이며, 한때 외과 천사로 불리던 사람답게 격려의 말을 건네주었다.

"없다고 대충 하지 말고. 갔다 와서 문제 있으면 다 죽어."

그에 반해 장미는 괜히 조폭이 아니라는 걸 확실히 알려주었다.

"네, 센터장님, 수간호사님!"

센터 인원은 그런 둘을 향해 일시에 고개를 숙였다. 그 모습을 보고 있자니, 원년 멤버라 할 수 있는 둘은 말 못 할 감회가 샘솟는 듯한 기분이었다. 그땐 정말이지 아무도 없었는데, 어느새 식구가 이렇게나 많이 늘어 있었다.

"아, 팔 떨어지겠다. 선배, 장미 선생님. 안 와요?"

그런 둘을 향해, 벌써 짐을 들고 로비 쪽에 가 있던 경원이 투덜거렸다. 그러게 같이 인사 좀 하라니까 민망하다고 고집을 부리더니, 결국 사서 고생인 셈이었다.

"어, 갈게."

"갑니다."

우여곡절 끝에 셋은, 그러니까 이 중증외상센터의 원년 멤버들은 택시에 올라탔다. 앞자리는 늘 준비성이 완벽한 경원이었다.

"공항이요."

"네, 안전하게 모시겠습니다."

경원의 말에 기사는 빙그레 미소를 지은 채 액셀을 밟았다. 무려 2주치 짐을 실은 택시는 곧 병원 응급실 로비 앞을 떠나갔다. 지금 당장 맡은 환자가 없던 사대진과 이동주는 로비 앞까지 나와서 떠나가는 택시 뒤를 바라보았다. 아까 재원과 장미가 했던 말을 떠올리면서였다.

"우리 걱정하면서 간 거 맞지?"

먼저 입을 연 건 이동주였다. 진짜 어이없다는 표정을 지으면서였다. 사대진 또한 그 비슷한 표정으로 고개를 끄덕였다.

"그러니까. 저 형 진짜 감 많이 죽었다."

"그러게. 무려 백 교수님 만나러 가는 건데……. 누가 누굴 걱정해."

*

"양 센터장님. 오랜만이에요."

"어? 의원님?"

재원은 공항에서 무려 이현종 의원을 만날 수 있었다. 초선 의원, 그러니까 정치 새내기이긴 했지만, 그 영향력은 여느 중진 의원 못지않았다. 워낙에 대국민적인 지지가 있어서였다.

"얘기 들었습니다. 백 교수님 만나러 가신다고요?"

"어, 네. 근데 여긴 어쩐 일로……."

"워낙 바쁘시니까, 이렇게라도 얼굴 뵈러 왔죠."

"바쁘신 건 의원님도 마찬가지 아닙니까. 이러지 않으셔도 되는데."

"생명의 은인 보러 오는 게 무슨 대수라고요. 당연한 일이죠."

아마 지지가 흔들리지 않은 이유 중 하나는 이런 인성도 있을 터였다.

"그리고 도울 수 있는 일이 있으면 도와야죠. 자, 여기."

"이건……. 이게 뭐죠?"

재원은 이현종이 내민 편지 봉투 비슷한 것을 쥔 채 되물었다. 이현종은 하하 웃고는 우측에 있던 사람을 가리켰다. 단연코 처음 보는 사람이었는데, 당연한 일이었다. 그는 한국인이 아니었으니까.

"주한 파키스탄 대사세요. 이번 일에 대한 협조 공문입니다. 뭐……. 제가 알아보니까, 벌써 백 교수님이 현지에서도 손을 쓰셨던데. 기왕이면 준비는 하면 할수록 좋으니까요."

"아……. 대사시구나. 안녕하십니까, 양재원입니다."

재원은 강혁이 보면 놀랄 만큼 유창해진 영어를 구사하며 고개를 숙였다. 대사는 그런 한국식 예법에 익숙한 듯, 마주 고개를 숙이곤 손을 내밀었다.

"한구 지역에 가신다고 들었습니다. 부끄럽습니다만……, 그쪽 치안이 그리 좋지는 못합니다."

"그런가요?"

강혁에게는 치안에 관한 소리는 전혀 듣지 못하질 않았던가.

시간이 있는 사람이었으면 좀 알아보기라도 했을 테지만, 아쉽게도 재원은 눈코 뜰 새 없이 바쁜 사람이었다. 그리고 불행하게도 그건 뒤에 서 있는 장미나 경원도 마찬가지였다. 대사는 전혀 모르겠다는 얼굴을 하고 있는 재원을 보곤 고개를 갸웃거렸다. 하지만 설마 그것도 모르고 가겠나 싶어서 일단 준비했던 말을 이었다.

"그래도 걱정하지 마십쇼. 최대한 협조하라고 전화까지 넣었으니까요."

"아, 감사합니다."

"몸 성히 잘 다녀오십쇼."

"네, 알겠습니다."

대화가 끝나자, 이현종은 반대편에 있던 외교부 직원 쪽을 가리켰다.

"출국 심사는 저쪽으로 가시면 됩니다."

"잉? 이래도 되나요?"

"일종의 대사로 가는 거니까요. 파키스탄에서 우리나라 이름을 드높여주십시오."

"아……. 알겠습니다. 갑자기 어깨가 무거워지는데."

반쯤 놀러 간다고 생각했던 재원은 목을 한 바퀴 돌리며 대꾸했다. 결론적으로 생각하면 절대 '이제 와서' 어깨가 무거워질 수 없는 일이었다. 애초에 강혁이 준비한 축제는 가벼운 것이 아니었으니까.

"가시는 목적지까지 편안히 모시겠습니다."

외교부 직원 자격으로 출국 심사를 받게 되면, 거의 걸리는 시간이 없다고 보면 되었다. 덕분에 재원은 공항에 도착한 지 불과 30분도 채 지나지 않아 비행기로 안내받을 수 있었다. 비행기 안에는 그가 아는 얼굴들이 꽤 많이 보였다.

“어, 양 교수님.”

“에이, 말씀 낮추세요. 강 교수님.”

일단 흉부외과 강일구가 있었다. 이제 내후년이면 정년퇴임인 그는 여전히 정정해 보였다. 물론 한유림과 비교하자면 훨씬 연배가 높아 보이긴 했지만, 그건 한유림이 너무 젊어 보여서일 따름이었다.

“어엿한 센터장이신데, 어떻게 그래요.”

“이러면 제가 진짜 몸 둘 바를 모르겠습니다.”

“하하. 익숙해지셔야지. 더 위로 올라가실 분인데.”

강일구 교수는 강혁이 병원에 남지 않고 나간 것을 못내 아쉬워하는 사람이었다. 강혁이 남아서 한자리 차지했으면 병원이 좀 더 올바른 방향으로 가고 있을 텐데, 하는 생각도 있었다. 그래서 그런가, 재원을 볼 때마다 늘 한자리 하라고 말해주는 편이었다.

“어, 박 교수. 박 교수도 가는구나, 역시.”

경원을 향해 인사를 건넨 이는 정형외과 김인수 교수였다. 아버지가 한림원 부원장을 지낼 만큼이나 명망 있는 집안 자제였는데, 지금은 강혁의 마수에 걸려 시도 때도 없이 중증외상센터 환자를 받고 있었다. 다행히 그도 그러한 처지를 즐기고 있는 듯했다.

"아, 네. 김 교수님. 이번에 전세기 빌리는 데 도움 주셨다고 들었습니다. 감사합니다."

"내가 도운 건가 뭐. 우리 아버지가 한 거지. 하하."

그것도 모자라 돈도 뜯긴 마당이었는데, 그래도 좋다고 웃고 있었다. 그 외에도 여러 의료진이 비행기를 가득 메우고 있었다. 아마 최근 들어 파키스탄으로 향하는 비행기가 이렇게 찬 것은 처음일 터였다. 장미는 그게 너무 신기했다.

'백 교수님…….'

그 성질 더러운 양반 한마디에 이 많은 사람이 모이다니. 이러니저러니 해도 인생 참 잘 산 사람 아니던가.

"저는 여러분을 이슬라마바드 국제공항까지 모실 기장 김태형입니다."

아직 모두가 인사하느라 바쁜 시간에 기장이 인사말을 건넸다. 그러자 모두 거짓말처럼 조용해졌는데, 역시 말 잘 듣기로는 최고인 의료진 집단다웠다.

"현재 이슬라마바드까지 가던 직항은 운항이 모두 중단된 상황이지만, 양국 외교부의 협조로 인해 본 전세기는 직항으로 이동할 예정입니다."

아마 재원이 조금이나마 머리가 날카로운 상태였다면 '대체 왜 직항이 중단되었을까'에 관한 의문을 품었을 테지만, 아쉽게도 재원은 강일구와 개인적인 얘기를 떠들어대느라 여념이 없었다.

경원은 멀어져 가는 인천 공항의 풍경을 바라보면서 불현듯 이런 생각이 들었다.

'여기서 닥터 콜이 발생하면 어떻게 될까.'

그럴 리도 없겠지만, 아마 발생한다고 해도 별문제는 없을 거 같았다. 거의 어지간한 종합 병원이 떠 있는 셈이었으니까. 의사들만 있는 것도 아니었다. 지금 이 비행기에는 각종 의료 소모품이 그득 실려 있었다. 애초에 그거 때문에 전세기가 필요했던 것이기도 했다.

'백 교수님은 잘 지내고 계시려나?'

경원은 곧 쓸데없는 걱정을 지우고 강혁을 떠올렸다. 아무래도 재원만큼 끈끈한 사이는 아니었지만, 그래도 사제지간치고는 퍽 가까운 사이라고 할 수 있었다. 어찌 되었건 같은 공간에서 먹고 자고 했었으니까.

'한 교수님이 걱정인데, 사실.'

경원은 잠시 강혁과의 추억을 떠올리다가, 이내 한유림을 떠올렸다. 분명 장관까지 지낸, 정말이지 의사로서 끝이라 할 수 있을 만큼의 출세를 한 양반인데 왜인지는 몰라도 볼 때마다 짠한 사람이었다.

"아빠는 잘 있겠죠?"

그때 뒷자리에 있던 한지영이 질문을 던져왔다. 뒤를 돌아보니, 한지영을 비롯한 학생들이 몇 명 앉아 있었다. 다들 중증외상센터에 관심이 있는 의대생들이었다. 예전 같았으면 상상도 못 했을 일이라고 보면 되었다. 세상에 그냥 외과도 아니고 외상 외과에 관심이 있는 학생들이라니.

"어? 어. 당연하지. 백 교수님이랑 같이 계시잖아."

경원은 천지가 개벽할 일이라 생각하면서 대꾸해주었다. 경원과 대화하는 한지영의 눈동자는 정말이지 맑은 호수 같았다. 상투적인 표현이겠지만, 진짜 그렇게 보이는 걸 어쩌란 말인가.

'이러니까 한 교수님이 군말 없이 나간 거겠지.'

아마 경원도 자기 딸이 이런 눈빛으로 '봉사 나가서 대단해요' 했으면 나갔을 터였다.

"그래도 몸 관리는 해야 할 텐데. 이번에 가서 피 검사나 좀 해드려야지."

"네가 해주면 진짜 좋아하실 거다, 아마."

"한 번에 뽑을 수 있으면 좋아할 거예요. 아직 좀 실력이 모자라서."

"아, 그런 문제가 있구나, 참. 연습은 한 거지?"

경원의 말에 한지영 양옆에 있던 학생들이 말없이 팔뚝을 들어 올렸다. 여기저기 연습의 흔적들이 남아 있었다. 얼핏 봐서는 혹시 이것들이 나쁜 주사를 맞은 건 아닐까 하는 생각이 들 지경이었다. 물론 그러한 흔적은 한지영의 양팔에도 있었다.

"가서 민폐 끼치면 안 되니까요. 엄청 했어요. 저희끼리."

"대단하다. 방학인데, 쉬지도 않고."

"교수님도 휴가를 봉사하러 가시는 거잖아요."

"어……. 뭐, 그렇지."

휴가를 봉사지로 간다라. 경원은 그 말을 듣고 나니, 자신의 결심이 좀 새삼스럽게 느껴지는 기분이 들었다. 그렇지 않은가. 제아무리 히포크라테스 선서를 한 몸이라고 해도 결국엔 인간인데.

'다음에는 꼭 여자 친구 만들어서 놀러 가야지…….'

그래서 경원은 벌써 몇 해째 하고 있는 다짐을 또다시 마음속에 새겼다. 왜인지 몰라도 사람들은 늘 재원은 솔로라고 생각하는 반면에 경원에게는 애인이 있다고 생각하는 편이었다. 그 때문에 재원에게는 심심치 않게 소개팅이 들어간 데 반해, 경원은 정말이지 단 한 건도 없었다.

'이젠 최선을 다해서 어필해야겠어.'

그렇지 않아도 중증외상센터 들어가면 백강혁처럼 혼자 살게 된다는 흉흉한 소문이 돌고 있지 않은가. 처음에는 웃어넘겼지만, 지금에 와서는 그 누구도 그러질 못하고 있었다. 1세대 제자인 재원, 경원 그리고 장미를 비롯해서 이강행, 사대진, 이동주 그리고 지민까지 모조리 혼자였으니까.

'백강혁의 저주……. 안 돼. 안 돼.'

경원은 세차게 고개를 흔들어댔다. 그러는 동안에도 비행기는 끊임없이 이슬라마바드를 향해 날아갔다.

그 하늘을 올려다보던 강혁이 중얼거렸다.

"귀가 간지럽네. 아, 이거 긁으면 외이도염 생기는데."

이미 한바탕 또 수술을 마친 참이었다. 덕분에 지친 기색이 역력한 한유림이 강혁을 올려다보았다.

"긁을 때마다 그 소리 하지 말고. 그냥 긁든가, 긁지 말든가 해."

"너무 가려운데 그럼 어떡해."

"어휴. 의사면 뭐 하냐. 실천을 못 하는데."

"운동이나 해요, 운동. 요새 배 좀 나온 거 알죠?"

"배가 나오긴? 이 상황에서 배 나오면 그거 복수야. 살이 아니라."

강혁은 한유림의 말도 안 되지만, 어딘지 모르게 그럴싸한 항변에 고개를 저어댔다. 그러곤 리처드를 돌아보았다. 미군 군의관임에도 불구하고 노예처럼 끌려온 그는 몹시 처량한 표정을 짓고 있었다. 환자 보는 걸 핑계로 여기 묵은 지가 벌써 일주일째니 그럴 만도 했다. 미군, 그것도 소령 군의관이 언제 이런 데서 묵어봤겠는가.

"밥이나 먹자. 이슬라마바드에서 패티 왔대."

"패, 패티요?"

"그래. 소고기 패티. 어렵게 공수했다는데. 치즈랑 빵까지 왔대."

"그, 그럼 설마 햄버거……."

"그래. 그렇지. 오늘 저녁은 햄버거야."

"오우."

생각만 해도 군침이 좔좔 흘렀다. 한국에 있을 때도 음식이 입맛에 잘 맞지 않아 고생했던 리처드였더랬다. 말년에는 살기 위해 먹다가 적응을 한 건지 뭔지 제법 한국 음식을 즐기게 되기는 했지만, 그런다고 타고난 식성이 어디 가겠는가. 여기서도 파키스탄 음식을 먹느라 때아닌 고생을 하는 중이었다.

"햄버거래?"

뒤에 있던 한유림도 상당히 들떠 있었다. 원래 즐겨 먹던 음식은 아니었지만, 그래도 익숙한 음식 아닌가. 그저 그것만으로도 충분했다. 현장은 모든 것이 부족했으니까.

"네, 갑시다."

"요, 요리는. 요리는 누가 하지?"

"요다요. 걔가 나름 요리 좀 한다던데?"

"오. 좋다. 잘할 거 같어. 꼼꼼하니."

"그니까 빨랑 일어나. 가자."

"네, 교수님!"

강혁은 아까까지만 해도 죽상을 하고 있던 둘이 들뜬 얼굴을 하게 된 것을 보며 쓰게 웃었다. 전직 장관과 현직 소령을 춤추게 만들다니. 햄버거가 생각보다 참 대단한 음식이었다. 그렇게 도착한 3층 식당에는 이미 사람들이 다 와 있었다. 원래 있던 병원 식구들에다 리처드와 함께 남은 부대원들까지 해서 꽤 북적거렸다.

"오, 맛있다. 이거……. 맛있어."

"요다, 최고야."

"더 없나?"

요다의 요리 실력은 정말이지 소문 이상이었다. 그렇게 급히 식사를 하는 와중에 강혁의 휴대폰이 울렸다. 참으로 이상한 일이었다. 이곳에 온 후로 강혁은 휴대폰을 가지고 다니는 일이 거의 없었으니까. 어차피 병원이 작아서 소리치면 다 들리지 않는

가. 게다가 한 번 두고 다니니까 뭔가 더 자유로운 느낌이 든다고까지 했더랬다. 근데 그걸 이 맛있는 음식을 먹는 자리에 가지고 와? 한유림은 도무지 이해할 수가 없었다.

"뭐야. 왜 가지고 나왔어. 아니, 어떤 놈이 밥 먹는데 전화질이야?"

한유림이 성질을 내자, 간단히 전화 통화를 마친 강혁이 한심하다는 표정을 지어 보였다.

"백날 제자 걱정하는 시늉이나 하더니. 오늘이 어떤 날인지 몰라요?"

"어떤 날? 뭔 날인데."

"재원이 오는 날이잖아."

"아."

강혁은 이미 그런 한유림에게서 고개를 뗀 채, 햄버거에 집중하고 있었다.

"와, 근데 요다. 이거 어떻게 구운 거지? 패티도 꽤 괜찮은 거 같긴 한데……, 굽기가 예술인데."

특히 그간 거의 굶다시피했던 리처드는 이미 3개째를 집어 들고 있었다. 가뜩이나 없는 살림에 민폐도 이런 민폐가 없었지만, 제인도 댄도 그런 리처드에게 감히 뭐라고 하진 못했다. 그가 미군 소령이라서 그런 것은 당연히 아니었다.

'불쌍한 놈…….'

'그래……. 햄버거라도 먹어라.'

지금 무급으로 봉사하고 있는 처지 아니겠는가. 그것도 댄이나 제인, 요다, 카심 등과는 상황이 많이 달랐다. 리처드는 애초에 미국에 봉사하려는 마음뿐, 딱히 다른 사람들을 위해 일하려는 생각은 없었기 때문이었다. 그런 그가 강혁 때문에 이곳에 끌려와서 당하는 대우는 그야말로 끔찍하기 짝이 없었다.

"아, 맞다. 리처드."

일행들이 모두들 오늘까지 리처드가 당한 일을 생각하며 눈물짓고 있을 때쯤, 강혁이 리처드를 불렀다. 그가 그럴 때마다 샌더슨 상사는 자신도 모르게 움찔거렸다. 감히 자신의 상관에게 너무 무례하게 굴고 있지 않은가. 하지만 실제로 움직이지는 못했다.

-백강혁? 그럼 일단 거기서 대기하게.

복귀를 신청하기 위해 걸었던 통화에서 들은 내용 때문이었다. 저놈의 백강혁이 세상에 알려진 것보다 더 대단한 모양이었다. 윗선에서 이름을 듣자마자 작전 자체를 바꾸는 것을 보면 알 수 있었다.

'뭐……. 실력은 있는 거 같은데…….'

샌더슨은 여전히 불만 어린 눈으로, 하지만 그나마 다행이라는 표정을 지으며 강혁을 바라보았다. 심한 부상 때문에 거의 죽을 거라고 생각했던 부하가 무사히 회복 중이지 않은가. 그가 존경하는 리처드 소령의 말에 따르면, 아마 백강혁이 아니었으면 죽거나 엄청난 후유증을 겪어야만 했을 터였다.

"아, 네."

강혁의 한마디에 샌더슨에게는 하늘 같은 리처드 소령이 먹던 햄버거를 내려놓고는 돌아보았다.

"아무튼, 뭐. 너네 본부에서 확답받은 복귀 일시가 언제라고 했지?"

"아……. 일단 2주입니다."

"그때부터야? 아니면 지금부터야."

"그때부터죠……."

리처드는 아주 잠깐 지금부터 2주를 더 있을 생각을 해보았는데, 차라리 그럴 바에는 샌더슨을 꼬셔다가 탈주하는 게 나을 거 같았다. 물론 이곳은 거의 적진 한가운데라고 봐도 좋을 지경이라 진짜 죽을 수도 있겠지만……. 그 정도로 이곳 생활은 만만치 않았다.

"아, 아쉽네."

"네?"

근데 또 강혁의 입에서 아쉽다는 말이 나오니까 기분이 복잡해졌다. 누가 뭐래도 이 인간은 자신의 스승 아니던가. 이런 말을 하면 전문의 보드를 따게 해준 교수님들이 섭섭해할지도 모르겠지만, 적어도 지금 리처드의 행동 지침이나 수술 술기의 전반에 영향을 끼친 건 강혁이었다. 그만큼 강혁의 실력은 대단했고, 그래서 존경할 만했다.

"아쉽다고."

"그……. 뭐, 저도 더 있을 수 있으면 있겠는데, 아시다시피 전

군인입니다. 명령을……. 뭐, 나중에 전역하게 되면 몇 년 돕겠습니다. 제가 또 수술은 잘하니까요."

리처드는 강혁의 아쉽다는 말에 아주 길게 답변을 해주었다. 언제가 될지는 모르겠지만, 언젠가는 너와 함께할 수도 있다 뭐 이런 여지를 남기면서였다.

"수술?"

한데 강혁은 영 엉뚱한 표정이었다. 도대체 그게 무슨 뜻이냐는 듯한 표정이었다.

"어……. 수술 얘기 아닌가요?"

"아, 뭐. 수술도 나쁘진 않지. 나쁘지 않은데, 난 다른 얘기 중이었어."

"그럼 뭔……. 뭔 얘기이신지."

리처드는 그나마 수술이 나쁘진 않다는 말에 다행이라는 듯 고개를 끄덕이며 되물었다. 강혁은 즉각 답변을 해주는 대신, 부엌 북쪽으로 난 작은 창을 바라보았다. 워낙에 작은 창이라 앉은 자리에서는 무엇 하나 보이는 것이 없었다. 하지만 그곳에 뭐가 있는지 모르는 사람은 적어도 이 자리엔 아무도 없었다.

"너희들 있으니까 축사 청소할 일이 없잖아. 본부에서 아직도 사람을 못 구해가지고……. 너희 가면 내가 다 해야 되거든."

"아……. 와……. 어떻게 그런……."

기껏 현재 이 지역 최고의 미군 군의관을 붙잡아 둔 주제에 한다는 말이 뭐? 청소를 잘해서 좋다고? 리처드는 이게 바로 기가 막히는 상황이구나 싶었다. 말 그대로 입을 벌린 채 말을 제대로 잇지도 못하고 있었다.

*

양재원은 주파키스탄 대사와 국경없는의사회 파키스탄 지부장 및 로지스티션 드니스를 마주하고 있었다.

"반갑습니다, 양 센터장님. 계시는 동안 불편함 없도록 조치를 취해놨습니다."

제일 먼저 악수를 청한 것은 대사였다. 그는 모쪼록 이만큼이나 했으니 윗선에 잘 좀 얘기해달라는 표정으로 말했다. 물론 재원은 그의 스승만큼은 아니었지만, 그에 못지않게 눈치를 밥 말아 먹은 위인이라 그저 흐뭇하게 웃기만 했다.

"아, 네. 대사님. 감사합니다."

"안녕하세요, 저는 국경없는의사회 소속 드니스라고 합니다. 대한민국 대사관에서도 도움을 주시겠지만, 일단은 제가 한구 병원까지 동행하도록 하겠습니다."

"네, 안녕하세요. 양재원입니다. 잘 부탁드립니다."

드니스는 낯선 땅, 낯선 공항에서 두리번거리고 있는 팀원들을 돌아보고는 큰 목소리로 말했다.

"자, 그럼 차에 타시죠. 여기서 한구까지는 대략 6시간 정도가 걸립니다. 원래 같으면 여기서 하루 자고 갈 텐데……. 백 교수님이 여러분들 다 바쁘신 몸이라고 해서, 지금 바로 가겠습니다."

단기 노예 팀의 1일 차가 시작되려 하고 있었다.

덜컹. 차는 딱 공항을 벗어나는 직후부터 덜컹거리기 시작했다. 드니스의 운전이 서툴거나 거칠어서는 아니었다. 그의 지프 뒤를 따르고 있는 외교부 소속의 봉고차들 또한 거침없이 흔들거리고 있었다.

"어우."

앞자리에 앉아 있던 재원은 방금 유리창에 부딪힌 옆머리를 쓰다듬었다.

"아까 말했죠? 손잡이 잡으라고. 천하의 백 교수님도 힘들어 했던 길입니다, 이 길이."

드니스는 이미 경고를 잔뜩 날렸고, 재원도 그러한 사실을 아주 잘 알고 있었기에 짜증을 내거나 하지는 않았다. 다만 황당해 할 따름이었다.

"아니, 근데 길이 어떻게 이렇죠? 전에 중동 갔을 땐 이렇지 않았는데."

재원의 말에 뒷자리에 있던 장미는 당시 일을 떠올렸다. 일단 거기랑 이곳은 공항부터가 많이 달랐다.

"센터장님, 거긴 두바이잖아요……."

두바이는 세계에서 거의 제일 잘사는 도시라고 봐도 무방할 정도였다. 비록 병원이야 거기서 한참 떨어진 곳, 인적이 드문 곳에 있긴 했지만 심지어 거기까지도 포장도로를 왕복 4차선으로 뚫어놓았을 정도였다.

"아, 그런가."

"아, 그런가는 무슨 놈의 아, 그런가……. 어이구."

장미는 펠로우 시절과 별로 달라진 것이 없는 자랑스러운 센터장 재원에게 핀잔을 주었다. 그러다 잠깐 덜컹거리는 차 때문에 신음을 흘리기도 했다. 이런 걸 도로라고 해도 좋을까 싶을 정도로 엉망이었다. 그냥 흙바닥인 것도 아니었다. 중간중간 돌부리까지 있었다.

덕분에 말을 제대로 잇지 못한 장미를 재원이 돌아보았다.

"괜찮아?"

머리를 매만지는 장미에게 걱정스럽다는 눈빛을 보내면서였다. 이런 것도 펠로우 때와 전혀 달라지지 않은 점 중 하나였다. 장미는 마음 한편으로는 고마움을 느끼면서도 동시에, 사내 연애는 안 된다는 굳은 결심을 떠올리며 고개를 끄덕였다.

"네, 뭐. 근데 계속 이 길로 가는 거예요? 6시간을?"

그러곤 재빨리 드니스를 향해 질문을 던지며 시선을 돌렸다. 이 자리에 있는 모두가, 쥐 죽은 듯이 조용히 괴로워하고 있던 경원도 궁금했던 내용인지라 질문은 아주 효과적이었다.

"아, 그렇지는 않아요."

"오."

"중간에 잠깐 도로가 없는 구간이 있어요."

"네?"

"이것보다 좀 더 힘들 겁니다."

"이것보다 더한 길도 있다고요?"

대답은 좀 절망적이긴 했지만, 덕분에 재원의 관심도 훅 하고 돌릴 수 있었다.

"네, 뭐. 보통이에요. 여기서는. 그나마 한구는 좀 나은 편이에요. 거기서 북쪽으로 더 가면 위험하기까지 합니다."

드니스는 여전히 대수롭지 않다는 얼굴이었다. 그러나 마음속은 꼭 그렇지만도 않았다.

'뭐……. 얼마 전까지는 이 길도 딱히 안전하지 않았지.'

특히나 사람이 아니라 화물을 싣고 나를 때는 더더욱 그러했다. 정말 놀랍게도 21세기에도 도로에서 도적 떼를 만날 수 있는 곳이 바로 이곳이었다. 심지어 그 도적 떼 중에는 정부의 비호를 받는 이들도 있었다. 그들이 가장 눈독 들이는 건 당연히 돈 되는 것이었고, 그 외에도 의료 물자는 늘 탐나는 것 중 하나였다.

'협정을 맺고……. 일이 잘되고 있긴 해.'

물론 지금 이 행렬은 딱히 협정을 맺기 전이라고 해도 막아서기 쉽지는 않았을 터였다. 일단 선두에 드니스가 있는 게 아니라, 파키스탄 정부군 차량이 있었다. 무장 상태가 썩 뛰어난 것은 아니었지만, 어지간한 강도 떼들은 몰아낼 수 있을 터였다.

"위험이라……. 한구까지는 그럼 괜찮은 거죠?"

재원은 머릿속으로 드니스가 말하는 위험이 뭘까 하는 생각을 하며 질문을 던졌다. 나름 중증외상센터의 센터장을 하면서 험한 꼴을 수도 없이 보아온 그였지만, 일단 지금 떠오르는 위험은 재난이나 질병 같은 것들이었다. 이 근처에서 제일 위험한 대상인 인간은 후보에도 없었다.

"아, 네. 물론이죠. 백 교수님이 뭐 설마하니 그렇게 위험한 곳에 제자들을 부르겠습니까."

"아, 그건 그런데 앞에 총 든 군인들이 있으니까 살짝 긴장되기는 해서요."

"만에 하나 있을 사고를 방지하기 위함이죠, 뭐. 파키스탄 입장에서 여러분은 귀빈이니까요. 특히……."

드니스는 아까 아주 짧게 인사를 나누었던 감독을 떠올렸다. 화장기 하나 없는 얼굴에 머리를 억세게 올려 묶은, 일하다 자연히 해져서 찢어진 청바지가 어울리는 여성이었다.

'최하림이라고 했던가.'

다큐멘터리 쪽으로 엄청 유명한 사람이라고 하던데, 부끄럽게도 드니스는 그 이름을 들어본 적이 없었다. 어찌 생각하면 당연한 일이었다. 현장에서 벌어지는 일들이 어지간한 다큐멘터리보다 더 비일상적이었으니까. 눈앞에 주어지는 일들을 처리하는 것만 해도 벅차고 또 설레기 일쑤였다.

'그런 사람이 현장을 알려주면……. 의미가 있겠지.'

한때는 드니스도 현장에서 몸으로 부딪치며 일하는 사람만이 진짜 봉사자라고 여겼던 적도 있었다. 하지만 그 현장을 알리는 사람도 필요했다. 때론 그게 더 강한 힘을 발휘하기도 했으니까.

"아, 최 감독님이요. 엄청 대단하세요. 저희도 도움 많이 받았어요."

재원은 드니스의 눈이 향하는 방향을 보고 그가 누굴 떠올렸는지 즉시 알아차렸다. 그러곤 하림에 대한 칭찬을 늘어놓았다. 아무리 칭찬을 해도 모자란 사람이 있다면 그건 최하림이었으니까.

"네, 얘기 들었습니다."

"들으셨어요?"

"얼마 전에 백 교수님도 이슬라마바드에서 2박 3일 있다가 가셨거든요. 그때 술 한잔할 기회가 있었는데, 얘기 많이 하시던데요."

"네? 교수님이 술을 해요? 병원을 떠나서?"

"네."

"허."

"교수님이…… 놀아?"

"하긴 이제 백 교수님도 마흔인데, 쉴 때 되셨지."

"쉴 때가 된 사람이 파키스탄을 오냐?"

"그건……. 그것도 그렇네요. 수간호사님 생각은 어때요?"

"낸들 어떻게 알겠어. 그래도……."

"이전보다는 유해진 거 같지 않아요?"

"원래 남자들이 나이 들면 약해진다잖아."

"그 사람도 약해지긴 할까……?"

약해진 백강혁이라. 쉬이 상상이 되지 않았다. 물론 재원은 강혁의 약한 모습을 몇 번인가 본 적이 있긴 했지만, 그건 정말이지 아주 잠깐뿐이지 않았는가.

"아, 이제부터는 손잡이 꽉 잡으세요. 길 없어집니다."

"어, 네, 네."

"네."

"알겠습니다."

다행인지 불행인지, 곧 도로가 없어지는 구간이었다. 한때는 왕복 2차선 도로가 있었다고 하던데, 워낙에 관리도 잘 안 되고 치안이 안 좋다보니 사라져버린 것이다. 가뜩이나 발전이 필요한 나라에 있던 인프라마저 없어진 상황. 이대로 두어서는 감히 희망이라는 단어를 언급하는 것조차 조심스러울 터였다. 하지만 이 길 끝에 아주 작은 씨앗이 있었다. 지금은 겨자씨처럼 작지만, 언젠가는 나무처럼 커질 수도 있는.

"이 새끼들은 왜 이렇게 안 와? 바로 오라고 했는데."

그 희망의 버팀목이라고 할 수 있는 강혁은 한구 병원 옥상에 올라가 있었다. 이미 한차례 운동을 한 탓에 상체가 땀에 젖어 있었다. 예전 같았으면 조심한다고 옷을 벗지 않았을 텐데, 이 근처에서 그나마 한구 병원이 제일 높다는 걸 안 후에는 거침이 없었다.

"옷은 좀 걸치고 욕해. 그러고 있으니까 진짜 조폭 같아……."

"조폭은 장미가 조폭이지."

"아, 참. 걔는 왜 별명으로만 불러, 아직도?"

"아직도 조폭 같잖아요. 애들 교육시키는 거 본 적 없어요?"

"아, 보긴 봤지."

대한민국 중증외상센터 시스템이 자리 잡을 수 있도록 큰 도움을 준 것이 한유림이라면, 한국대학교 병원 중증외상센터 시스템을 잡아준 건 장미라 할 수 있었다. 구체적으로 대체 어떤 교육을 하는지는 알 수 없었지만, 그 어떤 신규 인력이 들어와도 반년만 지나면 시니어처럼 착착 돌아가는 시스템을 만들었다.

"그러니까 조폭이지."

"어……. 그건 인정."

"말하는 척하면서 은근슬쩍 벤치에서 일어나지 마요. 가슴 더 조져야 해."

"백 교수……. 나 육십이야. 여기서 더 조지면 내가 조져진다고. 그리고 가슴보다 등을 해야지. 앞판보다 뒤판. 몰라?"

"오……. 또 어디서 좀 주워들으셨나본데."

"아, 아냐?"

한유림은 어디서 주워들은 정도가 아니라 제법 공부도 한 참이었다. 하지만 강혁이 이렇게 나오니까 자신감이 급속도로 쭈그러들었다. 참 황당하게 들리겠지만, 이제 한유림에게는 교과서나 논문보다 강혁의 한마디가 더 권위 있어 보였다.

"아니, 맞아요."

"에이씨, 뭐야."

"말 나온 김에 뒤판도 하자. 그래, 요새 너무 등에 소홀했어."

"아냐, 아냐. 가슴 할게……. 살려줘……."

한유림이 괜히 말 한마디 잘못했다가 노을도 못 보고 등 조짐까지 당하고 있을 때쯤, 멀리서부터 요란한 소리가 들려왔다. 어찌나 요란했는지 이미 집 안에 들어간 지 오래인 주민들조차 창을 열고 고개를 밖으로 내밀 지경이었다. 커다란 트럭 한두 대만 다녀도 낯선 느낌이 드는 곳이 바로 이곳 한구가 아니던가. 그런

데 지금 골목을 따라 한구 병원으로 줄지어 들어가는 차량의 수는 무려 5대였다. 심지어 그중 하나에는 총으로 무장한 정부군이 타고 있었다.

"오, 왔네."

지금 이 시각에 이만한 규모로 한구 병원에 올 만한 집단은 단 하나, 단기 노예 팀, 아니, 단기 봉사 팀뿐이지 않은가. 귀 밝은 강혁은 차량 소리를 듣자마자 한유림에게서 손을 떼어냈다. 덕분에 죽다 살아난 한유림은 헐떡이며 바닥에 널브러졌다.

"무사히…… 왔대?"

지금 이 순간 제일 힘들어 보이는 사람이면서 제자들 걱정을 했다. 강혁은 그런 한유림에게 눈길을 주는 대신 난간으로 다가가 아래를 내려다보았다. 제일 먼저 눈에 띈 것은 장미였다.

"어, 조폭 왔고. 경원이 내리고. 최 감독이랑……. 김인수 교수, 강일구 교수 다 왔네."

"재, 재원이는?"

"어, 그러고 보니 이 새끼는 어디……. 응? 설마."

"왜, 왜? 다쳤어?"

"아뇨. 수염을 길렀네, 미친놈이."

"수염을 길렀어?"

순둥이 양재원이 수염이라니. 이 진귀한 광경을 놓칠 수는 없지 않은가. 한유림은 앞판에 뒤판까지 혹사당한 탓에 비루해진 몸뚱어리를 억지로 일으키고는 난간 쪽으로 다가갔다. 하지만 단숨에 재원을 찾기란 무척 어려운 일이었다. 워낙에 내리는 사람이 많았다.

"여기가 백 교수님이랑 한 교수님 계시는 곳이구나."

경원은 차에서 내려 병원을 올려다보고 있었다. 경원은 군의관도 외상센터 특례로 처리한 몸이었다. 중증외상센터 시스템 활성화의 일환으로 박성민 대통령과 한유림 전 장관이 만들어낸 제도였는데, 어쩌다보니 경원이 그 첫 수혜자가 되었었다. 즉 인턴, 레지던트는 물론이고 이후 과정까지 계속 한국대학교 병원에서만 있었다는 뜻이었다.

"진짜 후지네……."

그렇다보니 한구 병원처럼 후줄근한 병원은 평생 본 적이 없었다.

"와, 우리 동네 병원 같아."

그에 비하면 장미는 좀 나은 편이었다. 오래된, 그리고 작은 항구 도시 출신이었으니까. 아직도 고향에 가면 어릴 때부터 진료해주던 의사 선생님이 계신 병원이 있는데, 그 병원이 이곳과 비슷하게 생겼더랬다.

"이런 곳에 있어서 성격이 좀 유해진 건가?"

재원 또한 한동안 병원 외관에서 눈을 떼지 못했다. 아니, 그와 함께 온 단기 팀 전원이 그러했다. 흉부외과 강일구도 정형외과 김인수도. 둘이 데리고 온 레지던트와 고르고 골라 뽑은 간호사들도 그러했다.

"아빠……."

물론 한지영도 마찬가지였다. 아빠가 노구를 이끌고 봉사 나간다고 해서 그게 어딘가 했는데, 이렇게 낙후된 곳일 줄이야. 눈물이 왈칵 쏟아질 것 같았다.

'역시 우리 아빠는 멋있어.'

한유림의 바람과는 달리 감동의 눈물인 게 흠이었지만.

"자, 다들 넋 놓고 계시지 마시고 일단 짐부터 풉시다."

"아, 네."

"우선은 개인 짐 말고 병원에 들여놓을 짐부터 옮겨주시면 됩니다."

"네."

나이는 그렇게 많지 않지만, 일단 센터장으로 온 재원이 드니스의 말에 시원하게 고개를 끄덕여주었다. 그러곤 그의 말을 그대로 나머지 단기 팀원들에게 전달했다. 그러다 문득 이상하단 생각이 들었다.

'병원에 들여놓을 짐부터……?'

그 말은 마치 개인 짐은 병원에 안 들어간다는 것처럼 들리지 않는가. 아까 오다 보니까 도저히 숙소로 삼을 만한 건물은 보이지 않던데.

'설마.'

재원은 변했다고 생각했던 강혁을 떠올렸다. 노예는 막사에서 자라는 말이 덩달아 떠올랐는데, 말도 안 된다고 웃어넘기기엔 너무 그럴싸했다. 덕분에 짐을 옮기면서도 팔뚝에 오소소 돋아나는 소름을 느껴야만 했다. 드니스는 그런 일행을 잠시 둘러보다가 말을 이었다. 이번에는 병원 직원들과 이번에 함께 온 외교부 직원들을 향해서였다.

“그리고 거기, 어. 그래, 거기. 거기 친구들은 나랑 텐트 좀 칩시다. 이분들 숙소 만들어야지.”

그러곤 재원이 절대 듣고 싶지 않았던 말을 했다.

“네? 병원……. 병원에서 안 잡니까?”

해서 물어보니, 드니스가 헛웃음을 터뜨렸다.

“병원 좀 보십쇼. 저렇게 작은데 여기 사람들 다 들어가겠습니까? 환자들 수용하기도 힘들어요, 사실.”

“아니…….”

“그래도 이거 미군 텐트예요. 어지간한 숙소보다는 이게 나을 겁니다. 아, 화장실은 건물 안에 있는 거 이용하시면 됩니다.”

“그…….”

“여성분들은 안에 닥터 제인 숙소가 좀 남아서 같이 이용할 수 있을 거예요.”

“하……. 읍.”

재원이 차마 아무 말도 못하고 있을 때쯤, 누군가 그의 목에 팔을 걸었다. 비록 누가 이런 건지는 못 봤지만, 모를 수가 없었다. 이 단단하고 굵은 팔. 백강혁이었다.

“교수님!”

“너 왜 수염 길렀냐.”

“아니……. 제자 몇 달 만에 봤으면 안부 인사부터 해야 되는 거 아닙니까?”

“그러니까 묻잖아. 심경에 커다란 변화라도 있나 해서. 이제 아예 연애는 포기한 거야? 그런 거야? 아니면 누가 왜 애인 없냐고 할 때 수염 때문이라고 하려고 그러는 건가? 명예로운 죽음 뭐 이런 거야?"

누가 봐도 비아냥거리는 말투였지만, 그런 강혁을 바라보는 경원과 장미의 눈은 정겹기만 했다. 저 인간이 저렇게 말을 빠르게, 많이 쏟아냈던 적이 있던가. 다 반가워서 저러는 것이었다.

"며……. 명예는 개뿔. 아니, 아니. 이건 그렇다 치고. 저희 진짜 밖에서 재워요? 이러기예요?"

물론 재원은 누구 제자 아니랄까봐 강혁의 속정을 눈치채지 못했다. 그렇다고 강혁은 딱히 서운함을 느끼지는 않았다. 어차피 자기가 왜 이렇게 말이 많은지 본인도 모르고 있었으니까.

"잘 수 있으면 그걸 다행으로 여겨. 한숨도 못 잘지도 몰라."

오히려 심술 궂은 말을 더할 뿐이었다.

"그건……. 그건 무슨 소리예요……."

"너 나랑 처음 중증외상센터 일 시작할 때 기억나냐?"

"그때요? 기억이 안 날 수가 있겠습니까……."

재원은 저도 모르게 장미와 경원을 돌아보며 답했다. 강혁의 시선도 둘을 향해 있었는데, 장미는 그런 둘을 향해 나지막한 한숨으로 대답을 대신했다. 옆에 있던 경원 또한 마찬가지였다. 정말이지 한숨만 나오는 시절이었더랬다. 온 천하에 이 넷만 있던 그런 시절. 그런 시절을 언급하고 있으니 당연하게도 마음이 몹시 불안해졌다.

"근데……. 왜, 왜요?"

"지금 여기가 그때보다 딱 두 배 힘들어."

강혁은 브이 자를 만들어 보이며 껄껄 웃었다. 절대 웃을 만한 일이 아님에도 불구하고 그랬다.

"에, 에이……. 설마요."

재원은 처음 헬기 타던 날을 떠올렸다. 이젠 제법 익숙해졌다지만, 아직도 그날만 생각하면 다리가 후들거렸다. 더더욱 소름 끼치는 일은 그나마 헬기 탈 때가 제일 편했다는 점이었다.

"말도 안 되는 소리 하지 마요."

"그래요, 교수님. 에이, 그건 좀 심했다."

장미나 경원도 마찬가지로, 도무지 믿을 수 없다는 얼굴이 되어 강혁을 향해 외쳐댔다.

"으."

그때였다. 한유림이 1층에 도달한 것이.

"오, 한 교수님 왔네. 인사해야지?"

언제나처럼 감각이 밝은 강혁이 제일 먼저 눈치채고는 그를 가리켰다. 한 교수라는 말에 방금 강혁과 대화를 나누던 셋의 시선이 강혁의 손가락 끝을 향했다. 그곳에 한유림이 있었다. 거의 넝마가 된 채로.

"어……."

"저게 한 교수님이라고요?"

"장관님이……."

보통 사람은 마지막에 본 모습으로 기억하게 되기 마련 아니겠는가. 이 셋도 전부 한유림의 장관 시절을 떠올리고만 있었다.

"아니, 저게……."

"거지……, 거지 아닌가?"

"환자분 아니세요?"

"아냐. 잘 봐봐. 한유림이잖아. 정수리를 보라고."

"아, 정수리."

정수리를 보니까 어쩐지 납득이 되었다. 강혁이 맨날 이대로 한 십 년만 더 지나면 수술모 안 써도 되겠다고 놀려대지 않았던가. 그때마다 어쩔 수 없이 시선이 갔는데, 어찌 된 게 얼굴보다 정수리가 더 인상적이었다.

"다들……. 잘 왔니."

그사이 한유림은 천천히 그러나 확실하게 다가와 인사를 건넸다.

"아, 맞네."

"아 맞네?"

"아, 아뇨. 교수님. 안녕하세요. 여기 진짜 힘드신가봐요……."

재원은 넝마가 된 한유림을 부축하며 말했다. 진짜 힘든 것치고는 몸이 예전보다 더 우락부락해진 거 아닌가 싶은 생각이 들었지만, 몰골이 워낙 개판이었다.

"어? 어, 힘들지. 진짜 힘들어……."

"그…… 그래도 일단 저희 왔으니까 저희 있는 동안에는 좀 쉬세요."

마음씨 착한 재원은 저도 모르게 쉬라는 말을 입에 올렸다. 이럴 땐 거의 하이에나에 가까운 반응을 보이는 강혁이지 않은가.

절대 틈을 놓치지 않았다.

"어, 말 잘했다. 사실 나도 한유림 교수님 좀 쉬게 해주려고 했거든."

"어? 네가? 나를?"

"오늘 얘들 말고 또 누구 왔는지, 모르죠?"

"강일구, 김인수. 네 인맥이 뻔하지, 뭐."

뻔한 인맥이라기엔 정말 다양한 곳에서 소비성 의료 물품 및 약을 후원해주었지만, 휴가까지 내면서 직접 온 이들은 이게 다였다. 그렇다고 한유림은 굳게 믿고 있었다. 강혁이 전달을 안 해주었으니까.

"에이. 내 인맥 좋지. 이번에도 대사 쪽은 내 도움받아놓고서 또 이러시네."

"야……. 말은 바로 해야지. 장관발로 된 거지, 어?"

"전화는 내가 박성민한테 했잖아요."

"대통령 이름 탕탕 부르지 말라고 몇 번 말하냐? 사람이 예의가 없어."

"그만큼 친하게 지낸다는 증거지."

"어휴."

한유림은 진절머리가 난다는 듯 고개를 절레절레 흔들었다. 왜 신께서는 이놈에게 이런 말솜씨까지 주셨을까. 강혁은 그런 한유림의 어깨를 툭툭 두드리고는, 한쪽 구석을 가리켰다.

"그러지 말고, 저기 봐요."

"싫어."

"후회할 텐데."

"아, 싫……. 응? 어?"

한유림은 투정 비슷한 것을 부려대다가 강혁의 손끝에 걸린 한지영을 발견하고는 눈을 끔뻑거렸다.

"아빠!"

"으엉."

그리고 한지영이 아빠라고 부르자마자 울어버렸다. 강혁은 이런 걸 잘 보지 못하는 사람이라 금세 몸을 피했다. 덕분에 부녀는 그야말로 퍽 오랜만에 부둥켜안고 시간을 보낼 수가 있었다.

"설마 말씀 안 한 거예요?"

"어, 놀래켜줄라고."

"진짜 교수님은……."

"왜?"

"아뇨, 아닙니다. 근데……. 뭔 약을 이렇게 많이 요청한 거예요? 이거 진짜 외교부 협조 없었으면 다 뺏길 뻔했어요."

재원은 강혁의 행동에 관해 뭐라 말을 해주려다가 포기하고는 화제를 돌렸다. 어차피 말해봐야 들어 먹지도 않을 거 뭐 하러 한단 말인가. 그러느니 차라리 다른 얘기를 하는 게 나았다.

"환자가 늘어서. 앞으로 더 늘 거고."

"늘어요?"

"응. 여기가 이제 발전할 거거든."

"땅 사라거나 뭐 그런 얘기 하실 건 아니죠?"

"땅? 미쳤냐. 여기 땅을 왜 사."

"발전 얘기를 하시니까……."

"나이 먹더니 부동산 귀신이 들어앉았나. 갑자기 땅 얘기가 왜 나와. 이거나……. 어."

강혁은 말을 하다 말고 고개를 저 먼 곳을 향해 돌렸다. 재원 또한 그를 따라 고개를 돌렸다. 언제나 그러하듯 보이는 건 없었다.

"왜요?"

"총소리, 못 들었냐?"

"초, 총이요? 아, 그러고 보니 뭐가 꽝 한 거 같기도 하고……."

"응. 분명 총이었는데."

강혁은 이 주변에서 그럴 리가 없는데 하는 얼굴로 고개를 갸웃거렸다. 협정을 맺었고, 또 아주 잘 돌아가고 있지 않은가. 하지만 곧 병원에서 사색이 된 채 뛰어나오는 카심을 보자 확신할 수 있었다. 누군가 총에 맞았다는 걸.

"백 교수님! 총상입니다. 오는 데 10분 정도 걸린다고 합니다!"

강혁은 고개를 끄덕이며 재원을 향해 시선을 돌렸다.

"어, 알았어. 준비하지."

"음. 왜 절 보세요?"

"몰라서 물어?"

"아, 아뇨. 오랜만에 같이 들어가죠."

"좋아. 조폭이랑 경원이도 준비해. 한 교수님은 좀 쉬라고 하고, 오랜만에 우리끼리 해보자."

"어, 인사는 나중에 하면 돼! 어여 일 봐요!"

강일구 교수와 김인수 교수는 인사할 새도 없이 움직이는 강혁을 보며 손을 흔들어댔다. 텐트에서 자야 한다는 말에 불만을 표했던 재원과는 달리, 이미 이 정도는 각오가 되어 있다는 표정이었다.

"알아서 해, 알아서. 둘이 가면 뭐 못 살릴 환자가 없잖아?"

한유림은 애지중지하는 딸 지영과의 재회에 정신이 없었다. 게다가 그의 말은 어느 정도 일리가 있기도 했다. 백강혁과 양재원이 함께 들어가는 수술이라니. 이제 어지간한 상황이 아니고서는 쉬이 볼 수 없는 장면이라 할 수 있었다.

"상황은?"

강혁은 나머지 일행을 뒤로하고 병원 안으로 들어가며 카심을 향해 물었다. 카심은 잠시 재원의 어색하기 그지없는 수염을 응시하고 있다가 퍼뜩 정신을 차렸다.

"정확히는 모르겠지만 아무튼, 협정 맺은 단체끼리의 분쟁은 아닙니다."

카심의 말에 강혁은 저도 모르게 안도의 숨을 내쉬었다. 만약 단체끼리의 분쟁이었다면, 사실 수술이고 나발이고 이 일행부터 수도로 돌려보내야 했을 테니까. 물론 그 말을 듣고 있는 재원이나 장미, 경원의 느낌은 좀 달랐다.

"부, 분쟁이요?"

"전쟁터예요, 여기?"

"아, 나 유서 안 쓰고 왔는데."

어디 안전한 곳에서 듣는다면야 당연히 호들갑이라고 느껴지겠지만. 방금 1km 내에서 총소리를 들었고, 그 총상 환자가 실려 오고 있는 상황이라면 이해가 되는 반응이었다.

"아냐, 그런 거. 그……."

강혁은 그런 셋을 돌아보며 잠시 말끝을 흐렸다. 뭔가 적당한 비유를 찾느라 그랬는데, 다행히 그의 우수한 머리는 그리 오래 걸리지 않아 적절한 말을 떠올릴 수 있었다.

"그래, 그래. 우리나라도 술집에서 싸우다보면 주먹 다툼도 하고 뭐 그러잖아? 여기도 똑같아. 단지 총을 쐈을 뿐이지."

"그거 지금 안심하라고 하는 말 맞아요? 총 들고 와서 쏘면 어떡해요?"

"에이, 그럴 수는 없어. 이 근방은 지금……."

강혁은 병원 주변 담장을 슥 하고 훑어보았다. 강혁의 우수한 시력으로도 확인이 되지 않을 정도로 치밀하게 숨어 있기는 했지만, 스미스가 지역 안정화를 위해 심어둔 요원들이 군데군데 있을 터였다. 그것도 모자라 지금 병원 안에는 미군 최정예들이라 할 수 있는 델타포스가 있지 않은가. 미치지 않고서야, 아니, 미쳐도 한두 바퀴 미치지 않는 이상에는 이곳을 피습할 엄두조차 내지 못할 터였다.

"안전해."

제아무리 강혁이라고 해도 최소한의 의식은 있기에 그런 말을 구태여 입으로 옮기진 않았다. 그저 안전하다는 말로 퉁칠 따름이었다.

"안 그렇게 보이는데……."

당연히 재원이나 다른 일행 모두 완전히 납득한 얼굴은 아니었지만, 적어도 아까보다는 한결 나아 보였다. 카심은 셋이 조금 더 안정되기를 기다린 후 급하게 말을 이었다. 이미 수술실 안으로 들어온 후의 일이었다.

"바로 신고가 있었던 걸로 봐서 우발적인 행동이었을 가능성이 큽니다. 예상되는 손상은……. 목 부위입니다."

"목? 이런 젠장. 우발적인 거 맞아? 죽이려고 쏜 거 아냐?"

강혁도 그에 관해 더 캐묻진 않았다. 어차피 이미 쏜 이상 그리 중요한 일은 아니었으니까. 대신 손상에 관해 최대한 신속하게 대응하는 것이 중요했다.

"그럼……. 일단 기도, 식도, 혈관 손상 모두 대비해야 해. 이비인후과 두경부 세트랑 흉부외과 세트 다 꺼내. 카심이 알려주고, 보조는 조폭이 들어와."

"네."

강혁은 일단 카심과 장미 둘에게 필요한 세트를 말해주었다. 보조야 장미가 맡겠지만, 수술실에 익숙한 카심의 도움이 필요하지 않겠는가. 말하자면 보조 간호사 일을 하라는 얘긴데, 사실 카심 정도의 경력자에게는 상처가 될 수도 있는 요청이었다. 하지만 카심은 그간 하도 장미에 대한 칭찬을 강혁에게는 물론, 한유림에게도 들어온 터라 꼭 한번 장미의 실력을 보고자 하는 열의가 있었다. 그 또한 실력만 더 쌓을 수 있다면 자존심 따위는 얼마든지 굽힐 수 있는 위인이었다.

“경원아. 넌 알지? 어떻게 해야 되는지.”

“물론이죠.”

“아, 근데 여기 약물이 좀 다를 거야. 케타민이야.”

“아……. 오기 전에 오리엔테이션 들었습니다.”

“역시. 그럼 믿고 맡긴다?”

“네, 맡겨주세요.”

수술실의 선장이 되어줄 경원이었다. 원래 같으면 당부의 말도 안 할 정도로 신뢰하는 녀석이었지만, 이곳은 상황이 좀 다르지 않은가. 해서 따로 말을 하려고 했는데, 역시였다.

‘세상 의사들이 다 박경원만 같으면…….’

아마 환자 생존율이 비약적으로 올라가지 않을까? 강혁은 그런 불가능한 생각을 하면서 재원을 돌아보았다.

“경부 손상이 의심돼. 대강 정리되냐?”

“네. 최악의 경우에는 일단 여기부터 뚫어야겠죠?”

“그렇지. 혹시 모르니까 배도 다 닦자.”

“아, 네.”

“아니……. 음. 왼쪽 팔을 닦을까?”

“그것도 좋죠. 그냥 다 닦읍시다.”

“그래, 그게 좋겠어.”

다른 사람이 들으면 이게 대체 뭘 염두에 두고 하는 말인지 도통 이해가 가지 않을 대화였다. 아마 어지간히 강혁에게 익숙한 사람이 아니고서는 받아주기도 어려웠을 터였다. 하지만 재원은 그냥 물 흐르듯 대화를 이어나가고 있었다.

머지않아 병원 마당 쪽에서 요란한 차량 소리가 들렸다. 워낙 오래된 트럭을 타고 와서인지, 엔진 소리가 거의 폭발하기 직전처럼 컸다.

"걱정 마. 군용 차량 아니니까. 그냥 후진 거야."

"그……. 그렇죠?"

강혁은 그 소리에 긴장한 셋을 안심시켰다.

"적중한 총알이 한 발이 아닐 수도 있어. 아까 내가 들은 건 세 발이야."

"세 발……."

"목으로 튄 게 마지막이라면, 가슴이나 복부에도 손상이 있을 수 있다는 뜻이지."

이곳에서 주로 쓰는 총기류는 역시나 AK-47이었다. 아마 총 쏘는 게임이라도 해본 사람은 알 텐데, 이 총은 반동이 꽤 심한 총이지 않은가. 그중에서는 꽤 개선된 모델도 있긴 하지만, 그건 제대로 사격을 배운 사람에게나 통하는 말이었다.

"이런 제길. 그럼……."

"너 오자마자 환자 죽을 수도 있겠다."

"재수 없는 소리 하지 마세요. 제가 요새 생존율이 얼마나 높은데."

"오, 얼만데. 나 이겨?"

"유, 유치하게 그러지 말고요."

"아무튼, 최악의 상황을 염두에 두자고."

강혁이 재원과 함께 대화를 나누는 동안 트럭은 다소 지나칠 정도로 엄중한 검문을 통과한 후, 병원 마당 안으로 들어섰다. 어차피 텐트는 담장에 인접해서 치고 있었기 때문에 딱히 진입이 어렵지는 않았다. 더군다나 지금 병원에는 평소보다 일꾼이 몇 배나 더 있었기 때문에 안쪽으로의 이송은 오히려 더 빨랐다. 카심은 멀리서부터 들려오는 다급한 발걸음 소리에 일단 수술실 문부터 열었다. 그러자 환자를 들것에 실은 채 냅다 뛰고 있는 가드들과 직원들이 눈에 들어왔다. 출혈에 대한 처치는 전혀 안 되었는지 붉은 피가 복도를 따라 주르륵 떨어지고 있었다.

"이쪽, 이쪽으로!"

강혁을 비롯한 팀원들은 하던 일을 즉시 멈추고 일단 환자에게로 달려갔다. 그저 달려가기만 한 게 아니라, 무언가 하나씩은 하면서였다. 우선 장미는 그나마 멀쩡해 보이는 팔을 찾아 혈압을 쟀고, 동시에 라인을 달면서 간단한 피 검사를 내보냈다. 경원은 기도부터 살폈는데, 예상했던 대로 총알이 기도를 손상시킨 상황이었다. 그나마 아주 작은 틈으로 공기가 들어가고는 있었지만, 문제는 공기만 들어가고 있는 게 아니라 피까지 기도로 넘어간다는 점이었다.

"교수님!"

"알아."

해서 고개를 돌려보니, 강혁은 벌써 움직인 지 오래였다. 왼손으로는 환자의 기도를 쥐고, 오른손으로는 메스를 횡이 아니라 종 방향으로 슥 하고 그었다. 그렇게 기도가 열리자마자 재원이 기다렸다는 듯이 플라스틱 관을 꽂아 넣었다. 그 전에 센스 있게 안에 들어가 있던 핏덩이를 거즈로 제거하고 나서였다.

"좋아. 석션. 아, 여기 입으로……. 그것도 들었구나."

경원은 그렇게 들어간 관에 얇은 고무 튜브를 넣고는 미처 재원이 다 제거하지 못한 핏덩이를 흡 하고 제거해냈다. 사실 이 환자가 어떤 병에 감염되었을지 모르는 상황에서 하는 술기라 위험하기 그지없었지만, 어쩌겠는가. 다른 방법이 없는데. 경원은 퉷 하고 피를 뱉어낸 즉시 베타딘 가글을 하고는 앰부를 연결해 산소를 공급해주기 시작했다.

"가슴이랑 배에는 없어. 아, 목이 첫 방이었네. 여기 봐. 귀가 떨어져 나갔어."

"하……. 이건 어쩌죠?"

"대세에 지장 없잖아? 성형외과나 이비인후과가 있으면 몰라도, 지금은 어쩔 수 없어. 그냥 생리식염수 적셔다가 덮어둬."

"아, 네. 그……. 그렇겠네요."

모든 것이 갖추어진 한국대학교 병원팀을 이끌던 재원에게는 현대 의학의 한계도 아닌 것을 포기해야 하는 이 상황이 낯설기만 했다. 하지만 이건 강혁의 입에서 나온 말이지 않은가. 그렇다면 의심하지 말고 반드시 따라야만 했다.

"이거 기도만 다친 거 아냐. 경추는 괜찮나?"

"일단 관통은 아닙니다. 경추에서 붙잡혔을 가능성이 있어요."

"신경……."

"반사는 있습니다."

물론 그냥 따라가기만 하는 건 아니었다. 재원은 미처 강혁이

지시를 내리기도 전에 아주 간단한 신경학적 검사를 시행했다. 그 결과 일단 척수반사는 살아 있다는 걸 확인할 수 있었다.

"좋아. 그럼 바로 마취하고 수술 들어가자."

"이미 걸었습니다, 교수님."

"오. 이거 오랜만이라 속도 적응 안 되네."

괜히 칭찬 한마디 보태려고 하는 말이 아니었다. 진짜 솔직한 심정이었다.

"메스 여기 있습니다."

"어, 어."

비단 경원에게만 한정된 감정이 아니었다. 장미에게도, 또 재원에게도 그러했다. 등 떠밀리듯 칼을 받아놓고 보니, 재원은 벌써 딱 쨌으면 좋겠는 곳을 당겨주고 있었다. 연신 거즈로 피를 닦아내면서였다.

'이거……. 이건 다른 사람들도 봐야겠는데.'

어찌나 착착 맞아서 돌아가는지, 카심이 후다닥 뛰어나가서 나머지 인원을 불러 모을 정도였다. 닥터 제인은 물론, 댄 그리고 요다는 카심의 요청에 즉각 응답했다. 소위 드림팀이라 할 수 있는 강혁의 중증외상센터팀에 상당한 호기심이 있었기 때문이었다.

'대체 얼마나 뛰어나길래 그렇게 칭찬을 해대는 거야?'

어느 정도는 '설마' 하는 생각도 있기는 했다. 강혁이 정말 뛰어난 의사인 건 맞지만, 그건 개인이지 않은가. 팀까지 다 그럴 수는 없을 것 같았다. 직접 눈으로 보기 전까지는 그랬다.

'미쳤나? 벌써 이렇게…….'

아까 어떤 상황에서 환자가 실려 왔는지 똑똑히 지켜본 카심의 눈이 제일 먼저 휘둥그레졌다. 벌써 얼마간 정리가 된 탓이었는데, 이 다음부터 이어질 놀라운 일에 비하면 아무것도 아니었다. 드림팀의 수술은 이제 시작이었다.

절박한 자들의 연대

카심은 저도 모르게 눈을 서너 번 비볐다. 그야말로 엉망으로 망가져 있던 목이 어느새 정리되어 있었기 때문이다. 심지어 아까 강혁이 세로로 슥 하고 그었던 응급 기관 절개술조차 그 모양이 변형되어 있었다.

'쇄골 바로 위……. 엄청 깊었을 텐데.'

기도라는 게 상단에서야 목 전면부로 드러나 있지만 거기서 조금만 밑으로 내려가도 안쪽으로 확 숨어버리는 구조 아니던가. 한데 지금 환자의 숨길은 거의 쇄골 바로 위 레벨로 뚫려 있었다.

"7cm가량 손상되어 있어요. 이건……."

"당겨서 꿰매긴 어려워. 잘라야 해."

"이대로 후두 절제술 시행할까요?"

카심을 비롯한 다른 의료진들이 놀라고 있는 동안에도 수술은 진행 중이었다. 재원은 처음 차에서 내렸을 때 보였던 다소 어벙한 표정 대신 냉철한 외과 의사의 모습을 하고 있었다.

"후두 절제술이라."

눈빛만 그러한 게 아니었다. 내놓는 의견 또한 날카롭기 그지없었다.

'현시점에서……. 안전하게 가려면 역시 그 길밖에 없겠지. 하지만 여긴……. 여긴 파키스탄이야.'

후두 절제술은 미적으로도 기능적으로도 어마어마한 결손을 가져오는 수술이었다. 물론 후두암 치료에 있어서 이것만큼 깔끔한 예후를 보장하는 수술도 없긴 하지만, 그렇다 해도 후두의 결손이 환자에게 가져오는 상실감은 이루 말할 수 없을 정도였다.

"일단 탐색술을 더 해보자. 뒤에 보고, 정 안 되겠으면 자르지."

"음. 알겠습니다. 후크."

"여깄습니다."

재원은 강혁의 말을 듣자마자 손상된 기도를 통째로 옆으로 틀었다. 다른 이견이 없는 듯 신속한 움직임이었다. 이미 플라스틱 관은 지금 움직인 것과 관계없는 곳에 들어가 있었기에 호흡에는 전혀 영향을 미치지 않았다. 그저 기도 뒤쪽의 구조물을 훤히 보여줄 따름이었다.

"출혈이 아직도 많아."

"우측 갑상샘 동맥이 의심됩니다. 아마…… 정맥도?"

"그럼 동측의 반회 후두 신경 손상도 있겠는데."

"음. 그럼 역시……."

"네 말대로 후두 절제술은 후보에 남겨놔야겠다."

강혁의 말에 재원이 동의의 뜻으로 고개를 짤막하게 끄덕였다. 후두를 애써 살리려는 것에는 여러 가지 이유가 있겠지만,

역시 제일 중요한 것은 말하는 기능 아니겠는가.

"일단은……, 뒤를 보시죠."

"그래. 아, 이거 너 오자마자 뭔 이런 환자가 오냐, 그래."

"저 원래 환타잖아요. 요새 한국대병원 중증외상센터……. 진짜 장난 아니에요."

"팀 4개 돌아가지 않아?"

"근데도 모자라다니까요."

"허이구."

예전에 한 팀만 돌아갈 때만 해도 적자가 이만저만이 아니었는데……. 법안이 바뀌지 않았다면, 또 적절한 재정 지원이 들어오지 않았다면 사람이 있어도 절대 지금처럼 외상센터를 돌릴 수는 없었을 터였다.

재원이 들고 있던 후크가 다시 한번 기도를 제끼는 방향으로 당겨졌다. 아까 식도를 보려던 것과 달리, 이번에는 출혈을 일으키는 혈관을 확인하기 위해서였다. 아니나 다를까, 좌측의 갑상샘 동맥이 찢어져 있었다. 강혁은 눌려 있던 혈관에서 튀어오르는 피를 피하고는 즉시 핀셋으로 혈관을 집었다. 그러곤 반대편 손을 장미에게 내밀었다.

"여기요."

장미는 늘 그랬듯 지금 딱 강혁이 필요로 하는 기구를 건네주었다. 어중간한 사이즈의 혈관을 잡기에 적당한 물건, 모스키토였다. 강혁은 모스키토를 이용해 혈관을 물고는 다시 손을 내밀었다.

"여깄습니다."

이번에 받아든 것은 혈관을 묶어줄 실크 타이였다. 그사이 재원은 흐르는 피를 닦아내기 위해 들고 있던 거즈를 살포시 내려놓고는 방금 문 모스키토를 집어 들었다. 강혁이 쉽게 묶을 수 있도록 도와주기 위함이었다.

"좋아."

그야말로 물 흐르듯 흘러가는 보조 아니던가. 강혁은 저도 모르게 만족스럽다는 뜻의 미소를 띤 채 타이를 시행했다. 적어도 재원이 마지막으로 보았던 강혁의 타이보다 더 완벽한 형태의 타이였다.

'이 사람이 미쳤나.'

거기서 더 늘 게 있다고? 말은 안 해도 늘 강혁이 남긴 기억을 목표로 달리고 있던 재원에게는 충격일 따름이었다.

"됐어. 컷."

"네."

"음. 아직도 좀 흐르는데. 역시 정맥도 나간 거 같아. 일단 정맥 터졌고. 모스키토."

"네."

덕분에 강혁은 순식간에 좌측 갑상샘 정맥을 찾아내고는 묶을 수 있었다. 그동안 재원은 타이를 보조하면서 이미 흘러나온 피를 닦아냈다. 지금 이 술기의 목적은 출혈을 조절하기 위해서도 있겠지만, 일단 반회 후두 신경이 무사한지 확인하는 데 있다는 걸 너무 잘 알고 있어 가능한 일이었다.

"이거……. 이거 신경이지?"

"음. 운이 좋았는데요? 용케 신경만 이어졌네."

"약간……. 붓기는 했는데. 이거야 뭐."

"네. 스테로이드 좀 주면 될 거 같아요."

"좋아. 그럼 식도 보자."

"네."

강혁과 재원은 그나마 다행이라는 표정을 지으며 기도를 걸어서 조금 더 앞쪽으로 당겼다. 이미 아래쪽의 연결 고리가 끊어진 상태였기 때문에 그리 무리는 아니었다. 덕분에 둘은 평소라면 절대로 불가능한 각도에서 식도를 바라볼 수 있었다.

"박혔네. 저 뒤로."

"그게 보여요?"

"저기 안 보이냐? 깨졌잖아."

이미 강혁의 손이 움직이고 있었다.

"식도 손상 범위는……. 4cm. 이 정도면……."

"식도는 당겨서 봉합해도 되겠는데요? 낫는 동안에는 위로 직접 주면 될 거 같고."

"그렇지?"

"근데 뒤에는 괜찮은 건가? 아무리 이게 총알이 깨져도……."

"우선 뽑아봐야지."

강혁은 어깨를 으쓱해 보이곤 손을 내밀었다. 가타부타 말도 없었지만, 장미는 정확히 그가 필요로 하는 것을 건네줄 수 있었다. 지금 이 수술을 읽어내는 게 비단 강혁과 재원 둘뿐은 아니란 뜻이었다.

'역시 앤……. 좀 달라.'

모든 간호사가 경험을 쌓고 배우고 노력한다고 이렇게 되진 않을 터였다. 직접 집도를 하는 것과 옆에서 보는 것 사이에는 그만큼의 차이가 있기 마련이니까. 하지만 장미는 달랐다. 강혁은 장미가 건네준 마이크로 포셉을 쥔 채, 빠른 속도로 총알 파편을 제거해 나갔다.

"근막이 진짜 딴딴하네. 안 찢어졌다, 이거."

강혁은 그렇게 박혀 있던 총알 파편을 모조리 제거한 후, 질긴 형태의 근막을 가리켰다. 이 뒤로는 바로 척추였다. 이게 손상이 되었다면 지금쯤 어떻게 되었을까. 일단 살아 있을지가 의문이었다.

"그러게요. 흠집도 없네. 운이 좋은 건지……. 이게……."

"목에 총 맞았는데 운이 좋다는 말이 나오냐? 너는 진짜 인성부터 가르쳤어야 했는데."

둘은 그걸 보자마자 약간은 긴장이 풀렸는지 잠시 티격태격해댔다. 숨 막히게 돌아가던 수술실에 한 줄기 숨통이 트인 것은 사실이었다.

"후."

제일 먼저 한숨을 터뜨린 것은 다름 아닌 제인이었다. 제인 또한 현장에서 구르고 구른 외과계 의사였다. 게다가 지금까지 강혁과 한유림이 펼치던 기적 같은 수술을 여러 차례 보아왔지만 지금처럼 톱니바퀴처럼 딱딱 맞아 떨어지는 수술을 보는 건 또 처음이었다.

"하……. 이거……."

다음은 댄이었다. 제인과는 달리, 그의 시선은 경원을 향해 있었다.

'바이털이 단 한 번도 흔들리지를 않아……. 이런 수술을 하는데…….'

출혈이 아예 없는 것도 아니지 않은가. 적어도 혈액 1팩 정도는 들어간 상황이었다. 환자의 부상 정도야 뭐 말할 것도 없이 심각했고.

'약은……. 내가 쓰는 거랑 별반 다를 게 없을 거 같은데…….'

대체 어떻게 저럴 수가 있을까. 댄은 배울 수만 있으면 염치 불고하고 따라다니고 싶은 마음이 들 지경이었다.

'왜 백 교수님이 나 볼 때 한숨 쉬었는지 알겠네.'

카심이라고 해서 심정이 다르지 않았다. 아니, 오히려 더 참담하다고 해야 할 지경이었다. 카심은 아까 환자를 같이 봤음에도 대관절 뭔 수술을 어떻게 하게 될지 전혀 예상하지도 못했는데, 장미는 강혁의 속도에 정확히 맞춰 따라가고 있지 않은가. 배워서 될 것 같다는 생각조차 들지 않았다.

"좋아. 그럼 일단 식도부터 당겨 꿰매자. 재원이 너는 밑에서 위 뽑아. 기도는 이따 같이하고."

"아, 네."

"그럼 제가 양쪽 보조할게요."

"컷."

"네."

"여기 좀."

"네."

말 그대로 장미는 양쪽 수술을 번갈아가며 보조하는 중이었다. 중간중간 필요로 하는 기구를 건네줄 뿐만 아니라, 심지어 봉합 기구에 바늘을 물어주기까지 했더랬다.

"저, 정말 안 들어가도 됩니까?"

"아, 네. 저희 이렇게 많이 했었어요."

"그……. 네."

처음엔 경악만 하고 있다가 '아무리 그래도 도와야 하지 않나' 싶어서 나섰던 카심은 영 뻘쭘한 자세로 어중간한 위치에 서 있었다.

"조폭, 너 좀 더 빨라진 거 같다?"

"아, 뭐. 계속 센터에 있잖아요."

"센터……. 이제 팀 4개잖아. 네가 아직도 이렇게 해야 할 이유가 있어?"

강혁은 고개를 갸웃거렸다. 시선은 봉합 부위에 고정한 채였다.

"뭐……. 이유야 많죠."

"그래? 인력이 부족해? 도망치나?"

강혁은 새로이 받은 실로 봉합을 이어나가면서 질문을 던졌다. 장미는 실을 주자마자 이어서 재원의 수술 부위를 살짝 끌어당겼다.

"아뇨, 아뇨. 도망은 안 가요. 요새 중증외상센터 나름대로 인기 있어요. 성적 좋아야 들어온다니까요?"

"그래? 그럴…… 정도인가?"

"돈도 더 주는 데다가, 보람 있잖아요. 진짜 눈앞에서 죽을 사람 살리는 거니까. 예전만큼은 아니더라도……, 나름 올라운더로 일하게 되기도 하고."

"그건 별로 좋은 건 아니지. 너 기억 안 나냐? 죽도록 고생만 해놓고서는."

말이 좋아 올라운더지. 바꿔 말하면 혼자 이것도 하고 저것도 해야 한다는 뜻이었다. 특히 장미와 지민은 수술실도 가고 중환자실도 보고 심지어 일반 병실도 다 봐야만 했더랬다.

"그 정도 고생은 해야 외상센터 일 할 수 있죠."

"어……."

강혁은 '방금 그 말은 좀 꼰대 같은데'라는 말을 하려다 말았다.

"근데 요새 애들은……. 아휴. 일하고 있는 거 보고 있으면 마음에 안 들어서 오히려 제가 더 많이 해요."

"어, 어……. 그렇구나."

"교수님은 제 맘 이해하시죠? 솔직히 어? 후려 까고 싶은 거 참는 거잖아요."

"그……."

"아무튼, 그래서 이렇게 됐어요. 양 선생님은 이제 다 됐어요? 어디 봐요."

"어, 어. 다 끝냈지. 봐봐."

"음. 그렇네. 요새 물올랐다니까, 진짜."

재원은 그의 신들린 듯한 솜씨로 벌써 수술을 끝내놓은 참이었다.

"어, 다 했냐? 그럼 올라와."

거기에 더해 눈치 빠른 강혁이 재원을 다시 위로 불러들였다.

"교수님도 다……."

재원은 재빨리 목으로 올라온 후 수술 부위를 내려다보았다. 제아무리 강혁이라 해도 기껏해야 식도나 봉합하고 말았겠거니 하면서였다. 하지만 눈에 들어온 수술 부위는 아까와는 판이한 모습을 하고 있었다. 일단 아래쪽의 기도가 아까보다 훨씬 자유로워져 있었다.

"지금 수술 시작한 지 얼마나 됐지?"

원래 수술이란 건 시간이 짧을수록 좋겠지만, 환경이 열악하면 열악할수록 짧아야만 했다. 너무 오래 끌다가는 환자를 잃게 될 공산이 컸다.

"이제 1시간……. 10분이요."

재원의 말에 경원은 약물 조절을 하다말고 시계를 내려다보았다. 습관처럼 시작 시간을 기록해두는 그는 즉시 답했다.

'1시간 10분이라니.'

그 말을 들은 카심을 비롯한 한구 병원 멤버들은 다들 경악을 금치 못했다. 보통 마취 마치고 절개하고 한참 어디가 망가졌나 살피는 시간이지 않은가. 그런데 벌써 수술의 절반이 끝나버렸다니. 손상이 어지간했으면 또 모를 일이겠지만, 이번 사고는 신고를 받자마자 아마 죽지 않을까 싶을 정도로 심각했다.

"아주 느리진 않네, 그래도."

근데 재원은 그 말을 듣고는 이런 말이나 해대고 있었다. 기만하는 건가 하는 생각도 들었지만, 태도를 보면 그럴 리가 없어 보였다.

"나랑 하는데 설마 느려지겠냐? 아무리 여기가 후줄근해도?"

"교수님……. 사람들 듣는데 꼭 그렇게 말을 해야 돼요?"

"후줄근한 건 사실이잖아. 거짓말은 못 써. 내가 너 그렇게 가르쳤니?"

"그……."

재원은 그만 말문이 턱 막히는 듯한 기분이 들었다. 의학에 관한 것이야 두말할 것도 없이 모조리 강혁에게 배운 게 맞긴 하지만, 인성에 관한 것은 인정할 수 없었다. 재원은 재빨리 분위기 파악을 하고는 입을 다물었다. 강혁 또한 더 실랑이하기엔 환경이 너무 열악했기에 장미를 향해 손을 내밀었다.

"여기, 칼이요."

"좋아. 흠."

강혁은 그렇게 전달받은 메스를 쥐고 잠시 환자의 목을 돌아보았다.

"네, 뭐. 대강 이 정도만 떼면 되겠는데요?"

강혁에게 세차게 배운 재원 또한 마찬가지였다.

"그렇지? 여기서 여기."

"네. 아니, 여긴 좀 더……. 줄일 수 있을 거 같은데."

"아……. 어차피 정면만 가리면 된다?"

"네. 교수님이 링 뒷부분을 좀 남겨놔가지고, 총알에 뚫린 부위만 키메라 형식으로 막으면 될 거 같은데."

"좋네. 키메라. 그래, 좋은 생각이야."

재원도 결국 수술 얘기만 나오면 정신을 못 차리는 게, 강혁과 비슷한 종류의 인간이란 뜻이었다. 특히 상대가 자신의 말을 딱딱 알아듣는다 싶으면 주체할 줄을 몰랐다.

"그럼 이렇게 가지."

한동안 더 들뜬 얼굴로, 칼을 쥔 채 대화를 이어나가던 강혁은 메스 블레이드 등 쪽으로 환자의 팔뚝 안쪽 살을 슥슥 그었다. 아무리 칼등이라고 해도 피부를 긁어서 흔적을 남기는 것 정도는 가능했기에, 재원도 강혁이 그린 도식을 확인할 수 있었다. 키메라 플랩을 계획하고 있는만큼 머리가 두 개였다.

"근데 혈관은 어떻게 하실 건데요?"

"평소보다 위잖아. 여기 갈라지는 교환 동맥 줄기 이용해야지."

"아. 그렇게. 음. 그럼 딱히 팔에도 문제는 안 생기고……."

"키메라도 가능하지. 자, 시작하자."

"네. 교수님."

키메라. 고대 그리스 신화에 나오는 괴물 이름이지 않은가. 그런 이름이 붙여진 술기이니만큼 예사롭지 않은 건 당연지사였다. 얼마나 예사롭지 않냐면, 여기 서 있는 제인이나 댄은 본 적조차 없을 지경이었다.

"키메라……?"

당연하게도 카심은 금시초문이었다.

"나도 정확히는 잘 몰라. 일단 보자. 보고 배우면 되지."

"아…… 네. 그…… 네."

그러한 사실을 누구보다도 잘 알고 있는 것이 제인이지 않은가. 제인은 카심이 지나치게 초조해하지 않도록 그의 두툼한 손을 꽉 잡아주었다. 다른 사람이 이랬다면 딱히 위로되지 않았겠지만, 카심은 마음속 깊이 제인을 존경하고, 또 감사하고 있는 사람이었다. 아주 조금은 안정이 되는 듯한 기분이 들었다.

강혁은 재원이 적절하게 당겨준 팔뚝 살을 그어 들어갔다. 딱 아까 칼등으로 그어둔 모양 그대로였다. 어찌 된 게 한치도 어긋나는 게 없었다.

'확실히 칼등으로 긋는 게……. 효과적이긴 해.'

다른 사람들이야 다들 놀라기 바빴지만, 재원은 놀라는 대신 고개를 끄덕이며 강혁의 절개를 지켜보았다. 처음 보는 게 아니라 이미 다 배운 것이지 않은가. 원리를 떠올릴 수 있었다.

"좋아."

동시에 강혁의 입에서 칭찬이 나올 정도로 완벽한 보조를 해낼 수 있기도 했다. 그저 당연하다는 듯 고개를 끄덕이면서 계속 강혁의 절개를 내려다볼 따름이었다.

'칼등으로 미세한 홈을 만들고 그 홈을 따라 절개……. 어지간히 설계에 자신이 없으면 따라 할 수 없는 방법이지.'

애초에 칼등으로 긋는 그림이 완벽해야 한다는 뜻이었다. 그냥 수술용 멸균 마카로 긋는 것과는 달리 홈이 생기니까, 자칫 잘못 그렸다 해도 절개를 제대로 그을 여지가 남는 마카와는 달랐다.

'역시 좋네. 역시 잘하셔.'

재원은 이제 슬슬 마무리되어가는 절개를 보며 감탄을 터뜨렸다. 아는 게 많고, 또 경험이 많다보니 남들은 보지 못하는 것까지 볼 수 있는 몸이 되지 않았던가.

"절개 됐고. 후크 줘."

"네."

그렇다고 마냥 놀라고만 있지도 않았다. 딱 절개가 끝나자마자, 안쪽으로 파고들기 쉽도록 단면을 후크로 걸어서 당겨주었다. 덕분에 강혁은 한결 수월하게 안으로 파고 들어갈 수 있었다.

"어, 나왔다."

"여기 걸어서 당길게요."

"좋아. 좋네. 굵은데?"

"그러게요? 보통 이렇게까지 굵은 사람은 많이 없을 텐데."

"좋은 거지. 잘됐네. 이만하면 뭐 플랩이 죽을 염려는 없겠어."

혈관이 조금 굵다고 플랩이 죽지 않다는 확신을 가질 수 있는 사람이 이 세상에 과연 몇이나 될까. 낮이고 밤이고 플랩을 돌리는 의사들조차 성공률 95% 이상이 되면 최고의 명의 소리를 들을 텐데. 심지어 그게 키메라로 넘어오고, 또 예정된 수술이 아니라 지금처럼 변형된 형태에 대한 수술이라면 넉넉히 80%를 잡아도 무방할 터였다. 하지만 재원은 결코 강혁이 시건방진 소리를 한다는 생각이 들지 않았다.

'이러니까 교수님이 세계 최고인 거겠지…….'

"아, 좀 박리되네요. 고무줄로 걸어 당길까요?"

재원은 흐뭇한 얼굴로 고개를 끄덕이다가, 아까보다 자유로워진 혈관을 보고는 입을 열었다. 정식 명칭은 'Common interosseous artery'. 우리말로 하면 골간 동맥이었다. 자동맥의 분지로 나오는 이 동맥은 이름처럼 팔뚝에 있는 두 뼈 사이를 지나는데, 중간에 앞과 뒤로 갈라지는 모양새를 하고 있었다. 즉 하나의 동맥에서 출발해 두 머리를 지니게 된다는 뜻이었다.

"우리 고무줄 같은 거 없는데."

강혁은 딱 혈관이 움직이자마자 기가 막히게 모스키토로 걸어버린 재원을 바라보았다.

"없긴요. 우리가 들고 왔는데. 그거 안 갖고 오면 죽인다고 한 거 기억 안 나요? 마흔 다 되더니 사람이 총기가……. 억."

재원은 그동안 센터장 노릇하느라 하지 못했던 깐족거림을 위해 최선을 다하고 있었다. 깐족거리면 반드시 맞게 된다는 걸 알면서도 그랬다.

"미쳤나? 총기? 총기? 총에 확 한 대 맞아볼래? 여기 구하기도 쉬운데."

"때리기……, 때리기 전에 협박해야 효과가 있죠. 이미 때리고 나면 효과 없……. 억."

"한 번 때려도 또 때릴 수 있다는 걸 모르냐?"

계속되는 구타에 보다 못한 제인이 다가왔다.

"아, 괜찮아요."

하지만 제인은 아주 가까이 가진 못했다. 장미에게 가로막혔기 때문이었다.

"괘, 괜찮다고요?"

"인사 같은 거예요. 인사."

"인사요……?"

대한민국은 동방예의지국이라던데. 그들이 말하는 예의에 구타가 있던가.

"둘은 원래 저래요. 양 선생님도 맞을 줄 알고 개기는 거고. 백 교수님도 또 개길 줄 알면서도 패는 거고."

"그……."

"우정의 표현이에요. 둘 다 솔직하지 못한 면이 있어서."

장미는 옛날 일을 떠올렸다. 그래봐야 아주 옛날도 아니었다. 불과 몇 달 전의 일이었다.

-나 없다고 개판만 치지 마라.

-괜히 센터장 됐겠어요? 어련히 알……. 억.

이게 장미가 기억하는 강혁의 출국 날이었다. 재원은 나름 새 옷까지 차려입고, 심지어 그 바쁜 와중에 공항까지 찾아가놓고 저따위 인사만 하고 돌아왔더랬다. 강혁 또한 콧방울이 시큰해진 것이 분명해 보였음에도 불구하고 제일 예뻐하는 제자를 두들겨 패기만 하고 떠났고. 그날 생각만 하면 쓴웃음이 지어지는 게 결코 우연이 아니라는 뜻이었다.

"아무튼, 고무줄 있다는 거야?"

"있죠. 있지?"

장미의 예상대로 둘은 고작해야 30초 남짓한 시간 동안 패고 맞다가 장미를 바라보았다.

"여기요."

장미는 황당함에 고개를 가로젓고는 고무줄을 내밀었다. 새빨간 동맥과 대비되도록 고무줄의 색은 새파란 색이었다.

"좋네. 이거 걸어."

"네."

"음……. 길이는……."

"뒷쪽 동맥은 한 4cm면 될 거고, 앞쪽은 그래도 7cm는 넘어가야 될 거 같은데요?"

"그렇겠지? 그래, 그럼. 이렇게까지 박리해야겠네."

"네. 그렇게."

둘은 아까 패고 맞던 사이가 맞나 싶을 정도로 자연스럽게 술기에 관한 토의를 이어나갔다.

"다시 박리 들어간다. 아이리스 줘."

강혁은 아이리스를 이용해 혈관을 박리해나갔다. 아이리스가 워낙에 작은 가위 형태의 기구였기 때문에 멀리서는 대체 뭘 하는 건지 잘 보이지도 않을 지경이었다. 어느새 제인과 카심을 비롯한 모두가 성큼 다가와 있었다.

"아, 거 더럽게 깊네."

하지만 백강혁은 백강혁이었다. 투덜거리면서도 아이리스를 쉴 새 없이 놀려대고 있었다.

'와, 그래도 이걸 하네. 나는 이렇게 하려면 시간이 배는 더 걸릴 거 같은데.'

"됐고, 이제 뒤는 다 됐어. 앞에 보조해."

"아, 네. 햐……. 이거 진짜 깔끔하게 됐네요."

"영혼 없는 아부하지 말고. 너가 이런 거에 놀랄 짬이냐? 솔직히 너도 할 수 있잖아."

"할 수는 있어도 이렇게 빨리는 못 하죠."

"그건……. 뭐 어쩔 수 없지. 아무튼, 앞 보조하라고. 환자 앞에 두고 자꾸 잡담 꺼낼래?"

"알겠어요. 알겠어. 보조합니다. 어차피 손은 한 번도 안 쉬었구만."

"시끄럽다고. 아 저거 입을 때릴 수도 없고."

수술실만 아니었으면 때려도 벌써 한 열 번은 때렸을 텐데. 강혁은 그런 생각을 하면서 앞 분지를 박리해나갔다.

"됐어. 너가 어디 묶을래."

"제가 메인 분지랑……. 아래쪽 묶죠."

"좋아. 실 줘."

"네. 여기."

장미는 거의 동시에 손을 내민 둘에게 봉합 기구를 각각 건네주었다. 걸리는 시간을 최소화하기 위해 딱 쥐고 바로 시작할 수 있는 방향으로 조정한 후였다.

'이 수술을 따라가면서 저런 거까지 된다고?'

아까부터 강혁이나 재원보다는 계속 장미만 보고 있던 카심에게는 신선한 충격이었다. '설마 이 이상은 뭐가 없겠지' 할 때마다 새로운 것을 보여주고 있었기 때문이었다.

'이러니까 백 교수님이 처음에 그렇게 한숨을 쉬었지…….'

그게 좀 줄어들길래 이제 내 실력이 좀 늘었나 했는데, 이제 보니 그냥 강혁의 인내심이 늘었던 모양이었다. 지금까지 지켜본 것만 하더라도 장미와 카심의 실력 차는 어마어마했다.

강혁과 재원은 곧 각기 맡은 혈관들을 단단히 묶었다. 타이 실을 자른 것 역시 장미였다. 워낙에 타이트한 인력으로 운영되던 중증외상센터에 있던 탓에 이런 멀티잡이 아주 능숙했다.

"됐어. 이거 일단 식염수로 좀 덮어주고."

"네, 교수님."

강혁은 그렇게 떨어져 나온 팔뚝 살을 장미에게 건네주었다. 장미는 그것을 아주 소중히 받아다가 미리 적셔둔 거즈로 덮어두었다. 몇 분 공기에 노출된다고 무슨 큰일이 생기겠냐 싶기도 하겠지만. 단 0.1%라도 합병증의 가능성을 줄일 수 있다면 줄이는 게 옳았다. 특히 그것이 생명을 다루는 병원이라면 더더욱 습관화가 되어야만 했다.

"얻다 이어줄까?"

강혁은 장미를 굳게 믿었기에 환자의 목에 올라온 즉시 방금 떼어낸 피판에 대해선 신경을 껐다. 그저 저 피판을 어디에 어떻게 이어줄지만 생각할 따름이었다.

"음……."

그리고 그건 재원도 마찬가지였다. 장미는 평소에도 그렇지만 일에 있어서만큼은 절대라는 단어를 써도 좋을 만큼 믿어도 되는 사람이었다.

"좌측 갑상샘 동맥이랑 정맥으로 가죠?"

"어. 바로 잇자. 조폭, 아까 그거 줘봐."

결정됐으면 미룰 거 없지 않은가.

"좋아. 봉합사랑……. 헤파린 섞은 건 얘 줘."

"네. 여깄습니다."

강혁의 요구는 즉각적이었다. 펠로우 때처럼 고분고분해진 재원이었지만, 실력만큼은 더 늘어 있었다. 게다가 최선을 다해 보조하기 시작했다. 덕분에 순식간에 피판으로 동맥과 정맥이 딱딱 이어졌다. 아무래도 일반적인 피판이 아닌지라 살짝 피가 새는 부분이 있기는 했지만, 그 정도 출혈은 단순 봉합만으로도 조절이 가능했다.

"됐어. 이제 뒤쪽 살로는 기도 후면 재건하고, 나머지로는 앞면 만들어주자."

"네, 교수님. 제가 어디 봉합할까요?"

"음……. 일단 후면 같이하고. 그 담에 오른쪽 왼쪽 나눠서 해."

"아, 그럴까요?"

"굳이 그럴 거 없긴 한데……."

강혁은 말을 하다 말고 뒤를 돌아보았다. 모아이 석상처럼 우뚝 서서 수술을 내려다보고 있는 이들이 눈에 들어왔다. 그중 특히 눈에 밟히는 사람이 있다면 그건 역시나 제인이었다.

'닥터 제인은 아직 발전할 수 있는 여력이 있어. 게다가…….'

여기 와서 겪어본 결과, 저 사람은 이미 현장에 중독되다시피 한 사람이었다. 아마 어지간히 늙고 기력이 쇠하지 않는 이상에는 계속 현장을 돌아다닐 게 뻔했다. 그런 사람에게 술기를 하나라도 더 볼 수 있게 해주고 싶다는 생각이 든다면, 그게 이상한 일일까. 어차피 시간 차이라고 해봐야 5분 남짓할 텐데.

'경원이가 있잖아?'

박경원이 커버해준다면야 5분 정도는 시간을 끌어도 될 터였다. 강혁은 좀 더 시야를 확보해주는 방식으로 진행하기로 결정했다.

"그래도 내 말대로 해."

"어, 알겠습니다."

다행히 반쯤 펠로우로 돌아간 재원은 냉큼 고개를 끄덕였다. 그렇게 해서 강혁은 온전한 기도 재건술을 모두에게 보여줄 수 있었다.

"자, 수술 끝. 경원아. 깨우지 말고……. 바로 중환자실로 가자."

"중환자실이 있어요?"

"우리 벤틸레이터 2개나 있다."

"오……."

"대신 엘리베이터 타려면 불 좀 꺼야 돼."

"오?"

이내 둔중한 소리와 함께 엘리베이터가 올라가기 시작했다. 적어도 재원은 이런 엘리베이터를 타는 게 처음이었다.

"이게……. 이런 게 움직이네요."

재원은 엘리베이터 전면부를 쓰다듬었다. 세상에 엘리베이터 내부가 녹이 슬다니. 소름이 다 끼칠 지경이었다.

"신기하지? 나도 원리를 잘 모르겠다니까."

"사람 불안하게 그런 말 하지 마요. 떨어질 거 같잖아."

물론 강혁은 그런 재원을 보면서 껄껄 웃기만 했다. 어차피 지하가 있는 것도 아니고, 여기서 떨어져봐야 약간의 타박상이나 입을 거라고 벌써 옛날 옛적에 결론을 내린 덕이었다.

"재수 없는 소리는 너가 하잖아. 그리고 이거 연식에 비해서 진짜 별로 안 낡았어."

"안 낡아요? 녹이 슬었는데?"

"저 위에 도르래는 나름 관리 중이야. 게다가 운영을 거의 안 해 이거."

"아……. 운영을……. 그건 그렇겠네요."

재원은 좀 전에 보았던 충격적인 장면을 떠올렸다. 엘리베이터 하나 움직이자고 불을 꺼야 하는 병원이라니. 자신의 스승이자 세계 최고의 의사라 해도 과하지 않을 백강혁이 이런 곳에 있다는 것이 새삼 믿기지 않았다. 재원이 잠시 혼자만의 생각에 잠긴 사이, 엘리베이터는 2층에 도착했다.

"자, 가자."

"아, 네."

강혁의 말에 재원과 경원 그리고 장미가 우르르 따라나섰다. 늘 그러하듯 경원은 환자의 목에 들어가 있는 튜브를 통해 숨을 불어 넣어주고 있었다. 경원은 연신 앰부를 쥐어짜면서 동시에 모니터를 바라보았다. 시설을 생각해보면 가당치도 않은 모니터라 할 수 있었다.

'저 사람도 참 대단한 사람이야.'

얘기를 들어보니 댄이란 마취과 의사가 쌈짓돈을 털어다 마련한 물건이라 했다. 원래 같으면 세관에서 걸릴 만한 물건인데, 드니스가 밀반입을 해왔다고. 로지스티션이라더니, 일반적으로 사람들이 알고 있는 로지스티션하고는 많이 다른 일을 하는 모양이었다.

"자, 여기야."

그사이 침대는 병실에 도착했다. 침대 하나 덜렁 놓기에는 지나치게 넓은 공간이었다. 하지만 굳이 다른 침대를 가져다 놓지는 않았는데, 어차피 벤틸레이터도 하나밖에 없는 방에 더 놔서 뭐 하냐는 강혁의 의견 때문이었다.

"오……. 생각보다 되게 좋은 게 있네요?"

여태 병원 시설에 대해서 기대를 한없이 깎아 내려가고만 있던 재원이 감탄을 터뜨렸다. 세련된 벤틸레이터 기기가 마치 돼지 목의 진주처럼 허름한 방에 놓여 있었다. 이토록 어울리지 않는 매치도 또 오랜만이었다.

"아, 이거. 미군이 줬어."

"미군이 이걸 줘요? 평화 유지군 뭐 그런 건가?"

재원의 말에 강혁은 헛웃음을 터뜨렸다. 저 악명 높은 스미스에게 평화 유지군이라니. 모르긴 해도 이 세상에서 스미스와 평화만큼 어울리지 않는 조합도 찾아보기 어려울 것이었다. 하지만 굳이 정정해줄 이유는 없지 않은가. 어차피 재원은 돌아갈 몸이었으니. 이곳에 대해서는 아름다운 추억만 가지고 가는 것이 서로에게 좋았다.

"어, 뭐. 그렇지. 봉사 정신이 아주 투철해."

"야……. 좋네요. 미군이 좋은 일 많이 하네. 이런 걸……. 와 이거 비쌀 텐데."

"아무튼, 오늘 여기 누가 볼래? 경원이? 조폭?"

강혁은 둘이 대화를 나누는 동안 분주하게 움직이던 경원과 장미를 돌아보았다. 베테랑이라는 말도 모자랄 정도로 능숙한 둘은 벌써 모든 세팅을 마친 참이었다.

"아, 제가 보죠."

이럴 때면 늘 빼지 않는 경원이 먼저 손을 들었다.

"좋아. 그럼 경원이는 오늘 여기서 자고. 침대는 저거 쓰면 되는데."

강혁의 말에 경원은 강혁의 손가락 끝을 바라보았다. 침대가 있기는 한데 뭐가 좀 많이 부족했다. 매트리스가 없었다. 이렇게 되면 제아무리 차분한 경원이라도 당황할 수밖에 없었다.

"저걸…… 요?"

"아아. 그렇게 보지 말고. 매트리스 들고 내려오면 돼. 관리 힘들어서 안 쓸 때 모아둬."

"아……."

"자꾸 벌레가 나오더라고. 짜증 나서 햇빛에 주구장창 말리고 있지."

"그거……. 이제 괜찮은 거 맞죠?"

매트리스에서 벌레가 나온다니. 적어도 한국대학교 병원에서 살다시피 한 경원에게는 너무 낯설기만 한 얘기였다.

"아무튼, 수술 잘 끝났으니까 내려가서 나머지 옮기는 거나 돕자고. 너네 내가 말한 거 다 들고 왔으면 아직 안 끝났을 거 아냐."

물론 강혁은 사소한 것에는 별 신경을 쓰지 않았다.

"아, 네. 알겠습니다."

"다 같이 내려가죠."

"내려갈 땐 계단이야. 저거 안 움직인다, 이제."

강혁은 고개를 저으며 엘리베이터 상황에 대해 말해준 후, 계단을 앞서 내려갔다. 1층 창고로 향하는 길목이 평소와는 달리 무척이나 북적거렸다.

"이야……. 약 진짜 많네. 이거 안 걸리디?"

강혁은 일단 창고로 가서 그들이 쌓아 둔 물품을 들여다보았다.

"원래 같으면 다 걸린다고 하던데, 다행히 이현종 의원이랑 외교부에서 적극 협조해서 그냥 들고 왔죠."

"아, 이현종. 잘 지내나? 연락 못 했네, 이번에."

"잘 지내시죠. 제일 정력적으로 의정 활동하고 있을걸요."

둘은 일단 옮기는 것을 돕기로 했다. 카고 트럭 두 대를 꽉 채워서 온 참이었기에 아직도 25%가량이 남아 있었다. 그나마 파키스탄 날씨가 저녁엔 선선해서 망정이지, 그렇지 않았다면 적어도 강일구 정도는 지금쯤 퍼졌을 터였다.

"아, 백 교수. 벌써 끝났어?"

강일구는 러닝셔츠 바람으로 짐을 옮기다 말고 강혁을 향해 질문을 던졌다.

"아, 네. 그렇게 어려운 환자는 아니어서요."

"목에 총 맞은 거 아냐? 그게 어려운 게 아니면……."

"여긴 그런 환자 꽤 와요. 아마 교수님도 심장에 총 맞은 사람 보게 될지도 모릅니다."

"허."

'이미 죽어서 오지 않을까'란 말이 입 안에서 맴돌았다. 하지만 상대가 백강혁인지라 어쩌면 이놈은 그런 사람도 살려본 적이 있지 않으려나 하는 생각도 들었다.

"근데 한 교수님은 어디 갔어요?"

잠시 그렇게 멍하니 있으려니 강혁이 말을 이었다. 강 교수는 그제야 한유림이 여기 없다는 걸 깨달을 수 있었다.

"어……. 그러게. 어디 갔지?"

"이 양반이 딸 만났다고 신났네. 어디로 튄 거야."

"자, 잡지는 말고. 그 나이에 혼자 여기 오는 게 얼마나 힘든데……."

"교수님! 여기 좀 도와줘요!"

다행히 딱 때맞추어서 재원이 강혁을 불렀다. 아직 트럭에 실려 있던 거대한 박스를 두드리면서였다. 거리도 있는 데다가 어둡기까지 해서 겉에 쓰인 글씨가 보이진 않았지만, 강혁은 그게 뭔지 딱 알 수 있었다.

“냉장고! 냉장고구나!”

“네. 이거……. 이것 좀 내려줘요.”

“미친놈이 이걸 혼자 어떻게 내려.”

“교수님은 되지 않아요?”

“흠.”

재원의 말에 강혁은 이리저리 박스를 살피더니 이내 고개를 끄덕였다.

“알았어, 비켜봐.”

“진짜 혼자 하시게요? 됐어요. 같이, 같이……, 와……. 와……. 미쳤네, 진짜…….”

‘역시 개기면 안 되겠어. 존나 가만히 있어야지…….’

재원은 정말로 혼자 냉장고를 내리더니, 그것도 모자라 혼자 들어서 병원 안으로 들고 가버린 강혁을 보며 굳게 다짐했다.

“이제 다 됐나?”

“아, 네. 백 교수님. 다 됐습니다.”

“오, 오. 김인수 교수님. 이번에 진짜 도움 많이 주셨다고. 비행기도 빌려다 주시고.”

“뭘요. 아버님이 하신 거죠. 하하. 어차피 항공사 주주셔서.”

‘역시 잘해줘야지.’

그렇게 결론을 내린 강혁은 김인수의 어깨를 두드렸다.

"듣자니 요새 실력이 더 좋아지셨다던데. 조만간 저보다 나아지겠어요."

하늘에 맹세코 단 한 번도 들어본 적이 없는 말을 해대면서였다.

"아, 아뇨. 과찬이십니다! 감사합니다."

물론 영혼이 1도 담겨 있지 않았는데, 그래도 김인수는 마냥 까르르거리기만 했다. 둘이 그렇게 대화를 나누는 사이 나머지 인원들도 점차 한곳에 모이기 시작했다. 워낙에 긴 비행을 한 데다가 도착해서도 쉬지 않고 6시간을 달려온 사람들 아니던가. 게다가 짐까지 나른 참이라 다른 지친 기색이 역력했다.

"자, 다들 환영합니다. 저는 국경없는의사회 한구 긴급구호팀의 팀장 제인입니다. 계시는 동안 최대한 불편한 점 없도록 최선을 다하겠습니다. 일단 나머지 인사는 들어가서 하시죠. 식사 준비해뒀습니다."

지켜보고 있던 제인이 서둘러 나서서 밥 먹자는 얘기부터 꺼냈다. 놀러 온 사람들도 아니고, 당장 내일부터는 진료에 투입될 사람들 아니던가.

"식사는 3층에 있어요. 아, 엘리베이터는 안 됩니다."

"아."

밥 먹는다는 말에 화색이 돈 채로 병원 안으로 들어왔던 몇몇이 탄식을 터뜨렸다. 3층이라는 말도 절망스러운데 엘리베이터도 안 된다니.

"죄송합니다, 전력 수급이 안 좋아서요."

"아, 아닙니다."

"괜찮습니다."

하지만 다들 봉사하러 온 사람들답게 제인의 사과에는 서둘러 손을 저어댔다. 뭐가 어찌 되었건 간에 강혁이 알고 지내던 사람들이지 않은가. 그 강혁을 참고 견뎌내줄 정도로 인격이 훌륭하단 뜻이었다. 그들 중에서도 여기까지 휴가를 써서 와준 사람들이니 인성은 의심할 필요도 없었다.

"와우. 이거……. 이거 불고기예요?"

"김치도 있네? 아니, 어떻게 여기……."

게다가 3층 식당에 차려진 음식은 한식이었다. 뒤에 서서 수줍게 웃고 있는 한식당 연의 사장 김영수 덕분이었다. 비용은 전부 대사관에서 지불받은 참이라 주머니 사정도 두둑해져 있었다. 게다가 한유림의 권유로 시장 조사까지 나설 수 있었기에 표정이 정말 좋았다.

"맛있다."

"사실 아까 공항에서 여기 음식 잘못 먹었다가 버렸는데……. 와……. 한식을 먹게 되다니."

보통 사람 같으면야 지금은 그냥 밥 먹게 두겠지만, 강혁은 아쉽게도 보통 사람이 아니었다.

"목록 줘봐."

"읍."

먹을 땐 개도 안 건드린다는데. 강혁은 입 안 가득 불고기를 넣고 씹고 있던 재원의 옆구리를 꾹 찔렀다.

“걸신이 들렸나. 센터장씩이나 되는 놈이. 굶어?”

“오늘은…….”

“뭐?”

“아뇨. 네. 드리겠습니다.”

“어디 보자.”

강혁은 그렇게 억지로 받아낸 목록을 쓱 훑었다. 이 녀석이 오기 전까지만 해도 강혁이 애초에 요청했던 것과 크게 다르지 않거나 축소되었을 거라 생각했었는데, 재원도 그쪽에서 나름 최선을 다한 모양이었다.

‘이것 봐라……? 항생제 IV를 이렇게 많이 들고 왔어? 이 정도면……. 하루 100명씩 봐도 반년은 쓰겠다.’

어쩐지 박스가 좀 많더라니. 어마어마한 양을 들고 온 모양이었다. 심지어 현장에서 돈 문제로 주로 쓰이는 인도산 카피 약도 아니었다. 정품이었다.

‘삥을 뜯었나?’

거의 뭐 이런 생각이 들 정도였다. 항생제 외에도 강혁의 눈길을 끄는 게 또 있었다. 바로 기생충 약이었다.

“어? 기생충 약도 있네. 이렇게 많아? 구하기 힘들지 않아? 지금?”

“그렇긴 하죠. 그래서 국외 회사에서 협조받았어요.”

“국외……?”

재원은 자신이 직접 답하는 대신 최하림 감독을 돌아보았다.

강혁 또한 재원의 시선을 따라 고개를 돌렸다.

"아."

허기와 피로에 잠시 체통을 잃고 허겁지겁 음식을 탐하던 하림은 금세 정신을 차렸다.

"외국계 제약 회사들 좀 있잖아요. 그 회사들도 교수님은 알더라고요. 국경없는의사회면 또 저명한 단체기도 하니까. 이거 미니 다큐로 만들어질 거라고 하니, 협조하더군요."

"아하. 오……. 이거……. 이거 못 구할 줄 알았는데. 이만한 양이면 진짜 큰 도움 되겠는데."

기생충. 한때 대한민국에서도 어마어마한 사회적 부담이었던 질환이다. 그러다 적절한 생활 습관 및 전반적인 사회 위생이 개선되면서 거의 사라진 것이 이제 20년 가까이 되어가고 있었다. 박멸이라고 불러도 좋을 정도였는데, 거기에는 앞서 말한 두 가지 원인만 있는 게 아니었다.

'약이 좋아도 너무 좋지.'

"제인. 내일 지역 신문에 공고 내자. 기생충 약 먹으러 오라고."

"아, 얼마나요?"

"여기 도시 사람들 전체."

"네? 그렇게나 많아요?"

한구가 그래도 인구가 만 단위는 되는 곳인데, 그걸 다 먹일 수 있다니. 제인은 새삼스럽게 강혁과 재원 그리고 하림을 돌아보았다. 원래도 대단한 건 알고 있었지만, 이제 보니 더더욱 그러한 것 같아서였다.

“그래도 혹시 모르니까, 음……. 하루 200명씩 선착순으로 받아서 다 먹이자.”

“아, 하긴. 그게 안전하긴 하겠네요.”

제인 또한 강혁의 말을 듣자마자 현실로 돌아왔다. 기생충 약은 효과가 대단하긴 하지만, 안에 기생충이 너무 많은 경우엔 사고로 이어지기도 했다. 한꺼번에 싹 다 죽이다 보면 장이 막히기도 하고 간혹 죽어버린 기생충의 몸에서 흘러나온 항원 때문에 과도한 알레르기 반응이 일어날 수도 있었다.

“아무튼, 기생충은 그렇고. 또……. 이야, 이거 수액도 많네. 냉장고에 넣으면 되고. 수술 기구도 다 들고 왔네? 이게 되던?”

“원래 안 되는 건데……. 이건 어떻게 했더라. 아, 맞아. 식기류로 통과시켰던 거 같은데.”

“식기……?”

“대강 비슷하게 생겼잖아요.”

“아……. 그렇……, 그렇기도 하네. 이제 무법자 다 됐구나?”

“다 교수님 덕이죠. 밀수부터 배웠으니까.”

재원은 그렇게 말하고는 껄껄 웃었다. 처음엔 헬기도 못 타던 새가슴이었다는 걸 생각하면 정말이지 장족의 발전이라 할 수 있었다.

‘이놈 여기 남으면 좋긴 하겠지만…….’

그런 재원을 보고 있으려니 다시금 옆에 두고 싶다는 욕심이 스멀스멀 올라왔다. 하지만 그렇게 하기엔 아직 고국이 마음에 걸렸다. 한구도 소중했지만, 역시 둘을 저울질하는 건 말이 안 되지 않는가. 해서 강혁은 아쉬운 마음을 그대로 품은 채 한유림을 돌아보았다.

'저 인간을 어떻게든 키워다가……. 잡아먹어야지.'

한구 지역 신문에서 알려 드립니다. 현재 한구 병원에 대한민국 단기 의료 팀이 내방하여 2주간 특별 진료를 진행할 예정입니다. 또한 금일부터 6개월간 하루 200명씩 기생충 약 처방이 있을 예정이니, 진료 시 참고바랍니다. 기생충이란 몸 안에 들어온 유익한 영양소를 앗아가는 일종의 벌레로 무조건 제거하는 것이 좋습니다. 기생충 약을 처방받은 경우, 복용 후 약 6시간가량 병원에서 경과를 관찰해야 한다는 점 양지바랍니다.

바로 다음 날 한구 지역의 모든 지역 신문에 기사가 났다.

"와……. 어마어마하네. 인파……."

이미 대한민국에서 진료 팀이 왔다는 것 자체가 제일 큰 광고였다. 일단 광고를 본 한구 사람들은 대한민국에서 온 의사들을 어떻게든 만나보려고 안달이 난 상황이었다.

"와……. 우리 보려고 저렇게……."

"이거 약간 부담되는데."

"진짜 잘해야겠네."

단기 팀 인원들은 하나같이 긴장한 기색이 역력했다. 강일구 교수만 병원 차원에서 몽골로 봉사 활동을 가본 경험이 있을 뿐,

나머지는 이런 현장이 아예 처음이었기 때문이다.

"환자가 몇 명이야……. 거의 이거……."

그럴 만도 한 상황이기는 했다. 병원 밖 담장을 온통 사람들이 둘러싸고 있었으니까.

'협정 전이었으면 이렇게 사람이 모이는 거 자체가 위험하지.'

강혁은 거의 1,000명은 됨직해 보이는 인파를 보며 속으로 중얼거렸다.

'이 사람들은 다 수니파…….'

이슬람 종파에 수니파와 시아파가 있다는 것. 한구 지역에 오기 전까지만 해도 아예 모르고 있던 사실이었다. 그리고 그 두 종파가 각각을 극도로 증오하고 있다는 건 아예 상상도 하지 못했더랬다.

'협정 전이면……. 시아파에서 와서 폭탄을 터뜨릴 수도 있는 상황이지.'

잠시 후, 닥터 제인이 몸을 일으켰다. 손뼉을 치며 주의를 환기시켰다. 다들 이곳의 팀장이 강혁이 아니라 제인이라는 건 미리 알고 온 참이었기에 다들 제인에게 주목했다.

"밖에 보시면 아시겠지만……, 환자가 아주 많아요. 대다수는 아마 대한민국에서 온 의사 얼굴이라도 보겠다는 마음으로 왔겠지만……. 그중에서 급한 환자도 있을 겁니다. 그러니 체계적인 진료가 필요한데……."

제인은 말을 이으며 자신을 바라보고 있는 면면을 살폈다. 교수들은 물론이거니와 그들과 함께 온 간호사에 레지던트들까지 모두 비장해 보였다. 다들 휴가 쓰고 이 먼 곳까지 봉사하러 온 사람들 아니던가. 마음가짐이 어떠한지는 굳이 체크할 필요도 없었다.

'대학 병원 의사들이지.'

하지만 그렇다고 걱정이 안 되는 건 아니었다. 아주 좋은 병원에서 왔을수록 실력이야 믿을 수 있겠지만 또 그 여건에서 벗어난 만큼 역량이 떨어지는 경우도 있었기 때문이다. 멀리 갈 것도 없이, 지금 이 자리에 서 있는 제인도 처음에는 그랬더랬다.

'단기 팀이 이번 한 번으로 끝나서는 안 돼.'

그러려면 단기 팀도 뭔가 하고 돌아간다는 생각이 들어야만 했고, 또 이 현장에서도 단기 팀이 와서 정말 도움이 되었다는 생각이 들어야만 했다. 이를 위해서 제인은 카심과 함께 열과 성을 다하여 진료 공간을 뺐고 또 인력을 쪼개놓은 참이었다.

"여기 보시면……. 표가 있죠. 그림하고. 일단 환자가 너무 많아서 수도에서 온 우리 직원들하고……. 외교부 직원들께서 예진을 볼 겁니다."

예진이란 의사를 만나기 전에 어떤 과의 의사를 만나는 게 좋을지 선별하는 과정이었다. 대학 병원에서는 이보다 더한 의미를 갖기도 했지만, 여건상 인턴이나 간호사가 아닌 일반인이 예진을 봐야 하는 현장에서는 대부분 이 정도였다.

"그럼 통역이 가능한 현지 직원이 예진이 끝난 환자를 데리고 선생님들 진료실로 갈 거예요. 진료실은 일단 숙소로 쓰고 있는 천막으로 대신할 겁니다. 건물 내에 위치한 진료실들은 전부 수

액실하고……. 여자 진료실로 쓸 거예요."

제인의 말에 강혁이 깊은 동의의 뜻으로 고개를 끄덕였다. 안타까운 일이지만 아직 파키스탄에서 여성은 인권을 인정받지 못하는 편이지 않은가. 그런데 이렇게 밖에서 한데 섞어놨다가는 어떤 사고가 발생할지 알 수 없었다. 아예 병원 안과 밖으로 분리하는 게 더 나을 터였다.

"원래는 진료실을 다 돌리지 않고 휴식 시간을 갖는데, 이번 2주에는 그렇게 하지 않을 생각입니다. 여러분이 오는 게 한구뿐만 아니라 다른 도시에도 다 광고가 됐기 때문이에요. 오늘은 한구에서만 왔지만, 앞으로 2주간 근처 도시에서 돌아가면서 방문할 겁니다."

파키스탄에서 대한민국이라는 나라의 위상은 실로 대단한 것이었다. 최근 미친 듯이 몰아치는 한류 덕이 가장 컸다. 물론 그 전에 정말 못 사는 나라였다가 선진국이 되었다는 신화도 큰 영향을 끼쳤다. 그런 나라에서 관광만 와도 신기할 텐데, 의사들이라니. 그것도 공짜로 볼 수 있다니. 일생일대의 기회라고 생각하는 사람들도 많았다.

"선생님들, 계시는 동안 수고스러우시겠지만……. 시간이 오버되지 않도록 조율할 테니. 조금만 견뎌주세요. 선생님들의 소중한 2주가 결코 헛된 시간이 되지 않도록 최선을 다하겠습니다. 그럼, 각기 배정된 곳으로 가주시면 감사하겠습니다."

제인은 그런 현지인들의 마음을 아주 잘 이해했다. 해서 어떻게든 한 사람이라도 더, 얼굴이라도 볼 수 있게 하려고 다소 무리한 일정을 짰더랬다.

"알겠습니다. 자, 다들 들었지? 가자고."

다행히 강일구 교수를 필두로 모두들 의욕이 충만한 상황이었다. 일단 워낙에 봉사를 하기 위해 온 사람들인 데다가, 여기까지 외교부 및 대사관 직원들과 함께 온 마당 아니던가. 대한민국을 대표해서 왔다는 생각 때문에 봉사 정신에 애국심까지 더해져서 약간의 조증까지 일 지경이었다.

"좋아. 한 교수님. 어제 회포는 단단히 풀었죠?"

강혁 또한 부리나케 몸을 일으켰다. 옆에 있는 한유림의 어깨를 툭 치면서였다. 한유림은 여태 한지영만 보고 있다가 고개를 돌렸다.

"어? 어. 그렇지 뭐."

"그래요. 지영이는 병원 안에서 학생 의사로 진료 볼 거니까 안전할 거예요. 걱정 말고, 우리는 우리 할 일이나 하러 갑시다. 손님한테 질 수는 없잖아?"

강혁은 그런 한유림의 어깨를 한 번 더 두드린 후, 우르르 몰려 내려가는 단기 팀을 가리켰다. 다들 무슨 전쟁터에라도 나가는 듯한 얼굴을 하고 있었다. 한유림은 그런 동지들의 얼굴이 마음에 들면서 또 한편으로는 언짢았다.

"왜들 이렇게 기합이 들어갔어?"

"오기 전에 외교부 만나고, 와서는 대사 만나고 했으니까 그렇지. 우리나라 사람들 애국심 하나는 또 끝내주잖아요?"

"한구 병원 대한민국 대표는 우린데 왜 지들이 난리야. 난리는?"

"그러니까 지지 말자고. 최 감독님은 벌써 내려가서 찍고 있더구만. 정작 우리는 안 나오면 억울해서 어떡해."

강혁의 말에 한유림은 밖을 슬쩍 내다보았다. 담장 밖과는 달리, 담장 안에는 약간의 공간이 있었다. 그곳에 열심히 카메라들을 설치하고 있는 최하림이 보였다. 한유림은 저 최 감독이 만든 영화가 어떤 힘을 가졌는지 똑똑히 본 적이 있지 않은가. 분연히 몸을 일으켰다.

*

"화장실 막혔어요……."

이제 겨우 진료 보기 시작한 지 2시간쯤 지났나. 진료실 하나하나를 돌보는 대신 전체 진료실을 총괄하게 된 카심이 울상을 지어 보였다. 마찬가지로 일일이 진료를 보는 대신 바깥 진료를 총괄하고 있던 강혁이 난색을 표했다.

"벌써?"

"네……. 기생충이……."

"아……. 어디 봐봐."

"네? 보시려고요?"

"봐야지, 그럼. 어쩌냐? 그냥 둬?"

"그건……. 그거야 그렇긴 하네요."

카심은 고개를 끄덕이고는, 어제 부리나케 땅을 파서 마련해

놨던 간이 화장실로 앞장섰다. 화장실이라고 해봐야 천막으로 칸막이만 쳐둔 곳이었다.

"어우."

가까이 가자마자 악취가 확 하고 풍겨 나왔다. 그냥 변 냄새와는 많이 달랐다. 비위 강한 강혁마저도 고개를 돌려야 했을 지경이었다. 미리 마스크 2개를 겹쳐 쓰고 있던 카심만이 천을 들추어낼 수 있었다.

"어우……."

그렇게 모습을 드러낸 화장실 내부는 참혹하기 그지없었다. 환자들의 몸에 그득 쌓여 있던, 정확히 표현하자면 장에 살고 있던 회충들이 다 나와 있었다. 놈들 중 일부는 아직도 살아남아 꿈틀거리고 있었는데, 그야말로 아비규환이라는 표현이 딱 맞았다.

"어, 어쩌죠?"

카심은 차마 그곳에 더 시선을 두지 못하고 강혁을 돌아보았다. 그런다고 당장 해답이 튀어나오진 못했다. 이건 강혁도 예상하지 못한 상황이었으니까.

'기생충 약이 필요할 거라고 생각은 했지.'

하지만 이렇게까지 어마어마한 효과를 보일 거라고는 감히 상상도 하지 못했더랬다. 세상에 1m까지 파둔 구덩이를 넘어설 정도의 회충이라니. 이제 기껏해야 100여 명 정도가 복용하고 배출했을 따름인데.

'와……. 이런 걸 직접 보게 되네?'

강혁은 자신도 모르게 아주 옛날, 그러니까 학생 시절 기생충

학 교수님이 가지고 왔던 사진을 떠올렸다. 중동 지역은 아니었고 아프리카 쪽 사진이었더랬다. 의료진들이 삽을 들고 산처럼 쌓인 기생충 앞에서 찍은 사진이었는데, 맨 앞에 기생충학 교수님이 있었다.

'그땐 세상에 저런 곳도 있구나 했는데.'

세월이 흘러 자신이 그런 곳에 와 있게 되다니. 당황스러움을 넘어 어처구니가 없었다.

"교수님!"

물론 계속 그렇게 회상에 젖어 있을 시간은 없었다. 카심이 그의 옷깃을 잡아당겼으니까. 동시에 아주 괴로워 보이는 환자를 가리키고 있기도 했다. 딱 봐도 마려운 거 같은데, 어마어마한 통증이 있는지 얼굴이 하얘져 있었다. 당연한 일이었다. 약이 들어가고 회충들이 괴로워하고 있을 테니까. 빨리 이 숙주에서 벗어나기 위해 직장으로 향하고 있을 테고……. 아마 오래 버티긴 어려울 게 분명했다.

"일단 싸라고 해."

"네?"

"그냥 천막 안에서 싸라고 해. 아무 데나."

"어……. 바닥에요?"

"그럼 어쩌냐. 여기서 궁둥이 까라고 해?"

사람 체면이 있는데 어찌 남들 앞에서 궁둥이를 깔까. 카심 또한 그 끔찍한 상상을 하고 나서는 어쩔 수 없다는 얼굴로 고개를 끄덕였다.

"아, 알겠습니다. 일단 안으로 들어가요!"

"네, 어. 억. 웁."

그렇게 카심의 손에 이끌려 천막 안으로 들어간 환자는 앞과 뒤로 격렬하게 무언가를 배출하기 시작했다. 앞으로는 안에 쌓인 것이 역겨워서 토가 흘러나왔고, 뒤로는 그 역겨운 것의 일부를 내보내고 있었다.

'모순인가.'

강혁은 그 흉칙한 사운드를 들으며 다소 엉뚱한 생각을 하다가, 이내 병원 안쪽으로 걸음을 옮기기 시작했다. 당연하게도 카심은 그런 강혁을 붙잡았다.

"어, 어디 가요! 저 혼자 남겨 두고!"

이 지옥도를 혼자 내팽개치고 도망가려는 것처럼 보였기 때문이었다. 당연하게도 강혁은 억울했다.

"뭘 놓고 가, 놓고 가기는."

"근데 왜 가요."

"제인 부르러 가는 거야. 제인은 경험 있을 거 아냐."

"아."

강혁의 말에 카심은 재빨리 손을 놓았다. 그러고 보니, 이곳 한구에는 강혁만 와 있는 것이 아니지 않은가. 외과적 스킬이야 사람의 한계로 말미암아 어쩔 수 없이 강혁에게 밀리고 있지만, 그 외 현장 경험은 강혁이 감히 따라가지도 못할 정도로 어마어마한 사람이 바로 제인이었다.

"왜 오버야. 일단 급한 대로 안에서 싸라고 해. 그리고 잠깐 처방 중지하라고 하고."

"아, 네. 처방 중지……."

"지금 요다가 주고 있어."

"아, 닥터 요다. 알겠습니다."

"그럼 빨리 다녀올게."

"네."

카심은 홀로 남았다.

강혁은 제인의 진료실을 두드렸다. 곧 환자가 빠져나갔고, 열린 틈으로 강혁을 확인한 제인은 들어오라는 뜻으로 손짓을 해 보였다.

"왜 그래요?"

강혁이 진료실로 찾아오는 일은 극히 드물지 않던가. 뭔가 일이 벌어졌다는 생각이 들었는지, 표정이 별로 좋지 못했다.

"그, 넘쳤어."

"넘쳐요? 환자가? 그거 다 예상해서 돌려보낸 건데?"

"화장실이 넘쳤어."

"네……?"

"회충으로 넘쳤어."

"아, 회충. 음. 그럴 수 있지. 음……. 그럴 수 있죠."

제인의 표정이 아까보다 더 안 좋아졌다. 뭔가 불길한 일을 예감하고 있다기보다는, 끔찍한 일을 회상하고 있는 듯한 얼굴이었다.

'역시 경험이 있군.'

강혁은 그런 제인을 보면서 흡족하다는 뜻의 미소를 지어 보였다. 같은 팀에 무려 강혁보다도 현장 경험이 많은 사람이 있다는 건 정말이지 큰 의미였다. 적어도 강혁으로서는 그러했다. 그는 제인을 볼 때마다 실로 낯선 감정, '안심'이 되는 것을 느낄 수 있었다.

"일단…… 따라와요."

"어, 알았어. 그냥 바로 가?"

"아뇨. 창고 들렀다 가야죠."

"창고를……?"

똥통이 넘쳤는데 왜 창고를 갈까. 안에 있는 바구니라도 챙기려는 걸까? 강혁은 고개를 갸웃거렸지만, 곧 묵묵히 제인의 뒤를 따랐다. 강혁에게도 늘 이유가 있는 것처럼, 제인 또한 그런 사람이었으니까.

제인은 창고에 들러 석유와 성냥을 챙겼다. 그때, 뭔가 희한한 일이 벌어졌다는 걸 감지한 최하림 감독이 카메라를 들고 따라붙었다.

"그냥, 저 신경 쓰지 말고 가세요."

어차피 진료실 전경은 다른 카메라들로 담고 있지 않은가. 최 감독은 이런 특이한 장면만 따로 담으면 될 일이었다.

"별로 좋은 그림이 나올 거 같진 않은데. 어휴."

강혁은 고개를 절레절레 흔들고는 천막을 젖혔다. 아까보다 더 상황이 악화되어 있었다. 아무래도 환자들이 더 몰려온 모양이었다. 하지만 제인은 별로 당황하는 기색도 없이 강혁과 함께 들고 온 석유를 뿌렸다.

"자, 이렇게 붓고요. 이제 불 줘봐요."

"어, 어."

그 모습이 어찌나 터프한지 강혁은 얼떨결에 고개를 끄덕이며 들고 있던 성냥을 건넸다. 제인은 그 성냥을 천막을 지탱하고 있던 나무에 팍 하고 긋고는 회충 더미에 집어 던졌다. 이내 회충 더미는 이상한 소리와, 더 이상한 냄새를 내며 타들어 가기 시작했다.

제인이 그의 앞을 가로막고는 삽을 건네주었다.

"응?"

"이걸로 어지간히 타면 주변에 있는 것들 쓸어다 넣어요. 아마 반도 안 남을걸요."

"아……. 내가…… 해야 되나?"

"지금 다들 풀로 돌아가고 있잖아요."

"김인수 교수는 쉬는데."

"그분은 응급 수술 대기 중이죠."

."하……."

논리가 실로 정연하기 그지없었다. 강혁은 몇 번이나 연거푸 한숨을 쉬어댔지만, 그런다고 물러설 제인이 아니었다. 아마 진료만 아니었으면 직접 했을 사람 아닌가. 솔선수범하는 리더란 뜻인데, 지금 강혁에게 마냥 좋은 건 아니었다.

"카메라 돌아갑니다, 교수님. 표정 풀고 웃어요."

엎친 데 덮친 격으로 옆에는 최 감독까지 있었다. 예전 같았으면야 이게 생방송이든 뭐든 쌍욕을 해댔겠지만, 이제 강혁도 어느 정도는 성숙한 마당 아니겠는가. 즉시 입으로 '시발'거리던 것을 멈추고 삽을 집어 들었다. 강혁은 카심에게 진료 현장을 맡기고 삽질을 했다.

*

삽질로 얼마간 시간을 보내고 있는데, 누군가 강혁을 부르러 뛰어왔다. 진료실에 있어야 할 카심이었다. 그의 목소리만 듣고 천막에서 뛰쳐나와 곧장 병실로 향하려던 강혁은 상황 파악을 하기 위해 잠시 멈췄다.

"뭐야? 무슨 일이야?"

분명 현장을 맡으라 했는데 여기 와 있다는 건 뭔가 문제가 터졌다는 얘기 아니겠는가. 카심은 책임감이 남다른 인간이었으니까.

"폭탄이……."

아니나 다를까, 카심의 입에서 나온 말은 가히 충격적이었다. 이거라면 현장을 떠날 만하지. 강혁은 그런 생각을 하면서 그의 입을 주시했다. 폭탄이 터지는 건 어쩔 수 없는 일이지 않은가. 그게 어디인지가 아주 중요했다.

"페샤와르에……."

"페샤와르? 거기 공항도 있는 도시 아냐?"

"네……."

"우리랑은……, 우리랑은 멀잖아?"

"다친 사람 중에 정부 주요 인사가 있는데, 이슬라마바드로 가기는 어려운 모양이에요. 그래서 여기가 제일 가까운 병원입니다."

"그래? 그럼 오라고 해. 봐야지 뭐, 어쩌겠어?"

페샤와르. 파키스탄 북부 지방을 뜻하기도 하고, 또 북부 지방의 특정 도시를 뜻하기도 하는 말이었다. 어디라도 폭탄이 터져선 안 될 일이지만 하필 페샤와르에서 터졌다는 건 큰일이었다.

"오후 진료 섹션 조금 줄여, 줄이고 환자 받을 준비해!"

페샤와르는 이곳 한구까지 차 타고 불과 3시간이면 닿을 만한 거리에 있었다. 열악한 도로 사정을 감안한다면 실제 거리는 일반적으로 생각하는 것보다 훨씬 가깝다고 보면 되었다. 카심이나 강혁과 같이 한구 병원에 있던 자들 모두가 긴장하는 건 당연한 일이었다.

'하필 애들 왔을 때…….'

강혁은 아마 평상시 한구였다면 딱히 긴장하거나 하진 않았을 터였다. 그저 환자가 얼마나 되고, 또 그 환자들이 어디를 어떻게 다쳤는지에 대한 고민만 했을 것이 분명했다. 하지만 지금은 상황이 달랐다.

'안전…… 한가? 여기는?'

페샤와르는 이곳 한구랑 비교하면 훨씬 커다란 도시였다. 적어도 폭탄이 터지면 온 파키스탄의 관심을 끌 수 있는 수준이었다. 그렇다는 건 어떤 미친놈들이 작심했다는 것이고, 그 미친놈들이 노리고 있는 대상에 한구가 들어가 있지도 몰랐다.

"일단 병실로. 병실 지금 누가 보고 있지?"

"장미 선생님이 보고 있습니다."

"아, 그럼 됐네."

장미가 병실에 있다는 얘기에 강혁은 고개를 끄덕였다. 영 좋지 못한 소식들만 쏟아지고 있던 차에 안심이 되는 얘기 아니겠는가.

강혁은 일단 나머지 일행만 병실로 보내고, 자신은 3층으로 뛰어 올라갔다.

"오, 교수님!"

"이따가."

"아, 네……."

김인수 교수가 아주 반갑게 인사를 건네왔지만 강혁은 여유가 없는 상황이었다. 아주 짤막한 대꾸 외엔 해줄 수 있는 게 없었다. 어떻게 사람이 모든 상황에서 여유로울 수 있겠는가. 천하의 백강혁도 '여유로운 척'을 해야만 할 때가 있는 법이었다. 안타깝게도 지금이 그랬다. 강혁은 김인수 교수를 휑하고 지나쳐 3층으로 향했다.

"받아라, 받아."

강혁은 자신이 아는, 이 중동 지역에서 가장 정보가 많은 이에게 전화를 걸기 바빴다.

"아, 백 교수님. 안 그래도 전화 드리려고 했습니다."

상대는 다름 아닌 스미스였다. 스미스 굿맨. CIA 중동 지부 총

책이자, 여러 공작의 배후로 지목되는 이. 강혁은 스미스가 일단 전화를 받았다는 사실만으로도 어느 정도 안도할 수 있었다.

"휴."

그 안도감이 어찌나 강한지, 수화기 너머에 있는 스미스에게까지 전달될 지경이었다.

'듣던 대로네.'

세간에 알려진, 특히 한국대학교 병원 내에 알려진 백강혁은 냉정한 사람이었다. 오로지 사람 살리는 것만 염두에 둘 뿐. 이를 위해서라면 동료도 제자도 다 갈아넣는다는 평이 다수였다. 하지만 정말 가까운 이들의 평가는 아주 달랐다. 강혁은 도리어 잔정이 너무 많은 인간이었다.

'제자들이 걱정되는 모양이지.'

스미스는 강혁에게 인간적인 끌림을 느끼며 말을 이었다.

"일단 교수님이 계신 한구 지역은 안전합니다. 제가 보장하죠."

평소 그답지 않은 언동이었다. 보장이라니, 묻지도 않은 말에 정보를 풀다니. 스미스는 이야기하면서도 스스로 이해가 안 되는지 고개를 갸웃거렸다.

"아, 그렇습니까? 어떻게…… 그렇게……."

하지만 헐떡이는 듯한 강혁의 목소리를 듣고 나자, 저절로 입이 막 움직였다.

"정확히는 말씀드릴 수 없지만, 한구 지역은 테러 주동자들이 딱히 관심 있어할 만한 곳이 아닙니다. 게다가 저희 미군이 들어가 있지 않습니까, 그 병원에?"

미군이라 함은 샌더슨 상사와 리처드 소령을 말하는 것일 터였다. 들어가 있다기보다는 거의 억류에 가까운 상황인데, 다행히 미군에서는 이를 용인해주었다. 뭐가 어찌 되었건 작전은 성공했고, 병사도 살지 않았는가. 어차피 한동안은 쉴 생각인 모양이었다.

"그건…… 그렇지."

"절대 침입을 허용하지 않을 생각입니다. 주변 경계는 확실히 하고 있고, 파키스탄 탈레반이나 자경단이나 정부 모두 한구 지역에서는 조용합니다. 협정은 유지됩니다."

"그거……. 다행이군."

협정은 유지된다는 말은 곧 한구 지역에 평화가 계속될 거란 얘기이기도 했다. 동시에 한구 지역에서도 희망을 품어볼 수 있다는 뜻이기도 했고.

"근데 그럼 페샤와르에서는 누가 터뜨린 거지? 탈레반?"

"음."

스미스는 잠시 이 말에 대해 대답을 해줄까 말까 고민하다가, 이내 입을 열었다. 생각해보니 어차피 언론을 통해 전파할 내용 아니던가. 게다가 한구 병원 백강혁은 일종의 동맹 관계에 있는 사람이기도 했다.

"이란 혁명 수비대가 배후인 것으로 보입니다."

"이라안……?"

강혁에게 스미스의 답은 상당히 엉뚱한 것이었다. 이란이라니. 물론 이란이 파키스탄과 국경을 접하고 있긴 하지만, 그건 저기 서쪽 끝에서나 통하는 얘기 아니던가. 페샤와르하고는 지리적으로 너무 멀었다.

"네, 이란이요."

"음."

강혁은 순간적으로 워낙에 미국과 이란이 사이가 좋지 않으니 덮어놓고 까는 거 아닌가 하는 생각마저 들었다. 하지만 스미스의 말은 끝까지 들어볼 가치가 있었다.

"IS 때문입니다."

"IS?"

"중동 지역 정세에 대해서 잘 모르시겠지만, IS는 수니파입니다. 뭐……. 너무 극렬주의자들이라 보통의 수니파로 분류해야 될지 어떨지는 모르겠지만. 아무튼, 수니파죠."

수니파와 시아파. 예전에는 들어도 들어도 머리에 하나도 안 들어왔었는데, 이곳 한구에서 워낙에 오래 있다보니 어느 정도 개념이 잡히긴 했다. 둘 사이에는 여러 역사가 있지만, 요약하면 '수니파와 시아파 사이는 어지간한 다른 종교들과의 사이보다도 훨씬 안 좋다'라는 것이었다.

"파키스탄 탈레반도 수니파죠. 아프가니스탄의 탈레반도 마찬가지고요."

"음?"

"그렇다보니……, IS를 후원하는 단체 중에 이 탈레반들도 들어갑니다."

"아."

폭력 집단이 폭력 집단을 후원한다는 뜻이었다. 한숨이 절로 나오는 상황이라고 보면 되었다.

하지만 이게 끝이 아니었다.

"그에 반해 이란은 시아파죠. 특히 지금의 이맘인 알리 하메네이는 전 이맘인 호메이니의 열렬한 추종자로서……. 엄청난 극단주의자입니다. 그들에게 수니파는 전도의 대상이 아니라 그저 죽여야 할 원수일 뿐이죠."

"그건……, 그건 들었어."

의외로 IS와 가장 격렬히 싸움을 벌이고 있는 건 미군이나 다른 다국적군이 아닌 이란이었다. 아마 역량이 조금만 더 좋았다면 지금쯤 적극적으로 쳐들어가기까지 했을 터였다. 나라 사정이 워낙에 어려워서 움직이지 못하고 있긴 했지만.

"가뜩이나 파키스탄이 수니파라 사이가 좋지 못하죠. 발루치스탄주의 극악한 치안의 한 가지 원인이 바로 이란과 국경을 접하고 있기 때문이기도 하니, 알 만한 상황입니다."

"그 와중에 파키스탄 탈레반이 IS를 지원했다 이건가?"

"네. 그에 대한 경고의 의미로 폭탄을 터뜨린 겁니다."

"근데 내가 듣기론 정부 인사가 다쳤다고 하던데?"

"탈레반과 정부 모두 수니파니까요. 아마 거기 있는 다른 결백한 사람이 다쳤다고 해도 눈 하나 깜짝 안 할 겁니다. 수니파니까."

"허."

원한 관계를 무려 천 년 넘게 지속해오고 있다고는 들었지만, 이런 말을 들을 때면 강혁으로선 쉬이 이해가 가지 않았다.

강혁은 그대로 전화를 끊으려다가 재차 입을 놀렸다.

"혹시 다쳐서 여기 오는 사람 신원 정확히 압니까? 얼마나 다쳤는지도 알면 더 좋고."

"정보 수집 중에 있기는 한데, 오늘 페샤와르에 간 정치인은 테흐리크 에 인샤프, 일명 PTI 정당 소속 의원이라고 알고 있습니다. 정확한 개인 신원은 모릅니다."

"PTI? PTI가 뭐야."

"현재 집권 여당입니다. 아마 기를 쓰고 살리려는 것으로 볼 때……. 그중에서도 상당히 지위가 있는 사람일 수 있어요."

"어디 다쳤는지는 모르고?"

"일단 폭발 현장에서 10명도 넘게 즉사했다고 들었습니다. 그 정도면……."

"안 좋겠네. 안 좋겠어."

"네."

"알았어. 고마워요. 준비해야겠네."

거래 한두 번 해봐?

강혁은 그 길로 즉시 1층으로 향했다. 진료를 오전, 오후로 나눠서 보기로 했기 때문에 벌써 진료실 앞은 꽤 한산해져 있었다. 그나마 여성 환자들이 남자들보다는 더 적어서이기도 했다.

"제인."

"아, 교수님."

제인은 조금 지친 얼굴로 강혁의 말에 답했다. 한국에서 의사들이 왔다고 광고는 했지만, 그중에 여자 의사는 없지 않았던가. 그나마 지영을 비롯한 학생 의사들이 있어서 망정이지, 그렇지 않았다면 이 많은 환자를 온전히 혼자 다 볼 뻔했더랬다.

"혹시 들었나? 페샤와르."

"아……. 아주 대강요. 근데 페샤와르면 우리랑은 딱히 상관없지 않을까요?"

보아하니 너무 바빠서 제대로 전달도 못 한 모양이었다. 누굴 탓할 일은 아니었다.

'카심 뒤지게 뛰고 있던데.'

단기 팀이 온다고 해서 원래 여기 있던 사람들이 편해지는 건 아니지 않은가. 도리어 훨씬 더 바빠진 참이었다. 환자들이 정말 미친 듯이 몰려오고 있었다. 해서 강혁은 쓴웃음을 지은 채 열려 있던 문을 툭 하고 닫았다.

"10명 넘게 즉사했대."

끔찍한 소식을 전하면서였다.

"아……."

이 자리에 있는 그 누구보다도 파키스탄을 사랑하는 제인의 입에서 탄식이 터져 나왔다.

"부상자는 훨씬 더 많을 텐데, 문제는 페샤와르 병원 수준이 그걸 다 감당할 수가 없대."

"그럼 설마 환자들이 이리로도 오는 거예요? 너무 멀 텐데."

솔직한 심정으로는 최대한 수용할 수 있는 인원은 다 왔으면 좋겠단 생각이 들었다. 한구 병원이 한심한 수준의 의료 시설을 갖추고 있긴 해도, 이곳에 있는 의료진만큼은 파키스탄 최고라고 해도 과언이 아니었으니까.

"아니, 하나만."

강혁은 제인의 걱정 어린 얼굴을 훤히 들여다보며 고개를 저었다.

"어떤 환자죠?"

아마 다른 사람이 이렇게 물었다면, 여당 의원이라는 말부터 해주었을 터였다. 보통은 그런 걸 궁금해할 테니까. 하지만 제인은 그런 사람이 아니었다.

"아직 부상이 어떤지는 몰라. 하지만 차로 올 테고, 10명 넘게 즉사한 현장에서 오는 거야. 아마 별로 좋지 못하겠지."

"그렇……, 그렇군요. 그럼."

"일단 수술실 비워두는 게 좋겠어. 그사이에 환자 생기면 어쩔 수 없겠지만, 아무튼 어지간하면 처치실에서 하자고. 어차피 저 환자보다 상태 나쁠 환자는 없을 테니까."

"알겠어요. 그렇게 전달할게요."

제인은 어쩔 수 없이 전에 있던 수많은 폭탄 테러들을 떠올렸다. 그저 언론을 통해 테러를 접하는 사람들은 아마 그 참상을 감히 상상도 할 수 없을 터였다. 사방으로 휘날리는 피와 살덩이 그리고 그로 인해 스러지는 생명들. 그곳에서 오는 환자라면 이미 죽었거나, 곧 죽을 환자일 것이 분명했다.

"아, 인원은? 인원은 어떻게 배정할까요?"

"오후 섹션이 어떻게 되지? 진료를 끊을 수는 없잖아."

"일단 한유림 교수님, 박경원 교수님을 대기로 빼고 나머지는 다 투입됩니다."

"음……. 어쩌면 테이블 2개 돌려야 할 수도 있을 거 같은데."

다발성 손상이 그리 흔한 건 아니라지만, 현대 무기에 의한 공격을 받은 사람이라면 얘기가 상당히 달라졌다. 사람들이 생각하는 것보다 요새 만들어지는 무기는 위력이 어마어마해서, 한 번 당하면 거의 몸 전체가 망가지는 경우가 태반이었다.

'어지간하면……. 여기 올 생각도 안 했을 거야.'

강혁은 여기 와서 만났던 관료들을 떠올렸다. 못 사는 나라라고 해서 자존심이 없다고 생각하면 크나큰 오산이었다. 도리어 종교적인 신념과 역사, 문화적 배경으로 인해 자존심이 더더욱 강한 사람들이 많았다.

'그 사람들이 한구 병원으로, 본인들 유력 정치인을 보낸다는 건…….'

한구 병원에 마침 대한민국의 의료 단기 봉사 팀이 왔다는 걸 알았을 수도 있었다. 그동안 한구 병원의 명망이 널리 널리 퍼져 나간 것일 수도 있었고. 하지만 가장 큰 원인은 역시 부상 정도일 터였다. 아마 로컬 의원에서는 도저히 수용이 불가할 정도라고 보는 게 옳을 터였다.

"아, 그럴 가능성이 크네요. 그럼 음. 양재원 교수님도 들어가는 게 좋을까요?"

"재원이? 음."

재원이 보조로 들어온다면야 더할 나위 없이 좋을 터였다. 녀석은 정말이지 대단한 의사니까. 하지만 그래서 밖에 남겨 두는 게 옳았다. 혹 처치실에서라도 수술할 일이 생긴다면 재원 말고 다른 사람에게 맡기긴 어렵지 않겠는가.

"아니, 리처드."

"리처드? 아, 미군이요. 그……."

"내가 말할게. 새끼, 아직도 뻰대?"

"뻰댄다기보단……."

애초에 여기 붙잡아둘 이유가 없는 사람 아니던가. 국경없는 의사회가 미국이랑 딱히 관계있는 단체도 아니고, 제인이 미국인이라는 것 말고는 리처드와 하등 상관이 없단 얘기였다.

"그래, 뭐. 내가 말하지. 그 새끼 그거 안 되겠네. 개기네."

"아뇨, 아뇨. 때리진 말고요."

"때리긴 누가 때려."

"교수님이요. 맨날 치던데."

"아, 그거. 그건 스파링이지."

"스파링이요……?"

스파링은 주로 치고받고 하는 걸 의미하지 않나? 제인이 본 건 스파링이라기보다는 샌드백에 가까웠다.

"아무튼, 뭐. 의사는 그렇게 들어가면 될 거야."

마취는 경원이 맡고, 주 수술은 강혁과 김인수, 한유림, 리처드라면 웬만큼 좋은 병원 빰 정도는 두세 번 후려치고도 남을 터였다.

"간호사는 어떻게 하죠?"

"어쩔 수 없어. 이만한 수술은…… 조폭 아니, 장미 불러야 해."

"아, 백장미 간호사 말씀이시죠."

"응."

백장미. 이름은 진짜 어디 주먹 쓰게 생겼는데, 실력이 정말 대단한 사람이었다. 그 사람 하나 더해진 것만으로 일단 병동에 안정감이 확 실렸다. 더럽게 말 안 듣던 로컬 간호사들을 단 하루도 걸리지 않아 휘어잡은 것은 물론이오, 강혁이나 다른 의사들이 미처 챙기지 못했던 사소한 병실 환경까지 싹 다 바꿔버렸다.

'수술 보조까지…… 할 수 있다니.'

어떻게 한 사람의 간호사가 거의 모든 간호 업무에 그토록 통달할 수 있을까. 카심만 해도 멀티플레이어라고 생각했는데, 장미는 그 멀티플레이어의 끝에 서 있었다.

"그리고 카심도. 보고 배우는 게 있을 거야."

"아……. 안 그래도 계속 장미 간호사 얘기하더라고요."

"그래 보여."

강혁은 노력하는 사람을 좋아했다. 그리고 노력하는 사람을 아주 잘 알아보는 편이기도 했다. 그런 그의 눈에 걸려든 것이 과연 카심 개인에게 잘된 일인지는 모르겠지만.

"우리 벤틸레이터 하나 남지?"

"아, 네. 하나는 이용 중이고요. 하나, 산부인과용은 남습니다."

"그거……. 필요할 거 같은데, 괜찮아?"

"뭐, 어쩔 수 없죠. 제가 어떻게든 잘 막아볼게요. 대신 어제 수술한 사람. 그 사람 빨리 깨워주실 수 있어요?"

"최대한…… 해볼게."

"알겠어요. 쓰세요."

"고마워."

강혁은 진심을 담아 고개를 끄덕인 후, 방을 빠져나왔다. 그러곤 곧장 밖으로 향했다. 병원 밖은 안과는 달리 아직도 붐볐다. 남자 환자들의 수가 배를 넘어 거의 3배 가까이 되었기 때문이었다.

"아, 카심."

강혁은 그들 사이를 누비고 있는 카심을 불렀다. 카심은 짜증 섞인 눈으로 뒤를 돌아보았다가 강혁의 얼굴을 확인하고는 조르르 달려왔다.

"네, 교수님."

"혹시 그 환자에 관해서 얘기 들은 거 없어?"

"아……. 안 그래도 말씀드리려고 했는데, 죄송합니다. 정신이 없어서."

"아냐, 아냐. 괜찮아."

강혁은 딱 보기만 해도 정신없어 보이는 현장을 둘러보고는 고개를 끄덕였다. 덕분에 다소 안심한 얼굴로 카심은 말을 이었다.

"일단……. 얼굴 쪽을 다친 거 같습니다."

"얼굴? 이런."

얼굴이라는 말에 강혁의 표정이 확 찌푸려졌다. 단순히 미적인 손상을 염려하기 때문만은 아니었다. 숨 쉬고 밥 먹고 보고 듣는, 모든 중요한 기관이 다 몰려 있는 곳 아니던가. 중증외상에서 그런 얼굴이 다치는 건 너무 큰일이었다.

"그리고 복부와 흉부도 다쳤다고 들었습니다."

"음. 테이블 둘로 되려나."

"네?"

"아니, 아냐. 이따 환자 오면 들어와. 여기는……. 로컬 간호사나 아니면 드니스한테 맡기고."

"아……. 네. 들어가겠습니다."

"언제 온대?"

강혁은 하늘을 돌아보며 물었다. 해가 중천에 다다랐기에 무척 뜨거웠다. 서 있기에는 부적절한 날씨지만, 차를 달리기에는 괜찮을 터였다. 환자에게도 추운 것보다는 훨씬 나을 테고.

"그, 헬기를 탄 거 같던데요?"

"헬기를…… 타? 뭔 미친 소리야. 파키스탄에 의료 헬기 없잖아."

"군용 헬기를 탔다고 들었습니다."

"군용……? 여당 의원인 건 맞아?"

"저도…… 잘 모르겠습니다."

일개 의원 하나 다쳤다고 헬기를 띄워? 어디 미국 같은 나라도 아니고 파키스탄에서? 강혁은 뭔가 쎄한 느낌이 들었다. 타타타타. 그때 저 멀리서 헬기 소리가 들려왔다. 처음엔 강혁만 들을 수 있을 정도로 작은 소리였지만, 아주 빠르게 가까이 접근해 오고 있었다. 딱히 정체를 숨기거나 할 생각이 아예 없는 듯했다.

"저건가 본데."

"착륙하네요. 저기 마을 광장인데……."

이슬람 문화권에서 광장은 상당히 중요한 위치를 점하고 있었다. 우선 사원을 비롯한 주요 건물들이 모여 있는 곳이지 않은가. 그런 곳에 헬기를 내린다는 건 어마어마한 일이었다. 아니, 허가 없이 도시 내에 헬기를 내린다는 거 자체가 말이 안 되는 일이었다. 심지어 미군 헬기조차도 감히 착륙하지 못하고 레펠 강하만 하지 않았던가.

'대체 누가 다친 거야. 누구길래…… 이 지랄이지? 아니, 아니지.'

이토록 어려운 지역에서 누군가는 상상도 못 할 정도의 특혜를 누리고 있다는 건 정말 짜증 나고 또 못마땅한 일이었지만,

어쨌든 환자이지 않은가. 강혁은 늘 그러하듯 그 환자를 살리는 데에만 집중하기로 했다.

"교수님, 저 찾으셨죠?"

다행히 그리 길지 않은 시간 동안 제인의 전파가 퍼졌는지, 김인수, 한유림, 박경원, 장미가 달려와 있었다.

"어, 자세한 사정은 나도 잘 몰라. 여긴 강 교수님만 남고, 나머지는 수술실로."

"네!"

강혁이 흉흉한 기세로 어디론가 뛰어 올라갔을 때쯤, 헬기는 완전히 광장에 내려앉았다. 이미 한구 지역 유지들과 정부 관계자들과 연락이 다 되었는지 광장에는 몇 안 되는 경찰 인력과 주요 인물들이 거의 모조리 나와 있었다.

"어, 여보세요."

한유림에게 전화가 한 통 걸려왔다. 스미스는 아니고, 스미스가 한구 지역을 맡겨 놓은 인물에게서였다.

"아, 한 장관님."

이미 장관 끝난 지 한참이었지만, 그럼에도 상대는 존칭을 사용했다. 존대의 의미도 있었으나 실질적으로 장관에 준하는 영향력을 행사하고 있기 때문이기도 했다.

"아, 네. 지금……."

"저희도 좀 놀랐습니다. 헬기 이송이라니……."

"안전한 건 맞습니까?"

"음."

상대는 이 질문에 어디까지 대답해야 할지 잠시 고민했다.

'헬기 이송을 택할 정도로 중요한 사람이…… 피습당한 상황…….'

"한구. 여기 지금 괜찮냐고 묻는 겁니다."

"아, 네. 미행 없습니다. 있었다 하더라도, 헬기를 쫓아 올 정도의 단체는 아닙니다."

"휴. 그럼 다행이고."

"혹시 몰라서 한구로 들어오는 주요 길목에 요원 배치했습니다. 너무 걱정 마십쇼."

"네, 뭐……. 알겠습니다. 수고 많습니다."

한유림은 거기까지 말하고 전화를 끊었다. 뒤쪽에서 인기척이 느껴졌기 때문이었다.

"새끼, 뒤지려고 말이야."

인기척만 느껴진 게 아니라, 욕설도 들려왔다.

"아뇨. 그게 아니라."

"그……. 다른 친구들 있잖아요. 그래, 댄. 댄."

"댄? 지금 똥 푸고 있는데?"

"네?"

"저기서 똥 푸고 있다고."

강혁은 정말 그러길 원하냐는 눈으로 천막을 가리켰다. 천막이라고 해봐야 아주 두껍지는 않아서 안쪽이 어른거렸는데, 누군가 정말 삽질을 하고 있었다. 열린 뚜껑을 통해서는 시커먼 연기가 뭉게뭉게 올라오고 있었고.

"회충 태우긴 했는데, 다들 거기다가 직접 싸기엔 뜨겁다고 해서 옆에 파고 있어. 네가 할래?"

"그……."

전후 사정을 잘 모르는 리처드로서는 정말이지 이게 뭔 개소린가 싶을 뿐이었다. 회충을 태운다는 말부터, 거기다 대체 뭘 싼다는 걸까. 산전수전 다 겪은 미군이지만 이런 일은 처음인 리처드에게는 당연한 일이었다. 하지만 한 가지 분명한 건, 현시점에서는 놀랍게도 저 댄보다는 자신이 훨씬 낫다는 것이었다.

"아뇨. 아뇨. 수술하겠습니다."

"그래, 잘 생각했어. 이게 그리고 너 커리어에도 도움 되는 수술일 거야."

"커리어…… 요?"

리처드는 설마 스승이 자기 제자가 미군 소령이라는 걸 까맣게 잊고 있는 건 아닌가 하는 생각이 들었다.

'그럴 수 있지, 이 사람은.'

충분히 그러고도 남을 위인이었다.

"그래. 너 중동 온 김에 뭐라도 한 건 해야지? 안 그래? 험지까지 왔는데."

얘기 들어보니 그건 또 아닌 거 같았다. 중동에 험지 얘기까지 하고 있으니까.

"여기 있으면 뭐가 되나요?"

"잘 봐, 이제. 옳지, 오네. 저 봐라, 저. 다른 사람 죽어갈 때는 코빼기도 안 비추더니. 저 봐, 저."

강혁은 고개를 갸웃거리고 있는 리처드에게서 고개를 떼어낸 후, 이제 막 병원 담장 너머로 보이기 시작한 행렬을 가리켰다. 차량만 무려 3대였는데, 모두 벤츠였다.

"잉."

"아마 유력 정치인일 거야. 특혜지."

만인은 평등하다고 배우고야 있지만 그건 학교에서 그렇다고 가르쳐주는 것일 뿐, 실상은 그렇지 않다는 거 정도는 모두 알고 있었다.

"다치자마자 긴급 조치하고 헬기까지 불러서……. 여기 유지들 차로 병원까지 왔어. 어떤 사람인지 알 수는 없어도, 어느 정도 되는 사람인지는 알겠지?"

"아."

파키스탄은 석유가 나는 나라는 아니었지만 중국, 인도, 아프가니스탄, 이란과 국경을 접하고 있는 나라였다. 게다가 인구가 2억이나 되는, 세계 5위의 대국이기도 했다. 이런 나라에 영향력을 행사할 기회를 얻는 것은 언제나 미국이 갈망하는 일이었다.

"다 내가 너 인마 여기 잡아줘서 얻게 된 기회야, 알았냐?"

"감사…… 감사합니다."

"환자 상태는?"

그사이 환자가 타고 있던 차량이 검문검색을 통과해 병원 안으로 밀고 들어왔다. 병원 안쪽 마당에는 이미 진료 대기 중인 수많은 사람이 있었으나 그 누구도 비집고 들어오는 차량에 대고 손가락질하진 못했다. 유지가 모는 차라는 걸 다들 알았기 때문이었다.

환자와 같이 온 의사는 강혁을 발견하자마자 수술할 의사라는 것을 알아보았다. 그러고는 환자 쪽으로 시선을 향한 채 상황에 대해 설명했다. 이미 기관 절개가 되어 있었는데, 아무래도 숨쉬는 부위에 문제가 생긴 모양이었다. 딱 그거 하나면 그나마 나았겠지만, 환자는 거의 온몸에서 피를 흘리고 있었다.

"우선 얼굴에 쇠 파편이 박혔습니다! 제거는 불가했고……. 피가 넘어가서 기관 절개를 했어요."

"그리고?"

강혁은 설명하는 의사의 어깨 부근에 새겨진 병원 로고를 보며 고개를 끄덕였다. 아직 우르두어를 읽고 쓸 정도는 아닌데, 다행히 영어로 쓰여 있었다.

'국립 페샤와르 의료원이라.'

대한민국에 있는 국립 의료원 의료진이라면야 꽤 신뢰가 갔을 텐데, 아쉽게도 파키스탄의 지역 불균형은 차이가 극심했다. 때문에 수도인 이슬라마바드를 제외하고는 감히 형편없다는 말을 써도 좋을 지경이었다.

'하긴 그러니까 멀쩡한 병원 두고 이리로 왔지.'

강혁이 잠시 딴생각을 하는 와중에도 의사는 부리나케 설명을 이어갔다.

"그리고 가슴과 배에도 파편이 박혔습니다."

환자의 몸통 부근을 가리고 있던 천을 들춰내면서였다.

"어우."

제아무리 강혁이라 해도 탄식이 흘러나올 정도로 커다란 파편이었다. 물론 당황하고만 있지는 않았다.

'파편은 차량에서 튄 거 같아. 그럼 아무래도 차량에 타고 있다가 터진 거 같은데. 파고든 부분을 생각하면 다친 부분은……, 비장. 어쩌면 동측 신장까지 들어갔을 수도 있겠는데.'

비장과 신장이라니. 죽지 않고 온 게 용할 지경이었다. 리처드도 그 비슷한 생각을 했는지, 저도 모르게 말도 안 되는 소리를 지껄여댔다.

"여기 혹시 에크모 있나요?"

"리처드 소령, 미쳤어요? 에크모 같은 소리 하시네."

어찌나 정신 나간 소리였지, 옆에 있던 한유림 입에서 욕설이 튀어나올 지경이었다.

"아."

"엘리베이터 가동하려면 1층 불 꺼야 하는데. 어? 에크모? 어휴. 비켜봐요. 수술방 바로 가야겠네."

"아……, 네."

아마 한구 지역에 온 지 얼마 안 된 상황이었다면 리처드도 한유림이 이렇게까지 화낼 일인가 싶었을 터였다. 하지만 한 일주일 넘게 지낸 참이다보니 한유림의 반응도 이해할 수 있었다.

'하긴……. 여기 말고는 하루 4시간 이상 전기 들어오는 집도 거의 없다는데…….'

그나마 자체 발전소라도 있으니까 망정이지. 그렇지 않았다면 병원도 수시로 전기가 들락거렸을 터였다.

"뭐, 그래도 초기 처치가 아주 엉망은 아냐. 다행히."

강혁은 그렇게 옆에 붙은 한유림을 돌아보며 말했다. 말은 희망적으로 하고 있었지만, 표정은 전혀 그렇지가 못했다.

"그래봐야 이대로 두면 1시간 이내에 죽긴 하겠지만."

워낙에 환자 부상 정도가 심각해서였다. 솔직히 말하면 지금 아무리 최선의 치료를 한다고 해도 후유증 없이 멀쩡히 살 가망은 없어 보였다. 하지만 한유림이나 리처드나 아예 희망을 놓지는 않았다. 둘 옆에는 성질은 더러워도 실력은 가히 상상을 초월하는 사람이 있었으니까.

"왔으니까, 최선을 다해봐야지."

거기에 더해 그 장본인인 강혁도 방금 말마따나 최선을 다할 참이었다.

'높은 사람이라고 특별히 잘해주는 게 마음에 안 들긴 하지만…….'

때론 한 사람을 살리는 것이 지역 전체를 살리는 열쇠가 되기도 한다는 걸 배웠다는 소리였다.

"자, 들어가자."

해서 강혁을 비롯한 셋은 환자를 곧장 들것에 옮겨 달려가기 시작했다. 그러자 환자 상태만 멍하니 보고 있던 다른 관계자들이 앞다투어 입을 열어댔다.

"반드시 살려야 합니다!"

"안 그러면 이 병원……."

"살려주시면 병원에 적극 협조하겠습니다!"

*

수술실 문을 열고 들어서니, 벌써 준비를 싹 마친 팀원들이 환자를 맞이했다.

"어유, 상태가……."

다들 외상 외과 경험이 많이 쌓이다보니, 딱 보기만 해도 환자 예후가 떠오르는 모양이었다. 어째 방 안에 있던 사람들 얼굴이 거의 동시에 어두워졌다.

"일단……. 마취하겠습니다. 쉽지 않겠는데……. 이거."

특히 마취과 의사로서, 수술하는 내내 바이털을 책임져야 하는 박경원의 얼굴이 제일 그러했다. 그렇다고 멍하니 넋 놓고 있지는 않았다. 즉시 기관 절개된 채로 들어가 있던 튜브를 마취기기에 연결하고, 또 바이털 관리를 위해 수액 라인을 점검했다. 그중 몇 개는 영 마음에 들지 않는지 순식간에 교체하기까지 했다. 그러곤 강혁을 향해 고개를 들었다.

"중심 정맥관 하나는 잡아야 할 거 같은데. 어디가 괜찮을까요?"

중심 정맥관이라는 게 잡고 싶다고 막 잡을 수 있는 건 아니지 않은가. 특히 수술을 앞두고 있다면 더더욱 그러했다. 함부로 잡아두었다가는 수술에 크나큰 방해가 될 수도 있기 때문이었다.

"음."

강혁 또한 중심 정맥관 하나 정도는 잡아둬야 된다고 생각하고 있던 참이었다. 지금은 용케 바이털이 크게 흔들리고 있진 않은 상황이었지만, 그건 아마도 저 페샤와르 국립 의료원에 있던 피를 쏟아부어서일 터였다.

'반드시 바이털은 흔들리게 되어 있어.'

비록 강혁은 남들에 비하면 수술에서 피를 거의 흘리지 않는 편에 속하기는 해도, 이만한 수술에서는 출혈을 피하기 어려웠다.

"우측……. 허벅 정맥에 잡자. 나머지는 수술 범위 안에 들어갈 공산이 커."

해서 강혁은 그나마 수술 범위에 잡히지 않을 만한 곳을 골라 정해주었다.

"네, 교수님."

"자, 그럼 닦자. 얼굴부터…… 배까지 다."

강혁은 경원이 중심 정맥관을 잡기 시작하는 것을 보고는 나머지 팀원들을 향해 입을 열었다.

"네, 교수님."

한유림은 무작정 움직이지 않았다.

"어, 알았어. 내가……. 어디로 갈까?"

대신 질문을 던졌다. 딱 환자 상태를 보아하니, 동시 진행을 하지 않으면 거의 절대적이라는 표현을 써도 좋을 정도로 죽을 것 같은 상황 아니던가. 게다가 강혁은 쓸데없이 이렇게 많은 의료진을 데리고 다니는 타입도 아니었다.

"아, 배. 가슴은 건드리지 마요. 저거 괜히 건드렸다가 난리 난다, 진짜."

"응? 내가 얼굴 아니고?"

한유림은 자신의 물음에 즉각 답해주고 있는 강혁을 보며 고개를 갸웃거렸다. 마침 파편 주변을 소독하면서였는데, 아무리 봐도 이쪽 파편이 얼굴보다는 훨씬 커 보였다. 아니, 커 보이는 게 아니라 실제로 컸다. 거의 2배는 되어 보였다. 당연히 배가 훨씬 위험해 보였다.

"얼굴? 이거 지금 저 안쪽으로 내경동맥 찌른 거 같은데…… 해볼래요?"

"어, 그래? 내경동맥이야? 어……. 그럼 내가 배 해야지. 어, 배 해야겠네."

하지만 내경동맥을 찔렀다는 말을 듣자마자 바로 꼬리가 내려갔다. 세상에, 내경동맥이라니.

'어유, 어유…….'

위치도 저 안쪽 깊숙한 곳에 있지 않은가. 게다가 내경동맥이 피를 공급하는 부위는 머리였다. 괜히 잘못 건드렸다가는 죽거나 뇌에 후유 장애가 남거나, 둘 중 하나였다.

"일단 배 쪽……. 비장 출혈만 잡아요. 뒤에 신장은 신경 쓰지 말고. 여차하면 떼, 그냥. 어쩔 수 없지, 뭐."

"어……. 알았어. 내가 봐서 그때그때 결정할게."

"좋아. 다 닦았나?"

"대강 다 닦았어."

"그럼 손 닦고 바로 들어갑시다."

"오케이."

한유림은 강혁에게 지시받은 사항을 다시 한번 떠올리며 손을 부리나케 닦았다.

“장관님, 제가 보조합니다.”

그런 한유림 바로 옆으로 리처드가 붙어서 말을 붙였다. 말투에 진득한 친근함이 잔뜩 배어 있었다. 그나마 리처드에게 이 난데없는 노예 생활에 한 줄기 빛이 되어주는 사람이 한유림이었기 때문이었다. 가끔 강혁에게 개겨주는 것이 제일 마음에 들었다.

“오, 리처드. 그래, 나 혹시 실수할 거 같으면 바로 말려.”

“실수는요. 장관님이 저보다 훨씬 나으시던데.”

게다가 실력도 좋았다. 솔직히 강혁 말고는 자신이 배움을 청할 만한 사람이 없다고 생각했었는데 한유림을 보면서 그 생각이 많이 바뀔 지경이었다.

‘뭔 노인네가 손이 이렇게 좋담.’

전성기는 이제 지난 상황 아니겠는가. 그런데 한창 전성기를 구가해야 하는 리처드보다 더 잘하는 부분이 있었다. 지금도 강혁이 리처드가 아닌 한유림에게 아래쪽 수술을 맡기지 않았는가.

‘저 양반이…… 의학적으로는 진짜 옳은 판단만 하거든.’

기분 나빠할 만한 일이 아니라, 뭔가 이 수술에서 한유림에게 배워야 할 게 있다는 얘기였다.

“하하, 뭘. 근데 여기 와서 더 늘긴 했어요.”

한유림은 강혁과는 달리 얼굴에 금칠해주는 리처드의 말이 좋은지 껄껄 웃고는 다시 환자에게로 향했다. 강혁은 이미 가우닝까지 한 채, 환자의 머리 쪽에 서 있었다. 그의 타박에 강제로 서

둘러야 했던 김인수 교수도 마찬가지였다.

'아……. 망했네.'

그렇게 고대하던 수술 실력을 뽐낼 시간이 왔건만 표정은 어둡기만 했다.

'나 정형외과 의사라고…….'

세부 전공까지 따지자면 무릎이었다. 외상센터에서도 무조건 무릎 수술 하러만 들어가고 있었다. 한국대학교 병원 외상센터는 이제 더는 올라운더가 필요할 정도로 인력이 부족하진 않았으니까.

'근데 왜 사람 얼굴……. 아…….'

그러던 사람이 난데없이 사람 얼굴을 마주하고 있으니 어찌 황당하지 않겠는가. 그것도 어지간히 다친 상황도 아니고, 철판이 박혀 있었다.

"운이 좋다고 해야 하나."

'돌았나…….'

일단 폭탄이 터진 것만 해도 상당한 불운이라고 해야 하지 않을까? 지극히 상식적인 편에 속하는 김인수로서는 이런 생각이 우선 들었다.

"지금 바로 파편 당기면 진짜 큰일 나니까, 여긴 일단 둡시다. 알았죠?"

"어……. 네, 물론이죠. 네네."

"그래. 조폭, 칼 줘."

그러곤 장미를 향해 손을 내밀었다. 장미는 이미 강혁이 어딜

째려는지까지도 다 알고 있었기에 즉각 메스를 건네줄 수 있었다. 딱 경부 절제하기에 알맞은 블레이드, 그러니까 15번 블레이드를 끼워준 채였다.

"좋아."

강혁은 그런 세심함이 마음에 들어 고개를 끄덕이고는 김인수 교수를 바라보았다.

"급하니까, 그냥 갈게요. 여기. 여기를 죽 그을 거예요. 그러니까, 당겨요."

"어……. 목을요?"

그나마 환자 상체에서 괜찮은 데를 고르라고 한다면 아마 목을 골라야 할 거 같았다. 근데 갑자기 목이라고?

"목 째서 내경동맥 찾아야지."

"아……. 그렇죠. 거기가 찔렸으니까. 음."

보통 혈관 손상이 의심되는 경우엔 일단 그거부터 처리하는 게 좋았다. 출혈이 계속되면 어차피 시야가 흐려져서 다른 부위를 수술하는 것이 어렵기 때문이었다. 또 그 출혈 자체로 사람이 죽을 수도 있지 않은가. 중요한 혈관일수록 더더욱 우선순위는 앞당겨졌다.

"좋아. 이거 바깥쪽으로 당겨요."

"아, 네."

그사이 강혁은 흉쇄유돌근의 앞부분을 분리해낸 후, 딱 그곳에 후크를 걸어다 김인수 교수에게 건네주었다. 그러자 그 안쪽으로 보호되고 있던 경동맥이 모습을 드러냈다. 당연히 정상 그 자체였다. 여긴 손상된 적이 없었으니까.

"고무줄."

"네."

강혁은 경동맥이 내경동맥, 외경동맥으로 나뉘는 부위를 찾아 낸 후, 내경동맥에 고무줄을 걸었다.

"아, 묶는 게 아니라……."

김인수는 그 모습을 보면서 연신 고개를 끄덕였다. 어쩐지 냅다 묶는 건 좀 이상하다 싶었더랬다. 그랬다간 출혈이야 막겠지만 머리가 망가질 수도 있지 않겠는가.

"당연하죠. 걸어뒀다가……. 위험하면 그때만 잠깐 당겨서 눌러야지."

"좋네요. 이건 정말 영리한 방법이에요."

"정형외과 쪽 외상에서도 응용할 부분이 있을 거예요. 나도 이거 이비인후과 선생님한테 배운 거야."

강혁은 그 말을 하면서 실로 오랜만에 옛 친구를 떠올렸다.

'잘 지내고 있겠지. 오라니까 안 오고 말야.'

이해가 안 가는 건 아니었다. 하는 일이 많아 바빴으니까.

"아무튼, 여기 됐고……. 이제 얼굴로 갑시다."

"아, 네."

"일단 입안으로 좀 볼까. 베타딘 희석해서 줘봐."

"네."

분명 되게 즉흥적으로 요구하는 거 같은데, 장미는 그때마다 딱딱 물품을 건네주었다.

'같은 수술 보고 있는 거 맞나…….'

카심은 그런 장미를 보며 고개를 가로저었다. 어떻게 된 사람이 볼 때마다 더 대단한 모습을 보여주고 있었다.

"좋아. 번 거즈."

강혁은 입안을 베타딘 가글로 대강 헹궈내고는 번 거즈로 물기를 제거한 후, 안쪽을 들여다보았다. 아주 과도하게 입을 벌리거나 하지는 않았다. 그러다가 파편이 움직이면 대형 사고로 이어질 수도 있었으니까. 게다가 거울을 이용하면 그렇게 크게 벌리지 않아도 대강 비인두 부근을 확인할 수 있었다.

"저기 보여요?"

"아……. 반짝하는데요?"

"피 때문에 정확히 보이진 않을 텐데. 꽤 길게 박혔어, 이거."

"후우."

경험 많은 외과 의사가 저도 모르게 한숨을 쉴 정도로 커다란 부상이었다. 하지만 강혁은 한숨 대신 머리를 굴릴 따름이었다. 벌써 떠오르는 방법만 한두 가지가 아니었으니까.

'음. 어떻게 할까.'

강혁은 잠시 환자의 어깨 부근을 두드렸다.

'내시경이 있으면 좀 쉽게 갈 수 있었을까? 아냐……. 어차피 파편이 너무 커. 어차피 코는 망가졌어. 좀 주저앉더라도……. 코 가운데를 치고 들어가는 게 좋겠어.'

파편은 좌측 안면부를 뚫고 들어가 있었다. 방향이야 어디를 향했건 간에 위험했겠지만, 그중에서도 하필 제일 좋지 못한 부분을 향하고 있었다. 바로 머리의 중앙 부위였다. 내경동맥이 지나는 곳이었고, 그 외에도 눈을 움직이는 신경이나 시신경, 뇌하수체 등 주요 조직들이 자리하고 있었다.

"김 교수님. 이거."

"아, 네."

김인수는 경부 절개를 할 때부터 이미 정형외과와는 아예 동떨어진 수술을 하게 되겠구나 하는 각오를 다지고 있던 참이었다.

"거기 그렇게 당기고 있어요. 메스."

강혁은 보조할 준비가 된 김 교수를 확인하고, 장미를 향해 손을 내밀었다. 그러자 장미는 평소처럼 딱딱 쥐여주는 대신 입부터 열었다.

"네. 교수님. 이게 나을까요?"

"음……. 그래, 여긴 7번이 낫겠다. 빼죽한 게……. 낫겠어."

"네, 여기 있습니다."

덕분에 강혁은 장미가 골라준 블레이드로 비중격에 절개를 넣었다. 이게 보기엔 말랑거려도 실은 안에 연골이 있는 구조물이었다. 조금 깊숙이 들어가자 무언가 서걱거리는 느낌이 전해졌다.

'음.'

아무리 능숙한 이비인후과 의사라도 눈으로 확인해가면서 절개를 해야 하는 과정이었지만, 강혁은 그저 손에 전해지는 느낌만으로도 자신이 방금 연골막을 갈랐다는 걸 알아차렸다. 해서 칼 쥔 방향을 바꿔서 절개창 안을 가른다는 느낌이 아닌, 긁어내는 느낌으로 메스를 쓸어내리기 시작했다. 그러자 보다 확실하게 연골막이 잘리면서 순수한 연골이 눈에 들어왔다.

'이 안으로 하면 점막도 안 찢어지고 잘 된다고 했었지.'

강혁은 언젠가 그에게 가르침을 주었던 한 저명한 이비인후과 의사를 떠올리며 연골막과 연골 사이의 공간을 벌려나갔다. 지나치게 아래로 내리면 그쪽을 통해 지나는 감각 신경이 끊어지면서 앞니가 시린 증상이 생길 수도 있겠지만, 지금은 그 정도 불편까지 고려할 만한 상황은 아니지 않은가. 어떻게든, 정말 아주 조금이라도 시야를 넓히는 것이 훨씬 더 중요했다.

"자, 이제 김 교수님 그거 놓고 잠깐 쉬어요."

"아, 네."

이 과정은 혼자 오롯이 감내해야 하는 과정인지라 강혁은 김인수의 손에서 후크를 뺏어다가 옆에 내려놓았다. 그러곤 끝이 삐죽한 비경을 이용해 계속해서 연골과 연골막 사이를 분리해나갔다. 그러다보니 곧 분리해나가던 손끝에 연골이 아닌, 그보다 훨씬 단단한 느낌이 전해져 왔다. 이제 뼈였다. 그만큼 깊숙이 왔다는 뜻이기도 했다.

"프리어(Freer) 줘봐."

"네."

해서 강혁은 오래전 배웠던 술기를 떠올리면서 동시에 프리어로 연골과 뼈가 연결되는 곳을 분리했다. 그러곤 반대편 점막 또한 뼈와 분리해냈다.

'이 양반은 수술이라면 그냥 다 잘하는구나.'

김인수는 그것을 보면서 혀를 내둘렀다. 워낙에 좁은 부위인

데다가, 어두워서 잘 보이진 않았지만 능숙한 이비인후과 의사를 떠올리기에 충분한 모습이었다.

"본 시저."

"네."

강혁은 그렇게 가운데 뼈와 양측 점막을 싹 분리하고는 본 시저로 뚝뚝 뼈를 잘라내었다. 연골은 옆으로 힘을 주면 밀리니까 나름대로 시야를 확보할 수 있지만 뼈는 그렇지가 않았다. 과도하게 잘라내면 코가 좀 주저앉겠지만 지금은 어쩔 수 없는 선택이었다.

"오케이……. 이제 나잘 스펙큘럼(Nasal speculum) 제일 큰 거 줘봐."

"여깄습니다."

"이게 얼마나 보이려나 모르겠네?"

강혁은 고개를 갸웃거리면서 자신이 벌려 놓은 부위에 벌림개를 쑤셔 넣고는 좌우로 쫙 벌려 고정시켰다. 그러자 코 뒤쪽의 구조물과 함께 좌측 안면부 쪽에서, 즉 바깥쪽에서 안쪽 방향으로 박혀 들어온 파편의 일부가 눈에 들어왔다. 박힌 부분에서는 끊임없이 피가 흘러나오고 있었는데, 그중 일부는 내경동맥에서 흘러나오는 것일 터였다.

"어……. 잘 보이네요?"

"이 사람이 코가 유독 커서 그런 것도 있는데, 진짜 생각보단 잘 보이네."

보통은 이렇게 시야를 확보하더라도, 내시경을 넣어서 봐야 하기 마련이었다. 하지만 이 사람의 경우에는 대강이라도 안쪽을 들여다볼 수는 있었다. 특히 시력이 지나치다 싶을 정도로 예민한 강혁은 거의 훤히 알아볼 수 있을 지경이었다.

"아무튼, 이렇게 안쪽 시야도 확보했고."

강혁은 만족스럽다는 얼굴로 고개를 끄덕인 후, 잠시 아래쪽을 내려다보았다. 한유림과 리처드가 낑낑거리고 있는 현장을 향해서였다.

'절개 방향 좋고……. 비장은……. 비장은 뗐구나.'

이미 한유림은 비장 절제술을 시행한 참이었다. 카심이 차리고 있는 아래쪽 테이블 위에 비장이 떡하니 올려져 있는 것을 보면 알 수 있었다. 그 비장을 보자마자 왜 한유림이 그런 결정을 내려야만 했는지 알 수 있었다. 이미 절반가량은 훼손되어 있었다. 핏덩이나 다름없는 장기이니만큼, 이대로 두었다면 지금쯤 과다 출혈로 죽었을 수도 있었다.

"피 3개 들어갔습니다."

경원은 수술 상황을 파악하고 있는 강혁을 향해 재빨리 인포를 주었다.

"3개라. 아주 많지는 않네?"

평소 수술에 비하면 많은 편이었지만 이 환자의 부상을 생각해보면 감히 적다고 평할 수 있는 수준이었다. 경원은 그런 강혁의 말에 십분 공감한다는 얼굴로 고개를 끄덕였다.

"네, 교수님. 비장 절제술을 빠르게 진행해서요. 하지만 아직 출혈이 계속 있습니다."

“그렇겠지. 한 교수님, 거기 좀 어때요? 신장.”

강혁은 비장 옆에 놓인 파편을 보며 입을 열었다. 길이와 형태를 보건대 딱히 비장만 찔렀을 거 같진 않았다. 재수가 없다면 더 가운데에 위치한 췌장이나 대동맥이 다쳤을 것이고……. 강혁의 예상이 맞았다면 신장 쪽일 거다.

“어……. 좌측 신장 찢어졌어. 다행히 혈관은 괜찮아.”

“절제술 안 해도 되는 수준?”

“혈관이랑 요관 나오는 부위가 괜찮아서 좀 아까워. 내가 일단 어떻게든 살려볼게.”

“음.”

아마 예전 같았으면 헛소리하지 말고 비키거나 잘라내라고 했을 터였다. 하지만 지금의 한유림 실력이라면 저만한 말을 할 자격이 있었다.

“네, 가능할 것도 같습니다.”

게다가 한유림은 리처드의 보조까지 받고 있지 않은가. 강혁이 워낙에 막 대해서 그렇지, 리처드는 상당히 실력이 괜찮은 의사였다. 그런 둘이 같이하고 있는데 무슨 말을 더할 수 있을까.

“오케이. 그럼 믿고 맡길게요.”

“어. 근데 위는 어때? 거기……. 거기가 사실 제일 문제 아냐?”

비장은 잘라 없애도 관리만 잘 받으면 살아갈 수 있다. 신장도 그러했다. 나머지 한쪽만 제대로 기능이 남아 있다면, 그럭저럭 여생을 살아갈 수 있으니까. 하지만 얼굴은 딱 하나뿐인 장기였다. 좀 다치고 피 난다고 잘라버릴 수가 없었다.

"제일 문제니까 내가 하지."

"넌 꼭…… 대답을 그렇게 해야 되냐?"

"어렵긴 한데, 그래도 지금까지는 계획한 대로 되고 있어요."

"그렇다면 뭐 다행이긴 한데……."

다른 사람도 아니고 강혁의 계획대로 되고 있다지 않은가. 거의 뭐 완벽하게 하고 있다고 해석해도 될 터였다. 한유림이 고개를 끄덕이고 있는데, 수술실 문이 열렸다. 안으로 조심스럽게 들어온 이는 제인이었다.

"어? 어떻게 왔어? 아직 환자 있을 텐데."

"잠깐 한지영 학생 의사한테 맡겼어요. 급한 환자들은 다 봐서요."

닥터 제인은 절대 진료 시간에 환자를 두고 돌아다닐 사람이 아니지 않은가. 여태 한 달이 넘도록 함께 있었지만, 응급 수술을 제외하고는 단 한 번도 본 적 없는 일이었다.

"보호자라고 해야 하나……. 관계자라고 해야 하나. 아무튼, 워낙 난리여서요."

"같이 온 사람들?"

"네."

"도대체 누구길래 닥터 제인이 들어온 거야? 어지간하면 안 그러잖아?"

"아."

제인은 뒤쪽, 그러니까 이미 닫혀버린 수술실 문 너머를 바라보았다.

"지금 그 환자……. 형이 아만 칸입니다."

"아만……? 총리?"

"네."

"하……."

아만 칸. 테흐리크 에 인샤프 정당의 창시자이자 현 파키스탄 총리. 수도 이슬라마바드 출신으로 어마어마하게 부유한 집안 자식이었는데, 무려 영국의 케임브리지 대학을 나오고 돌아와서는 국민 스포츠인 크리켓 영웅이 되었을 정도로 입지전적인 인물이었다.

"총리 동생이라, 이거지."

헬기 타고 나타났을 때부터 이미 상당히 힘 있는 사람일 거란 생각은 했었다. 하지만 설마하니 총리의 동생일 줄이야. 그런 인간이 왜 페샤와르에는 갔을까. 번화한 도시긴 해도 파키스탄 북부에서 제일 위험한 도시이기도 했다. 아프가니스탄 전쟁 때 어마어마한 수의 아프가니스탄인이 피난 오는 바람에 지금은 인구의 거의 10% 이상이 아프가니스탄인으로 채워져 있었다.

"네, 백 교수님. 수술은……. 어찌 되어가고 있나요? 저들이 궁금해합니다."

제인은 초조한 얼굴로 물었다. 보아하니 바깥에 있는 사람들도 궁금해하지만, 제인 자신도 어지간히 궁금한 모양이었다.

"계획대로 되어가고 있어. 뭐…… 후유 장애가 남을지 어떨지는 나중에 깨워봐야 알겠지만."

"계획대로 되고 있다는 건…… 최소한 죽음은 피했다는 건가요?"

강혁의 말에 제인의 얼굴이 눈에 띄게 밝아졌다. 여지껏 제인이 보아온 강혁의 수술은 계획대로만 되면 절대 죽지 않았기 때문이었다.

"어……. 아니. 아직은 몰라."

하지만 돌아온 대답은 영 실망스럽기 그지없었다.

"네?"

"얼굴 쪽이 어렵거든. 두 단계는 잘 됐는데……, 마지막 한 단계가 남았어. 이거까지 잘되어야 해."

"아……. 그럼 저쪽에는 뭐라고…… 전할까요? 이슬라마바드에 있는 병원으로 다시 옮기네 마네 하고 있는 거 같습니다."

파키스탄이라고 해서 괜찮은 병원이 아예 없는 건 아니었다. 특히 수도인 이슬라마바드와 예로부터 가장 비옥한 지방이었던 펀자브의 주도 라호르에는 그래도 쓸 만한 병원이 있었다.

"아, 그건 안 되지. 여기나 배나 아직은 안 돼. 에어 앰뷸런스라도 있으면 몰라도, 그런 거 없잖아?"

"없겠죠."

여기까지 오는데 환자가 죽지 않은 것만 해도 거의 기적인 상황이었다. 그런데 이 상황에서 또 이송한다고? 그건 안 될 말이었다.

"일단 수술 끝날 때까지는 기다리라고 해줘. 안 돼, 이송은."

"알겠습니다. 제가 바깥은 어떻게든 처리하고 있을 테니까, 백 교수님은 수술에만 신경 써주세요."

"고마워."

"그럼, 저는 나가보겠습니다."

"아, 응. 그래."

덕분에 강혁은 미미한 미소나마 띤 채 고개를 끄덕일 수 있었다. 그러나 고개를 돌려 환자의 얼굴을 다시 마주하게 되었을 때는 도저히 미소를 지을 수가 없었다. 여전히 큼지막한 파편이 박혀 있는 상황이었으니까. 이걸 잘 해결하지 않으면, 환자는 죽게 된다.

"이거 지금 광대 부수고 들어간 거라……. 주의하지 않으면 안쪽에 상악 동맥 같은 거 괜히 건드릴 수 있어요. 그러니까…… 이거 잘 피해서 들어가야 해."

"아, 네. 그럼 어디를 어떻게……."

"일단 여기 째야죠. 방향이 안쪽이니까. 이쪽에서도 시야를 확보하려면."

"아하."

강혁은 김인수 교수의 손을 잡아다 제 위치에 놓고는 메스로 파편이 박혀 들어간 부위보다 훨씬 안쪽을 그었다. 더 정확히 말하자면 좌측 코의 외측 경계선을 따라서였다.

"으."

보조를 서고 있던 김인수 교수의 입에서 신음 비슷한 것이 흘러나왔다. 제아무리 수술을 많이 한 사람이라고 해도, 사람 얼굴을 쨀 때는 이럴 수밖에 없는 법이었다. 아무래도 배나 허벅지같이 상대를 인식하는 데 쓰이지 않는 부위보다는 얼굴이 훨씬 충격이 컸으니까.

게다가 지금은 그가 제일 존경하는 강혁과 함께하고 있는 순간이었다. 몸도 마음도 전에 없을 정도로 긴장하고 있었다.

"아, 역시……. 뼈가 다 부러졌네. 뭐, 들어가기는 편하지. 거기……. 그래요, 그렇게. 오, 해봤나? 보조를 되게 잘하시네?"

"아, 아뇨. 감사합니다."

덕분에 처음 보는 수술임에도 불구하고 꽤 잘 따라갈 수 있었다. 강혁은 일단 김인수를 칭찬한 후, 핀셋을 이용해 부서진 뼈를 하나하나 제거했다.

"아, 이거……. 이건 안 좋네."

이놈의 파편은 눈의 바닥 뼈까지 죄 부숴버린 참이었다.

'뭐……. 눈알을 안 건드린 게 천만다행이긴 하지만.'

그랬다면 눈알도 뽑아야 했을 터였다. 술기 자체가 어려운 건 아니었지만, 이후 삶의 질이 문제였다.

'이대로 두면 눈이 주저앉겠어.'

눈이 주저앉으면 일단 물체가 둘로 보이게 되었다. 이른바 복시가 생긴다는 뜻인데, 삶의 질을 어마어마하게 떨어뜨리는 증상 중 하나였다.

"우리 혹시 티타늄 메시(Titanium mesh)가 있나?"

해서 강혁은 별로 기대하지는 않는 얼굴로 장미를 향해 물었다. 이건 강혁도 필요할 거라고 생각지 못했던 터라, 처음부터 요청도 하지 않았던 소비재였기 때문이었다.

"아, 있어요. 제가 챙겼죠."

한데 장미가 고개를 끄덕였다.

"어, 정말?"

"네. 어차피 한번 챙겨서 오는 거 있는 대로 다 가져오면 좋겠다 싶었죠. 뭐."

"와……. 조폭 너는……, 정말 최고야."

"이럴 때도 조폭이라고 하시는 거예요?"

"그럼 뭐라 그래?"

"아니…… 아뇨, 됐어요. 됐습니다."

"어차피 지금 필요한 건 아니죠? 좀 이따가 찾아 드릴게요."

"어. 어, 그래. 오……. 메시가 있다 이거지."

그렇게 한 10분 정도가 더 흘렀을 무렵, 강혁은 부서진 뼛조각을 모조리 제거할 수 있었다. 일반 사람의 눈으로는 도저히 볼 수 없는 것들까지 다 제거했기 때문에 일단 뼈 때문에 발생할 수 있는 염증 반응까지도 모조리 제거한 셈이었다.

"자, 이제 이쪽에서도 보이고, 이쪽에서도 보이지."

강혁은 얼굴 쪽과 코 쪽에서 모두 다친 부위를 바라보며 중얼거렸다. 그보다 딱 한 템포 느리게 김인수 교수가 고개를 끄덕였다.

"그, 그렇네요. 오……."

"이쪽은 시야만 확보한 게 아니라 파편의 움직임도 확보한 거예요. 안 흔들고 빼는 게 당연히 제일 좋기는 한데. 솔직히 그건 불가능하거든."

폭탄이 터질 때의 힘으로 날아와 박힌 물건을 어떻게 사람 힘으로 그냥 뺀단 말인가. 그건 제아무리 백강혁이라고 해도 무리였다. 아주 조금이라도 흔들어서 빼야 했다.

"아 그럼……."

"응. 잡고만 있어요. 딱 잡고만."

"네."

김인수는 강혁의 말에 파편을 양손으로 잡았다. 차디찬 금속의 느낌이 확 전해져왔다. 이런 게 얼굴에 박혔다니. 새삼 끔찍하다는 느낌이 들었다.

"어디……."

그사이 강혁은 얼굴 쪽의 절개 단면에 오른손으로 쥔 봉합 기구를 집어넣었다. 콧구멍으로는 왼손에 쥔 핀셋을 집어넣으면서였다. 시선은 딱히 고정할 생각이 없었다. 오른손을 움직일 때는 얼굴로, 왼손을 움직일 때는 콧구멍 안으로 들여다볼 생각이었다.

'이런 미친 수술이 있다니.'

그 모습을 보면서 김인수 교수는 고개를 가로저었다. 사실 지금 아래쪽, 그러니까 한유림과 리처드 팀이 시행하고 있는 수술만 해도 초고난도 수술이라고 할 수 있었다. 그냥 타박상으로 인해 비장이 터진 게 아니라 파편이 박히면서 찢어진 상황이지 않은가. 어지간한 병원이라면 딱 저 정도 손상만 하더라도 환자가 잘못될 가능성이 컸다.

'이게 사람이 하는 수술이 맞나.'

하지만 지금 강혁이 하는 수술은, 수술이라고 해야 하나 싶은 고민이 들 정도의 난도였다. 이건 도저히 누가 배울 수 있는 게 아니었다. 케이스 리포트에 실린다 해도 다들 거짓말이라고 할 것 같았다. 하지만 정작 장본인인 강혁은 덤덤하기만 했다.

"오케이. 대강 되겠어."

심지어 뭔가 되겠다고 하면서 고개를 끄덕이고 있었다.

"자, 그럼 천천히 빼봐요."

"네."

"조폭. 너는 잘 보고 있다가, 내가 신호하면 목에 걸어둔 고무줄 당겨. 알았지?"

"네, 교수님."

장미는 고개를 끄덕였다. 아까 내경동맥에 걸어둔 고무줄을 집어 들면서였다.

"좋아……."

강혁은 그런 장미와 김인수를 돌아보고는 다시 수술 부위를 바라보았다. 부위는 하나였지만 그 부위를 엿볼 수 있는 구멍은 두 곳이라 고개가 상당히 바빴다. 그사이 김인수 교수가 당기는 파편이 서서히 움직이기 시작했다. 그 말은 곧 파편이 빠져나가고 있다는 뜻이었고, 또한 내경동맥에서 피가 튀기 시작했다는 얘기이기도 했다.

"조폭."

"네."

해서 강혁은 일단 고무줄을 당겨 혈류를 차단한 후, 모습을 드러낸 혈관을 봉합하기 시작했다. 고개를 좌우로 팍팍 이동시키면서였다. 아무것도 안 하고 그것만 해도 어지러울 거 같은데,

곧잘 봉합을 이어나가고 있었다. 어찌나 경이로운 광경이었던지, 김인수는 물론이고 아래 테이블에서 수술하던 이들까지 다 넋을 잃었다.

'미친놈…….'

속으론 같은 생각을 하면서였다.

"휴."

강혁의 입에서 안도의 한숨이 나온 건, 곡예에 가까워 보이는 봉합을 시작한 지 대략 3분가량이 지나서였다.

'3분…… 이라고?'

넋 놓고 강혁을 바라보던 리처드는 시계를 확인하자마자 자신도 모르게 탄식을 터뜨렸다. 찢어진, 그것도 철판에 의해 불규칙적으로 찢어진 내경동맥을 봉합하는 데 걸린 시간이 고작 3분이라니. 동맥이 눈에 딱 잘 보이는 곳에 있었다면 얘기가 좀 달라졌겠지만 지금 내경동맥이 찢어진 부위는 비인두의 외측이었다. 거의 머리 한가운데라고 봐야 한다는 뜻이었다.

'아까부터 목 째고, 코 후비고, 얼굴 가르더니……. 이걸 해낼 자신이 있었단 거구나.'

리처드는 새삼스럽다는 눈으로 환자의 목, 코 그리고 얼굴을 바라보았다.

"리처드."

"아, 죄송합니다."

그렇게 넋 놓고 구경하고 있으려니, 한유림이 리처드를 불렀다. 한유림도 리처드와 마찬가지인 상황이었다. 그 또한 시선을 강혁의 수술 부위에 처박고 있었다.

“저 미친놈 좀 봐. 저걸 해내네?”

그러곤 욕설과 함께 다소 거친 감탄사를 내뱉었다. 방금 기적이라고 하기에도 뭣한 술기를 본 참이었기에 리처드 또한 고개를 끄덕였다.

“그러니까요. 아니……. 원래도 저 정도였나?”

“리처드, 자네 언제 한국대학교 병원으로 연수 갔었지?”

“장관님 안 계실 때죠. 한 2년 전?”

“2년이라.”

한유림은 잠시 눈을 감고 과거를 떠올렸다. 2년은 긴 시간이었다. 제대로만 보낸다면 한 나라의 중증외상센터가, 그야말로 절망의 구렁텅이에서 정상화될 수도 있는 터무니없이 긴 시간이었다. 백강혁의 실력이 늘기에도 충분한 시간이었을 터였다.

“저놈은 실력이 확 늘고도 남지.”

“그렇…… 죠? 아니, 어떻게 거기서 더 늘었지?”

“낸들 알겠어? 늘 거리가 더 있었나보지.”

“거참…….”

리처드는 강혁의 모든 제자들이 맛보는 감정을 느끼며 혀를 찼다. 하지만 그러한 생각도 오래 할 수는 없었다. 어느새 봉합한 내경동맥을 보호하기 위해 찢어진 주변 근육까지 봉합해낸 강혁이 아래쪽을 돌아보았기 때문이었다.

“어디서 종알거리는 소리가 들리는데? 수술 다 끝냈나?”

“어, 어. 미안. 바로 할게.”

"한 교수님, 노닥거리면 뒤져요?"

"아니……. 수술방에서 재수 없게 뒤진다는 소릴……."

"환자 말고 그쪽 두 분이 뒤지신다고."

한유림은 등줄기를 타고 흘러내리는 식은땀을 느끼며 다소 억울하다는 생각이 들었다.

"알면 해요."

"어……. 알았어."

억울해도 뭐 어쩌겠는가. 강혁의 말대로 수술 중인데.

"리처드."

"네, 장관님."

"하자……."

"네."

하릴없이 수술을 계속 이어나가는 수밖에 없었다. 한 가지 다행한 일은 한유림도 베테랑이고 리처드도 베테랑이라는 뜻이었다. 비록 강혁의 수술에 홀려 시간을 조금 흘려보냈지만, 그런데도 수술은 빠르게 진행 중이었다.

"신장, 살릴 수 있겠지?"

"네. 다행히……. 측면이 까진 거라 봉합은 안 되겠지만……. 잘라내면 될 거 같아요."

"오케이. 그럼 지혈하면서 잘라내봅시다."

"네, 장관님."

신장의 주요 기관이 몰리는 곳이 아닌 바깥쪽이 찢어진 것이 다행이었다. 물론 이렇게까지 다친 것부터가 불행한 일이긴 하겠지만, 다친 와중에 이만하면 운이 좋다고 할 수 있었다.

"김 교수님. 교수님이 목 닫을래요? 제가 나머지 닫을 테니까."

"아. 네. 근데……. 내경동맥은 그럼 이제 괜찮은 걸까요?"

심지어 위쪽에서 가장 심각했던 부상마저 순조롭게 해결된 참이었다.

"괜찮죠, 그럼. 얼마나 단단하게 닫아줬는데."

"그……, 그렇군요."

김인수는 바로 옆에서 그 장면을 봤음에도 아직 잘 믿기지가 않았다.

'백 교수님이 그렇다면 그런 거지.'

세상에 수술방에서 백강혁 말을 안 믿으면 대체 누굴 믿어야 한단 말인가. 얼마 지나지 않아 둘은 장미에게 봉합 기구 하나씩을 받아 들고는 봉합에 들어갔다.

'뭐, 아래쪽 상황도 괜찮고…….'

아마 아래쪽이 지지부진했으면 봉합은 뒤로 미루고 아래로 내려갔을 터였다. 하지만 보아하니, 비장은 뗐어도 신장은 살리고 있는 모양이었다.

'문제는 가슴인데. 저거야 뭐…….'

강혁은 아직도 가슴에 박힌 작은 철판을 바라보았다. 아마 저게 조금만 더 컸다거나, 방향이 조금만 더 틀어져 있었다면 제일 급한 문제가 되었을 터였다.

'그냥 뽑고 꿰매면 될 거야. 혹시 모르니까 흉관 꼽고…….'

하지만 지금은 그저 흉강에 들어가 있을 뿐이었다. 갈비뼈 2대 정도가 같이 나가버리긴 했지만 그 덕에 폐 손상은 피할 수 있었다.

"백 교수님, 저 다했습니다."

"응?"

그렇게 수술 전체 상황을 둘러보면서 꿰매고 있으려니, 김인수 교수가 냅다 입을 열었다. 들고 있던 봉합 기구를 내려놓으면서였다. 그럴 리가 없는데 하면서 고개를 돌려봤더니 정말로 목이 닫혀 있었다. 그것도 흠잡을 게 별로 없을 만한 봉합 실력으로.

"오. 엄청 느셨네? 보조도 귀신같이 하더니."

"이 정도로 뭘요. 사지 부상은 더 잘합니다. 하하."

말은 아니라고 하지만 표정은 숨길 수가 없는 모양이었다.

"그렇구만. 그럼 얼굴은 같이 하죠."

"아, 네."

강혁은 김인수 교수가 생각보다 더 빨리 해준 덕에 정말 금세 봉합을 끝마칠 수 있었다. 다 마치고 내려가보니, 아직 한유림과 리처드는 낑낑거리며 신장을 되살리려 애쓰고 있었다.

"뭐……. 되겠는데."

강혁은 그 뒤에서 슬쩍 내려다보고는 고개를 끄덕이더니, 가슴 쪽으로 올라갔다.

"이건……, 그냥 뽑으면 되죠?"

먼저 가 있던 김인수가 강혁을 보며 물어왔다. 어지간하면 중증외상센터 정형외과 백 당직을 도맡아 하고 있다더니, 그 말이 거짓은 아닌 모양이었다. 정형외과 의사에게는 그리 익숙지 않은 부위인데도 딱 보자마자 상처 수준을 알 줄이야.

'이런 사람들이 있어서 대한민국 중증외상센터가 굴러가고 있는 거지…….'

비록 시스템이 정비되어서 심평원 내에 중증외상센터 및 중환자 의학만 따로 심사하는 팀이 생겼고, 또 모든 센터에 지원비 제도가 생겼다고는 해도 아직 절대적인 의료진 수는 부족한 상황이었다. 그걸 뒷받침해주는 것이 바로 김인수와 같은 타과 선생님들이었다.

"네, 뽑고 꿰매면 됩니다. 뭐, 혹시 모르니까 흉관 하나는 꼽고요."

"아, 네네. 그럼 이번에도 제가 뽑을까요?"

"그러시죠."

그러곤 곧장 수술을 시작했다.

"으읍."

김인수는 호언한 대로 철판을 잡아당겼다. 익숙지 못한 사람은 이런 종류의 철판을 잡을 때조차 어설프기 마련인데, 김인수는 무척 능숙하게 안 다칠 만한 곳을 딱 골라내 잡더니 끙, 하고 힘을 주었다. 갈비뼈 사이사이 근육에 의해 붙잡혀 있던 철판이 슥 하고 빠져나왔다.

'음, 그래. 폐는 괜찮아.'

그 작은 틈새로 강혁은 안쪽을 확인한 후, 즉각 흉관을 꽂아 넣었다. 장미가 싹 다 준비를 해두었던 덕에 즉각 시행할 수 있었다.

"이거 갈비뼈는 어쩌죠?"

"뭐, 이런 조각은 제거하고, 나머지는 두죠. 어차피 시간 지나면 붙을 거예요. 방향만 잘 두면."

"하긴……. 고정하는 건 오버죠?"

"오버죠. 팔다리도 아니고."

팔다리의 뼈라면 무조건 고정해주는 것이 좋았다. 팔다리는 열심히 움직여야 하는 조직이었으니까. 반면 갈비뼈는 흉강을 지탱하고 또 보호하는 것이 주된 임무 아니던가. 움직임만 제한하면 어지간하면 잘 붙었다.

그렇게 수술을 마무리해가고 있는데, 또다시 문이 열렸다. 이번에도 들어온 것은 제인이었다.

"배, 백 교수님."

하나 다른 점이 있다면, 아까보단 확실히 좀 더 허둥대고 있다는 점이었다. 강혁은 그 이유를 아까부터 알고 있었다. 저 멀리서 또 하나의 헬기 소리가 들려왔으니까. 총리 동생이 수술 중인데, 헬기가 하나 더 왔다는 건 뭘 의미하겠는가.

"총리 왔어?"

"어……, 어떻게 알았어요?"

수술 잘하는 거야 익히 알고 있었지만, 대체 보지도 않고 바깥 상황을 어찌 이리 잘 알 수 있단 말인가. 제인의 얼굴에 놀라움이 떠오른 것은 어찌 보면 당연한 일이라 할 수 있었다.

"강혁이 이상한 거 하루 이틀입니까. 어떻게 알았겠죠. 근데……."

물론 강혁을 하루 이틀 겪은 게 아닌 한유림은 시큰둥했다. 게다가 지금은 그보다 더 궁금한 것이 있었다.

"총리가 직접 온 거예요? 이렇게 빨리?"

현 총리 아만 칸은 당선된 지 이제 겨우 2년 넘은 새내기 총수였다. 물론 마냥 새내기라고 하기엔 그 집안이 펀자브 지방의 어마어마한 유지이긴 했지만, 아직은 정치 장악력이 그렇게 크다고 볼 수는 없었다. 해서 수도인 이슬라마바드를 비우는 일이 거의 없었다는데, 오지라 할 수 있는 한구까지 날아온 것은 퍽 이상한 일이라 할 수 있었다.

"아, 네. 이 사람……. 무하메드 칸이 꽤 중요한 사람인가봐요."

"동생이니까, 중요한 건 당연한 거 아닌가?"

제인의 답에 한유림이 고개를 갸웃거렸다. 일찍이 부인과 사별한 바 있는 그에게 가족은 특별한 존재라 할 수 있었다. 하지만 총리쯤 되면 가족의 의미가 조금은 달라지기 마련이었다.

"그냥 동생이 아니라……. 지금 여당의 대외 활동, 특히 북부나 서부 쪽 활동을 거의 전담하고 있나봐요. 아무래도 여당의 지지 기반이 아니다보니까 위험하기도 하고."

"실제로 위험하네."

묵묵히 듣고 있던 강혁은 이제 수술이 다 끝난, 그대로 나가서 벤틸레이터에 연결만 하면 될 거 같은 환자를 돌아보았다. 아까 처음 실려 올 때의 모습은 감히 상상조차 할 수 없을 정도로 깔끔해져 있었다. 일단 몸에 틀어박힌 철판이 없으니까 더더욱 그러했다.

한 나라의 여당 의원을 타깃으로 한 폭탄 테러가 일어나다니. 대한민국이었다면 정말이지 상상도 할 수 없는 일이었다.

"그러니까 총리 입장에서는 대외적인 얼굴이 다친 셈이네. 총리로서는 다친 게 득이 될 테지만……. 그렇다고 아예 잘못되면 치명타지."

아무래도 강혁보다는 그래도 잠시나마 정치 물을 먹어본 한유림이 이해가 빨랐다. 일단 정당 입장에서는 정당 소속 의원이 의정 활동을 하다가 반대파에게 상해를 입게 되면, 냉정하게 들릴지 몰라도 정치적인 이득을 얻을 수 있었다. 반대파를 공격할 거리를 마련한 것은 물론이고 동정표까지 얻을 수 있었으니까. 하지만 아예 잘못되어버리면 그건 또 그것대로 문제였다. 자칫 험지에 보낸 것에 대한 비판 여론이 일 수 있지 않겠는가. 그러니 아직 정치적 배경이 부족한 총리로서는 부지런히 이곳에 와야만 했을 터였다.

"아, 그럼 거래할 수 있겠네."

강혁은 그 후로도 잠시 이어진 한유림과 제인의 대화를 듣고는 고개를 끄덕였다. 당연히 한유림은 자신이 뭔가 잘못 들었겠거니 하는 얼굴이 되어 강혁을 돌아보았다.

"거래?'

"네, 거래."

"그……, 환자 목숨으로?"

"이미 살렸잖아요? 뭐가 문제야."

"그……. 음."

살린 목숨을 가지고 거래를 한다라. 한유림은 강혁이 뭔 짓을 하려는지 잘 상상이 가지 않았다. 해서 입을 다물었는데, 모두가 그런 것은 아니었다. 적어도 팀장인 제인은 결코 그럴 수가 없었다.

"초, 총리한테는 탈레반한테 하듯 대하면 안 돼요……."

이전에 강혁의 거래 방식을 본 적이 있지 않았던가. 솔직히 말하면 그딴 식으로 해서 어떻게 저 무서운 탈레반을 설득할 수 있었는지 아직도 믿기지 않았다. 그런데 그 방식으로 총리를? 병원 문 닫는 건 일도 아닐 터였다.

"아, 알지. 모르나? 나 일본 수상한테도 어? 헬기 얻어낸 사람인데."

"어……."

제인은 그게 정말이냐는 얼굴로 한유림을 돌아보았다. 그러자 한유림은 무척 어두운 얼굴로 고개를 끄덕였다.

'근데 왜 더 불안해질까…….'

제인이 차마 입을 열지 못하고 있는 동안, 강혁은 저벅저벅 걸어서 밖으로 나갔다.

"교, 교수님? 어디 가려고요?"

폭탄 같은 인간 아닌가. 어쩌면 페샤와르에 터진 폭탄보다도 총리를 더 열 받게 만들 수도 있는 사람이었다.

"총리 왔다며. 만나러 가자."

"아니, 직접……. 직접 보려고요?"

"보호자잖아? 집도의가 보호자 만나야지."

집도의가 보호자 만난다는데 그걸 어찌 막을 수 있겠는가. 제인은 하릴없이 강혁을 붙잡았던 손을 놓고야 말았다. 물론 혼자 가게 두지는 않았다.

"저분?"

"손가락질은 하지 말고요. 그거 여기서는 모욕적인 느낌이라고요."

강혁은 얼마 지나지 않아 첫 번째 결례를 범했다. 감히 총리에게 대고 삿대질을 한 것.

"아, 닥터 백?"

다행히 총리는 강혁의 손가락질을 보진 못한 모양이었다. 옆에 있던 비서처럼 보이는 사람에게 강혁에 관한 얘기를 듣고는 곧장 다가올 따름이었다. 아무래도 총리로서만 온 게 아니라 보호자로서도 온 참이다보니 아주 고압적이지만은 않았다. 그게 강혁의 마음에 들었다. 참으로 다행이었다.

"네, 아만 칸 총리님."

"제…… 동생은 좀 어떻습니까?"

태도를 보아하니 상태에 대해 십분 이해하고 있는 듯했다. 밖에 있던 의료진, 그러니까 무려 대한민국 최고의 병원인 한국대학교 병원의 중증외상센터 센터장 재원에게 얘기를 들었으니 당연한 일이었다.

제인은 총리 뒤에서 브이 자를 보내고 있는, 전혀 안 어울리는 수염까지 기른 재원을 보며 고개를 가로저었다.

'저 사람도 정상은 아냐…….'

"목숨에 지장은 없을 겁니다."

"오……. 그게 정말입니까?"

"단언합니다. 절대 죽지는 않아요."

"오. 역시……. 얘기는 들었습니다."

밖에 있던 재원과 강일구 교수가 부지런히 입을 놀려둔 덕에 그는 강혁이 한국에서도 얼마나 대단한 의사인지 충분히 인지한 후였다.

"다만 부상 정도가 심했고, 이송 시간이 꽤 오래 걸려서 후유증이 얼마나 남을지는 모르겠습니다. 지켜봐야 해요."

"아, 네……. 그것도 얘기는 들었습니다."

아만 총리는 뒤에 있던 재원을 돌아보았다. 상당히 뜻밖의 타이밍이었기에 재원은 부리나케 브이 자를 떨구었다.

'가히 대한민국 최고의 의사들이라 할 수 있군.'

의료 시스템에 대해 아예 모른다면야 이런 생각도 하지 않았겠지만 아만 총리는 영국 유학 당시, 영국의 병원 시스템을 보고 깊은 감명을 받은 바 있었다. 돌아와서는 고향 라호르에 영국의 병원을 본뜬 병원까지 세웠을 정도였다. 그렇게 잘 아는 사람인 만큼 딱 보기만 해도 어느 정도 실력에 대한 감이 왔다.

"일단 불 좀 끄겠습니다."

"응?"

강혁은 감탄하고 있던 아만 총리를 향해 엉뚱한 말을 꺼냈다.

아만은 당연히 놀란 얼굴을 하고 강혁을 바라보았다. 강혁은 어느새 약간은 짓궂은, 그러니까 평소의 얼굴로 돌아와 있었다.

"여기 전력 사정이 후져서요. 동생을 병실로 옮기려면 불을 꺼야 해요."

"아. 허……. 하긴, 여긴 한구니까."

사실 따지고 보면 한구 지역에서 이 늦은 시간까지 전기가 들어오는 게 신기한 일이었다. 하루에 길어야 서너 시간 들어오는 곳이 대부분이었으니까.

"자, 그럼 끕니다."

강혁은 놀란 얼굴의 아만을 똑바로 바라보며 고개를 끄덕였다. 그러자 저 멀리 수술실에서 신호만 기다리고 있던 카심이 1층의 불을 소등했다. 이미 해가 떨어진 지 꽤 된 시각이었기에, 내부는 깜깜하기 그지없었다.

"저기 엘리베이터 쓰는 동안, 우리는 걸어서 가죠. 올라가면 동생을 바로 보실 수 있을 겁니다."

강혁은 총리를 쉬게 두지 않았다. 대신 앞으로 나서며 계단을 가리켰다.

"알겠습니다."

이유가 뭐가 됐건 간절한 것은 마찬가지인지라 총리는 기꺼이 강혁을 따라나섰다.

"아유, 낡아서 이거."

강혁은 일부러 벽에 난 구멍을 후볐다. 사실은 본인이 가위를 던져서 만든 구멍이었지만, 전후 관계를 설명해주지 않으면 대체 어느 누가 상상할 수 있을까. 총리를 비롯한 외부인들은 그저 병원이 낡아서 그렇다고 생각할 따름이었다.

강혁은 일부러 병실 안까지 총리를 데리고 갔다.

"여긴데. 아, 오네."

그렇게 들어가서 한 1분인가 있으려니, 환자가 방으로 들어왔다. 아까 전해 들었던, 심지어 사진으로 봤던 그 끔찍한 몰골하고는 많이 달라져 있었다.

"벤틸레이터 연결해. 오래되고, 낡은 기계니까 주의해서 하고."

강혁은 총리를 살짝 밖으로 밀어내고는 일부러 큰 소리로 벤틸레이터를 가리켰다. 말로만 들었다면야 설득력이 떨어졌을 테지만, 벤틸레이터는 누가 봐도 후져 보였다. 아만 총리의 마음을 조금이나마 흔들기에 충분할 정도였다.

"어휴. 이거 빡빡해서."

경원은 강혁의 눈빛을 기가 막히게 읽어내었다. 예전엔 그야말로 성실하게 주어진 일만 묵묵히 하는 캐릭터였는데, 강혁을 만나 이런저런 세상의 풍파를 겪다보니 어느새 연기까지 늘어버린 참이었다. 물론 실제 산부인과용 벤틸레이터는 후진 물건이라 연기가 그렇게 어렵진 않았다.

'음.'

눈앞에서 대한민국에서 온 의사들이 낑낑대는 걸 본 아만 총리의 눈이 가늘어졌다.

'동생은……. 살아날 거 같긴 한데.'

솔직히 아까 모하메드 칸 의원을 수행하던 비서가 가져온 사진을 보았을 땐, 죽을 수도 있겠다 싶었다. 하지만 지금 보니 비록 얼굴이나 배, 가슴 여기저기에 거즈가 붙어 있긴 해도 죽지 않겠다는 확신이 들었다.

"되니? 또 안 되는 거 아냐?"

아만 총리의 표정 변화를 읽은 강혁이 일부러 다급한 목소리로 외쳐댔다.

"환자 잘못될 거 같은데, 이러면!"

환자 생명까지 운운하면서였다. 의사로서 양심의 가책이 아주 조금은 느껴지는 순간이었지만, 어차피 이 환자는 절대 죽을 리는 없는 상황이었다. 강혁이 그렇게 수술했으니까.

'다른 환자들 좀 살리자고 하는 짓이니까, 좀 봐주쇼.'

강혁은 의식 없는 환자를 보며 자신의 가책을 덜 생각으로 중얼거리며 경원을 바라보았다. 경원은 굳이 이렇게까지 해야 하나 하는 얼굴이었다. 하지만 어쩌겠는가. 자신의 스승이자 또 전 센터장이었던 사람이 주도하고 있는데. 게다가 와서 보니 정말이지 열악하다는 말도 부족할 정도의 환경이었다.

"자, 잠시만요! 기계가 너무 후져서! 전압도 약하고!"

해서 경원은 강혁의 즉흥 연기에 맞장구를 쳐주었다.

'미친놈들…….'

이런 연기에 자신이 없는, 동시에 이런 연극을 볼 만한 담력이 안 되는 제인은 슬며시 뒤로 빠졌다. 한편으로는 일말의 기대를 품으면서였다.

'그래도 효과가 있을지도 몰라.'

일단 동생의 은인이지 않은가. 게다가 아만 총리는 다른 파키스탄 정치가들처럼 영국 물을 좀 먹은 위인이었다. 그중에서도 특히 의료에 관한 관심이 지대한 양반으로 알려져 있었다. 정치를 시작하기도 전에 사비를 털어 라호르에 암 전문 병원을 지었단 얘기는 상당히 유명했다.

"기계가 그렇게 후집니까?"

아니나 다를까, 입을 다물고 있던 총리가 입을 열었다. 동생 목숨이 왔다 갔다 할 수도 있단 생각이 들어서일까? 얼굴엔 근심마저 가득해 보였다.

'옳거니.'

강혁은 그런 아만 총리를 보고는 속으로 낄낄 웃었다. 그러나 겉으로는 여전히 걱정 어린 얼굴을 하고 있었다. 이게 강혁의 무서운 점이었다.

"후지죠……. 하. 이런 말씀 드리기 외람되지만, 저희 병원에서 쓰던 것과 비교도 할 수 없을 지경입니다.

"허……."

"어, 된다. 되네, 이번엔……. 휴, 살았다."

강혁은 총리의 입에서 탄식이 나올 때쯤, 이미 연결된 지 오래인 기기가 마치 지금 연결된 양 너스레를 떨었다.

'지금 바꿔야 할 게 한둘이 아닌데, 고작 이거 가지고 시간 끌면 안 되지.'

아무래도 여기까지 온 이상 수 분 내로 떠날 거 같진 않지만,

그래도 무작정 있진 않을 테니 한정된 시간 내에 최대한 보여주어야 했다. 한구 병원이 처한 현실을.

"근데 여기 좀 덥지 않아?"

강혁은 환자 보느라 숙이고 있던 몸을 슥 하고 펴며 물었다. 이곳에 제일 오래 있었던 카심을 향해서였다.

"네?"

아무래도 카심은 경원처럼 척 하면 척이 되진 않았다. 그저 속으로 이런 생각만 하고 있을 따름이었다.

'여기 더운 게 하루 이틀 일인가? 갑자기 왜 저러셔.'

강혁은 그의 뚱한 얼굴을 보고는 바로 한유림을 향해 고개를 돌렸다.

"어……. 어, 더, 덥다."

한유림은 여태 끼고 있던 마스크를 재빨리 벗어 던졌다.

"어?"

그러자 아만 총리의 얼굴에 놀라움이 번졌다. 한유림의 얼굴을 본 적이 있었기 때문이었다. 보통 때 같았으면야 스쳐 지나가며 본 터라 기억하지 못했겠지만, 당시 아만 총리는 당선된 지 한 달 남짓 됐을 무렵이었다. 모든 게 새로웠고, 새로운 일은 기억에 오래 남는 법이었다. 게다가 한유림은 상당히 특이한 얼굴 아니던가.

"한……, 장관님?"

"어? 어떻게 저를?"

"박성민 대통령 순방 때 같이 오시지 않았나요?"

박 대통령은 비단 중증외상센터 활성화뿐 아니라, 경제 활성화에도 관심이 지대한 인물이었다. 그중에서도 특히 아직 전 세계적으로 소외되어 있던 시장인 중앙아시아에 관심이 많았다.

"아, 네. 근데 전……. 사실 멀리서 뵙기만 하고 따로 인사는 드리지 못했는데……."

"박 대통령께서 워낙 얘기를 많이 해주셔서요. 가장 신임하는 내각이라고."

"아……. 뭐. 맡은 바 일을 열심히 하기는 했습니다."

"한데……, 여기까지 오셔서 도움을 주고 계실 줄은 미처 몰랐습니다. 알았더라면 제가 더 신경을 썼을 텐데."

아만 총리는 한유림의 그을린 얼굴을 보면서 연신 고개를 끄덕였다. 박성민 대통령 순방 당시 나누었던 대화를 떠올리면서였다.

'한유림 장관님은 우리나라 중증외상센터 시스템을 완전히 바꿔놓은 인물입니다. 백강혁 센터장님과 함께요.'

한 나라의 시스템을 완전히 바꿔놓는다는 건, 말처럼 쉬운 일이 아니지 않은가. 실로 어마어마한 노력과 돈이 들어가는 일이었다.

"아뇨, 아닙니다. 하하. 국경없는의사회 소속 팀원으로 왔을 뿐입니다. 대단하신 분은 저기 닥터 제인이죠."

"그렇군요."

물론 아만 총리는 파키스탄의 현황에 관해 아주 잘 알고 있는 위인이었다. 현재 파키스탄은 중증외상센터를 살릴 게 아니라,

보편적 의료 복지부터 개선하는 데 신경을 써야 할 나라였다. 하지만 그렇다고 기왕 와 있는 전문가들을 허투루 놀릴 생각도 없었다.

'한구 지역은……. 아직 정부의 힘이 그렇게까지 미치는 곳이 아니야. 이런 곳에 있는 병원을 지원하는 건…… 괜찮은 방법이지.'

빵과 같은 음식을 나눠주는 방식도 괜찮긴 하겠지만, 그러한 방법은 늘 단발적일 뿐이었다. 게다가 파키스탄 탈레반을 지나치게 자극할 가능성도 컸고. 하지만 병원은 얘기가 좀 다를 것 아닌가. 일단 표면적으로는 외국인 단체가 운영하는 병원이기도 하고 실제로 열악해 보이기도 했다.

"그럼 여기…… 좀 더 둘러볼 수 있겠습니까? 병원 사정을 알고 싶군요."

"오, 좋죠. 닥터 제인, 도와주시겠어요?"

아만 총리의 요청에 한유림은 팀장 제인을 보았다. 그때까지만 해도 반신반의하고 있던 제인은 환하게 웃으며 앞으로 나섰다.

'역시 이 미친 인간들은 대단해.'

속으로 엄지를 휘둘러대면서였다. 물론 겉으로 티를 내진 않았다.

일이 잘 되면 외부에 후원을 요청할 때에도 큰 도움이 될 터였다. 적어도 총리가 후원하는 병원에 들어가는 물품을 삥땅 칠 간 큰 공무원은 없을 테니까. 혹 모르고 그런 움직임을 보이는 사람이 있다면, 이걸로 응징할 수도 있을 테고.

"일단 여기가 우리 의료진이 생활하는 곳입니다."

"좁군요."

"그리고 덥습니다. 에어컨을 받아두기는 했는데……. 전력 사정으로 인해 돌리질 못하고 있습니다."

"아……. 하긴 여긴 수급이 불안정하겠군요. 근데 어떻게……."

아만 칸은 순순히 고개를 끄덕였다. 이슬라마바드나 라호르 일부 지역을 제외하면, 24시간 전기가 들어가는 곳이 없다는 걸 아주 잘 알고 있었기 때문이다. 병원이 돌아가는 게 기적이었다.

"따로 기름 발전기를 사용하고 있습니다. 그런데 일단 발전기 용량이 부족하고, 또 오래되어서 원래 용량만큼도 안 나옵니다. 게다가 기름 수급이 쉽지 않습니다."

"음."

기름 수급이 어렵다. 이 말이 가지는 의미는 절대 가볍지 않았다. 사실 파키스탄은 상당히 커다란 산유국인 이란과 국경을 접하고 있지만, 그와는 완전히 반목하고 있는 사이 아니던가. 대신 이란의 또 다른 적국이라 할 수 있는 사우디와는 굉장히 친하게 지내고 있었다. 여러 정치 및 종교적인 이유 때문인데, 어쨌든 그로 인해 석유가 부족한 나라는 아니었다.

'하지만 여기까지 오려면……. 이것저것 떼는 게 많았겠지.'

이슬라마바드에서 1L를 보내면 한 절반 정도는 받을 수 있으려나. 석유는 누구에게나 유용한 자원이었고, 공무원들에게 외국인은 거의 수탈의 대상으로만 보이는 실정이었으니까. 그렇다는 건, 총리가 당장 해결해줄 수 있는 문제라는 뜻이기도 했다. 기왕 이곳을 활용할 생각을 한 아만 총리는 기꺼이 고개를 끄덕였다.

"걱정 마십쇼. 제가 보증하겠습니다. 앞으로 이곳 한구 병원으로 이송될 석유는 정부 이름으로 보내도록 하겠습니다."

"오……. 그럼 정말……. 무척 큰 도움이 될 거 같습니다."

제인은 정말 기쁨을 감추지 못했다. 전기만 풍부해져도 이곳 의료 수준이 확 올라갈 것이었기 때문이었다.

"만약 발전기를 바꾸게 된다면, 그에 필요한 석유까지도 보증하겠습니다."

"감사합니다, 총리님."

'뭐 해, 더 뜯어.'

하지만 옆에 있던 강혁은 만족을 모르는 인간이었다. 제인의 얼굴에 만족감이 퍼지는 것을 확인하자마자 옆구리를 냅다 찔렀다. 깡패 같은 소리를 해대면서였다.

"그리고 다음은 병실입니다. 침대들이 말이죠."

제인은 하는 수없이 병원 투어를 계속해야만 했다. 아만 총리는 계속 고개를 끄덕이면서, 머릿속으로 지원 가능한 품목을 헤아렸다.

아만 총리는 석유 외 거의 모든 물품 이송에 관해 보증해주곤 다시 수도로 날아갔다. 마지막쯤에 동생을 혹시 다른 병원에 옮겨야 할지 물었으나, 그건 강혁이 거절했다.

'이송해도 좋을 때가 되면 알아서 보내드리겠습니다.'

총리에게 하기에는 다소 건방진 말이었다. 하지만 아무리 건

방진 말이라도 때론 그 말을 하는 사람이 누구인지가 더 중요한 때가 있었다. 강혁의 경우가 딱 그러했다.

'알겠습니다, 백 교수님. 감사합니다.'

다행히 아만 칸 총리는 강혁이 얼마나 입지전적인 인물인지 아주 잘 알고 있었다. 심지어 같은 자리에는 현 대한민국 대통령인 박성민이 신임했던 내각 한유림 전 장관까지 있지 않았던가.

제인은 저 멀리서 떠오르기 시작한 헬기를 보고는 한숨을 내쉬었다. 강혁이 이곳에 온 이후론 정말로 깜짝 놀랄 만한 일의 연속이었는데, 오늘은 유독 더 그랬다.

"그래도 많이 뜯었다."

강혁은 온갖 생각으로 가득한 제인 옆에서 껄껄 웃었다.

"석유에 물품 이송에, 약까지 보장한 거지? 중간에 뜯기거나 사라지는 거 없어지면…… 진짜 좋겠는데?"

한유림 또한 빈 정수리를 훤히 빛내며 웃었다. 여기 온 지 불과 몇 개월 되지도 않아놓고, 이미 한구를 품었기 때문이었다.

"그러니까요. 역시 힘이 좋네요."

카심도 흐뭇한 얼굴이었다. 자기 고향이 더 좋아지게 생겼으니 당연한 일이었다.

"어떻게 된 거야, 백 교수?"

갑자기 들려온 생경한 목소리에 뒤를 돌아보니, 강일구 교수가 서 있었다. 생각해보니 도착한 게 어제인데 짐 나르고 진료하고 하다보니, 제대로 대화도 나누지 못한 참이었다. 제아무리 강혁이라 해도 조금은 미안한 감정이 들었다.

"아, 강 교수님. 죄송해요. 불러다놓고 인사도 못 하고."

"어? 아냐, 아냐. 뭐……. 생각했던 것보다 더 빡세기는 한데, 원래 의료 현장이 이렇지 뭐."

다행히 강일구는 이런저런 봉사 활동을 개인적으로나, 병원 차원으로나 여러 번 해본 덕분에 이해심이 넘쳐 흘렀다. 원래도 강혁에 대한 감정이 워낙에 좋기도 했다.

"아무튼, 방금 간 저 양반이 여기 총리인데요."

"어, 뭐. 그래."

총리한테 이 양반, 저 양반 하는 게 적절한가 하는 생각이 잠시 들었지만, 곰곰이 돌이켜보니, 강혁은 대한민국 대통령 이름도 탕탕 불러대는 사람이었다. 그냥 뒤에서 그러는 사람이야 많지만, 이 인간은 앞에서도 변함이 없었다.

"무려 대한민국 최고의 의료진까지 봉사 오는 병원이라는 얘기 듣고, 지원을 약속했어요. 쪽팔렸겠지, 지도."

"아무튼, 덕분에 벌써 한 건 올렸습니다."

"아……. 우리가 도움이 된 건가?"

"물론이죠. 한국대학교 병원 의료진들인데요. 요새 중앙아시아 쪽에서도 환자 많이 온다면서요."

"아, 그렇지. 박 대통령 덕이지."

박성민 대통령이 괜히 여기저기 순방할 때 보건복지부 장관이었던 한유림을 데리고 다녔겠는가. 나라 전체 입장에서 보면 큰 일은 아니었지만 의료 강국이라는 이미지를 심어두면, 언젠가는 크게 거둘 날이 있을 거란 비전이 있어서였다. 덕분에 그때마다 한유림은 로컬 병원들과 대한민국 병원들 간의 MOU를 맺어주기도 하고, 또 의료 관광의 활로를 개척하기도 했더랬다. 그렇게 벌어들인 수익이 자연스레 적자가 만연했던 중증외상센터나 중환자 의학에 쓰이게 되었으니 그야말로 꿩 먹고 알 먹기였다.

"아만 총리도 한국대학교 병원 이름은 들어봤을 겁니다. 뭐, 여기 부자들이 아프면 어디 가겠어요. 미국? 말도 안 되고. 일본? 어딘지도 잘 모를걸?"

"뭐……. 그렇지. 요새 이쪽 환자들이 늘고 있긴 해. 원래 중국이나 몽골, 러시아에서 주로 왔었는데. 지금은 뭐……."

*

"교수님, 오늘은 외래 직접 보셔야 해요."

"어? 어. 그래. 어디서 보면 되지?"

"천막이죠. 뭐 갑자기 건물이라도 들어섰을까봐요?"

"오……. 요새 좀 까부네? 친해졌다고 생각하나?"

강혁은 그새 재원에게 배운 건지 깝죽거리는 카심을 향해 자신의 팔뚝을 들이밀었다. 이게 보통 팔뚝이었다면야 그렇게까지 위협이 되진 않았을 텐데, 하필이면 강혁의 팔뚝이었다.

"사, 살려주세요."

"잘하자, 응? 나 웃을 때 잘하라고."

"네, 넵."

"아무튼, 천막이라는 거지?"

"네. 천막……."

"알았어."

강혁은 잔뜩 쫄아버린 카심의 어깨를 일부러 좀 세게 두들기고는 천막에 들어갔다.

"어? 너 왜 여깄냐?"

안에 들어갔더니, 의외로 한지영이 들어와 있었다. 정말로 뜻밖이었던지라 바로 질문이 튀어 나갔다.

"아, 네. 오늘은 다른 친구들이 학생 의사로 일 맡아주게 돼서요."

"그럼 좀 쉬지, 왜. 안 힘들어?"

"괜찮아요. 교수님이 수술 잘해주셔서 거의 뭐 다치기 전이랑 차이도 없어요."

"그건……. 뭐, 그렇겠지. 내가 했으니까."

강혁은 다른 사람이라면 민망해서라도 못 할 만한, 뻔뻔한 소리를 하며 고개를 끄덕였다. 한지영은 이런 강혁의 모습이 워낙에 익숙한 데다가 매번 한유림과 통화할 때마다 들었던지라 별 반응을 보이지 않았다.

"일단 감사해요."

"응? 수술? 너 그거 평생 감사하려고?"

"아뇨, 우리 아빠……. 잘 챙겨주셔서요. 한국 있을 때보다 훨씬 행복해 보여요. 특히 장관 할 때보다는 진짜 비교도 할 수 없을 정도로요."

"맨날 툴툴거리는데 뭐."

강혁은 말로는 이렇게 대꾸하기는 했지만 다 알고 있는 사실이기는 했다. 둘이 함께한 세월이 얼만데 표정 하나 읽지 못할까. 한유림은 의외로 천생 의사였다. 환자 돌보는 것을 그 무엇보다도 좋아했다.

"아네요. 얼굴 진짜 좋아졌어요. 게다가……. 어제 얘기 들어보니까, 여길 정말 사랑하는 거 같아요."

"아, 뭐 그건. 그렇지. 그 양반이 수도 가서 뭔 말 했는지 알아?"

"네? 그런 말은 못 들었는데. 뭐라고 했는데요?"

"아니오. 저는 한구로 돌아갈 겁니다. 도저히 그 사람들을 두고 갈 수 없습니다."

강혁은 여러 재주가 있는 인간이었다. 그중에는 성대모사도 있었는데, 특히나 한유림처럼 가까이 지내왔던 이에 대한 성대모사는 단연 발군이었다.

"헐."

한지영이 듣기에도 똑같을 지경이었다.

"그런 소릴 했어요, 아빠가?"

"야야! 어디 갔나 했더니 거기 갔어?"

기함하는 도중에 한유림이 난입했다. 보나 마나 딸 찾아 삼만리를 찍었을 터였다. 자타공인 딸 바보 한유림이었으니까.

"남의 천막에는 왜 들어와요."

"딸내미 없어졌으니까! 원래 쉬어야 하는데."

"성인인데 어련히 알아서 잘 다니겠지. 뭐. 뭔 걱정이야. 지영이가 얼마나 잘 컸는데."

"너, 넌 그렇게 말하지 마."

한유림도 알고는 있었다. 강혁과 한지영이 이어질 가능성은 결코 없다는 걸. 하지만 딸 가진 부모라면 다들 이해할 터였다. 옆에 있는 놈이 나쁜 놈이라면 자기도 모르게 걱정이 된다는 걸. 게다가 하필 그 나쁜 놈이 매력까지 있으면 더 걱정될 수밖에 없었다.

강혁은 그런 한유림의 걱정 따위에는 전혀 관심도 없다는 듯 지영을 향해 환하게 미소를 지어 보였다. 한유림이 제일 경계하고픈 표정 1호였다.

"그, 그렇게 웃지도 마. 그리고 뭔 대화를 나눈 거야!"

"아무튼, 지영아. 가서 좀 쉬어. 여기 만만한 곳 아냐. 진짜 탈나."

강혁은 좀만 더 있다간 혈압에 혈관이 터져버릴 것만 같은 한유림을 지영과 함께 밖으로 내몰았다. 일부러 부녀간에 같이 시간 보내라고 쉬는 시간도 같이 배정해놨건만, 왜 부득부득 들어와서 열 받고 간단 말인가. 강혁으로서는 도저히 이해가 가지 않았다.

"자, 환자 봅시다. 난 통역 필요 없으니까, 그냥 환자만 보내주면 됩니다."

길게 늘어선 줄을 보고는 입을 열었다. 통역이 필요 없다는 말에 이슬라마바드에서 지원 나온 직원이 움찔했는데, 그것도 잠시였다. 곧 강혁이 이 말을 우르두어로 했다는 사실을 깨달았기 때문이었다.

"허."

옆에 있던 대사관 직원 입에서는 아예 탄식이 터져 나왔다. 수술 실력이 좋다고만 들었지, 언어까지 우수하단 얘긴 처음 듣기 때문이었다.

"아, 안 보내요?"

물론 그저 그렇게 놀라고 있을 만한 시간이 길지는 않았다. 강혁이 금세 재촉해댔으니까.

"아, 네네."

그렇게 차례차례 들어오기 시작한 환자들은 아주 효율적인 진료를 받을 수 있었다.

"인후두염, 약 이렇게. 다음."

"인대 늘어났네, 이건 그냥 약만. 다음."

"어깨 빠졌네? 아파요. 다음."

절대 친절한 진료는 아니었다. 원래도 그렇게 친절한 편도 아니지만 지금은 주어진 시간 안에 최대한 많은 환자를 보기 위해 더더욱 노력을 기울이고 있기 때문이었다.

'언제 또 수술 들어갈지도 모르고 말이지.'

게다가 항상 이런 불안감이 있었다. 한 가지 문제가 있다면, 이놈의 불안감이 상당히 높은 확률로 적중한다는 점이었다.

"여기, 여기 좀!"

아니나 다를까 진료 시작한 지 1시간이 채 못 됐을 무렵, 병원 입구 쪽에서 비명이 들려왔다. 원래도 경비가 제법 삼엄한 축에 속하는 한구 병원인데, 지금은 한국에서 온 진료 팀 보호 명목으로 더더욱 경비 인원이 증가한 마당이었다. 게다가 모하메드 칸 의원의 비밀스러운 입원까지 더해져 환자도 통과하기가 힘들었다.

"일단 비켜봐요!"

해서 응급 환자를 보기 위해서는 의료진이 뛰어나가야 했다. 마침 강혁은 간단한 자상 환자를 봉합하던 중이었기에, 제일 먼저 뛰어나간 것은 재원이었다.

"어, 선생님! 여긴 위험할 수 있습니다!"

막무가내로 밖으로 나선 재원을 대사관에서 파견한 경비가 막아섰다. 이게 강혁이었다면야 별 어려움 없이 헤치고 나갔을 테지만. 재원은 수염만 길렀지, 피지컬은 예전 그대로였다.

"익."

경비는 상당히 우락부락한 편이라 호리호리한 재원으로서는 도저히 뚫고 지나갈 수가 없었다. 하지만 시야마저 모조리 막을 수는 없는 노릇이었다.

'복부가 부어올랐어……. 내출혈이 상당히 심해 보이는데.'

재원은 틈새를 통해 환자 상태를 파악했다. 어떤 경유로 저렇게 다쳤는지는 정확히 알 수 없었다. 하지만 심각한 상황인 것만은 분명해 보였다.

"저, 저 환자가 제일 위험해요! 일단 안으로 보내주세요!"

그래서 재원은 필사적으로 손가락질해가며 외쳤다. 경비는 일단 한 손으로는 재원을 제지하면서, 뒤를 돌아보았다. 과연 재원의 손가락 끝에는 누가 봐도 심하게 아파 보이는 환자가 있었다.

“저희 측 요원이 가서 데리고 오겠습니다. 기다려주세요.”

‘그래, 시키는 대로 하자…….’

한구 지역에 올 때까지는 아무 생각 없었던 재원이었지만 단지 이틀 만에 유력 정치인이 폭탄 테러에 당해 실려 온 것을 보지 않았던가.

“보호자 1명만 통과시켜! 나머진 들것 들고 병원으로!”

재원이 잠시 이 지역의 위험에 대해 상기하고 있는 사이, 대사관 측에서 파견된 경비 요원 셋이 환자와 보호자를 데리고 안으로 들어왔다. 환자는 들것에 실린 채였는데, 피가 줄줄 흘러나왔다. 처음엔 배가 하도 부어 있어서 배에서 나오는 건가 했는데, 피 자체는 다리 쪽에서 새어 나오고 있었다.

“이런 제기랄.”

그쪽으로 고개를 돌린 재원은 자신도 모르게 욕설을 흘렸다. 종아리뼈가 부러진 채 밖으로 비어져 나와 있었기 때문이다.

“어쩌다 이런 거죠?”

배만 봐도 사실 범상한 상처는 아닌 듯 보였지만, 다리까지 이런 걸 보니 기전이 궁금해졌다.

‘머리는……. 머리는 괜찮나?’

만약 교통사고로 이렇게 다쳤다면 이미 머리가 나갔을 가능성이 있었다. 이미 의식은 거의 없어 보였으니까. 다행히 숨은 쉬고 있긴 했지만, 그마저도 불안정했다.

“떨어졌답니다!”

재원의 말에 통역으로 나선 직원이 보호자에게 급히 묻고는 답을 전해왔다. 이상한 일이었다. 떨어졌다니. 한구 지역에 있는 고층 건물이라고 해도 기껏해야 3층 정도일 텐데. 추락 환자를 제법 많이 보아온 재원으로서는 잘 이해가 가지 않았다.

'이만한 손상은……, 어려울 거 같은데?'

그의 얼굴에 떠오른 의문을 확인한 통역은 재차 보호자에게 물었다. 재원에게 다시 한번 보호자의 대답을 전해주었다.

"비둘기 키우는…… 시설이 있는데, 그 높이가 상당한 모양입니다. 거기서 떨어졌다고 합니다."

"아……. 그……. 음."

재원은 태어나 단 한 번도 비둘기를 키운다는 말을 들어본 적이 없었다.

'그거 그냥 길거리에서 나고 자라는 동물 아닌가……?'

대한민국에서는 가장 흔한 야생 동물이지 않은가. 그걸 대체 왜 기를까.

"다리 다쳤다고요?"

재원이 환자 들것을 같이 들고 수술실로 뛰어가고 있을 때 누군가가 부리나케 다가왔다.

"아, 교수님."

정형외과 김인수 교수였다. 그 옆으로는 경원도 따라와 있었다.

"어이구……. 이건……."

김인수 교수도 환자를 같이 들어 옮기면서 다리 상태를 살피기 시작했다. 누가 봐도 영 좋지 못해 보이는 상처 아니던가. 전문가 입장에서 보니 더더욱 그러했다.

'이거……. 열어서 고정하고 하면……. 어휴……. 근데 이거 뭔 냄새여.'

골절은 다양한 기준으로 나눌 수 있는 질환이지만, 외상에서는 주로 개방형과 폐쇄형으로 나누기 마련이었다. 아주 특별한 경우를 제외하면 폐쇄형이 무조건 개방형보다는 예후가 나았다. 감염 때문이었다.

"비둘기 사육장? 그런 데서 떨어졌다고 합니다."

"비둘기요? 어……. 그럼 이거."

재원은 코를 감싸 쥐는 김인수를 보면서 부연 설명을 덧붙였다. 김인수는 비둘기라는 단어를 듣자마자 인상을 잔뜩 썼다. 아까부터 신경 쓰이던, 다리 부근의 하얀 얼룩들의 정체가 뭔지 알 거 같았기 때문이었다.

"네, 이 하얀 건……. 똥 같아요. 비둘기 똥."

"아, 이거 어쩌면 잘라야 할 수도 있겠는데……."

"절단……."

"일단은 안으로 들어가죠. 들어가서 좀 봐야겠어."

"네."

뭐가 어찌 되었건 빨리 수술해야 한다는 것에는 다들 동의했기에, 서둘러 수술실 안으로 들어가 환자를 수술대 위로 옮겼다. 병원 복도에 환자가 흘린 핏줄기를 따라 장미가 뒤늦게 뛰어 들어왔다.

"죄송해요, 저쪽에서 라인 잡느라!"

"아, 아니야. 다들 바쁘지. 일단……. 여기도 라인 좀 잡아줘. 모니터는 내가 달게."

"네, 양 선생님."

장미는 숨 고를 새도 없이 환자 라인부터 잡았다. 그동안 재원과 김인수는 혈압 및 심전도 그리고 산소 포화도 측정기를 달았다.

"삽관됐고. 음. 시작하셔도 됩니다."

경원은 그렇게 라인이 연결되고 활력징후를 확인하자마자 마취를 진행했다. 일부러 혈압계만 연결하고 잠깐 떨어져 있던 재원은, 수술실 상황을 전반적으로 파악한 후 입을 열었다.

"좋아. 그럼 제가 배 들어갈게요. 보조는…… 장미가 해주고. 김 교수님은 다리 봐주세요. 보조는…… 카심, 맞죠?"

"네, 교수님."

재원의 말에 바깥 진료 전체를 총괄하느라 제일 늦게 들어온 카심이 고개를 끄덕였다. 딱히 이 수술이 아니더라도 분주하게 뛰어다니고 있던 탓에 땀이 송골송골 맺혀 있었다. 숨도 헐떡이고 있었지만 눈빛만은 초롱초롱했다.

"일단 이렇게 시작하고. 밖에 수술방 상황 전달된 거죠?"

"네. 각 진료실에 전달했습니다. 우선 댄, 요다는 그대로 진료하도록 했고 닥터 제인도 산부인과 환자 대기 때문에 빠졌고……. 백 교수님 스탠바이입니다. 한 교수님도 필요하면 즉시 들어올 수 있도록 준비한다고 했습니다. 그…… 학생 의사도요."

"오케이. 그럼 시작합시다!"

"네!"

재원은 수술실 안에 들어와 있는 의료진을 보며 외쳤다. 곧 손을 다 닦고 가우닝까지 마친 재원은 장미에게서 베타딘 소독액을 받아 환자의 배를 닦기 시작했다. 그사이 배가 좀 더 부풀었는지, 약간의 긴장도가 더 느껴졌다. 한 가지 다행한 일은 그래도 대동맥 부근이 다친 것으로 보이진 않는다는 점이었다.

'기껏해야……, 작은 동맥인 거 같긴 하지만…….'

그렇다고 무시할 수 있는 수준은 아니었다. 그 이유는 다리를 닦기 시작한 김인수가 중얼거리며 답해주었다.

"피가 좀 적게 나는데, 손상에 비해."

그는 고개를 돌려 환자의 배를 돌아보았다. 피가 적게 나는 건 좋은 일 아닌가 싶을 수도 있겠지만, 나야 하는 상황에서 나지 않는 건 오히려 큰 문제였다. 복압이 올라가면서 하지로 향하는 동맥이 눌리고 있다는 얘기였으니까. 무려 동맥을 누를 정도로 복압이 상승했다는 건, 그 안에 쌓인 피가 적지 않다는 얘기이기도 했다.

"제가 최대한 빨리…… 출혈 잡겠습니다. 경원아, 엄청 흔들릴 거야. 잡을 수 있겠어?"

재원은 김인수를 마주 본 채 고개를 끄덕이다가 이내 경원을 바라보았다. 경원은 언제나 그러하듯 침착한 표정으로 대꾸했다.

"잡아야죠."

짤막하지만 신뢰할 수 있는 답이었다. 재원은 경원이 지금까지 보여주었던 모습을 떠올리고는 장미에게 메스를 받아 쥐었다.

"오케이. 그럼 연다. 다들 준비 단단히 해."

"네."

바야흐로 피투성이 수술의 시작이었다. 재원은 심호흡을 한번 하고는 메스를 그었다. 강혁처럼 단숨에 복막까지 그어나가진 않았다.

'천천히……. 급할수록 천천히.'

재원이 강혁에게 배운 게 단지 그거 하나뿐인 건 아니지 않은가. 오히려 급한 수술일수록 '천천히 빨리'하라는 요상한 가르침을 지겹도록 들어온 참이었다. 그나마 다행인 건, 환자가 배에 살이 그렇게까지 많지는 않다는 점이었다. 여기서 지방까지 많았더라면 자잘한 출혈도 출혈이었겠지만, 복압 때문에도 문제가 발생했을 터.

"후우."

그렇게 살갗을 가르고, 지방까지 가른 재원은 다시 한번 숨을 골랐다. 이제 남은 곳이 복막이었기 때문이다.

'어디……, 어디서 피가 나고 있을까.'

이렇게 이미 배가 부어오른 상황에서 온 환자는 출혈이 나는 부위를 특정하는 것부터가 어려웠다. 한국대학교 외상센터였다면 무조건 CT라도 하나 찍고 들어왔을 터였다.

'CT가 없잖아…….'

CT는커녕 엑스레이도 없는 병원이었다. 정말이지 지금까지 잘도 병원을 운영해왔다 싶은 수준이었다.

'하복부에 멍이 있었지……. 좌측 종아리가 부러졌고. 배부터

떨어졌으면 종아리가 저렇게 부러지기는 어려워.'

인체 구조상 그러했다. 일단 떨어지는 사람이 신경 쓰지 않으면, 대개 밀도가 높은 머리부터 떨어지기 마련이었으니까. 그렇다는 건 떨어지는 중간에 다리가 어딘가에 세차게 부딪힌 후, 배로 바닥에 떨어졌다는 얘기가 되었다. 어디까지나 추론이었지만 그 추론을 하는 사람이 한국대학교 병원 중증외상센터장 양재원이라면 상당히 신빙성이 있다고 봐야 했다.

'그래, 바로 배로 떨어졌으면 죽었어. 걸렸다가 떨어진 거야. 그렇다 해도……. 직접 충돌이 일어난 지점이 하복부. 그럼……'

예상 가능한 손상 장기는 일단 방광이었다. 재원의 고개가 아주 당연하게도 환자의 소변줄을 향해 돌아갔다. 붉은 핏물이 소량 담겨 있었는데, 말이 좋아 소량이지 거의 없다시피 한 수준이었다.

"이거 한 번 비웠나?"

"아뇨. 넣은 이후로 이런 상황입니다. 죄송합니다. 노티해야 했는데."

그 말은 곧 소변이 나오지 않았다는 뜻. 이걸 지금까지 노티하지 않았다는 건 일종의 직무 유기였다. 하지만 재원은 카심이나 장미를 탓하지 않았다. 인력이 부족한 탓에 벌어진 일인데 어찌 그럴 수 있을까. 아마 강혁이 여기 있었다 해도 마찬가지였을 터였다.

"혈압은?"

"수혈하고 있고, 수액 들어가고 있는 상황에서……. 90에 60입니다."

"그럼 소변이 나와야 할 텐데."

90에 60은 물론 낮은 혈압이기는 하지만 그렇다고 신장이 안 돌아갈 정도로 낮은 건 아니었다. 그런데 소변이 안 나온다는 건 역시나 이상한 얘기였다.

"아. 그럼……."

"방광이 터졌나본데. 그럼 이거……. 생각보다 출혈은 적을 수도 있어."

피 대신 소변이 들어찼다면 가능한 얘기 아니겠는가. 재원은 대강의 오리엔테이션을 잡았다는 표정이었다. 아까보다는 확연히 자신감에 찬 얼굴로 메스를 슥 하고 그었다. 곧 복막이 갈라졌다. 그리고 그 틈새를 통해 붉은 핏물이 왈칵 뿜어져 나왔다. 그냥 봤더라면 정말이지 끔찍한 상황이었겠지만 재원이나 장미나 만반의 준비를 하고 있던 참 아니던가. 둘 다 의연하게 대처할 수 있었다.

"당겨!"

"네! 그쪽은 양 선생님이 당겨요!"

"오케이. 뭐 보이는 거 있으면 바로 말해!"

"알았어요!"

게다가 둘의 팀워크는 말할 필요도 없이 완벽했다. 이제 센터 규모가 워낙 커져서 이 거물 둘이 같은 수술에 들어가는 경우가 크게 줄었다고는 해도, 여전히 둘의 손발은 착착 잘만 맞아떨어졌다.

"일단 방광 터졌고. 다행히 아예 터진 게 아니라……. 찢어진 거네."

"아, 네. 요관 들어가는 곳, 요도 나가는 곳은 괜찮네요."

장기 손상에서 뭐가 들어오고 나가는 곳이 다치면 정말이지 골 아프기 마련이었다. 그나마 지금은 상황이 좀 나은 셈이었다.

"혈압은 어때?"

재원은 붉은 핏물의 색이 그나마 묽다는 걸 확인한 후, 경원을 바라보았다. 아마 이상이 있으면 벌써 알려왔을 테니 별문제 없겠지만, 그래도 말로 확실히 전해 듣고 싶었다.

"아까 열 때 잠깐 60으로 떨어졌었는데……. 지금은 괜찮습니다. 오히려 복압 때문에 혈액이 위로 못 올라오고 있던 거 같아요. 주요 혈관 부상은 없는 모양입니다."

"오."

게다가 가끔은 지금처럼 가뭄에 단비 같은 팁도 들을 수 있었다. 아무래도 칼을 쥐는 순간에는 칼을 대려는 부분에만 집중하게 되기 마련이다. 수술실 전체를 바라보는 시야가 좁아질 수밖에 없다는 뜻인데, 그럴 땐 경원처럼 수술실 전체를 관망할 수 있는 선장 같은 사람의 조언이 필요했다.

"좋아."

정맥을 통해 혈액의 리턴이 이루어진다는 건, 어찌 되었건 하지의 혈류에 이상이 있을 정도의 혈관 부상은 없다는 뜻이었다. 그 말에 용기를 얻은 재원은 우선 시야를 확보하기 위해 안에 찬 핏물부터 제거해나가기로 했다. 장미가 건네준 번 거즈를 이용해서였다. 석션이라도 있으면 훨씬 빠르고 수월했을 텐데, 그게 없지 않은가. 다행히 없으면 없는 대로 수술하는 데 다들 익숙했다.

“어디냐……. 어디서 피가 나는 거야.”

재원은 마냥 제거만 하는 게 아니라, 핏물을 이용해 출혈을 살피기도 했다. 그냥 아무것도 없는 상황에서 출혈 지점을 찾는 것보단, 지금처럼 물이 찬 상태에서 찾는 게 더 쉬웠기 때문이었다. 사실 모든 게 잘 갖추어진 수술실에선 오히려 따뜻하게 데워진 식염수를 일부러 채워 넣기도 했다. 그럼 핏줄기가 몽글몽글 올라오는 것이 더 잘 보이니까.

“아, 저기. 저거.”

강혁이었다면 딱히 지금처럼 살피지도 않았을 터였다. 복막을 열기 전에 이미 그 알 수 없는 능력으로 다 예측하고 들어왔을 테니까. 하지만 그게 불가능하다고 해서 출혈 부위를 찾을 수 없는 건 아니었다. 눈알 둘로 안 되면 넷을 동원하면 되지 않겠는가.

“어디?”

재원은 오히려 자신보다 더 순발력이 좋을 때가 많은 장미의 눈을 빌리기로 했다.

“저기요.”

장미는 손가락 대신 길죽한 기구를 쥐고는 방금 자신이 봤던 핏줄기를 가리켰다. 정말이지 자세히 보지 않으면 알기 어려울 정도로 뿌연 핏줄기였다. 애초에 들어차 있는 핏물이 맑지가 않아서였다.

"오, 이거 맞는 거 같아."

"그래요?"

"응, 당겨줘. 어, 어. 어어어. 너무 센가보다. 피 많이 나는데. 혈압 어때?"

재원은 우선 급한 대로 손가락으로 틀어막고는 경원을 바라보았다. 이제 누르는 기술도 예사롭지 않은 터라, 그것만으로도 벌어진 틈새에서 흘러나오던 피가 급격히 줄어들었다.

"괜찮아요. 흔들릴 정도는 아니에요. 선배, 일단 그대로 하셔도 될 거예요. 제가 알아서 조정하겠습니다."

집도의가 걱정하는 부분을 알아서 조정한다니. 다른 놈이 했으면 이런 싸가지 없는 놈이라는 말이 툭 튀어 나갔을 터였다. 하지만 상대는 박경원. 백강혁마저 인정하는 천재 마취과 의사 아닌가.

"그럼, 믿는다?"

"네. 활력징후는 걱정 마세요. 수술 부위에만 신경 쓰게 해드릴게요."

"여기 익숙지 않은데, 괜찮아?"

"한두 번 만져보니까 대강 알겠어요."

"오……."

재원은 다시 수술 부위를 들여다보았다. 손가락으로 누르고 있었기 때문에 출혈량은 그렇게 많진 않았다.

"자요."

게다가 장미가 절단 면 당기던 방향과 각도를 바꿔줘서 시야가 아까보다 훨씬 좋아져 있었다. 그새 핏물을 더 제거했는지 물도 좀 줄어 있었고.

"어디 같아요? 보긴 봤는데."

"음……. 아직 확실하진 않은데."

터진 건 방광이었지만, 출혈 부위는 그거보다 위였다. 묘하게 요관과 얽히고설킨 구간이었는데, 그렇다고 아주 윗부분은 또 아니었다.

'하긴 그랬으면 장도 같이 터졌지.'

만약 그랬다면 지금 마주하고 있는 건 핏물이 아니라 똥물이었을 터였다. 높은 확률로 환자는 사망했을 테고.

'그럼 이 동맥은…….'

여러 가지 정황 및 해부학적인 지식을 동원해볼 때 추론 가능한 혈관은 하나였다.

"내장골동맥(Internal iliac artery)일 거야. 뭐 이쪽은 부동맥(Collateral artery)이 잘 발달해 있으니까 묶어도 괜찮겠어."

"그럼 수처 타이로 드려요?"

"음……. 응. 박리해서 하는 게 좋긴 하겠지만, 무리야 지금은."

"알겠습니다."

장미는 얘기가 딱 나오자마자 수처 타이를 건네주었다. 힐끔힐끔 장미를 살피던 카심은 놀라 자빠질 지경이었지만, 재원은 그저 당연하다는 듯 받아다 타이에 들어갔다. 마치 강혁이라도 빙의한 것처럼 망설임 없는 손놀림. 그와 동시에 피가 멈춰버린 것은 덤이었다. 재원은 매듭까지 완벽하게 짓고는 고개를 끄덕였다.

"오케이……. 출혈은 잡았고. 이제 방광 처리하러 가자."

"방금 말투 진짜 너무 백 교수님 같았어요."

"어? 난 모르겠는데."

"진짜라니까요? 양 선생님 수술방만 들어오면 비슷해져."

"으음……."

어떻게 들으면 진짜 대단한 칭찬 같은데, 말투로 한정해서 들으면 천하에 둘도 없는 욕 같았다.

"아무튼, 방광 해야죠. 이러다 염증 생겨요, 배에."

"아, 아아. 알았어."

재원은 출혈이 완전히 멎은 것을 확인한 후, 다시 한번 배 안을 들여다보았다. 여전히 흘러나와 있던 피 때문에 시야가 그리 좋지는 못했다.

"그……."

아마 한국대학교 병원이었다면 전혀 고민하지 않고 식염수를 부었을 터였다. 세척하고 석션하면 되니까. 하지만 여긴 그게 안 되는 병원이었다.

"이리게이션(세척)하긴 해야 할 거 같은데요?"

고민을 하고 있으려니, 언제나 그러하듯 눈치 빠른 장미가 되물었다. 고개를 돌려보니 벌써 생리식염수를 졸졸 따라 놓은 후였다. 아마 장치만 있었으면 데워놓기도 했을 터였다.

"석션이……."

"해야죠, 이게 어차피 요산이 있어서 그냥 두면 안 될 거 같아요."

"하아……."

장미의 말 중에는 틀린 말이 하나도 없었다. 시야를 위해서라도 지금 이 상황에서는 세척이 필요했다. 이미 배를 연 상황에서 괜찮겠거니 하고 더 둘러보지 않는 건 크나큰 직무 유기였다. 수술을 시작한 이상 의사는 지나치다 싶을 정도로 부지런하고 또 꼼꼼해야만 했다.

'거기에 요산이라…….'

소변 자체는 사실 깨끗한 물질이었다. 그렇다고 배에 막 있어도 되는 건 또 아니었다. 요산은 배 안의 항상성을 파괴할 테고, 항상성이 파괴되면 복막염이 진행될 테니까.

'여기서 복막염은 너무 위험해.'

"하……."

"자요."

결국, 재원은 장미가 건네준 석션을 받아 들었다. 그사이에 장미는 아까 준비해두었던 생리식염수를 환자의 배 안에 들이부었다. 그러곤 너무도 능숙한 손놀림으로 배 안을 휘적거렸다. 소장이고 대장이고 죄다 닦아낼 요량이었다. 그러면서 동시에 혹 지금 알고 있는 손상 외에 다른 손상이 있는지도 매의 눈으로 살폈다.

"다행히 방광만 찢어진 거 같은데요? 여기저기 멍 든 곳은 있는데 그래도 이 정도면 뭐."

"후우."

"뭐 해요. 빨아야지."

"후우……."

재원은 별말도 하지 못하고 석션을 입에 물었다.

"읍."

"자, 한두 번만 하죠."

"읍……."

하지만 엄살 부린 것에 비하면 그냥저냥 할 만한 작업이었다. 어차피 배에 들어가는 식염수의 양이라고 해봐야 물 2L 정도밖에 안 되는 되다가, 그걸 아예 싹 다 제거할 필요는 없었기 때문이었다. 피딱지가 많았다면야 죽을 만큼 힘들었겠지만, 지금은 그저 요산뿐이지 않은가. 조금 찝찝할 따름이었다.

"후."

"얼추 다 된 거 같아요. 다행히 다른 데 다친 곳은 더 없어요."

그러곤 빠르게 방광 봉합에 들어갔다.

여유가 생긴 재원은 드디어 아래쪽에 관심을 둘 수 있었다.

"김 교수님, 거긴 좀 어때요?"

고개를 돌렸지만, 마침 김인수 교수의 머리로 가로막혀 있어서 수술 부위는 전혀 보이지 않았다. 보통 무소식이 희소식이라고 조용한 수술은 별문제 없는 경우가 많지만, 김인수 교수는 특히 조용한 인간이었다. 심지어 그냥 말없이 무릎 아래쪽을 절단한 적도 있었다. 어쩌면 지금도 그러는 중일 수도 있었다.

'백 교수님만 있으면 시끄러운데 말이지.'

평소 김인수 교수의 모습을 떠올리고 있으려니, 얼마 지나지 않아 그가 고개를 돌렸다. 피가 그래도 꽤 났는지 마스크, 이마 등에 피가 튀어 있었다. 약간은 섬뜩한 느낌이 들 지경이었다.

"지금 우선 소독하고……. 부러진 뼈는 고정했습니다. 그런데……."

"그런데요?"

혹시 잘라야 한다고 말하려나? 뭐 이런 생각을 하며 되물었다.

"잠깐만요."

김인수 교수는 그런 재원의 말에 당장 답하는 대신 머리를 치워주었다. 그제야 재원은 수술 부위를, 그러니까 환자의 좌측 종아리 부근을 온전히 바라볼 수 있었다.

"오."

우선 막 다쳐서 왔을 때보다는 훨씬 나아 보였다. 일단 밖으로 피부를 찢고 튀어 나간 뼈가 안쪽으로 정돈되어 있었다. 보아하니 벌써 플레이트로 고정까지 시켜둔 모양이었다.

'언제 이거까지 했대?'

"네, 뭐. 고정까지는 했는데. 이후가 문제예요."

"이후요?"

"네. 일단……. 신경이 다쳤어요. 아마 발 드는 거……. 어려울 겁니다."

"아……."

후유 장애가 남는다는 뜻이었다. 안타까운 일이긴 했지만, 죽기 직전 실려 온 환자를 위해 최선을 다한 상황이었다. 하지만 김인수 교수의 표정은 여전히 심각했다.

"뭐, 이건 어쩔 수 없는 일이죠. 문제는 감염이에요. 감염."

"아. 비둘기 사육장에서 다친 거라고 했죠?"

"네. 거기가 어떤 형태로 이루어져 있는지는 모르겠는데, 상처가 완전히 더티 운드(Dirty wound: 오염된 상처)였습니다. 비둘기 똥이 잔뜩 묻어 있었어요."

"거기에……, 개방형 골절이었으니까……."

"일단 뼈는 도저히 그대로 둘 수 없어서 소독 싹 해서 이어놓긴 했는데. 이거 지금은 절대 못 닫을 거 같아요."

김인수 교수는 원래 상처 때문에 찢겨 있던 피부에 더해 자신이 절개까지 해서 크게 열려 있는 환자의 다리를 가리켰다. 이미 닦아낸 뒤라 육안으로 봐서는 오염된 상처인지 알기는 어려웠다. 하지만 아까 처음 실려 왔을 때의 상처를 생각하면, 아마도 이 안에 이름 모를 박테리아와 바이러스가 잔뜩 들어 있겠다는 것 정도는 쉬이 떠올릴 수 있었다. 이걸 지금 그냥 닫아버리면 그대로 증식해서 환자의 몸을 파먹어버릴 게 뻔했다.

"열죠. 열어두고……. 드레싱 매일 하다가 닫아주죠."

"네, 양 교수님 말씀이 맞는 거 같습니다."

"그럼……. 아래쪽도 이제 끝인 건가요?"

"네."

"좋습니다. 배만 닫고 나가면 되겠네요."

재원은 만족했다는 얼굴로 고개를 끄덕였다. 분명 후유 장애는 남을 테지만, 의사는 신이 아니지 않은가. 다치기 전 상태로 되돌려줄 수는 없단 얘기였다. 그것에 대해 자책하다 보면 끝도 없었다. 적당한 선에서 웃을 줄도 알아야 외상 외과 일을 계속할 수 있었다.

"경원아, 나갈 준비 하자."

해서 재원은 수술을 끝내기로 작정했다. 한데 경원이 고개를 가로저었다.

"잠깐……, 잠깐만요."

"왜?"

"지금 배랑 다리는 정리된 거죠?"

"어, 그렇지."

비록 다리는 열어두긴 했지만 일단 눈에 띄는 출혈은 전혀 없었다. 배 또한 그러했고. 재원은 눈을 가늘게 뜨고는 경원이 바라보고 있는 모니터를 향해 고개를 돌렸다.

"음?"

딱 보자마자 이상 소견을 느낄 수는 없었다. 적어도 지금 수치상에 큰 이상은 없었으니까. 하지만 경원은 인상을 잔뜩 찌푸리고 있었다.

"왜, 왜 그래?"

"심장박동 수가 오르고 있어요."

"어?"

재원은 다시 한번 모니터를 주의 깊게 살폈다. 심장박동 수는 92. 사실 높다고 보기는 좀 어려운 수치였다. 하지만 때론 절대적인 수치보다 추세가 더 중요한 법이었다.

"60 정도로 맞추고 있었는데, 오르고 있어요. 혈압은 거의 변동 없이."

"그게……. 그게 문제가 될까?"

"네. 제 통제를 벗어난 변화치고는 너무 커요."

"아."

경원은 뛰어난 마취과 의사의 전형이라고 보면 되었다. 말 그대로 수술실의 선장이라고나 할까. 즉 지금 경원의 말을 다르게 표현한다면, 배가 선장의 조종을 받지 않고 제멋대로 나가고 있다는 뜻이었다. 그제야 재원의 얼굴이 하얗게 질렸다.

"출혈이……. 우리가 모르는 출혈이 있나?"

"네, 아마도. 검사를 할 수 있으면 좋은데."

"안 되잖아. 여기 아무것도 없어."

"그…… 아무것도 없지는 않습니다."

"응? 뭐 있어? CT? MRI?"

"아뇨."

경원은 고개를 가로저은 후, 재원을 마주 보았다. 그러곤 그가 알고 있는 것 중 가장 강력한 진단 능력을 보유한 존재를 입에 담았다.

"백강혁이요."

"아."

그 누구도 반박하지 못했다. 콕 집어서 말할 수는 없었지만, 강혁에게는 뭔가 좀 다른 게 있다는 걸 모두가 알고는 있었기 때문이었다.

"제가 불러오겠습니다!"

심지어 아직 강혁을 그리 오래 겪었다고는 볼 수 없는 카심 또한 마찬가지였다. 카심은 곧장 밖으로 뛰쳐나갔다.

'곧 100이야. 이건…… 이건 진짜 좀 이상해!'

아마 이 방 안에 있는 의료진들이 이러한 상황에 익숙지 않았다면 대수롭지 않게 여기고 나갔을 수도 있었다. 사실 마취를 깨우는 와중에 심장박동 수가 뛰는 건 흔한 일이었으니까. 하지만 혈압은 움직이지 않는데, 심장박동 수만 뛰는 건 이상한 일이었다. 게다가 그게 마취과 의사가 의도하지 않은 일이라면 정말로 이상한 일이었다. 카심은 이런 생각과 함께 복도를 내달렸다.

"비켜요, 비켜!"

여전히 복도 안엔 히잡을 쓴 여성들이 우르르 줄을 서 있었다. 병원 밖 마당은 사정이 더 열악했다. 아무래도 환자 수가 너무 많았다. 그나마 강혁이 초인적인 속도로 보고 있어서 망정이지, 그렇지 않았더라면 아마 발 디딜 틈도 없었을 터였다.

카심은 그나마 다행이란 생각을 하면서 천막을 들췄다. 안에 있던 강혁은 진료 중에 들이닥친 불청객에게 화를 내는 대신, 물끄러미 고개를 돌렸다. 오죽 급하면 감히 자신의 진료실에 들이닥쳤을까, 뭐 이런 생각이 들어서였다.

"아까 추락해서 온 환자 때문에요. 내원 당시 혈압 60에 40이었고……. 심장박동 수 140회가량에 복부 내출혈 및 방광 파열 그리고 좌측 종아리뼈 개방형 골절이 있었습니다."

“오. 근데 그 정도면……. 굳이 나한테 올 이유가 없을 거 같은데?”

아마 옛날 같았으면 추락이라는 단어만 듣고도 후다닥 뛰쳐나갔을 터였다. 하지만 지금은 상황이 매우 다르지 않은가. 실력 좋은 제자 놈이 있었다. 그리고 김인수나 강일구 같은 조력자도 있었고. 해서 강혁은 방금까지 보고 있던 환자를 내보내는 동시에 심드렁한 태도로 물었다. ‘여기서 대답 잘못하면 죽여야지’라는 생각도 하면서였다. 카심은 어쩐지 섬뜩한 느낌을 느끼며 말을 이었다.

“네, 그……. 내출혈은 좌측 내장골동맥에서 있어서 잡았고, 방광 파열도 봉합했습니다. 종아리뼈 골절도 고정했고……. 주변에 찢어진 혈관도 잡았고요.”

“출혈은 잡았다?”

“네. 그런데 지금 다시 심장박동 수가 오르고 있습니다.”

“마취 누군데?”

“박경원 선생님이요.”

“걔가 가보래서 온 거야?”

“네.”

“오.”

박경원 이름이 나오는 동시에 강혁이 몸을 일으켰다. 수염 이상한 놈이야 설레발을 떨 수도 있겠지만 경원은 그런 놈이 절대 아니지 않은가.

“통제가 안 된다고, 그렇게 말했습니다.”

"그럼 큰일인데? 박경원이 통제가 안 된다고 할 정도면……. 아예 모르는 출혈이 있거나 어디 조절이 잘못되었거나 한 거야."

"네. 그런 거 같다고……."

"근데 이상한 일이네."

배를 열었다지 않는가. 재원이 자신의 수술 부위에 있는 출혈을 놓쳤을까? 그럴 수는 없을 터였다. 그렇다면 대체 어디일까. 제일 흔한 미싱 출혈은 복부에서 일어나는 법인데. 강혁으로서도 환자를 보지 않은 상태에서는 감히 예측하기가 어려울 지경이었다. 당연하게도 걸음걸이가 무척 빨라졌다.

"지금 어떻게 하고 있지?"

"우선 박경원 선생님이 처치하고 있습니다. 저도 정확히는……."

"뭐, 알아서 잘하고 있긴 할 텐데……."

중증외상센터나 중환자 의학을 하게 되면 소위 연명 치료의 달인이 되기 마련이었다. 어떻게든 숨을 붙여놔야 치료할 기회라도 생기기 때문이었다.

'그래봐야 시간을 버는 건데.'

하지만 연명 치료는 어찌 되었건 간에 원인 치료가 될 때 의미가 있는 것이었다.

'복강은 아냐. 재원이가 적어도 그 정도는 아니거든.'

원인을 찾아야 한다는 뜻이었다. 복강과 다리가 아닌 어딘가에서. 마음이 급해진 강혁은 잽싸게 수술실 문을 열고 안으로 들어왔다. 예상했던 것처럼 수술실 안은 무척 시끄러웠다.

"심장박동 수 130! 혈압은……. 아직 유지되지만 이렇게 되면 곧 심장 처져요!"

우선 경원이 급히 소리치는 중이었다. 피도 달았겠다, 수액도 달았겠다, 약까지 들어가는 와중 아니던가. 그나마 기가 막힌 실력으로 혈압을 지키고는 있었지만 언제 심장이 지쳐 나가떨어질지 알 수 없었다. 이미 아까 한번 어마어마한 양의 출혈과 함께 혈압까지 요동쳤다는 것까지 감안해야 했다.

"배 안에는 진짜 아무것도 없어! 출혈 없어!"

재원은 어느새 닫고 있던 배를 다시 열고는 복강 내부를 뒤적거리고 있었다. 하지만 헤집어대는 장갑에조차 피가 묻어 나오지 않을 정도로 깨끗했다. 복강 내부 출혈은 없는 게 확실했다.

"다리도……, 다리도 마찬가지예요!"

김인수 교수 또한 애초부터 닫을 생각도 하지 못했던 다리를 살피는 와중이었다. 사실 주요 혈관을 다치지 않은 이상, 그쪽에서 심장박동 수의 변동을 일으킬 만한 출혈이 있기는 쉽지 않았다.

"대체 어디지?"

경원의 얼굴에 그늘이 짙게 내려앉을 무렵, 강혁이 다가왔다. 아직 손도 씻지 않은 채였다.

"잠깐 비켜봐."

"교수님!"

경원은 반가움에 소리치며 즉시 옆으로 물러났다. 강혁은 그런 경원의 인사에 대답해줄 겨를도 없이 환자 상태를 살폈다.

'머리? 머리일까?'

추락이라면 머리를 무조건 생각을 해봐야만 했다. 보통 높은 곳에서 떨어지는 경우, 머리부터 부딪치기 마련이었으니까. 하지만 환자의 머리에는 이상 소견이 전혀 보이지 않았다.

'그럼 가슴? 아냐……. 가슴이라기엔 혈압이…….'

가슴 쪽에 출혈이 있는 경우엔 대개 혈압이 흔들리기 마련이었다. 막대한 출혈은 곧 흉강을 압박하게 되지 않겠는가. 흉강에 압력이 올라가면 우선 심장으로 들어가는 피의 양 자체가 줄어들게 되기 마련이었다. 혈압이 유지될 수가 없었다. 게다가 강혁의 눈으로 보기에도 가슴엔 이렇다 할 외상이나, 내부 출혈 양상이 보이지 않았다.

"아니……. 잠깐……. 잠깐만."

그렇게 배 쪽으로 고개를 돌리려던 강혁의 시선이 다시 위를 향했다. 머리와 가슴의 사이, 즉 환자의 얼굴과 목을 향해서였다.

"환자……. 얼굴이 원래 이렇게 붉었나?"

"네? 어……. 붉은…… 가요?"

강혁의 말에 경원이 고개를 갸웃거렸다. 재원이나 김인수, 장미, 카심 또한 마찬가지였다. 솔직히 말해서 어디가 붉다고 말하는 건지 알 수가 없었다.

"울혈이 된 거 같은데."

"울혈? 저, 저는…… 잘……."

"잠깐만. 목 칼라 좀 풀어봐. 살짝만."

"아, 네."

경원은 고개를 갸웃거리면서도 일단 강혁의 명을 따랐다. 상식적으로는 이해가 잘 가지 않지만 원래 이런 걸 위해서 강혁을 부른 것 아니겠는가.

"음……."

그렇게 목 칼라(경추 고정대) 틈으로 드러난 환자의 경부는 일견 특이 사항이 없어 보였다. 하지만 강혁의 눈에는 조금 다르게 보였다.

'머리로 떨어지는 와중에 종아리가 먼저……. 사각 지붕 같은 모서리에 부딪히고, 그 바람에 방향이 바뀌면서 배로 떨어졌어. 다행히 머리는 직접 손상이 있진 않았지만, 목이 뒤로 심하게 젖혀지면서 혈관이 늘어났겠지. 임펜딩 럽쳐(Impending rupture: 파열 임박)로…….'

교통사고 후 급작스러운 경동맥 출혈로 사망하는 사례가 드물긴 해도 이따금 보고되기는 하지 않은가. 이건 그보다도 더한 충격이 가해졌을 테니, 충분히 가능한 가설이었다. 그리고 그 가설을 확인할 수 있는 능력이 강혁에게는 있었다.

'어디……'

말도 안 될 정도로 예민한 그의 눈이 환자의 미세한 박동을 확인했다. 확실히 피부 전반으로 동맥의 맥동이 확장되어 있었다.

"여기네."

그리고 손을 이용해 그곳을 짚자 우르릉거리는 느낌이 있었다. 완전히 터졌다기보다는 구멍 정도가 난 모양인데, 그곳을 통해 혈액이 줄줄 새어 나오고 있었다. 그 바람에 목에 압력이 약간 올라가면서 경정맥이 눌렸고, 이로 인해 얼굴에 미세한 울혈이 생긴 모양이었다. 애초에 수술과 부상으로 인한 출혈 때문에 부족해진 혈류를 보상하고 있던 심장도 예민하게 반응한 것이고.

"재원아."

확신이 든 강혁은 재원을 불렀다. 헤 하고 벌어진 배를 그대로 둔 채 강혁만 보고 있던 재원은 고개를 끄덕였다.

"네, 교수님."

"우측 경동맥, 내외로 분지 되는 지점이야. 일단 열고 있어. 냅다 묶지는 말고. 알았어?"

경부 출혈이 있다는 걸 기계로 찍어보지도 않고 알아낸 것도 신기한데 그 지점까지 정확히 알아낸다고?

"아……. 네."

하지만 재원은 그런 강혁을 더없이 신뢰하고 있었다. 해서 고개를 끄덕인 채 목 쪽으로 향했다.

"나 손 닦고 바로 올게. 급하니까 후딱 열어."

"네!"

시원스럽게 대답한 재원은 장미에게 칼을 받아 들었다.

"그럼……. 목 엽니다."

다 끝난 줄 알았던 수술이 다시 시작되는 순간이었다.

8권에서 계속

중증외상센터
골든 아워 VII

초판 1쇄 인쇄 2021년 8월 17일
초판 1쇄 발행 2021년 8월 27일

지은이 한산이가(이낙준)
펴낸이 김선식

경영총괄 김은영
책임편집 한나래 **디자인** 박수연 **책임마케터** 박태준
콘텐츠사업6팀장 이호빈 **콘텐츠사업6팀** 임경섭, 박수연, 한나래, 정다움
마케팅본부장 이주화 **마케팅3팀** 이미진, 박태준, 유영은
미디어홍보본부장 정명찬 **홍보팀** 안지혜, 김재선, 이소영, 김은지, 박재연, 오수미, 이예주
뉴미디어팀 김선욱, 허지호, 염아라, 김혜원, 이수인, 임유나, 배한진, 석찬미
저작권팀 한승빈, 김재원
경영관리본부 허대우, 하미선, 박상민, 권송이, 김민아, 윤이경, 이소희, 이우철, 김재경, 최완규, 이지우, 김혜진
웹 콘텐츠 작가컴퍼니

펴낸곳 다산북스 **출판등록** 2005년 12월 23일 제313-2005-00277호
주소 경기도 파주시 회동길 490
전화 02-704-1724 **팩스** 02-703-2219
이메일 dasanbooks@dasanbooks.com
홈페이지 www.dasan.group **블로그** blog.naver.com/dasan_books
용지 IPP **인쇄 및 제본** 갑우문화사 **코팅 및 후가공** 평창피앤지

ISBN 979-11-306-4054-9 (04810)
979-11-306-4052-5 (세트)